TRES LINDAS CUBANAS

D1474258

colección andanzas

Libros de Gonzalo Celorio
en Tusquets Editores

ANDANZAS
Amor propio
Y retiemble en sus centros la tierra
Tres lindas cubanas

En TUSQUETS EDITORES MÉXICO
El viaje sedentario
México, ciudad de papel
Ensayo de contraconquista

GONZALO CELORIO
TRES LINDAS CUBANAS

TUSQUETS
EDITORES

1.ª edición: mayo de 2006

Diseño de la colección: Guillemot-Navares
Reservados todos los derechos de esta edición para
Tusquets Editores, S.A. – Cesare Cantù 8 – 08023 Barcelona
www.tusquetseditores.com
ISBN: 84-8310-337-0
Depósito legal: B. 15.948-2006
Fotocomposición: Pacmer, S.A. – Alcolea, 106-108, baixos – 08014 Barcelona
Impreso sobre papel Goxua de Papelera del Leizarán, S.A. – Guipúzcoa
Liberdúpex, S.L.
Encuadernación: Reinbook
Impreso en España

Índice

Segunda parte

A mis hermanos

Virginia
Miguel (†)
Alberto
Carlos (†)
Benito
Tere (†)
Ricardo
Carmen
Jaime
Eduardo
Rosa

AGRADECIMIENTOS

A Silvia Garza, que acompañó la escritura de este libro.

A Raúl Herrera, que hasta donde pudo lo limpió de polvo y paja.

A Arturo Arango, Eduardo Casar, Alberto Celorio, Eduardo Celorio, Gonzalo y Diego Celorio Morayta, Norberto Codina, Fernando Fernández, Josu Landa, Hernán Lara Zavala, Francisco López Sacha y Héctor Ramírez, que leyeron los borradores.

A Eduardo Subirats, en cuya casa de Toledo casi terminé de escribirlo.

Primera parte

1
La herencia

No te lo puedes imaginar en traje de baño, trepado en un trampolín de tres metros de altura, a punto de tirarse un clavado a la piscina, ni armado con una escopeta de doble cañón en un coto de caza. Recuerdas sus polainas de cuero para montar a caballo, que aparecían en cada mudanza, como tantos otros trebejos inservibles, y que nadie se atrevía a desechar aun a sabiendas de que nunca más se las pondría; muchas veces oíste que había inventado un correaje especial para la cabalgadura que le permitía redactar sus informes en la aparatosa Remington, al tiempo que se desplazaba de un poblado a otro por las serranías de Puebla o de Oaxaca, cuando era inspector del timbre fiscal de la Secretaría de Hacienda, pero no te lo puedes imaginar montado a caballo. Ni con una escopeta al hombro. Ni al borde de un trampolín. Lo recuerdas carcomido por los años y la melancolía, ensimismado en su sordera, de día sentado a su escritorio, de bata y en pantuflas, la barba crecida de una semana, inventando artilugios que nunca llegarían a la consagración de la patente; de noche, en la cocina, desprovisto de su dentadura postiza, tomándose el Nescafé lamentable en el que había venido a parar su exquisito gusto cafetero, educado durante el largo tiempo en que vivió en La Habana, y fumándose un Delicados sin filtro para hacer más llevaderas las desesperanzas del insomnio. Solo, en medio de la algarabía familiar o del silencio nocturno.

Te engendró una calurosa tarde de junio en el Hotel Roosevelt de la colonia Roma de la ciudad de México –muy cercano a la casa de tu infancia– donde citó a tu madre, como solía hacerlo en los últimos tiempos al regresar de sus inspecciones foráneas, para estar con ella en la intimidad, lejos del bullicio doméstico y de los reclamos de tantos hijos como habían procreado a lo largo de un cuarto de siglo de vida conyugal. Esa tarde estaba cansado. Venía de la Huasteca potosina, uno de los últimos itinerarios que cubrió antes de que iniciara el largo trámite de su jubilación. Pero no le faltaron bríos para amarla con la misma pasión con que la había amado, sin distracciones, durante tantos años. Sus rituales amorosos, perfeccionados encuentro tras encuentro, asumidos sin reservas, nunca se doblegaron a la abulia de la rutina. Se amaron de por vida y hasta las últimas consecuencias. Si no hubiera sido así, tú, que eres el undécimo de los hijos, no estarías aquí para escuchar la historia que te cuento, una historia que sólo conoces a medias pero a la que no puedes renunciar sin desmoronarte por completo. Después de tu nacimiento, tus padres todavía tuvieron la entereza de concebir a tu hermana Rosa y completar la docena de vástagos para orgullo de tu madre, quien a la menor provocación, y a veces sin provocación ninguna, añadía después de su nombre la leyenda «tengo doce hijos», como si se tratara de un título nobiliario.

Tu padre le llevaba muchos años a tu madre. Era el menor de los hijos varones de tu abuelo Emeterio, quien, a su vez, era hijo de dos viudos que habían contraído segundas nupcias en edad madura. Así que en escasas tres generaciones te remontas a las postrimerías del siglo XVIII, a los tiempos de la Revolución francesa, o por lo menos a los albores del siglo XIX y las guerras napoleónicas. Si por la edad fuera, tu padre podría haber sido tu abuelo, de la misma manera que tu abuelo podría haber sido tu tatarabuelo. Y tus hermanos mayores podrían haber sido tus padres. De hecho, como tales fungieron desde que tu papá se jubiló, perdió el oído casi por completo y restringió su memoria al trasiego de sus recuerdos más antiguos. Y con mayor razón cuando murió. Entonces todavía eras un niño y de manera instintiva encontraste padres reemplazantes en tus hermanos grandes: Miguel te eligió para infundirte su gusto por la palabra, por los libros, por la arquitectura; Alberto se empeñó en «hacerte hombre», lo que según la jerga familiar significaba enseñarte a trabajar e iniciarte en los misterios de la vida sexual; Benito respetó tu vocación, apoyó tus estudios universitarios y, con rigor implacable, te condujo, sin que te dieras cuenta, de la Edad Media en la que habías vivido toda tu infancia al Renacimiento de tu primera juventud.

Emeterio había nacido al mediar el siglo XIX en un modesto caserío de Asturias llamado Vibaño Santoveña, cercano al pueblo de la costa cántabra que tiene por nombre tu apellido. Muy joven, apenas un mozalbete de dieciséis años, decidió hacer la América. En compañía de Ricardo del Río, su mejor amigo, se embarcó para ir a México. Ahí cumplió con esmero y puntualidad todos y cada uno de los tópicos indianos que la tradición de los inmigrantes había venido articulando a lo largo de los años: trabajó de sol a sol en más oficios de los que había desempeñado el Lazarillo de Tormes y ahorró centavo sobre centavo sus magros estipendios hasta que, al cabo de los años y tras varios eslabones más de una cadena de sacrificios y privaciones, su ingenio, su temple y su ambición le abrieron las puertas del floreciente negocio del pulque, para desgracia de su descendencia. Con la apertura de las nuevas líneas ferroviarias en los tiempos de don Porfirio, el brebaje que se producía en los llanos de Apan pudo distribuirse con facilidad y rapidez a las ciudades de México, Puebla, Pachuca, Tlaxcala, y la industria pulquera se convirtió en una de las más prósperas del país. Los propietarios de las haciendas –los Macedo, los Pimentel, los Mancera, los Iturbe, los Torres Adalid– constituyeron una suerte de aristocracia pulquera de la cual tu abuelo llegó a formar parte, como si hubiera sido un hacendado de los viejos tiempos y no un indiano recién desembarcado en México. Todavía hoy, en alguna solitaria estación de ferrocarril cercana a Aguascalientes, pueden verse unos furgones abandonados que ostentan las letras borrosas pero legibles de su nombre y que dan buena cuenta de su antigua prosperidad.

Una vez llegados los tiempos de bonanza, Emeterio decidió fundar una familia en la patria del agave que tanta riqueza le había procurado. Sus padres habían muerto en el remoto caserío asturiano y desde entonces había renunciado a volver al terruño que lo había visto partir con una mano delante y otra detrás. No quiso hacer lo mismo que tantos otros indianos, quienes regresaban a sus poblaciones de origen con el único propósito de ostentar sus triunfos y sus pertenencias, como aquel que llevó hasta Cabrales, a campo traviesa por las serranías cantábricas, un flamante Packard último modelo para estupor y admiración de sus paisanos, que no conocían el automóvil.

Se casó con María de Loreto Carmona, tu abuela, una mexicana descendiente de españoles, no muy agraciada por cierto. Era chaparra, mofletuda y un poco zamba, pero buena mujer, según los cánones de la época: abnegada, sumisa, maternal. Con ella procreó seis hijos. Cuatro varones: Ricardo, Rodolfo, Severino y Miguel –tu padre–; y dos mujeres: María y Loreto, quienes heredaron de su madre no sólo sus nombres sino también la poca gracia y la menguada estatura. Loreto era todavía una niña cuando tu abuela murió, dejando a toda la familia en la orfandad, incluido tu abuelo, que le había adjudicado los atributos de su madre, a quien nunca volvió a ver desde que se despidió de ella en el villorrio astur para emprender su aventura americana. Pero fue tu padre el que más sufrió los estragos de esa orfandad precoz. Tenía apenas siete años y, a partir de entonces y hasta que tu abuelo se volvió a casar, fue recluido en un internado donde su temperamento se enderezó por los caminos de una melancolía que habría de perdurar a lo largo de toda su vida.

Emeterio, abatido por el desamparo e incapaz para resolver por sí mismo los desiguales problemas que afectaron la vida doméstica a la muerte de tu abuela, contrajo matrimonio por segunda ocasión a los tres años de haber quedado viudo. Para entonces era un hombre con fortuna y de no malos bigotes, como lo corroboran las fotografías de su persona que han llegado hasta tus manos y por el busto que preside la cripta que mandó erigir en el Panteón Español, donde reposan sus restos, flanqueados por los de sus dos mujeres. Era un hombre bien plantado, de mirada noble y recia compostura. Huesos anchos, mandíbulas enérgicas y bigotes prominentes.

Doña Emilia del Barrio, que así se llamaba la segunda esposa de tu abuelo, era descendiente de doña Josefa Ortiz de Domínguez, la Corregidora, de quien había heredado, si no la inteligencia y el buen porte, sí la voluntad de entregar la vida a una sola causa. En su caso, no fue la Independencia de México sino la familia de un viudo tan atribulado como rico. Amó a tu abuelo tanto como su primera esposa, cuidó a sus hijos más como madre que como madrastra, trató hasta donde pudo de restablecer la vida familiar e incrementó la descendencia de Emeterio. Al comenzar el nuevo siglo, dio a luz a una niña macilenta a quien bautizaron con el nombre de Luisa. Pero las fiebres puerperales acabaron con su vida antes de que pudiera darle el pecho a la criatura. Por la casa de tu abuelo desfilaron innumerables nodrizas que intentaron amamantar a la huérfana recién nacida. Hasta una cabra parturienta le ofreció sus cargadas ubres, pero la niña desdeñó una a una a las pasiegas, incluida la cabra criandera, a saber si porque echaba de menos a su madre o porque desde su nacimiento tuvo un natural voluntarioso. Lo cierto es que Luisa trastornó la vida de tu abuelo, quien no encontró mejor solución que corresponder a la insistente solicitud de su amigo Ricardo del Río, aquel que lo había acompañado a hacer la América, de que le diera a la niña en adopción.

Al igual que tu abuelo, Ricardo hizo fortuna en México. Se había dedicado al ramo de la industria textil y su establecimiento era de tal manera enjundioso que ostentaba sin ambages el nombre de La Nueva España, y sus telas La Asturiana llegaban hasta los rincones más apartados de la república. Había desposado a Laura de Yturbe, una mexicana de familia adinerada y linajuda que pertenecía a la alta sociedad porfiriana. Como el matrimonio no podía tener hijos, recibieron a la niña Luisa como una bendición del cielo y la colmaron de mimos y cuidados hasta convertirla en la mujer sofisticada y exigente que tú conociste cuando eras niño. ¿Te acuerdas de cuando llegaba a tu casa de visita? Se sentaba en el sillón principal de la sala, con una pierna oculta bajo el cuerpo, como flamenco; sacaba su larga boquilla de carey, encendía un delgadísimo cigarrillo mentolado y con su voz ronca de fumadora empedernida pedía un vermú *rosso* con hielo *frappé*. ¡Imagínate!: ¡un vermú *rosso* con hielo *frappé* en tu casa, donde no había mayor lujo que tomar agua de jamaica los domingos! Tu padre sacaba la botella de Cinzano, que guardaba a buen recaudo precisamente para ocasiones especiales como la visita de su medio hermana, y a ti te mandaba a aporrear contra el fregadero unos hielos envueltos en el trapo de la cocina para que adquirieran la condición *frappé* que tu tía Luisa exigía con impecable pronunciación francesa.

Cuando murió Emilia, tu abuelo ya no tuvo los arrestos necesarios para contraer nupcias por tercera ocasión, a pesar de que era muy devoto de san José, patrono de los matrimonios, a quien veneraba en una imagen de tamaño natural que siempre tuvo en su dormitorio y que le recordaba la figura del santo varón de la parroquia de su pueblo. Se sintió viejo. Al poco tiempo de haber enviudado por segunda vez y de haber entregado en adopción a su hija menor, se dispuso a esperar el fin de sus días. Donó la escultura de san José a la iglesia de la Estampa de la Merced, donde había bautizado a todos sus hijos, y redactó su testamento. Todos sus hijos eran menores de edad, así que les nombró como tutor a un clérigo de la orden de san

Francisco, que había sido su confesor, y como albacea de su herencia a su amigo y verdadero compadre Ricardo del Río. Murió una tarde de julio de 1906, a los cincuenta y ocho años.

A la muerte de Emeterio, el tutor, tan probo de alma como débil de carácter, no supo contener las exigencias de tus tíos Ricardo, Rodolfo y Severino, y acabó por autorizar que el albacea les entregara la herencia en plazos más breves que los que había estipulado tu abuelo en su testamento. Así lo hizo Ricardo del Río, pero se reservó una buena parte del cuantioso patrimonio de Emeterio para sufragar los gastos, según dijo, que conllevaba el ejercicio de la patria potestad de tu tía Luisa. Como quiera que sea, tus tíos recibieron una considerable fortuna y, como si el dinero les quemara las manos, empezaron a darse la gran vida.

María y Loreto se instalaron en Madrid, donde pasaron los años de la Revolución mexicana. Ninguna de las dos era guapa y sus fealdades eran distintas, como distintos eran sus temperamentos. Sólo coincidían en la pequeñez de sus estaturas. María era hombruna y bigotona como su padre, malgeniuda, sarcástica y autoritaria. Loreto era pecosa y desabrida, tenía los ojos deslavados y sumisos, era frágil, asustadiza y carecía de voluntad propia: cada uno de sus actos estaba determinado por los designios de su hermana mayor, a quien obedecía ciegamente. Para compensar su fealdad, se hacían llevar al piso que habían adquirido en el barrio de Salamanca de la capital española los más novedosos modelos parisienses, cuyas sedas, debidamente ajustadas a sus proporciones, no lograban ocultar sus contrahechuras. Acudían a las verbenas, la zarzuela, los salones de té, pero no lograron, en el transcurso de los años que duró su residencia en España, tener cabida en la alta sociedad madrileña, que siempre las vio como advenedizas, a pesar de ser descendientes directas de un asturiano de cepa y de haber heredado una fortuna.

Tú conociste a María y Loreto muchos años después de la dilapidación de los caudales de tu abuelo. Vivían en una modestísima casa de Mixcoac, en la calle de Carracci, adonde ibas a visitarlas mes a mes por mandato de tu padre cuando eras un muchacho de once o doce años. ¿Te acuerdas? Nunca te dijo cuál era el contenido del sobre cerrado que te daba ni la finalidad de las enredadas instrucciones que debías seguir al pie de la letra para entregárselo. Se trataba de dejarlo por ahí, encima de la mesa o en cualquier lugar visible, según te decía, y de que te cercioraras de que ellas se daban cuenta de que lo dejabas pero sin que se dieran cuenta de que tú te dabas cuenta de que ellas se daban cuenta. ¡Qué complicación! Tampoco supiste por qué tardaban tanto tiempo en abrirte. Veías unos dedos pecosos, que apenas entreabrían los visillos cuando tocabas con una moneda la ventana, porque en la puerta no había timbre ni aldabón; escuchabas un taconeo nervioso por toda la casa, y al cabo de un rato más bien largo por fin te abría la puerta tu tía Loreto. Fingía sorprenderse con tu llegada y te invitaba a pasar con parsimonia. Quería darte la impresión de que no había estado haciendo nada, como convenía a una señorita de su alcurnia, cuando en realidad, al oír tus toquidos en la ventana, se había apresurado a despejar la estancia de hilos, canutillos y ganchos y a recoger los paños que bordaba ajeno. Te ofrecía un vaso de agua, no más, y después de una plática insulsa y convencional, te conducía a la habitación del piso de arriba. Mientras, tu tía María se había metido en la cama para recibirte postrada en el lecho. Nunca la viste de pie, pero podías fácilmente adivinar sus diminutas proporciones. La cabeza le quedaba casi en la mitad del lecho, pues en lugar de sostenerla en el extremo de la cabecera de la cama, prefería apoyar los pies en la piesera. Peinaba un chongo inmarcesible a pesar de su posición yacente y en las comisuras de la boca le afloraban unos bigotes entrecanos y retorcidos, que entonces no podías dejar de mirar con curiosidad y repulsión.

No era fácil hablar con María. Respondía con preguntas y destilaba una amargura que su orgullo detenía justo en la frontera de la queja o el lamento. Pero si no era fácil hablar con ella, menos lo era entregarle el sobre siguiendo las instrucciones de tu padre. Pobre de ti. Lo dejabas en el borde del buró, como quien no quiere la cosa, tosías un poco para subrayar sutilmente la acción y te despedías lo más pronto posible. Hasta el mes siguiente. Como lo supusiste varias veces, el sobre contenía el dinero con que tu padre las ayudaba mensualmente. Sentía la obligación de velar por sus hermanas, pero no quería herir el orgullo de tu tía María, que era proporcionalmente inverso a su estatura diminuta. Por ello te exigía esa discreción impracticable.

En tu casa no se hablaba de tus tíos varones. A veces salían a relucir sus nombres, siempre pronunciados juntos y en el mismo orden –Ricardo, Rodolfo y Severino–, pero inmediatamente quedaban cubiertos por un velo de misterio. Eran nombres proscritos. Tanto pulque había corrido por los dominios de tu abuelo que se aficionaron a su ingesta desde niños, mientras tu padre desgranaba sus tristezas en el internado. Una vez recibida la herencia, el pulque les pareció una bebida vulgar, propia de albañiles y soldados, y los tres optaron por el coñac. Pero el coñac no vino solo. Se hizo acompañar de los restaurantes de postín, los teatros de revista, los cabarés, las mujeres de la vida galante, los prostíbulos, la moda parisina, los carruajes y los automóviles, las casas de juego, el hipódromo, los viajes trasatlánticos. Ninguno de ellos pasó de los treinta años de edad. Ricardo y Rodolfo dilapidaron la fortuna de tu abuelo y murieron en la miseria, vendiendo sardinas en las playas de Alicante. Pero la muerte más dramática fue la de tu tío Severino. Alguna de las pocas veces en que se habló diferenciadamente de él en tu casa, le oíste decir a tu tía Luisa que había abrazado la causa maderista en contra del usurpador Victoriano Huerta, y que había muerto heroicamente en una balacera durante los aciagos días de la Decena Trágica, que se sucedieron al asesinato del presidente Madero y del vicepresidente Pino Suárez.

La verdad es que llevaba varios días de farra con sus amigos de la colonia española cuando le sobrevino una congestión alcohólica en la cantina La Hoja de Lata, propiedad de Fernando Bueno, un asturiano amigo suyo. Tu padre tuvo que encargarse del cadáver y trasladarlo en medio del tiroteo que se libraba en las calles de la ciudad para velarlo y darle sepultura.

Al quedar viudo por segunda vez, tu abuelo, como te dije, dio en adopción a su hija menor a Ricardo y Laurita del Río, quienes la recibieron con verdadera devoción. La llenaron de mimos y cuidados y apenas pudieron contrarrestar los efectos negativos que sus muchos miramientos engendraron en el carácter de suyo arrebatado de la niña con una rigurosa educación francesa que mucho se amoldaba a las convenciones ilustradas de la época. Vino la Revolución, pasó la Revolución, se institucionalizó la Revolución y tu tía Luisa siguió viviendo en los tiempos de don Porfirio, en la casona versallesca –mansardas, flameros, balaustradas– de la colonia Juárez, donde transcurrieron, pautadas por la francofonía y protegidas por don Ricardo y doña Laurita, su niñez, su pubertad, su adolescencia y su primera juventud. Cuando México recibió a los exiliados republicanos al término de la guerra civil española, Luisa era una solterona culta y sofisticada, pero también mórbida e insoportable. Su hipocondría, consentida y hasta estimulada involuntariamente por sus padres putativos, había congregado a los más conspicuos médicos de entonces y acabó por convocar al recién llegado Francisco Barnés, cuyo prestigio no habían podido doblegar ni el fracaso de la República, ni los campos de concentración ni las penas del destierro. Prueba irrefutable de que don Ricardo y doña Laurita siempre habían tratado a Luisa como a una niña mimada, aun cuando ya era una mujer madura, es que vieron con muy buenos ojos que la especialidad del médico recién desembarcado en México fuera la pediatría. Tantas y tan frecuentes eran las debilidades de la paciente, que las visitas del doctor se hicieron consuetudinarias y al cabo de varios meses de minuciosas auscultaciones el médico descubrió que la verdadera enfermedad de Luisa era el amor y que no había otro remedio que el matrimonio para curar semejante padecimiento. Al poco tiempo se casaron. El exilio español, pues, le dio a Luisa una salida, por demás afortunada, a su ya inquietante soltería y a tu familia, la asistencia desinteresada y constante de un médico eminente, que se convirtió de un golpe en el tío Paco, el médico de cabecera y una suerte de guía espiritual laico, que morigeró la religiosidad de la vida cotidiana de tu casa e introdujo cierto aire de modernidad en sus costumbres medievales.

Paco trató los sarampiones y las paperas de los chicos, atendió los trastornos femeninos de tus hermanas adolescentes, operó a tu hermano Ricardo de una peritonitis fulminante y les aplicó a ti y a tus hermanos las más diversas medidas de la medicina preventiva: todas las mañanas tenían que tragarse en ayunas la cucharada de aceite de hígado de bacalao que les había recetado y cuyo sabor todavía atosiga los recuerdos de tu lengua, y una tarde memorable erradicó de tajo la causa de los males estomacales de todos; se presentó en tu casa desprovisto de su habitual maletín de médico, pero armado de un gigantesco serrucho, y sin decir palabra, cortó el tronco de la añosa higuera cuyos frutos solía devorar la prole antes de que hubieran madurado.

Nunca viste juntos a Paco y a Luisa. El matrimonio no funcionó y terminaron por divorciarse. Lo supiste mucho después, porque en tu casa la palabra *divorcio* era más fuerte que la frase *guerra civil*. El temperamento caprichoso y las actitudes sofisticadas de tu tía debieron de chocar frontalmente con la generosidad y la franqueza de tu tío, que daba consultas gratuitas a los refugiados, aunque después, a sus espaldas, tu tía Luisa se encargaba de cobrarlas.

Paco murió cuando eras niño; Luisa, muchos años después, en condiciones terriblemente precarias. Acabó sus días en Torreón, adonde fue a enseñar la lengua de Victor Hugo en la

Alianza Francesa de la Comarca Lagunera. Murió sola. Deliberadamente sola. Cuando las camareras del hotel en el que se hospedaba descubrieron su cuerpo exánime, nadie supo a quién darle la noticia de su muerte.

Tu padre supo escoger un mejor destino que sus hermanos varones. Contaba con escasos quince años de edad cuando sobrevino la muerte de tu abuelo. Sus hermanos mayores sisaron todavía más la parte que le correspondía de la ya sisada herencia que habían recibido, pero aun así le alcanzó para vivir en la opulencia durante algunos años y tratarse de tú a tú con los jóvenes más ricos de la colonia española. Tenía el mejor tiro de caballos de la ciudad de México, gastaba trajes muy bien cortados y practicaba la caza de altanería y la natación. Cortejó a bellas mujeres. Viajó por el mundo. Vivió un largo tiempo en España. Bebió muchos y muy buenos vinos. Pero supo parar a tiempo. Al ver el fatídico desenlace de la vida de sus hermanos, cambió de ruta. Se inscribió en la Universidad de Oxford, donde estudió diplomacia, y, cuando se le acabó el dinero, volvió a México. De regreso en su país tomó la determinación de no ver a nadie más de la colonia española, ni siquiera a quienes tenían su mismo apellido –tu mismo apellido–: ni al inventor de las máquinas para hacer tortillas que liberó a tantas mujeres de tortear a mano la masa de maíz, ni a la pintora surrealista que se vio involucrada en el asesinato de su yerno ni a los dueños de la cantina El Mirador, que ve al parque de Chapultepec. Por eso no estás emparentado más que con tus hermanos y sus descendientes. Tu padre no podía mantener el nivel de vida que había llevado en los últimos años, y su orgullo no distaba mucho del de su hermana mayor, aunque lo administrara con mejores modos, así que asumió su pobreza en solitario para evitar que lo alcanzara la fatalidad que arrasó con las vidas de Ricardo, Rodolfo y Severino. Sólo conservó dos amigos, mexicanos ambos: Santos del Prado, comerciante, y Juan de Dios Bojórquez, escritor, funcionario y diplomático.

A principios de los años veintes, encontró la ocasión que por fin daría sosiego a su atribulada vida. Juan de Dios Bojórquez había sido designado por el presidente Álvaro Obregón ministro en Honduras y Guatemala, y consiguió que el gobierno destacara a su amigo Miguel en La Habana, como miembro de la misión diplomática de México en Cuba. Además de los conocimientos académicos adquiridos en la Universidad de Oxford, tu padre tenía el porte y los buenos modales propios de la diplomacia: era incapaz de quitarse el saco oscuro y el sombrero de fieltro aun para pasear por la avenida del Prado o por el Malecón, bajo el sol abrasador de las Antillas.

Una tarde habanera de 1921, al poco tiempo de llegar a Cuba, Miguel se metió al cine Tosca de la Calzada de Jesús del Monte. Desde la butaca posterior donde se sentó, vio entrar, antes de que empezara la película, a tres lindas cubanas, acompañadas, al parecer, de una nana. La mayor era muy bella, la menor muy inquieta y la de en medio, que no era ni tan bella como la mayor ni tan inquieta como la menor, tenía en la mirada una dulce serenidad y un brillo de inteligencia que lo arrobaron. Se enamoró en ese mismo instante de ella y el enamoramiento le duró toda la vida.

2
El valor de una patata

En septiembre de 1974 viajé por primera vez a Cuba. Tenía entonces veintiséis años de edad y un entusiasmo febril por la Revolución cubana, inoculado a partir del movimiento estudiantil del 68. En ella se cifraban mis más altos ideales juveniles, aunque la veneración que le profesaba se opusiera radicalmente a mi propia historia familiar, que me liaba a Cuba como un molusco a su concha y que, por razones explicables, no podía ver en esa Revolución más que los signos de la opresión, el exilio y la muerte.

Aunque nacida en las Islas Canarias por casualidad en uno de los viajes a Europa que hicieron mis abuelos y que duraban meses y a veces años, mi madre era cubana, tanto que, después de vivir en México por más de cincuenta años, nunca pudo pronunciar *helicóptero* ni *escena* y mucho menos *senectud*. Decía *helicóctero, ecscena, senitú,* y metía a la fuerza los pronombres personales en la frase, a saber si como interferencia de la lengua inglesa o como contrapunto de tambor orisha: *¿Cómo tú andas?, ¿Qué tú quieres?, ¿Qué es lo que ellos dicen?* Tan cubana era que, habiendo tenido doce hijos, conservó hasta su muerte, a los ochenta y tres años de edad, un cuerpo acinturado en correspondencia con la anchura de sus caderas, un porte echado para adelante y una mirada insular de carta sin respuesta.

Yo tenía veintiséis años, digo, y trabajaba en El Colegio de México. Era ayudante de investigación en un proyecto dedicado a la enseñanza del español a los hablantes de lenguas indígenas del estado de Oaxaca, que dirigía Gloria Ruiz de Bravo, así apellidada porque era esposa del ingeniero Víctor Bravo Ahúja, a la sazón secretario de Educación Pública. En ese mismo mes de septiembre de ese mismo año 74, empezaba también mi carrera docente en la Facultad de Filosofía y Letras de la Universidad Nacional Autónoma de México.

Una visita oficial del ingeniero Bravo Ahúja a Cuba me involucró en la numerosa comitiva que habría de acompañar al secretario y a su esposa, quien sabía que mi madre era cubana y que sus dos hermanas vivían en Cuba. El año anterior había ido con Gloria y un grupo de investigadores del mismo centro nada menos que a la República Popular China, que fue el primer país extranjero que visité, yo, que ni siquiera había ido antes a El Paso, Texas. Así que no me sorprendió que me convidaran a visitar un país tan cercano como Cuba. Me encantó la idea y acepté la invitación con un gusto sólo comparable al de mi madre, que no bien se hubo enterado de mi viaje se dio a la tarea de adquirir los numerosos regalos que por mi conducto habría de ofrecerles a sus hermanas Rosita –la mayor– y Ana María –la menor–. Regalos es un decir. Aunque les envió uno que otro lujito, los más eran artículos de primera necesidad, muchos de ellos encargados por las mismas tías para cuando se presentara la ocasión, habida cuenta de las carencias que sufría la población cubana desde que Estados Unidos había impuesto el embargo económico a la isla.

Una mañana, pues, me vi en el aeropuerto de la ciudad de México con el cargamento que mamá había preparado con esmero fraterno: media docena de jabones, dos frascos de Nescafé, una lata de pintura anticorrosiva, una brocha para aplicar la pintura anticorrosiva, un hule para sellar la puerta del refrigerador, unos polvos de arroz para la cara, unas peinetas color cristal, unos focos de sesenta *watts*, unos tornillos de media pulgada, unas bujías para el viejo Chevrolet 54 de Zacarías –el vecino de la tía Ana María–, dos frascos de champú, seis pares de medias, una botella de Kahlúa, un frasco de aspirinas y dos cartas. Una para mi tía Rosita. Otra, compartida, para mi tía Ana María e Hilda.

En la comitiva del ingeniero Bravo Ahúja iban algunos funcionarios de la Secretaría de Educación Pública, así como el equipo de producción de Cine Difusión SEP, comandado por Bosco Arochi, que tenía la misión de filmar los aspectos más relevantes de la visita, y una comisión de cultura, de esas que adornan los viajes oficiales, en la que a mí me incluyeron como una suerte de entenado, compuesta por el crítico de danza Alberto Dallal, el dramaturgo y director de escena Héctor Azar y el enorme poeta Carlos Pellicer.

Dallal ya se perfilaba como el importante crítico de danza que con los años tendría nuestro país y su presencia en Cuba estaba justificada por el prestigio que la danza cubana, encabezada por Alicia Alonso, había adquirido en todo el mundo después de la Revolución. Yo lo conocía porque en esas fechas se desempeñaba como director de publicaciones de El Colegio de México. A Héctor Azar no sólo lo conocía sino que lo admiraba por sus puestas en escena en el teatro Arcos Caracol y en el Foro Isabelino –*Inmaculada, La higiene de los placeres y de los dolores, Juegos de escarnio, Las sillas, La cantante calva*–, que le abrieron a mi generación las puertas del teatro de vanguardia. A Carlos Pellicer, en cambio, nunca lo había visto en persona.

Vestido de negro, impoluto, con un sombrero panamá de paja toquilla que le cubría el portentoso cráneo, como tallado en obsidiana aunque de tez blanquísima, vi a Carlos Pellicer ahí, en el Aeropuerto Internacional Benito Juárez con destino al Aeropuerto Internacional José Martí. Ahí, con nosotros. Más bien, todos con él, incluido yo, que tenía metido en la memoria el *Discurso por las flores* que el poeta había grabado para la colección «Voz Viva de México» de la universidad, y el más íntimo de los sonetos de *Hora de junio*, aquel –tan excepcional en la obra de un poeta caracterizado por la sonoridad y el colorido tropical– que dice, casi como un susurro, «Junio me dio la voz, la silenciosa / música de callar un sentimiento...». Ahí, en el mismo viaje, «el ayudante de campo del sol» y este humilde lector de tan iluminado satélite solar.

El mayor Godínez, jefe de seguridad del ingeniero Bravo Ahúja, se ocupó del exceso de mi equipaje. No hay problema, licenciado, ningún problema, me decía. Así que me desentendí de las maletas y de las cajas atiborradas de los obsequios que mamá les enviaba a sus hermanas por mi amabilísimo conducto. Tampoco me ocupé del pasaporte ni de los boletos ni del pase de abordar. No hay problema, licenciado, ningún problema. El título de licenciado me embarazaba sobremanera pero no podía objetarlo, entre otras cosas porque acababa de obtenerlo en marzo de ese mismo año, pero cómo explicarle al mayor Godínez que mi licenciatura no era en Derecho, como él seguramente suponía, sino en Letras Españolas. Además, aunque no hubiera tenido ningún título, él me habría llamado con ese apelativo generalizado en la jerga burocrática de México que en su opinión seguramente me enaltecía y a mí me incomodaba porque lo sentía excluyente de mi más profunda vocación. Cómo explicarle que yo no era licenciado sino escritor –aunque ciertamente tuviera colgado en la pared del baño de mi casa un título de licenciado y no hubiera entonces publicado más que tres o cuatro cuentos sobreactuados en una heroica revista estudiantil.

El ingeniero Bravo Ahúja viajó con su esposa y sus más allegados colaboradores en un avión particular de la Secretaría de Educación Pública, un pequeño *jet* Falcon de ocho plazas, y los demás abordamos un vuelo comercial de Mexicana de Aviación.

Siempre he revivido aquel primer encuentro con el paisaje de la isla, visto desde las alturas: su condición insular y su verdor de palmas reales con sus largos troncos vencidos por el viento. Y siempre he sentido la emoción de llegar a una tierra propia: la tierra donde nació mi abuela materna hacia 1880 y donde transcurrieron la infancia y la primera juventud de mi madre, la tierra donde mi padre desempeñó sus incipientes funciones diplomáticas, la tierra, en fin, en la que nacieron los tres mayores de mis hermanos y donde aún vivían las hermanas de mamá, mis tías Rosita y Ana María. E Hilda.

Apenas descendimos del avión, se apoderó de nosotros un calor húmedo, oloroso a tabaco y a salitre, que no nos dejó libres mientras permanecimos en la isla. Tendría que regresar a Cuba para identificar ese olor característico que en cada viaje se va haciendo más determinado, aunque más complejo e indescriptible.

Una ilustre comitiva nos aguardaba. El anfitrión oficial era el comandante José Ramón Fernández, mejor conocido como «el Gallego», aunque fuera tan asturiano como mi abuelo. Alto, fornido, rubicundo. Fungía entonces como ministro de Educación de Cuba y entre sus prendas ostentaba la muy honrosa de haber sido el operativo de la defensa de Playa Girón. Ahí vi por primera vez la redondez mulata, envuelta en guayabera blanca, de Nicolás Guillén; el perfil prominente de Roberto Fernández Retamar y el arrinconamiento discreto y agudo de Eliseo Diego, que sobresalían, en mis apreciaciones, sobre los muchos funcionarios que mantenían en alto los decibeles del salón. Yo, que llevaba en mi equipaje de mano, como si fuera mi visa de entrada a Cuba, una edición ciertamente rústica de *Sóngoro cosongo*, estreché la mano de Nicolás Guillén con una admiración entonces sólo superada por la que les profesaba a dos grandes escritores cubanos, quienes, por motivos distintos, no estaban en ese salón de protocolo: Alejo Carpentier y José Lezama Lima, acaso los más representativos de la literatura cubana, el uno desde la oficialidad; el otro desde la marginación.

Había leído y estudiado las novelas que hasta entonces había escrito Carpentier. La tesis que había escrito para la obtención de ese mi título de licenciado que no me apeaba el mayor Godínez había versado precisamente sobre la poética de lo real-maravilloso americano, que, en oposición al movimiento surrealista del París de entreguerras, Carpentier había sustentado en el prólogo a la primera novela de cuya escritura no se había arrepentido: *El reino de este mundo*. En ese tiempo yo estaba convencido de la validez de la teoría carpenteriana. Por ella había sabido de la poderosa vigencia de los mitos ancestrales, de los desfasamientos cronológicos, de las mixturas culturales que se daban en la que Martí llamó Nuestra América, donde no era necesario recurrir a trucos de prestidigitación para suscitar lo maravilloso, como, según el novelista cubano, habían hecho los surrealistas, sino descubrirlo, mediante la fe, en la propia realidad. Con los años advertí, sin dejar de reconocer la valía de la literatura escrita a su amparo, que tal concepción, a pesar de su deliberada intención latinoamericanista, implicaba una mirada hasta cierto punto exógena –no ajena al exotismo– de nuestra realidad: a fin de cuentas, se consideraba maravilloso todo aquello que no se ajustara al pensamiento cartesiano. Tal era la mirada europeizante de Carpentier, quien a la sazón, y no en balde, se desempeñaba como ministro consejero de la representación diplomática de Cuba en París.

Como Carpentier, Lezama Lima se había dedicado a buscar ciertas categorías que pudieran definir la cultura latinoamericana. Me había sorprendido la lectura de algunos de sus más brillantes ensayos, particularmente *La expresión americana*. Pero lo que entonces más me entusiasmaba de su obra era *Paradiso*, acaso porque su lectura no había sido fácil y, como decía Gracián, acaso el mayor preceptista del barroco, sólo lo dificultoso resulta estimulante. En efecto, las tribulaciones de la puntuación, el desorden narrativo, la intromisión de textos externos al discurso, la erudición de las referencias, la complejidad del vocabulario, la extravagancia de las metáforas, la densidad de la prosa me habían hecho claudicar muchas veces. Era como si la novela se regocijara en obstaculizarme su lectura, como si me expulsara, satisfecha, sonriente, casi burlona, de sus páginas y me dejara al pie de la muralla inexpugnable. No obstante, me empeñé en leerla y un buen día, con rigor monacal, sentado a mi escritorio, con el cuaderno de notas al lado, con el lápiz afilado para los subrayados, con el *Pequeño Larousse ilustrado* a la mano como red circense de trapecista dispuesto a realizar un salto mortal, retomé el libro tantas veces desplazado y proseguí su lectura hasta el final, apenas interrumpida por el hambre y por el sueño. En el camino me percaté de que no era posible leer *Paradiso* como una novela, por lo menos como una novela convencional, sino como una propuesta literaria distinta que ciertamente subvertía el género, aunque con tal subversión el género mismo confirmara la ductilidad que lo definía, porque, como dice Carpentier, toda gran novela empieza por hacer exclamar a sus lectores: «¡Pero esto no es una novela!». Liberado de la obligación de comprender la trama y el desarrollo de los personajes, me fui abandonando a la lectura de la obra con delectación sibarita, deslumbrado por el resplandor de las imágenes que en principio me habían parecido tan oscuras, transportado por el ritmo galopante de su prosa, seducido por la energía de sus palabras. Y es que *Paradiso* es una novela que no ha de comprenderse con las mismas entendederas con las que se comprende cualquier otra novela, sino con unas antenas distintas, quizá como las que se despliegan ante una imagen poética que, más que con la razón, se comprende con el alma. Leer *Paradiso* no es otra cosa que cumplir el ritual de iniciación para llegar al paraíso que la misma novela crea: un universo poético regido por sus propias leyes, que responde al anhelo miltoniano de reconstruir la naturaleza degradada, de recobrar el paraíso perdido. Como se comprenderá por estos mis afanes, lo que más deseaba en mi primer viaje a La Habana era conocer a Lezama Lima, visitarlo en su legendaria casa de Trocadero 162 y escuchar de viva voz su discurso de volutas sólo pausado por el asma y la gordura.

Nos instalaron en el Hotel Riviera, frente al Malecón, donde el comandante Fernández nos dio una calurosa bienvenida apenas refrescada por la aparición, en el salón de recepciones, de unas bandejas que eran remedo de selvas tropicales, pletóricas de vasos de ron, de los que emergían, enhiestas y azucaradas, frondosas ramas de yerbabuena: los maravillosos mojitos que, a falta de Coca-Cola en la isla, acabaron por desterrar el paradigma emblemático de la cuba libre. No tanto como ahora, pero ya desde entonces se advertía en la decoración, en el mobiliario, en la iluminación del hotel, que el tiempo se había detenido en el año 59. Como los pocos automóviles que circulaban por las calles –esos lanchones de gigantescas aletas y de excesivas formas «aerodinámicas»–, todos los objetos pertenecían a la década de los cincuentas: los muebles, los plafones, las lámparas, los vasos, los adornos, los ceniceros, y no se les echaría de ver su datación si no hubiéramos estado tan sujetos, en la sociedad de donde procedíamos, a los acelerados cambios de la moda que el consumo impone. Nos alojaron en un solo piso del hotel, clausurado para otros visitantes, e igualmente nos asignaron un comedor exclusivo para todas las comidas que no estuvieran sujetas a un protocolo diferente. A cuerpo de rey nos atendieron. Había casi tantos meseros como comensales. Los platillos, propios de la más refinada cocina internacional, estaban elaborados con las mejores materias primas con las que la naturaleza dotó a la isla feraz por antonomasia, y se servían en nuestras mesas con distinción aristocrática, acompañados de excelentes vinos chilenos que evocaban, en el discurso de nuestros anfitriones, la generosidad solidaria del presidente Salvador Allende, derrocado y muerto por la intervención del imperialismo yanqui apenas hacía un año. Las comidas se remataban con un espléndido abanico de postres muy propio de la tradición culinaria de un país que fue imperio del azúcar, con el café cubano, cuyo nombre, según decía mi madre, era un acróstico de sus cualidades (*C* de caliente, *A* de amargo, *F* de fuerte y *E* de escaso), y con los más finos licores. Al final, los magníficos habanos, que aún mantenían el prestigio de sus marcas –H. Upmann, Fonseca, Partagás, Romeo y Julieta, Cohíba, Hoyo de Monterrey– y ostentaban su mejor condición merced a la humedad natural del ambiente. Me parece que nunca será igual fumar un puro en La Habana que en la ciudad de México, por sofisticadas que sean las cajas herméticas que se empeñan en conservar los tabacos en su punto mediante humidificaciones artificiales.

A pesar de la algarabía, el tuteo y esa manera entre zalamera y confianzuda que tienen muchos cubanos de tocarte la solapa del saco, el cuello de la camisa, los brazos o los hombros apenas te conocen –o antes de conocerte–, el protocolo era riguroso. Los asistentes, compañeros, organizadores, edecanes, no sé cómo llamarlos, nos conducían de un lado a otro, nos fijaban horarios, lugares, recorridos, con amabilidad y simpatía, pero implacablemente. La responsable del pequeño grupo de cultura al que yo pertenecía era una mujer de facciones muy finas y desbordante nalgatorio, llamada Caridad. Los demás la trataban con respeto porque era, según ella misma se encargó de decírnoslo a la primera oportunidad, miembro del Comité Central del Partido Comunista de Cuba. Contrariamente a lo que me esperaba, no hubo ninguna objeción de parte de la compañera para que visitara a mis tías.

La ciudad llevaba quince años de creciente deterioro por la falta de materiales para su mantenimiento y por las condiciones implacables del clima. Además, la capital no había sido, al parecer, prioridad del gobierno de la Revolución. No obstante, dejaba ver la impresionante belleza que había ostentado anteriormente: los magníficos edificios que se enfilaban a lo largo del Malecón con la variedad y la riqueza estilísticas de sus portales; la dignidad y proporción de las iglesias, los palacios civiles, las fortificaciones, las plazas, los patios de la época colonial, que en Cuba se prolongó hasta las postrimerías del siglo XIX; la opulencia de los palacetes, la elegancia afrancesada de los monumentos y los paseos de Centro Habana, la anchura y el verdor de las avenidas de El Vedado y de Miramar de los tiempos de la llamada *sacarocracia* y la modernidad de líneas rectas y limpias de la arquitectura de los años cincuentas. Una ciudad antaño bellísima, carcomida ahora por la incuria obligada, el hacinamiento, la pobreza y el salitre. Los escenarios urbanos que yo había visto de niño en las tarjetas postales que mi madre me enseñaba habrían mantenido en la realidad, por la devastación a la que toda la ciudad estaba expuesta, la grisura y la tristeza de las fotografías en blanco y negro, de no haber sido por la luz radiante del cielo, que todo lo enaltecía y purificaba, y por el mar, omnipresente. También dignificaba a la ciudad la falta de anuncios publicitarios. Salvo una que otra consigna política, como aquella que desplegaba sus letras frente a la antigua Embajada de Estados Unidos y que rezaba SEÑORES IMPERIALISTAS, SEPAN QUE NO LES TENEMOS ABSOLUTAMENTE NINGÚN MIEDO, o algún mensaje de bienvenida a cierto jefe de Estado de algún país africano o de la Europa del Este, La Habana por lo menos estaba exenta de los anuncios comerciales, que ciegan las ventanas, ocultan las fachadas, alteran las estaturas y las proporciones del paisaje urbano. Además, desde el año 59 no se habían construido en la capital esos adefesios arquitectónicos que suelen degradar irreversiblemente las ciudades latinoamericanas.

A la mañana siguiente del día de mi llegada fui a casa de la tía Ana María, ubicada en la calle C de El Vedado, entre Línea y Calzada, bastante cerca del Hotel Riviera. La había llamado por teléfono y ella se había empeñado en que la visitara inmediatamente, a diferencia de la tía Rosita, quien había preferido que le volviera a llamar para concertar una cita. Caminé, pues, las siete u ocho cuadras que mediaban entre el hotel y la calle C, con la bolsa –*jaba* le dicen allá– en la que había puesto los encargos y los obsequios que, según las especificaciones puntuales de mamá, le correspondían a ella. A ella y a Hilda.

Estaba por celebrarse el aniversario de la fundación de los Comités de Defensa de la Revolución, el 28 de septiembre, y se había adornado cada calle con decenas de banderas cubanas –«Un rubí, cinco franjas y una estrella», como decía la patriótica canción de la década anterior– que pendían de ventanas, balcones y azoteas. Es fácil ubicarse en la ciudad de La Habana porque sus calles reticulares tienen, unas, nombres de letras, y las que las atraviesan, de números, por lo menos en El Vedado, que es, con Miramar, una de las dos colonias –*repartos* les llaman allá– ocupadas antaño por la alta burguesía habanera, de manera que no tuve ningún problema para llegar a la casa de la tía Ana María, a no ser por el calor bochornoso, que acabó por empaparme la camisa, y la curiosidad manifiesta de la gente que me preguntaba a cada paso adónde yo iba y qué yo llevaba en esa jaba.

Una casa estilo *art déco* con un jardín delantero, apenas cercado por una verja de muy baja estatura, un garaje que daba asilo a un Chevrolet Belair 54 y un portal. No hay casa en El Vedado que no tenga un portal donde transcurre, desnuda y bullanguera, la vida citadina, refrescada por la brisa que la traza de la ciudad propicia. Toqué un timbre inútil y adiviné, en el interior, la silueta de la tía Ana María. Apenas me vio dio voces para que acudiera Hilda a este feliz encuentro. Se quitó apresuradamente el delantal que le cubría un albísimo vestido y salió al portal a recibirme con enormes manifestaciones de contento. Me impresionó mucho el parecido de la tía con mi madre en la transparencia de la mirada, el nerviosismo de las manos, los gestos, las expresiones, los ademanes y sobre todo en esas palabras que yo consideraba exclusivas del vocabulario de mamá y que, al ser compartidas por la tía, cobraban un sentido atávico insospechado. Ana María, la menor de las hermanas, tendría entonces poco más de sesenta y cinco años y lucía una figura relativamente esbelta, si bien era ancheta de caderas

–como decía el Arcipreste de Hita que debían ser las mujeres hermosas (no en vano en Cuba la palabra *hermosa* tiene connotación de abundancia de carnes)–. Peinaba un chongo impecable, deliberadamente amarillecido con infusiones de manzanilla para hacer pasar, sin conseguirlo, las canas por cabellos rubios. Algunos polvos de arroz, cuyo repuesto traía en mi cargamento, acentuaban la blancura de una tez ligeramente ruborizada en la que sobresalían unos ojos del color del mar Caribe, en los que se podía nadar. Me miró de arriba abajo varias veces sin refrenar, para mi embarazo, ningún elogio a mi persona. Me abrazó, me acarició la cabeza y no dejó de desaprobar, con un mohín gracioso, la excesiva largura de mis cabellos, tan concordante con los tiempos, pero muy mal vista en la Cuba de aquellos años, que, vaya paradoja, censuraba lo que en otros países era signo de afinidad precisamente con causas como la Revolución cubana. Unos pasos atrás, Hilda, quizá veinte años menor que Ana María, contemplaba la escena, enternecida. A solicitud de la tía, se acercó discretamente y me dio también un abrazo. No bien nos hubimos saludado, la tía le pidió a Hilda sólo con los ojos que de inmediato metiera la jaba en la casa, supongo que para que no la vieran los vecinos, y nos sentamos a la vera de la vida habanera que transcurría sonoramente. Los transeúntes, sin excepción, saludaban a la tía y algunos se llegaban hasta el portal con toda naturalidad. La tía me presentaba ante ellos con adjetivos hiperbólicos, que a mí me ruborizaban, y ellos, por su parte, me hacían todo tipo de preguntas, que al principio me parecieron más amables que inquisitivas pero que acabaron por fastidiarme, sobre todo cuando provenían de un vecino excesivamente interesado en mi persona: quién yo era, de dónde yo venía, a qué yo me dedicaba, cuántas veces había ido a Cuba, cuánto tiempo iba a estar ahí, qué lugares iba a visitar, cómo veía la situación, cómo estaban las cosas en México... Más allá de la novedad de mi presencia, hablaban de las efemérides del día y de los acontecimientos de la cuadra, como si todos constituyeran una misma familia y vivieran en la misma casa. Cuando los vecinos se despidieron, la tía y yo, acompañados de Hilda, que sólo usó la boca para sonreír, conversamos de mi madre, de todos y cada uno de mis numerosos hermanos y de mi propia familia, de la familia que yo acababa de fundar, vaya verbo: de Yolanda, mi mujer, y de mis dos hijos, uno recién nacido, cuyas fotografías saltaron de mi cartera como por impulso propio y acabaron por acomodarse, según lo pude constatar en viajes sucesivos, bajo el cristal de la mesita del teléfono. Cuando llegó la hora, elegantemente postergada, de hacer entrega formal de los regalos que les enviaba mi madre, la tía me hizo pasar al interior de la casa.

En un pequeño vestíbulo, al que desembocaban las escaleras que conducían a la planta alta, mi abuela, ella sí muy *hermosa*, de robusto talle y ojos negros en extremo brillantes, respaldada por una columna de mármol y un pesado cortinaje de terciopelo que contrastaba con el abanico que sostenía en la mano derecha, daba la bienvenida a la casa desde el marco dorado de su retrato. Grandes sillones de madera oscura y tapiz con motivos florales, cobijados por un enorme candil de lágrimas, muy voluminoso para la altura del techo, se disponían en la sala sin alfombras. Al fondo de la estancia, el comedor, igualmente pesado y oscuro: la mesa cubierta con un mantel bordado, el aparador con antiguas cristalerías de copas relucientes muy «historiadas», como diría mi madre, y una lujosa vajilla de porcelana que había sobrevivido a los tiempos –sobre todo a los últimos tiempos, por demás convulsos–. Una vez sentados en la sala, fui sacando de la jaba las cosas que mi madre enviaba. Me conmovió la dignidad con la que la tía recibía los obsequios, con gratitud pero sin aspavientos, y me percaté de que entre Ana María e Hilda había una relación de equidad construida minuciosamente a lo largo de los últimos años, porque las dos consideraban los regalos igualmente propios, aunque fuera la tía quien los recibiera.

Me llamó la atención que, en el pasillo que llevaba del comedor a la cocina, se dispusieran en el suelo, formadas en una ordenadísima hilera, diez o doce papas. La tía me explicó que tal medida obedecía a una necesidad de hidratación natural, cuyo proceso yo no entendí bien a bien, pero que muy poco importaba frente a la conclusión lapidaria de su discurso:

–Esta Revolución nos enseñó el enorme valor de una patata –dijo.

Quiso la tía mostrarme toda la casa, como si se tratara de su intimidad, pues visitamos hasta el último rincón, y en el recorrido fue abriendo la alacena de la cocina, el botiquín del baño, los cajones –gavetas– del aparador e incluso las enormes puertas del ropero –escaparate– de su recámara. Los frascos –pomos–, los enseres, los medicamentos, los manteles, los cubiertos, las prendas de vestir, los zapatos estaban meticulosamente ordenados y ocupaban, cada uno, un lugar preciso e intransferible. Se echaban de ver las severas carencias y la precariedad derivadas del bloqueo por lo que hacía a comestibles, medicinas, implementos domésticos, en contraste con la riqueza de los objetos procedentes de otros tiempos. Me impresionó el enorme parecido entre mi tía y mi madre en el cuidado con que llevaban sus respectivas casas: la misma manera de doblar las servilletas, de acomodar los platos, de disponer la ropa, de tender la cama; la misma manera de ordenar el universo diminuto que se encierra en una casa. Si, por alguna extraña circunstancia, yo hubiera tenido que quedarme a vivir ahí solo, no habría tenido ninguna vacilación para dar con el más inusual de los utensilios.

Cuando entramos en su recámara, una presencia distrajo mi atención por un momento. La tía me dijo:

–En esta cama en la que ahora yo duermo, murieron mis dos maridos. Primero tu tío Victorio, en 1949. Diez años después, en 1959, aquí mismo, tu tío Manolo.

Hizo una pausa, que yo atribuí a un asalto doloroso del recuerdo de la muerte de sus sucesivos maridos, pero que realmente obedecía a otros motivos porque, al cabo de unos instantes de silencio, dijo en tono sereno y conclusivo:

–¡Qué bueno que tu tío Manolo se murió justo cuando triunfó la Revolución!

–¿Por qué dices eso, tía?

–Porque él no hubiera entendido nunca este proceso.

–¿Por qué?

–Figúrate tú cómo lo iba a entender, si cuando había dos bizcochos, quería los dos para él. –Y buscó la aquiescencia de Hilda–: ¿No es verdad? –le preguntó.

Hilda asintió con una sonrisa, complaciente por costumbre.

En esa recámara de muebles solemnes, lunas ovales en las puertas del escaparate y lámparas de bronce en las mesas de noche, dos imágenes, cuya concomitancia me había sorprendido al entrar en la habitación, se disputaban el señorío: una estatua de pasta de la Virgen de la Caridad del Cobre, patrona de Cuba, encima del *chiffonnier*, y un cartel muy colorido, en alto contraste, con la efigie casi mística del Che Guevara, colgado en la pared, arriba de la cabecera. Entre ambos se dividían equitativamente las devociones de la tía Ana María.

Al lado de esa recámara: el cuarto de Hilda, quien con la muerte del tío Manolo y la victoria de la Revolución acabó por ocupar la habitación que había sido de la tía mientras vivió su segundo marido, con quien, al parecer, nunca compartió el lecho.

En el recorrido, la tía fue hablando de los problemas de la casa: la bomba del agua, que, a punto de estallar, obligaba a una disciplina rigurosa para lavar los platos o utilizar las instalaciones sanitarias; el refrigerador, que hasta mi llegada sólo se abría una vez al día porque el hule –la goma– que cierra la puerta amenazaba con desintegrarse; la herrería de las ventanas, a la espera ansiosa de la pintura anticorrosiva que la protegiera de la oxidación que le infligía el salitre del mar. Pero en sus palabras no había queja por la situación; sólo disculpas por no tener todo tan perfectamente dispuesto como ella hubiera querido en mi visita y por no poder ofrecerme otra cosa que algo de lo que yo mismo había llevado de regalo –una taza con café instantáneo o una copita de Kahlúa– y que por supuesto rehusé.

De regreso al portal, nuevamente sentados, ahora ante el tránsito de los niños de secundaria –gritos, risas, juegos– que salían de la escuela con sus uniformes color mostaza y sus pañoletas distintivas amarradas al cuello y saludaban a la tía con el cariñoso apelativo de *abuela*, Ana María dejó a un lado los asuntos domésticos y tocó otros temas que podrían resultar inusitados en una persona como ella. No salía de casa, nunca quiso atravesar el túnel de la Bahía ni los del río Almendares –el de Línea y el de la Quinta Avenida– porque la sola idea de estar en un ducto que pasaba por debajo del agua le daba un miedo pánico, y al parecer dedicaba toda su energía a mantener ese orden que les imponía a su propia persona, a sus costumbres y a todos y cada uno de los objetos que la circundaban. Pero bien que habló de las presiones de Estados Unidos sobre los países petroleros; del desprestigio de la OEA, a la que tachó de instrumento del neocolonialismo; de la responsabilidad de la CIA en el sabotaje al gobierno de la Unidad Popular de Chile, que condujo al golpe militar contra Salvador Allende, y de Fidel. De los discursos de Fidel, que ella seguía por la televisión sin pestañear, lamentándose de que ya no fueran tan largos como antes:

–Es que ya hemos aprendido mucho de la situación –me dijo– y no necesitamos tantas explicaciones. Fidel es un tremendo maestro –concluyó.

Ya le había oído yo decir a mi madre que Fidel la tenía totalmente embobada. Pero si tal comentario me molestaba sobremanera, lo que más hería mi susceptibilidad revolucionaria era que mamá pensara que la posición tan favorable de la tía

Ana María con respecto al régimen de Castro no obedecía a sus convicciones políticas y a sus ideales de justicia, libertad e independencia, sino al miedo. El miedo a que la despojaran de la única casa que le dejaron entre todas las que poseía en El Vedado y de cuyas rentas habían vivido ella y sus maridos desde tiempos muy anteriores a la Revolución; el miedo a que le suspendieran la pensión vitalicia de la que disfrutaba precisamente a cambio de las casas que le expropió el gobierno; el miedo a que los vecinos y sobre todo el Comité de Defensa de la Revolución de su cuadra la pudieran delatar como antisocial por una ideología proveniente de su extracción burguesa y capitalista.

Antes de despedirme, se apersonó en el portal un hombre envejecido, de facciones maltratadas por el sol, de sonrisa desdentada: Zacarías, el vecino del Chevrolet Belair 54. Cuando al llegar vi el automóvil estacionado –parqueado– en la propia cochera de la casa, me impresionaron las magníficas condiciones en que se encontraba a pesar del salitre, que todo lo corroe. El coche lucía veinte años más joven de lo que realmente era, es decir, recién sacado de la fábrica, mientras que su dueño parecía veinte años más viejo. Zacarías no había hecho otra cosa en su vida desde el triunfo de la Revolución, según me dijo la tía, que cuidarlo, lavarlo, encerarlo, pulirlo, componerlo. Parecía que le hubiera transmitido al automóvil sus últimos años de juventud. Casi no lo manejaba porque había muy poca gasolina en Cuba para autos particulares y sólo se podía conseguir de tarde en tarde por la libre. Cuando había combustible, Zacarías ayudaba a la tía en alguna diligencia, a cambio del uso gratuito de esa cochera que ella no utilizaba desde que el tío Manolo, poco antes de su enfermedad fatal, vendió su viejo carro, cuya marca la tía no recordaba pero sí su parecido con una gigantesca carroza fúnebre. Y naturalmente era Zacarías el que iba por mi madre al aeropuerto de Rancho Boyeros en sus muy espaciadas visitas a La Habana. Cuando le entregué las bujías que mamá le enviaba en compensación por los amables servicios que le había prestado, el viejo prematuro, con los ojos humedecidos por la emoción, extendió una amplísima sonrisa y las agradeció como si fueran de oro puro:

—Esta Revolución nos enseñó el valor de una bujía —dijo, y yo no supe de quién era la frase original, si de él o de la tía. O de Fidel.

O'Gorman y la balada

¿*Qué habría dicho mi añorado maestro Edmundo O'Gorman si hubiera escuchado la letra de una balada de Nino Bravo que alguna vez oí en La Habana?*

O'Gorman dedicó su libro más combativo a desmentir la idea del Descubrimiento de América. Si Cristóbal Colón jamás advirtió la identidad de lo que presuntamente descubrió, y murió pensando que había llegado a las Indias occidentales por la ruta contraria a la que habían seguido los expedicionarios que lo antecedieron, en realidad no descubrió estas tierras del Nuevo Mundo. América, según él, no es descubierta, sino inventada por una milenaria tradición que había depositado en el ignoto Occidente sus más portentosas fantasías y que, tras los viajes colombinos, proyectó sobre el llamado Nuevo Mundo su obsesiva imaginación.

Para exaltar aún más la idea preconcebida de América como paraíso terrenal, de la que participó el mismísimo almirante genovés, la balada de Nino Bravo que alguna vez oí en La Habana, sin ningún pudor teológico ni histórico, dice:

Cuando Dios creó el Edén,
pensó en América.

3
Un pasodoble

Antonia Milián y Milián, tu abuela materna, nació en la ciudad de La Habana cuando Cuba era todavía una provincia del viejo Imperio español, que estaba a punto de desmoronarse ante la inminencia del nuevo Imperio norteamericano. Aunque provinciana, era española por partida de nacimiento, pero cubana por la brillantez de su mirada, la hermosura de su estampa y la insurgencia de su temperamento, apenas contenido por santa Bárbara o Changó.

Tú no la conociste. Ni a ella ni a tu abuelo Gonzalo, de quien heredaste el nombre. En realidad, no conociste a ninguno de tus cuatro abuelos. Con eso de que eres el undécimo hijo, la cronología no te dio la oportunidad de coincidir en el planeta con tus ancestros. De todos tus abuelos, Antonia fue la más cercana a tu tiempo, pero aun así, murió seis años antes de que nacieras, de modo que para saber de ella tendrás que conformarte con la historia que te cuento.

Tu abuela era cubana, como te digo, pero sus padres nacieron en Las Palmas de Gran Canaria. Habían emigrado a Cuba, donde procrearon a sus hijos, entre ellos a Antonia, quien se quedó huérfana de madre a una edad muy temprana. ¿Te das cuenta de que entre tus mayores la orfandad precoz es un estigma? Cuando Antonia, que era la única mujer de la familia, se casó, la guerra de Independencia había separado a Cuba del caduco Imperio español. Su padre, desmujerado –sin esposa ni hija– y por primera vez en su vida fuera de su patria, entendió que su misión en esa isla había concluido. La otra isla, la suya, la natal, la de la madre patria, lo llamaba. Así que tomó la decisión de regresar a Canarias para ya no volver más a las Antillas.

Como si hubiera querido rubricar con su propia emancipación filial la presunta independencia del país, justo cuando se instauró en Cuba la República en el año de 1902, Antonia contrajo matrimonio con Gonzalo Blasco Ruiz, aragonés con mucho de valenciano, avecindado en Cuba de tiempo atrás, y lejanamente emparentado con Vicente Blasco Ibáñez y con Pablo Picasso, quien habría de borrar de su nombre el apellido Ruiz de su padre en beneficio del más sonoro Picasso de su madre.

A pesar de que se quedó en Cuba, Antonia se las arregló para visitar a su padre en repetidas ocasiones. La nueva familia Blasco Milián cruzaba el Atlántico por sus extremos más cercanos, de la mayor de las Antillas a la Gran Canaria, y se quedaba ahí por tiempo indefinido, sin echar de menos la condición insular en la que había vivido ni el clima caluroso ni las modalidades del vocabulario y su pronunciación atropellada, que son iguales en uno y otro sitio.

Precisamente en uno de esos viajes a Las Palmas nació Virginia, tu madre, en el año de 1906. Fue la segunda de las tres hermanas. Rosita había nacido en La Habana y Ana María habría de nacer también en Gran Canaria, como tu mamá, en un viaje subsecuente.

Tu abuela Antonia era una mujer enérgica, disciplinada y culta. Pero —cosas del paisaje, del clima, de la convivencia de las razas, qué sé yo— no tenía la virtud de la templanza. La pasión solía trastornarla y volverla atrabiliaria. En un tris podía pasar del rigor más severo a la más vesánica de las exaltaciones. Era candela, como quien dice. Tu abuelo era fuerte de carácter y firme de voluntad, pero al contacto con el temperamento dominante de tu abuela, esas sus condiciones primigenias con los años fueron cediendo el paso, al menos en su casa, a la resignación y la serenidad viril. Acabó por ser un hombre tan condescendiente con las arbitrariedades de su esposa como vulnerable a las zalamerías de sus tres hijas, a quienes profesó una devoción rayana en la idolatría. La reciedumbre con la que trataba a los hombres que trabajaban en su finca no se correspondía con la mansedumbre que adoptaba apenas llegaba a casa y convivía con sus cuatro mujeres.

En La Habana, Antonia y Gonzalo vivían en la calle de Compostela número 143, pero pasaban largas temporadas en una finca de su propiedad cercana a la capital, llamada El Palenque, en la que trabajaban decenas de peones bajo la dirección de tu abuelo. Tu madre habría de guardar entre los recuerdos más antiguos de su infancia el olor a plátano manzano de las flores encendidas de la picuala, que ahí crecía con una generosidad desbordante. También habría de recordar, de aquellas temporadas en el campo, una melodía habanera que su madre tocaba al piano cuando tu abuelo regresaba de cumplir sus tareas administrativas. De tarde en tarde, seis o siete de sus notas irrumpían entre sus labores de costura o las páginas de la novela que estaba leyendo y se apoderaba de ella esa suerte de tranquilidad inquietante, entre placentera y dolorosa, inmovilizadora y pasajera que se conoce con el nombre de nostalgia.

Tus abuelos no sólo visitaban periódicamente al padre de Antonia en Las Palmas de Gran Canaria, sino también a los padres de Gonzalo, que residían en Valencia. En el año de 1914, iniciaron un recorrido por la Península Ibérica. Estuvieron en Zaragoza, Teruel y Castelserás, la tierra natal de tu abuelo; en Barcelona, Málaga, Alicante, y finalmente se establecieron por espacio de dos años en Valencia, donde vivía la familia de Gonzalo, como te dije, y el clima era más benigno. Aun así, los dos inviernos que pasaron en el Levante español les resultaron terriblemente crudos. Las niñas, que no conocían el frío y que observaban la práctica insana y estrafalaria de bañarse todos los días, tan ajena a los usos y costumbres del lugar, solían enfermarse en esas épocas del año. Un médico muy reconocido las visitó más de una vez en la casa de la calle Pi Margall donde se habían instalado. Las auscultó, les recetó los remedios apropiados y les impuso las dietas convenientes. El médico era nada menos que Santiago Ramón y Cajal, que de paso por Valencia, donde años atrás había sido profesor de anatomía, visitó a la familia de tus abuelos, a quienes lo unía la remembranza de su lejana estancia en Cuba. Tu madre habría de recordarlo con gratitud pero también con cierta vergüenza por que tan eminente personaje hubiera atendido las boberías de ella y de sus hermanas, que no habían ido más allá de un resfrío y nunca habían rebasado los 38 grados de temperatura.

Mientras residieron en Valencia, las niñas no fueron al colegio. Sus propios padres se encargaron de su educación. Una profesora iba dos veces por semana a la casa para impartirles instrucción básica, pero los demás días tus abuelos se ocupaban directamente de su formación, según un riguroso programa de estudios diseñado ex profeso por tu abuela. Antonia había estudiado la carrera de pedagogía en La Habana y Gonzalo era contador –profesión que había aplicado a la administración de sus propios bienes y que no le sirvió de nada cuando intentó administrar los que su esposa recibió en herencia a la muerte de su padre–, pero su pasión era la historia de Europa, a cuyo estudio dedicó las más de las tardes de su vida. Así que tu abuelo les enseñaba los números y tu abuela las letras, aunque entre las cuatro operaciones aritméticas Gonzalo metía de contrabando pasajes de la historia de España, de Francia o de Inglaterra, muchas de ellas colindantes con la leyenda, como la reconquista de Granada, la muerte de Juana de Arco en la hoguera o los muchos matrimonios de Enrique VIII; y Antonia, entre el sujeto, el verbo y el predicado, hacía referencia a relatos bíblicos de los que siempre extraía una moraleja edificante que fortaleciera los valores de las niñas: la paciencia de Job, la determinación de Judith, la sabiduría de Salomón.

Como parte de su educación elemental, las niñas también recibieron clases de música. Las dos mayores estudiaron piano y la menor violín, pero sólo Rosita persistió en la disciplina. Tenía el gusto y la facilidad de su madre y, por su influjo y bajo su estricta vigilancia, desarrolló un talento que superaba con creces el de sus hermanas. De las tres, fue la única para quien la música no era un ejercicio mecánico sino una respiración del alma. En Valencia recibió sus primeras lecciones de solfeo y teoría musical. De regreso en La Habana, estudió piano formalmente y llegó a tocar como solista en varios conciertos y recitales que organizaba su maestra con la participación de sus alumnos más aventajados, para satisfacción de ella misma y de sus padres, y a la postre para deleite de un joven catalán residente en La Habana, Juan Balagueró, quien fue ascendiendo por la escala de las partituras hasta convertirse en su marido. Virginia y Ana María, en cambio, nunca dieron el paso que va de la obligación al entusiasmo, de la disciplina académica a la necesidad espiritual. Ana María era demasiado inquieta para perseverar en el violín, pero aun así llegó a tocar a dúo, con Rosita al piano, algunas piezas más o menos sencillas como *El carro del sol*, de Emilio Serrano. Tu madre, que era muy empeñosa y había heredado de su padre el tesón aragonés, estudió piano con tenacidad, pero nunca con deleite. Era más diestra para otras artes. Siempre tuvo una prodigiosa competencia matemática y con precisión asombrosa podía calcular pesos, medidas y volúmenes. Podría haber sido una gran ingeniera. Así que cambió el teclado por la costura, que habría de practicar con maestría a lo largo de toda su vida, por gusto pero también por necesidad. Ella confeccionó gran parte de la ropa que usaban tus hermanos, desde camisas y chamarras hasta suéteres y pijamas, y que tú, por ser el menor de los varones, heredabas cuando a ellos las prendas empezaban a quedarles chicas.

En La Habana, en la finca o en Valencia, la vida familiar de tu madre y sus hermanas se regía por un código que tu abuela había establecido y que hacía cumplir de manera inexorable. De la misma manera que tres veces por semana las niñas recibían con toda formalidad la educación que sus propios padres les impartían, había horarios rigurosos para realizar todas y cada una de sus actividades: la hora de levantarse, la hora de bañarse, la hora de desayunar. El estudio, el almuerzo, la siesta obligatoria, la lectura, el bordado, la costura, la comida..., todo estaba programado de antemano, hasta el juego, la música, el rezo y el sueño. Además, Antonia asignaba tareas específicas a cada una de sus hijas y les confería responsabilidades que ellas se empeñaban en cumplir con un celo muy cercano a la rivalidad fraterna. Rosita era la encargada de contabilizar la ropa sucia, que tenía que ser devuelta a sus respectivos escaparates en el mismo número de prendas después de haber sido lavada, tendida y planchada por las lavanderas de la casa. Virginia se ocupaba de los víveres. Siempre presumió que desde los nueve años de edad era la depositaria de las llaves de la despensa y llevaba el control de lo que se había gastado y lo que era necesario adquirir en la bodega semanalmente para el abastecimiento cotidiano de la casa. Ana María, por ser la menor y un tanto enfermiza, tenía responsabilidades menos graves, como acomodar los cubiertos, las vajillas y las cristalerías en las gavetas y las repisas del aparador.

Después de dos años y medio de estadía en Valencia, la familia Blasco Milián regresó a Cuba. En el barco *María Cristina*, que los trajo de vuelta a la isla, venía un matrimonio de catalanes recién casados, Enriqueta y José Ferrán, que trabó amistad con tus abuelos durante las cerca de tres semanas que duró la travesía. Ferrán era un hombre maduro, más próximo a la edad de tu abuelo, quien a la sazón tenía cuarenta y cinco años, que a la de su joven esposa, que no pasaba de los veinte. Pero aun así, hacían buena pareja. Él llevaba mucho tiempo viviendo en Cuba, donde era propietario de un prestigioso almacén de pieles, ubicado en la calle de Teniente Rey número 25 de La Habana, pero su prolongada soltería en la isla lo había empujado a regresar a Cataluña con el atávico deseo de casarse con una mujer de su tierra. Fue en su pueblo natal de Ossó de Gió, Lérida, donde se encontró con la joven Enriqueta y la desposó con una celeridad que venía a compensar sus largos años de celibato. Por más que en Cuba hubiera adquirido cierta prosperidad, deseaba regresar definitivamente a Cataluña e instalarse en Barcelona con su esposa, pero el negocio de las pieles lo tenía atado a La Habana. Un sobrino suyo, Juan Balagueró, que había nacido en su mismo pueblo de Lérida y había aprendido el oficio de la talabartería en Agramonte, había venido a Cuba hacía diez años y había trabajado con él desde entonces a la fecha. Era un joven ambicioso, esforzado y muy trabajador, al grado de que se había vuelto socio suyo y se había quedado al frente del negocio durante el tiempo que él invirtió en su desposorio. José quería venderle el almacén, pero su sobrino, a pesar de que era ahorrativo y perseverante, no había reunido todavía el dinero suficiente para liquidar la totalidad de la venta. De manera que José Ferrán aún tendría que esperar un tiempo para cumplir su deseo de retirarse del negocio y vivir en Barcelona.

Cuando llegaron a La Habana, el matrimonio catalán desembarcó tras la familia de tu abuelo. Las niñas, que solían comportarse en público con la sobriedad que tu abuela les imponía sólo con mirarlas, esa tarde estaban muy inquietas por la excitación natural que les producía el regreso a su país.

El sobrino de José Ferrán, Juan Balagueró, un apuesto joven de veintiséis años, esperaba en la aduana del puerto la llegada del flamante matrimonio. Pero sus ojos no se fijaron en su tío ni en su esposa cuando desembarcaron, sino en tu tía Rosita, que sólo por un instante se distrajo del retozo que compartía con sus hermanas para reparar en él. Juan Balagueró, en cambio, no pudo quitarse de la cabeza la sonrisa luminosa que distraídamente le había dispensado esa muchachita de ojos azules y cabellos ondulados que apenas contaba con once años y medio de edad.

Ya en La Habana, la familia Blasco Milián se instaló en una casa de la calle de San Francisco en La Víbora, un barrio rodeado de extensas alamedas, donde era más fresco el clima y más puro el aire que en La Habana Vieja. Rosita no pasó mucho tiempo en esa casa porque, tan pronto estuvieron de regreso en el país, tus abuelos decidieron internarla en el Colegio del Sagrado Corazón de María para que regularizara sus estudios, tantas veces interrumpidos por los viajes sucesivos y administrados supletoriamente de manera doméstica. Sólo iba a casa cuando tenía vacaciones, dos o tres veces al año.

En La Habana, tus abuelos siguieron la relación con el matrimonio Ferrán y, al paso del tiempo, aquel encuentro pasajero en alta mar se asentó en tierra firme –si así se le puede llamar en este caso al suelo de la isla– y dio origen a una amistad duradera. José, como te dije, quería venderle a su sobrino la parte de la peletería que aún era de su propiedad, pero Juan no contaba aún con el dinero suficiente para pagarle a Ferrán la cantidad que él solicitaba. Y vaya que había ampliado el negocio con una visión comercial moderna, propia del mundo mercantil creado por los norteamericanos, e incrementado las ganancias durante el tiempo que el tío estuvo fuera. Vuelvo a este cuento porque, mientras la familia Blasco Milián residía en Valencia, había muerto el padre de Antonia en Las Palmas de Gran Canaria y tu abuela había recibido la porción de la herencia que le tocaba. Sin escuchar la voz de tu abuelo, quien pensaba que con los amigos nunca se debía hacer negocios, Antonia decidió comprar la parte del almacén de pieles que Ferrán vendía y entró como socia comanditaria de Juan Balagueró. Una vez cerrada la operación, Antonia empezó a recibir mensualmente y con toda puntualidad y pulcritud los dividendos que le correspondían. Juan, por su parte, se encargó totalmente del negocio. Redobló sus esfuerzos para adquirir lo más pronto posible la cantidad que había aportado tu abuela y realizar el sueño por el que había dejado su tierra natal: tener un negocio de su exclusiva propiedad que satisficiera a cabalidad sus ambiciones de dinero y reconocimiento.

Cuando José Ferrán vendió el negocio y regresó a Cataluña con su esposa, Juan Balagueró ocupó su lugar en las visitas que el matrimonio hacía frecuentemente a la familia Blasco Milián. Justificaban su asiduidad a la casa de la calle de San Francisco tanto la amistad heredada por el tío como el negocio compartido con tu abuela, a quien Juan le informaba de los estados financieros y de las operaciones comerciales que llevaba a cabo: los nuevos proveedores, la concesión del crédito del banco de don Narciso Gelast, su paisano, o la venta al mayoreo de zapatos reglamentarios para los colegiales de tal o cual escuela. Pero las visitas no sólo se hicieron consuetudinarias sino cada vez más familiares porque Juan, que desde la partida de su tío no contaba con ningún pariente en Cuba, empezó a tratar a tus abuelos como si fueran sus propios padres. Y ellos se dejaban querer y correspondían a su afecto, aunque por diferentes motivos: Gonzalo, porque veía en él al hijo varón que nunca tuvo y al cómplice que le ayudaba a contrarrestar la omnipresencia femenina de su casa; Antonia, porque desde que lo vio en la aduana al regreso de Valencia lo consideró un buen prospecto de yerno y por ello no dudó en involucrarse en el negocio de las pieles, aunque tenía que esperar a que su hija mayor creciera un poco para llevar a cabo sus proyectos. Juan, por su parte, ignorante de los propósitos casamenteros de Antonia, se había empeñado en congraciarse con la familia Blasco Milián para tener el primer turno en el momento en que saliera de su cautiverio aquella sonrisa que lo había trastornado cuando fue a recibir a su tío al puerto de La Habana.

Dos años después del regreso de Valencia, en el verano de 1918, durante las vacaciones largas del internado, Rosita se volvió a encontrar con Juan Balagueró. Lo había visto cuatro o cinco veces más en la casa de San Francisco desde la tarde nerviosa de su desembarco en La Habana, pero jamás le pasó por la cabeza la idea de que aquel señor que tenía amistad con sus padres pudiera fijarse en ella, que era todavía una niña, y menos aún que con el tiempo llegara a ser su novio, su marido y el padre de sus hijos.

El 24 de junio de aquel año, tus abuelos invitaron a Juan a comer para celebrar el día de su santo. Esa noche, Juan se presentó puntualmente en la casa de San Francisco. Vestía un traje de lino impecable y llevaba de regalo una espléndida caja de bombones. Tus abuelos, el invitado y las niñas comieron con la formalidad del caso: mantel largo, cubiertos de plata, cristalería de Bohemia, servilletas bordadas que todos se acomodaron en el regazo –menos Gonzalo, que se la sujetaba al cuello–, flores en el centro de la mesa, dos candelabros equidistantes, un mesero que servía por la izquierda de cada comensal y recogía por la derecha, dos sirvientas negras de guardia –hieráticas y atentas– y una conversación convencional y republicana en la que las niñas, por supuesto, no intervinieron. Antonia, a propósito, no abrió la caja de bombones que había llevado Juan, porque sabía por experiencia que esos cartuchos tan costosos son los que más tiempo tardan en venderse en las confiterías y con frecuencia se agusanan con los calores de La Habana. Después de comer, a la voz de «los licores y el café, en el saloncito» con que tu abuela daba por concluidos los protocolos de la mesa y liberaba a sus hijas de acompañar a los adultos, Juan y tu abuelo pasaron, en efecto, al salón, donde los aguardaban unos habanos de respetable vitola. En ese momento las niñas se despidieron, como era la costumbre, pero Antonia retuvo a su hija mayor, que se aprestaba a salir a tomar el fresco con sus hermanas en el portal de la casa. Le pidió que los acompañara y que los deleitara con una melodía. Rosita estaba cursando el quinto año de piano y tenía puestas varias composiciones que interpretaba con soltura e inspiración. A Juan le gustaba mucho la música, o por lo menos eso dijo aquella noche, y después de que tu tía ejecutó dos o tres piezas, le pidió con ojos de súplica y la más seductora de sus sonrisas, que tocara por favor un pasodoble titulado *La corrida regia*, que Rosita tenía en su repertorio y que estaba muy de moda en aquel tiempo. A Juan le encantaba esa pieza, a saber por qué, pues en su Cataluña natal no había mayor afición taurina y en Cuba la fiesta brava no había tenido arraigo. Ésa fue la primera vez que Juan se dirigió personalmente a Rosita, quien durante la comida se limitaba, al igual que sus hermanas, a escuchar a sus mayores y sólo hablaba para responder alguna pregunta que se le formulara. Mientras ella tocaba el pasodoble, Juan por fin se decidió a hablar con tu abuela de sus intenciones de pretender formalmente a su hija mayor. Habló con ella en voz muy baja, para que Rosita no pudiera escucharlo y para que sus palabras no la distrajeran del teclado. A Rosita le molestó ese irrespetuoso cuchicheo, pero aun así, al finalizar su interpretación, agradeció los efusivos aplausos de Juan. Cuando se disponía a salir al portal para reunirse con sus hermanas, Antonia la retuvo por segunda ocasión y le pidió que se quedara con ellos un rato todavía. Aunque no hubiera trastabillado al interpretar el pasodoble, a Rosita no le había gustado que Juan y su madre hubieran sostenido una conversación confidencial mientras ella tocaba. Tenía la certidumbre de que habían hablado de ella, y si no sabía a ciencia cierta qué tema habían tratado, estaba segura de que no se habían referido a su talento musical sino a algo más que le producía desasosiego y confusión. No tuvo más remedio que acceder a la solicitud de su madre, ratificada cariñosamente por su padre, aunque hubiese preferido jugar con sus hermanas en el portal, que era el lugar más apetecible de la casa porque ahí, al contacto con la calle, la disciplina general se relajaba un poco. A una señal de Antonia previamente convenida, Gonzalo trajo una bandeja con cuatro copas de sidra. Todos brindaron, incluida Rosita, que por primera vez apuró una bebida espirituosa, cuyas burbujas, por cierto, le provocaron un estornudo impertinente. Ella pensó que se trataba de un brindis por Juan, que, como te dije, ese día festejaba su santo, y no fue sino hasta al día siguiente cuando se enteró del verdadero motivo de aquella celebración. Esa noche, sin saberlo, Rosita se había convertido formalmente en la novia de Juan Balagueró. Sus padres habían aceptado complacidos la petición del catalán. Él tenía veintiocho años de edad. Rosita no hacía mucho tiempo que había cumplido trece.

Al día siguiente, después del desayuno, Antonia le dio la noticia de su noviazgo.

–¡Cómo! ¿Ya tengo novio? –exclamó desconcertada.

Un nerviosismo hasta entonces desconocido se apoderó de ella durante todo el día. Esa noche, según le advirtió su madre, Juan volvería a casa y por primera vez la visitaría en su condición de novio oficial. Ella no tenía la menor idea de cómo tendría que comportarse. ¿Qué le diría él?, ¿de qué conversarían?, ¿cómo se mirarían? Su ansiedad se acrecentaba por minutos y las explicaciones de su madre, lejos de tranquilizarla, agudizaban aún más su nerviosismo.

–Tienes que entender que ya eres una señorita –le decía su madre como única explicación, pero Rosita no comprendía qué significado tenían esas palabras.

Faltaba poco para que dieran las ocho de la noche, la hora en la que Juan llegaría, y Rosita no podía salir del cuarto de baño. Para que estuviera en condiciones de recibir por primera vez a su novio, tu abuela le dio a beber una infusión de manzanilla con elixir paregórico.

Con las ocho campanadas del reloj del comedor, Juan tocó el timbre de la casa. Estaba muy contento y lucía un traje muy bien cortado, una corbata de vivos colores y unos zapatos nuevos.

Se sentaron en la pequeña antesala, en la que aguardaban tus abuelos. Por primera vez Rosita vio a Juan, es decir que por primera vez se fijó en él: en la expresión de su mirada, en la disposición de sus dientes, en la forma de sus orejas, en el color de su piel, en la consistencia de su pelo, en el tamaño de sus manos, en las proporciones de su estatura. Y le pareció guapo.

Se sentía petrificada y, más que en los rasgos fisonómicos de Juan, pensaba en su propia cara. ¿Qué cara tendría? Cara de boba; de seguro cara de boba, pensaba. Se inició una conversación general, torpe y sin sentido, hasta que Antonia, tratando de aliviar la tensión de aquel momento y confiando en que Juan sabría manejar la situación, le dijo a su futuro yerno:

–Mire, Balagueró, yo les preparé dos silloncitos en el saloncito para que ustedes puedan hablar con más libertad y sentirse más a gusto.

Antonia los condujo al salón, después los felicitó por el compromiso que habían contraído, le dio un beso a cada uno y se volvió a la antesala, donde se había quedado su marido rumiando unos celos que se le presentaban por partida doble.

Rosita deseaba sentirse mayor –o al menos aparentarlo–, pero no lo conseguía. Miraba a Juan de reojo y no se le ocurría nada que decirle. Él, en cambio, la miraba de frente, sin fisuras; alelado, pero de frente. Le preguntó varias veces si se sentía bien, si tenía mucho calor, si le pasaba algo. La elocuencia nunca figuró entre sus cualidades, pero aun así le contó de las miserias de su historia y de las ilusiones de su porvenir, del que ella era la dueña y la protagonista.

Cuando Juan se fue, cerca de las once de la noche, Rosita se sintió aplastada. Tu abuela le dio una pastilla para los nervios. Se acostó enseguida y al instante un sueño pesado se apoderó de ella. Durmió sin interrupciones ni sobresaltos toda la noche. Y más. Ya había pasado la hora de levantarse impuesta por Antonia, de la que por primera y única ocasión hizo caso omiso, y Rosita seguía dormida. Vicenta, la nana que habían traído de Valencia, la despertó pasadas las diez de la mañana para entregarle un ramo de flores y una carta que Juan le había enviado con un propio. En la carta, su prometido le decía, con palabras convencionales y torpes, todo lo que la víspera no había podido decirle de viva voz. Con esa primera carta de amor que recibió en su vida, Rosita empezó a sentirse un poco mujer y a pensar en Juan de una manera diferente a la que pensaba en los demás. Empezó a enamorarse del amor.

4
La concentración

El programa oficial de la visita siguió su curso: tuvimos un encuentro formal con las autoridades cubanas del sector educativo, en un salón en el que los funcionarios homólogos de Cuba y México, sentados a una larguísima mesa por demás solemne a pesar de los mojitos que la adornaban, intercambiaron datos estadísticos de sus respectivos países, como si se tratara de una competencia olímpica; visitamos las instalaciones, mitad antiguas, mitad modernas, de la Escuela Nacional de Arte, donde los estudiantes vivían en calidad de internos, dedicados de tiempo completo al cultivo de sus disciplinas –la danza, la música, el teatro, la pintura–; fuimos a una secundaria técnica en el campo, elegida entre todas porque ostentaba el nombre de «Benito Juárez», en la que los niños, también internos de lunes a viernes, alternaban sus estudios académicos con prácticas agrícolas. En el discurso surgía constantemente el contraste dramático entre los años anteriores a la Revolución y los nuevos tiempos, que en el ámbito educativo eran gloriosos y espectaculares: la educación ahora era para todos; la campaña de alfabetización había sido un éxito y hasta el último guajiro del Escambray sabía leer y escribir; los tirajes de los libros que se publicaban eran altísimos y los cubanos habían adquirido el hábito de la lectura como no se había visto nunca en ningún país de América Latina, ni en el México de la época de José Vasconcelos, en cuya cruzada cultural había participado el propio Carlos Pellicer; quienes tenían aptitudes manifiestas para desarrollar una vocación artística contaban con el apoyo absoluto del Estado a cambio de una entrega total a su disciplina; los niños de secundaria eran separados de sus familias entre semana para recibir una educación integral, donde valoraran la importancia del trabajo y contribuyeran al proceso productivo del país y, de paso, para facilitarles a sus madres el desarrollo de sus propias funciones laborales durante los días hábiles en que ellos permanecían en sus escuelas. Todo resultaba conmovedor, ejemplar, maravilloso. Teníamos los ojos bien dispuestos para verlo así, y así lo vimos. Y lo suscribimos y lo divulgamos con verdadero entusiasmo.

Mi mayor gusto, empero, fue acompañar a Carlos Pellicer en sus visitas y en sus conferencias y seguir muy de cerca los pasos de su itinerario.

Recuerdo la soleada mañana en que fuimos a visitar la Casa de las Américas, entonces dirigida por Haydée Santamaría. A lo largo de los últimos años, ahí se habían dado cita numerosos escritores latinoamericanos que no se conocían entre sí, ni siquiera en sus respectivos países, y que terminaban por encontrarse y reconocerse en el «Territorio libre de América». Pellicer, cuya vocación latinoamericana lo había llevado a recorrer diversos países de nuestro continente desde sus tiempos juveniles, cuando se desempeñó como secretario de Vasconcelos y como representante de México ante la Federación de Estudiantes de América Latina, fue recibido con alborozo en esa institución tan correspondiente al espíritu anfictiónico de Bolívar y al amor que José Martí le profesó a la América nuestra. Roberto Fernández Retamar le dio la bienvenida. El poeta, tan entusiasmado como sus anfitriones, sostuvo con los residentes habituales de la Casa, con los invitados a la reunión y con quienes lo acompañábamos esa mañana, una deliciosa tertulia de mecedora, presidida por un enorme tríptico alusivo al Che y animada por los buchitos de café, primero, y después por los tragos de ron, que comenzaron a circular inofensivamente, en aquel recinto oficial, a las once de la mañana. Concluimos nuestra visita con un recorrido por las instalaciones y particularmente por la galería de arte que se encuentra en el piso superior, donde se apreciaban los cuadros de grandes pintores latinoamericanos, como Orozco, Matta o Guayasamín, custodiados por un megalómano árbol de la vida de Metepec, de cerca de tres metros de altura, que había enviado de regalo el presidente Echeverría.

Esa noche, Pellicer dio una conferencia en la Biblioteca Nacional José Martí, frontera a la plaza de la Revolución. El auditorio estaba abarrotado: entre la concurrencia se encontraban altas personalidades de la cultura y de la política de Cuba, como José Antonio Portuondo y Juan Marinello, acaso los hombres más elegantes de La Habana, el uno de guayabera impoluta, el otro de saco y corbata a pesar de los calores que sofocaban la isla. Pellicer habló de la poesía de Salvador Díaz Mirón. Al término de su plática, ilustrada con algunos poemas muy bien dichos del vehemente escritor veracruzano, el público le rogó a Pellicer que leyese algunos textos suyos. El poeta accedió de buena gana y, aunque se supiera su poesía de memoria, quiso tenerla a mano, tal vez para elegir los poemas que habría de decir. Para ello, le solicitó a Eduardo López Morales, quien fungía como su anfitrión en la biblioteca, que le facilitara alguna antología de su obra. López Morales, a su vez, dio la instrucción a un encargado del acervo, quien, al poco rato, se apersonó con el gigantesco volumen que la Universidad Nacional Autónoma de México había editado en el año 59 bajo el título de *Material poético*. Cuando pidió el libro, Pellicer seguramente estaba pensando en la pequeña antología de bolsillo publicada por el Fondo de Cultura Económica en la Colección Popular, y al ver el mamotreto que le traía el empleado, se achicopaló ante semejante ladrillo y no pudo menos que decir, con toda la sonoridad de su voz, una frase que, bien oída, daba cuenta cabal de su poesía: «¡Pero éste no es un material poético; éste es un material para la construcción!».

Otra noche, después de haber asistido a un convivio en la Unión de Escritores y Artistas de Cuba, que entonces presidía Nicolás Guillén, recibimos una invitación para ir al departamento que el poeta nacional usufructuaba en uno de los pisos más altos del edificio Somellán de El Vedado, frente al Malecón. A la salida de la UNEAC, le pregunté a Pellicer si él asistiría a la reunión a la que nos convocaban y me respondió con otra frase, equivalente a la anterior, que en este caso definía puntualmente no su poesía, sino la de la negritud y muy especialmente la de su vocero mayor:

–No –me dijo rotundamente–, porque Nicolás va a empezar a decir sus poemas y yo ya estoy muy viejo para bailar.

Como tal negativa sólo tenía que ver con la felicidad de su frase –«¡Por suspirarle a la vida / uno qué cosas no hará...!»– y de ninguna manera con su renuencia a asistir a la reunión, fue. Y yo también.

Me sorprendieron la belleza y la amplitud del departamento de Guillén, sus ventanales, desde los que se veía sin estorbos la inmensidad del litoral; la delicadeza y la abundancia de los tragos y de los bocadillos, que mucho contrastaban con las papas ordenadas militarmente en el pasillo de la casa de mi tía Ana María. No obstante el repentino malestar que esta imagen inicua me provocó, disfruté mucho de la velada, entre otras cosas porque no fue Guillén el único que leyó sus poemas, con voz cóncava y ritmo de tambor:

> Tamba, tamba, tamba, tamba,
> tamba del negro que tumba;
> tumba del negro, caramba,
> caramba, que el negro tumba:
> ¡yamba, yambó, yambambé!

También Pellicer dijo los suyos. Si digo que los dijo y no que los leyó, los recitó o los declamó, es simplemente porque los dijo, de la manera más sencilla, más humilde, como si en ese momento los estuviera creando, como si los tomara naturalmente del aire, como si no emergieran de su memoria sino de su imaginación. «Aquí no suceden cosas de mayor trascendencia que las rosas.»

Un día nos llevaron a conocer las bellísimas playas de Varadero. Recordé a Benny Moré, «el Bárbaro del Ritmo», que con su voz de trompeta cantaba «Cuando a Varadero llegué, conocí la felicidad; cuando a Varadero llegué, mi alma tuvo paz».

Nos acogieron en una lujosa casa de protocolo, acaso expropiada a algún magnate de la industria azucarera. Aunque de proporciones más modestas, nuestro albergue se parecía a la vecina casa Dupont, palacete construido con maderas recias y oscuras, resistentes a la humedad marina, y enclavado, como el nuestro, en ese paraíso del Caribe donde el color del mar pasa del verde turquesa al azul profundo. Imposible no pensar en Agustín Lara, el músico poeta, quien, para introducir alguna de sus canciones, decía, más poeta que músico: «El mar tiene, como todos los colosos, caprichos admirables: deja escapar en su color una tormenta de esmeraldas y en cambio permite que el sol arrulle a las palmeras. Así es el mar».

Pellicer y el comandante Fernández se fueron a asolear a la playa. Sentados en sendas sillas plegadizas, conversaban frente al mar. Desde la terraza, yo los observaba a cierta distancia, lo suficientemente larga para no importunarlos y lo suficientemente corta para escuchar cuanto decían. Un poeta y un militar, hermanados por un ideario, por un humor y por el mar. Ante la gama cromática de Varadero, Pellicer, con la mirada perdida en el horizonte marino, acaso recobró la imagen colorida plasmada en algunos versos de su libro primerizo, casi niño, titulado precisamente *Colores en el mar:*

> El tiempo vespertino se aguaba en acuarelas
> de matices distantes, cristalinos de sol.

Y tras unos minutos de silencio, le dijo al defensor de Playa Girón en tono de reclamo:

–¡Cómo es posible, comandante, que el gobierno de la Revolución gaste tantos millones de dólares en pintar el mar!

Acto seguido, se quitó el traje de baño con sorprendente naturalidad, se adentró en el agua completamente desnudo, se dio una zambullida, cortó una pequeña ola, emergió a la superficie tranquila y, recurriendo a un chiste yucateco, con el puño cerrado, le gritó al ministro, que, sonriente, lo veía desde la playa, sentado en su silla plegadiza:

–Además, comandante, si uno mete la mano, abajo hay más –y en la mano, ahora abierta, le temblaba, como él decía en un poema, «... un poco de agua, / de lujo y desnudez».

Había corrido el rumor de que Víctor Maldonado, a la sazón embajador de México en Cuba, invitaría al ingeniero Bravo Ahúja a una cena en la residencia oficial de nuestro país en La Habana, a la que posiblemente acudiría nada menos que el Comandante en jefe de la Revolución cubana. Se decía que por motivos de espacio y de seguridad no podría asistir todo el grupo de mexicanos y que la invitación, por tanto, habría de ser selectiva. Después se supo que se habían repartido, de manera discrecional, algunas invitaciones rigurosamente personales. Yo, por supuesto, no había recibido ninguna. Lo lamenté porque, salvo a Lezama Lima y a Carpentier, a nadie me interesaba más conocer en Cuba que a Fidel. Pero acepté la restricción comprensivamente porque en realidad yo no desempeñaba ningún papel específico en esa visita oficial y con el solo hecho de haber ido a Cuba me daba por bien servido: mucho había ganado ya con estar en ese país, por demás querido y admiradísimo, al que prácticamente era imposible viajar al margen de la oficialidad en los tiempos que corrían. Así que me dispuse a acudir serenamente esa noche a las actividades que estaban previstas en el programa de la visita: una conferencia sobre la danza contemporánea en México, que dictaría Alberto Dallal en la Biblioteca Nacional José Martí, donde Carlos Pellicer había hablado sobre la poesía de Díaz Mirón, y, después, un concierto de percusiones, en algún palacete de El Vedado expropiado por la Revolución. Así lo habría hecho si Gloria Bravo, con su mejor voluntad, no me hubiera pedido que me acogiera a la invitación de Carlos Pellicer para ir a la residencia del embajador. Como escudero a quien se le ha prometido el gobierno de una ínsula, le pregunté al maestro si consideraba oportuno que lo acompañara a tan promisorio convite. Me respondió afirmativa y entusiastamente. Convinimos en vernos en el *lobby* del Riviera poco antes de las ocho y media, que era la hora a la que pasarían por los bienaventurados que habían sido elegidos para conocer al Comandante. Me bañé, me puse mi loción Yardley, una guayabera impecable y los únicos pantalones de vestir que llevaba. Bajé al *lobby* a las ocho y veinte. Mientras esperaba al maestro, me senté en un sillón a leer el *Granma*. A las ocho y cuarenta, Pellicer no había bajado. Decidí ir a buscarlo. Subí por el lentísimo elevador, llegué a su habitación, toqué a la puerta. Después de un par de minutos, abrió el poeta. Estaba completamente desnudo, tal como se había metido al mar en Varadero. Como si no fuera obvio, me dijo que aún no había acabado de arreglarse. Volví a bajar. Retomé el *Granma*. Me oculté tras sus páginas rojinegras al ver que algunos integrantes de la delegación mexicana, que seguramente no habían sido invitados a la cena, merodeaban por ahí: si me preguntaban sobre mi asistencia a la recepción me daría mucha pena decirles que finalmente yo había sido uno de los elegidos. Casi daban las nueve y el poeta no aparecía. La lectura del *Granma* me había indigestado. El internacionalismo proletario. La organización de masas. Las nueve. El próximo aniversario de la fundación de los Comités de Defensa de la Revolución. Las nueve y cinco. La inusitada fabricación de polímeros en Cuba. El cultivo de cítricos en la Isla de Pinos, ahora llamada de la Juventud. Las nueve y diez. Volví a subir a la habitación del maestro. Ya no estaba en su cuarto. Bajé lo más rápido que pude. Alguien, no recuerdo quién, me dijo que había preguntado por mí y al no encontrarme había abordado el autobús, que ya sólo lo esperaba a él. Salí a la puerta del hotel. En efecto, ya se había ido. Seguramente nos cruzamos en la lentitud aduanal de los elevadores. O no me vio, escondido como yo estaba tras las páginas del periódico. Pregunté entonces por la dirección de la residencia oficial de México. Esperé cerca de media hora el taxi que pedí. El compañero taxista me llevó a la mansión de Miramar y me dejó en la acera opuesta. No se podía estacionar frente a la residencia. Le supliqué que me esperara porque no tenía invitación y no había seguridad de que me recibieran. Se rió, paciente y descalificador. Al ver la fila de automóviles en que se alternaban *jeeps* y Mercedes Benz, dijo:

–Aquí está el... –y no pronunció el nombre de Fidel sino que lo sustituyó con dos ademanes simultáneos, uno que aludía a las barbas del Comandante y otro a sus insignias en los hombros de su uniforme verde olivo.

Me bajé. Crucé la avenida. Dos soldados cubanos custodiaban el acceso. Me identifiqué. Me exigieron una invitación que no tenía y categóricamente me negaron la entrada. Pregunté por la señora Bravo Ahúja. Displicentes, me dijeron que aguardara. Uno de ellos, tras una larga discusión con su compañero, se fue a preguntar al interior de la casa. Pasó un buen rato. Como no volvía, le insistí al que se había quedado en la puerta en que me dejara pasar. Era el que más resistencia había opuesto a mi solicitud inicial. No sólo me negó la entrada sino que, molesto por mi insistencia e imbuido de su condición de guardián, me ordenó en tono prepotente que me alejara de la puerta de la casa. Yo, que estaba viendo en el dintel el escudo nacional de México, ovalado, con su águila y su serpiente, pensé que el extranjero, ahí, no era yo, sino el soldado. Tuve la pésima ocurrencia de decírselo. Se puso bravo, como dicen allá.

Soltó alguna majadería, me puso la culata del fusil en el pecho y me obligó a replegarme a un prado lateral de la entrada. Una rabia nacional que ni el general Zaragoza se apoderó de mí. Indignado ante la expulsión de mi propio territorio, no dije más y me retiré de la casa, a sabiendas de que mi excesiva susceptibilidad me iba a impedir conocer al Comandante.

Abordé el taxi que me estaba esperando y me dirigí al siguiente punto del itinerario: un palacete donde tendrían lugar el concierto de percusiones y una cena informal. No había llegado nadie, salvo Alberto Dallal, quien al término de su conferencia acudió, conforme al programa establecido, a aquella casona desolada. Los músicos que iban a ofrecer el concierto estaban preparados para dar comienzo a su espectáculo desde hacía un buen rato y habían adoptado una posición burocrática frente a las tumbadoras. Los meseros se aburrían ante los canapés, para ellos prohibidos, que empezaban a marchitarse con el calor. Yo me debatía, recordando los sucesos de la residencia, entre la indignación y el arrepentimiento. El tiempo transcurría y nadie llegaba. Cuando, más allá de la medianoche, Dallal y yo estábamos a punto de retirarnos, empalagados por los tres o cuatro mojitos que habíamos bebido y convencidos de que la fiesta no habría de verificarse nunca, apareció la comitiva en pleno. En pleno, salvo Carlos Pellicer, que prefirió regresar al hotel porque estaba cansado. Todos habían asistido a la cena de la residencia del embajador Maldonado, menos Dallal y yo –él por cumplido; yo por imbécil–. Y todos, sin excepción, tras exaltar la calidez, la simpatía y la inteligencia de Fidel, me dijeron que me habían echado de menos, que dónde me había metido, que el mayor Godínez me había estado buscando por todas partes, que Gloria Bravo no había podido disfrutar de la cena por la mortificación que le causaba mi ausencia. ¡De lo que te perdiste, mano!

Los músicos tocaron los timbales, las tumbadoras y los bongós como si cortaran caña de azúcar. Mientras, se repartían los mustios bocadillos, inútilmente porque, salvo Dallal y yo, todos habían cenado en la residencia de México. Finalmente, nos llevaron de regreso al hotel. Durante el recorrido, Bosco Arochi, sentado a mi lado en el autobús, me hizo una reseña pormenorizada de la cena y de la extraordinaria conversación del Comandante. La tenía grabada en la cabeza porque la había filmado. Sus palabras acentuaron mi frustración e hicieron que acabara de arrepentirme de la actitud que había adoptado a las puertas de la residencia. La torpeza y la inmadurez de mi comportamiento acaso encontraban su causa en la animadversión visceral que desde el movimiento estudiantil del 68 me provocaba cualquier signo de autoritarismo, sobre todo si provenía de los uniformados. Qué paradoja: por la Revolución cubana, sin duda el antecedente ideológico más importante del movimiento estudiantil, me había rebelado contra la prepotencia, y era ante los guardianes de esa Revolución, y en este caso nada menos que de su representante mayor, donde mi enorme susceptibilidad se topaba con ella. Cuando, a instancias del ingeniero Bravo Ahúja, me vi obligado a relatarle al comandante José Ramón Fernández lo que me había sucedido, el ministro, con muy buenos modos, dio una explicación satisfactoria: que los soldados son soldados en cualquier parte del mundo, cumplen órdenes y, si además están custodiando al jefe de una Revolución tan amenazada, tienen que ser implacables. Seguramente lo mismo ocurría en México con el Estado Mayor Presidencial, dijo sin dejar de lamentar la situación. Me sentí avergonzado. Esa noche no pude dormir. Cómo decirle a la tía Ana María que por mi excesivo pundonor había perdido la maravillosa oportunidad de conocer a Fidel.

De todas las experiencias que viví al lado de Pellicer en aquel viaje a La Habana, la más intensa fue la gran concentración política que tuvo lugar en la plaza de la Revolución el 28 de septiembre para conmemorar el XIV aniversario de la fundación de los Comités de Defensa de la Revolución. Pellicer y yo, acompañados por Caridad, nuestra guía y anfitriona, llegamos en un vehículo oficial a la gigantesca plaza donde se erige el monumento a José Martí. Nos asignaron unos asientos en la última fila de la tribuna, al lado de los lugares que ocuparían otras delegaciones extranjeras, a unos cuantos metros del podio desde el que Fidel habría de pronunciar su discurso y frente a la multitud, que ya abarrotaba la plaza cuando todavía faltaban por lo menos dos horas para que diera comienzo el acto oficial. Inmensas rosas de papel de color brillante, elaboradas con un cierto gusto escolar, salpicaban la plaza; pájaros y mariposas de cartoncillo revoloteaban por el aire, y de los sombreros de guano de los manifestantes brotaban las más variadas flores de artificio. Y es que, según me explicó Caridad, los Comités de Defensa de la Revolución, al parecer muy proclives a la alegoría, se habían propuesto hacer de Cuba un jardín en saludo al Primer Congreso del Partido Comunista. Sé que no es fácil calcular el número de personas que se reúnen en actos semejantes; sé que se propende a exagerar la magnitud de la asistencia, sobre todo si quien aventura una cifra forma parte de la concentración y tiene como suya la causa que la motivó. Pero desde las concentraciones en el Zócalo de la ciudad de México en los cismáticos días de 1968, yo nunca había visto tanta gente junta: decenas de miles de personas, si no cientos de miles, cuya presencia parecía multiplicarse por la tan cubana sonoridad de sus voces. Un rumor de carnaval ascendía de la plaza y llegaba hasta la tribuna en la que Pellicer y yo apenas podíamos escuchar nuestras propias palabras. Era como si toda la población de La Habana se hubiera reunido en ese lugar. Mujeres, hombres, niños, ancianos. Hablaban, gritaban, jugaban, reían. Agitaban banderas, coreaban consignas, levantaban los puños. Lucían en el cuello pañoletas de colores que los identificaban como «cederistas», esto es como miembros de los Comités de Defensa de la Revolución. A manera de junta de vecinos, los comités se habían fundado hacía catorce años con el

70

propósito de defender la Revolución, en cada cuadra de cada población y en todo el país, de cualquier amenaza contrarrevolucionaria. Eran los centros de vigilancia, de control, de educación política.

–Esos comités son como la Gestapo –decía mi madre al relatar los viajes que había hecho a Cuba para visitar a sus hermanas–: tú no tienes libertad ninguna en tu casa porque el CDR ese sabe quién entra y quién sale, sabe qué tú haces, qué tú comes, con quién tú te acuestas, qué tú dices, qué tú piensas y hasta qué tú sueñas. Sabe todo. Por eso tu tía Ana María cogió miedo. Ella no dice lo que piensa sino lo que los del dichoso comité dicen que debe pensar. A mí no me engaña. Figúrate tú cómo me va a engañar si soy su hermana, si la conozco desde que nació. Podrá engañar a todos los vecinos de su cuadra pero a mí no me engaña. Aunque a lo mejor tanto le han dicho que ya acabó por pensar lo que los demás piensan. Además, Castro la tiene embobada, la tiene indoctrinada con sus discursos, porque lo que no se puede negar es que, si tú oyes hablar a ese hombre, ese hombre te convence. Si es un embaucador. Por eso tu tía Rosita no lo quiere ni oír. ¿Cómo lo va a querer oír si ella dice que Castro es el demonio? Eso mismo es lo que ella dice.

Pellicer identificó, uno a uno, a los prohombres latinoamericanos que desde el gigantesco palco del mural que los representaba asistían al espectáculo como invitados de honor: Betances, O'Higgins, Martí, Sucre, Juárez, Bolívar. Yo no hubiera dado nunca con Betances, el independentista puertorriqueño, y a lo mejor hubiera confundido a Sucre con O'Higgins. Una manta, que cubría los siete u ocho pisos del edificio más alto de la plaza, ostentaba la imagen hagiográfica de Camilo Cienfuegos con sus atributos santorales: su barba redonda, su sombrero alón y su uniforme verde olivo.

Minuto a minuto crecía la expectación: las voces cada vez más sonoras, los puños cada vez más airados, las consignas cada vez más fuertes. Pellicer estaba azorado; trataba de aprehender cada imagen, acaso para convertirla en poesía. Le palpitaban las sienes, le brillaban los ojos, se le inflamaban las aletas de la nariz.

Llegó la noche y con ella el resplandor de las luces artificiales que incendiaron la plaza. Cuando la excitación parecía haber llegado a su punto culminante, se apersonó Fidel o, como lo anunció con engolada voz y ánimo deportivo el maestro de ceremonias, el Comandante en Jefe Fidel Castro Ruz, Primer Secretario del Comité Central del Partido Comunista de Cuba y Primer Ministro del Gobierno Revolucionario. Los decibeles de las voces, a las que se sumaron aplausos y vítores, subieron hasta el ensordecimiento. Eran las ocho y media de la noche. A la ovación sobrevino un silencio hondo, significativo en la misma medida del altísimo número de personas que lo guardaban para escuchar el desarrollo de la ceremonia. Después de saludar a las masas, el Comandante se sentó en el centro del estrado, o mejor, *tomó asiento* en el centro del estrado, porque los jefes de gobierno no se sientan, no llegan, no duermen: *toman asiento, hacen su arribo, pernoctan*. Lo acompañaban en la tribuna el Comandante de División Raúl Castro, su hermano; el dizque presidente de la República, Osvaldo Dorticós, el único de corbata entre los cientos de miles de personas ahí congregadas; algunos miembros del Buró Político del Partido Comunista, del Secretariado y del Comité Central; los vice primeros ministros y ministros del gobierno revolucionario; la Dirección Nacional de los Comités de Defensa de la Revolución, los jefes de los organismos estatales y la dirigencia de las organizaciones de masas.

El acto abrió con el informe del coordinador nacional de los Comités de Defensa de la Revolución. Empezó por celebrar el *decimocatorce* –así dijo– aniversario de esta organización creada para dar respuesta a las agresiones del imperialismo norteamericano; siguió con la enumeración de los objetivos de los comités, entre los que sobresalía elevar el nivel político e ideológico del pueblo dentro de los principios inquebrantables del marxismo-leninismo y el internacionalismo proletario, y cerró con un compromiso de lealtad absoluta al Comandante en jefe de la Revolución cubana.

Después, Fidel le entregó un carné de cederista destacado a un combatiente internacionalista por su lucha contra la siniestra policía política del fascismo lusitano, como dijo el maestro de ceremonias, y recibió a una mujer que había participado en la fundación de los CDR, quien subió a la tribuna acompañada de una niña que nació justamente el día en que Fidel llamó al pueblo a crear los comités. Más adelante se leyeron los mensajes de dos cubanos que en diferentes latitudes del planeta cumplían tareas internacionalistas: en la Brigada Médica Cubana que se encontraba en Honduras contribuyendo a aliviar los desastres causados por el huracán Fifí, y en Vietnam, donde trabajadores cubanos unían sus brazos a los de los hermanos vietnamitas para reconstruir la patria devastada por la guerra imperialista.

Finalmente, Fidel se levantó de su asiento con aire de reflexión profunda y ocupó el podio central de su exclusividad. Se hizo un silencio expectante. A Pellicer y a mí nos tocó verlo muy de cerca, aunque un poco de espaldas. Se apoyó en el atril con actitud de oficiante religioso y al cabo de unos largos segundos empezó su discurso a ritmo pausado y en voz deliberadamente baja, que exigía la concentración y el silencio de tan descomunal auditorio: Hace exactamente un año, en esta misma plaza, al conmemorarse un aniversario más de la fundación de los Comités de Defensa de la Revolución, se realizó el gigantesco acto de solidaridad con el pueblo chileno y de homenaje al heroico presidente Salvador Allende. La sola mención del nombre del mandatario derrocado desató el aplauso de la muchedumbre. Fidel entonces alzó la voz y arremetió contra el criminal golpe militar fascista. Habló de la tortura, el asesinato, el encarcelamiento, el destierro que desde entonces habían venido sufriendo decenas de miles de chilenos y prosiguió con la denuncia de la participación confesa de Estados Unidos en ese suceso. Las consignas antiimperialistas no se hicieron esperar y entre las rosas del jardín alegórico surgieron cientos de pancartas con la efigie de Salvador Allende. El gobierno de los Estados Unidos, a estas alturas, proclama el derecho a intervenir por cualquier medio –no importa cuán ilícitos, sucios o criminales sean– en los procesos internos de los pueblos de este hemisferio, siempre que los intereses reaccionarios y mezquinos de ese país lo hagan aconsejable. Reconocí en las de Fidel las palabras de mi tía Ana María, como si fuera ella quien hubiera indoctrinado al Comandante y no al revés. Y presupuse que en su discurso Fidel abordaría los otros temas políticos de los que ella había hablado en el portal de su casa, que a fin de cuentas eran los temas que se trataban en la prensa oficial –la única prensa–. En efecto, el jefe del gobierno revolucionario habló de la CIA, de la OEA, de las presiones de los Estados Unidos a los países productores de petróleo. Ante la impúdica injerencia de la CIA en los asuntos internos de Chile, ¿qué decía la desvergonzada OEA, la desprestigiada OEA, la prostituida OEA?, preguntaba Fidel con el índice derecho enhiesto e incriminatorio, el gesto dramático y la articulación profesoral, para volver a atacar, después del abucheo a la OEA que como respuesta general sus palabras suscitaron, preguntando de nueva cuenta: ¿Puede alguien imaginar que quede siquiera un átomo de pudor o autoridad moral o razón de existir a esa ridícula y desventurada institución? Si los Estados Unidos han comprado la complicidad bochornosa de tantos países latinoamericanos y han amenazado con terribles represalias a Venezuela y a Ecuador, entre otros países, si no se pliegan a sus exigencias de reducir el precio del petróleo, ¿será la OEA, instrumento de la peor forma de neocolonialismo, quien defienda a los pueblos de América Latina, los integre y los una políticamente frente a la prepotencia y el dominio de los Estados Unidos? ¡No!, respondía la gente, enardecida por las palabras eficaces del Comandante. Con sencillez pedagógica, Fidel explicó la acción concertada de los dirigentes de Estados Unidos para exigir de las naciones petroleras la reducción de los precios de su producto en beneficio de los norteamericanos, so pena de responsabilizarlos de la crisis económica mundial. Y de paso llevó agua a su molino, a propósito de la OPEP, al decir que los recursos generados por la exportación del petróleo no debían invertirse en los países capitalistas industrializados o en los organismos financieros internacionales controlados por el imperialismo, sino en la lucha contra el subdesarrollo que libraban los países del Tercer Mundo. Reconoció la actitud de Venezuela, que había respondido con dignidad a las presiones de Estados Unidos anunciando la nacionalización del hierro y el petróleo, y, con ánimos bolivarianos, cifró en ese país las esperanzas de Cuba y de América Latina: Venezuela, con los extraordinarios recursos financieros que pueda movilizar como fruto de una firme y victoriosa política petrolera, podría hacer por la unión, integración, desarrollo e independencia de los pueblos de América Latina, tanto como lo que hicieron en el siglo pasado los soldados de Simón Bolívar. Cuando oyó el nombre del Libertador, Pellicer se emocionó notablemente: se le humedecieron los ojos y, tras enjugarse unas lágrimas incipientes, volvió a concentrarse en las palabras finales del discurso, que ya le había llevado al Comandante dos horas sobradas de peroración: Cuba, que con la ayuda generosa de la Unión Soviética no ha conocido de crisis energética, y cuyo desarrollo marcha adelante a pesar del bloqueo imperialista y la cobarde actuación de muchos gobiernos de este continente, no vacila en proclamar su apoyo al pueblo hermano de Venezuela... Sírvales a los venezolanos de experiencia el propio ejemplo de la Revolución cubana, que en las más increíbles condiciones de bloqueo, soledad hemisférica y aislamiento, resistió a pie firme y sin vacilación alguna las embestidas del imperialismo –¡Fidel, seguro, a los yanquis dales duro!– y después de quince años emerge, victoriosa e invicta como un hecho irreversible en este continente. Venezuela no estará sola en este hemisferio como lo estuvo Cuba. ¡Y quizá el destino reserve de nuevo al pueblo del ilustre Libertador un rol destacado y decisivo en la independencia definitiva de las naciones de la América Latina! ¡Patria o muerte! ¡Venceremos!

Estas últimas palabras desataron la ovación, acompañada por los fuegos artificiales, que iluminaron estruendosamente una ciudad de suyo oscurecida por las limitaciones de la energía eléctrica y la falta de anuncios publicitarios. Los que estábamos sentados en la tribuna nos pusimos todos de pie, salvo Pellicer. El poeta se quedó sentado. Estaba llorando, como un niño, sin ningún pudor, sin ninguna contención, con la misma actitud con la que se había desnudado por completo para meterse al mar en Varadero. Acaso en sus lágrimas fluían los versos de aquel soneto alejandrino, dedicado a Bolívar, que escribió tempranamente, en el primer centenario del triunfo de Boyacá:

Señor: he aquí a tu pueblo; bendícelo y perdónalo.
Por ti todos los bosques son bosques de laurel.
Quien destronó a la Gloria para suplirla, puede
juntar todos los siglos para exprimir el Bien.

Con premeditación escénica, Fidel se despidió de la multitud al tiempo que los aplausos empezaron a declinar, obnubilados por los fuegos de artificio. Pellicer y yo, a indicaciones de Caridad, bajamos de la tribuna por el lado de atrás, que fue por donde habíamos subido. Yo, ciertamente emocionado por las palabras finales del discurso; Pellicer, conmovido por las alusiones bolivarianas que tanto concordaban con su «Estrofa al viento del otoño» («Abre los corazones de los hombres de América, / madura sus almas todavía tan amargas»); Caridad, satisfecha y orgullosa por los efectos que la perorata de Fidel había causado en nuestros ánimos, como si ella hubiera sido la productora del espectáculo al que habíamos asistido. Al pie de la escalera posterior de la tribuna, cubierto por su Estado Mayor, Fidel se despedía de sus más cercanos correligionarios y de los invitados extranjeros, entre ellos del ingeniero Bravo Ahúja, que había estado muy cerca de él en la primera fila de la tribuna. Con la influencia de Caridad, Pellicer y yo pudimos llegar hasta su persona. El Comandante reconoció al poeta. El poeta lo abrazó y el llanto que apenas había cesado volvió por sus fueros. Al final del exaltado elogio que hizo al discurso que Fidel acababa de pronunciar, le dijo lo que no me había dicho a mí:

—Comandante, por culpa mía, este joven que tanto lo admira se quedó anoche sin conocerlo en la residencia de México.

No sé si Fidel entendió a qué se refería Pellicer, pero me saludó con calidez y simpatía. Yo sentí que al estrechar la mano del Comandante estaba dando la mano a la historia y a la esperanza.

De regreso al hotel, acaricié la ilusión de conocer a Lezama Lima. Si ya había tenido la oportunidad de estrechar la mano del Comandante, qué reparos podían ponerme para saludar a un escritor inofensivo, alejado del mundanal ruido y sólo comprometido con el universo creado por su propia palabra poética. En el *lobby*, le informé a Caridad que todavía me faltaba visitar a mi otra tía. Como no puso objeción a que lo hiciera, me atreví a preguntarle por Lezama. Le hablé de mis esforzados y placenteros recorridos por su obra, pero muy pronto advertí que mi exaltación y mi entusiasmo la dejaban helada. En respuesta a mi solicitud de visitarlo, Caridad dio un largo rodeo retórico por los caminos de la solidaridad, la equidad y el compromiso social para llegar, al cabo de un rato, al caso particular del escritor. No habló de su literatura. Creo que no podría haberlo hecho por la sencilla razón de que no había leído ni una sola página suya. Al menos esa impresión me dio. De haber leído la novela *Paradiso*, pongamos por caso, algo habría dicho de ella, siquiera para denostarla por la decadencia de la familia de José Cemí, por sus excesos culinarios, por la homosexualidad de sus personajes o incluso, qué sé yo, por sus incoherencias narrativas, su caótica puntuación o la pésima ortografía con la que Lezama escribía cualquier palabra de lengua extranjera. Pero no. De su obra no habló ni para alabarla ni para censurarla. Se refirió exclusivamente a su persona y en especial a su actitud contraria a los valores fundamentales de la solidaridad, la equidad y el compromiso, que habían constituido la plataforma del discurso con que había comenzado a responder a mi solicitud. *Conflictivo* fue la palabra que utilizó para describirlo y, con ánimo didáctico, quiso poner un ejemplo de la condición conflictiva de Lezama. No dijo que era bugarrón, no dijo que era reaccionario, no dijo que había dormido durante muchos años en la misma cama con su madre. No; su ejemplo fue más sencillo:

–Si en toda Cuba hay una aspirina por persona, Lezama por fuerza quiere dos, para que tú me entiendas. Y eso, compañero, no es correcto. Eso no es correcto –repitió y, al hacerlo, movió los brazos como si estuviera poniéndole un par de banderillas al toro de la contrarrevolución.

Comprendí que no tenía ningún caso responderle. Pensé que las palabras contundentes de mi tía Ana María con respecto a su último marido, aquel que cuando había sólo dos bizcochos en la casa quería los dos para él, eran forzosamente relativas porque la cabeza más brillante, más fecunda, más portentosa de Cuba, para aliviar su dolor, acaso podría necesitar más de una aspirina.

Me sentí, a priori, echado de la casa de Lezama Lima por la cerrazón de Caridad, tanto como me había sentido expulsado de la residencia de México en La Habana por el excesivo celo de un soldado. Con una dignidad simétrica a la que impulsó mi retirada en aquella ocasión, abandoné la posibilidad de conocer a Lezama. No tuve el arrojo de ir por mi propia cuenta a visitarlo a su legendaria casa de Trocadero 162 como había ido, sin que nadie me lo impidiera, a ver a mi tía Ana María. Mal que bien, mi tía esperaba mi llegada y Lezama, en cambio, no tenía la menor idea de quién era yo. Lo más probable es que una visita imprevista como la mía lo importunara o suscitara su desconfianza. Además, sin la alcahuetería de la oficialidad, mi timidez hubiera paralizado mis palabras. Renuncié, pues, a conocer personalmente a Lezama. Nunca lo vi. Dos años más tarde murió en su ínsula, quizá desprovisto de la mitad de las medicinas que su corpulencia requería.

Años después, al estudiar la historia de la literatura cubana posterior al cisma del 59, advertí que ese año del 74 en el que visité Cuba pertenecía al periodo que los historiadores han dado en llamar «quinquenio gris» de la literatura cubana y que otros, por considerarlo más prolongado y más estéril, prefieren denominar «decenio negro». Eran los tiempos anteriores a la creación del Ministerio de Cultura que durante muchos años encabezaría Armando Hart. Existía entonces un Consejo Nacional de Cultura, dirigido por un hombre obtuso, más papista que el Papa, que seguía al pie de la letra las famosas palabras que Fidel dirigió a los intelectuales y artistas en 1961, en las que sentenciaba que «dentro de la Revolución todo y contra la Revolución nada», y vigilaba rigurosamente la ortodoxia socialista de las manifestaciones del espíritu. Se apellidaba Pavón y estuvo con nosotros en varias de las sesiones de la visita oficial. Todavía recuerdo su mirada torva, que acentuaba la pequeñez de su estatura. Era de esperarse, así las cosas, que mis intentos de conocer a Lezama Lima en aquellos años fracasaran irremisiblemente.

Se acercaba el final del viaje. A lo largo de esa semana se habían ido acumulando los regalos que me habían hecho en cada punto del itinerario o que habían llegado anónima pero oficialmente a mi habitación: la obra poética de Nicolás Guillén en dos volúmenes autografiados, varias cajas de puros sin marca, botellas de ron Havana Club, que entonces no se conseguía en México, muchos discos de la marca Areíto –Benny Moré, Bola de Nieve, Barbarito Díez, Marta Valdés, Los Naranjos, la Orquesta Aragón, Los Compadres– y decenas de libros editados por Casa de las Américas, de formatos arbitrarios y portadas coloridas. Aprovecharía las cajas de los obsequios de mi madre para llevar a México mis nuevas y muy preciadas pertenencias.

Bosco Arochi, que se iba a quedar unos días más en Cuba para hacer las filmaciones complementarias a la película que había estado rodando durante toda la visita, me pidió de favor que, con la ayuda del mayor Godínez, me encargara de que una enorme caja de aluminio, parecida a un ataúd, llegara a México. Era muy importante que no la abrieran en la aduana porque contenía, según me dijo, material fílmico que no podía exponerse a la luz. Con la ayuda del mayor Godínez, la caja ciertamente hubo de llegar virgen a su destino.

La última tarde de mi estancia en La Habana, la tía Rosita por fin estuvo lista para recibirme. Su departamento estaba más lejos que la casa de mi tía Ana María, aunque a no más de doce cuadras del hotel. De todas maneras recibí sus puntuales instrucciones para tomar la guagua. Me formé en la fila con la jaba donde había puesto los regalos que mi madre les enviaba a ella y a su marido y esperé un buen rato a que pasara. Las colas en La Habana se hacen de manera curiosa porque la gente no se forma una detrás de otra, como en cualquier lugar del mundo, sino que cada uno, al llegar, pregunta por el último, y sabe que su turno va inmediatamente después del que le responde. Eso permite la plática, el jaleo, la risa, la coquetería, la confesión y, en mi caso, las mil y una preguntas sobre mi persona, mi destino y el contenido de mi jaba. Por fin pasó la guagua. Iba llena, como era previsible. Apenas la pude abordar, cargado, como estaba, con los regalos para los tíos. Si afuera hacía un calor bochornoso, adentro era el infierno. Torsos, brazos, nalgas, axilas, piernas, mejillas, cabelleras, pechos se rozaban, se transmitían sus temperaturas, sus olores, sus sudoraciones, sus cansancios, sus sensualidades. Entre los que se subieron conmigo y los que ya estaban dentro, incluido el guagüero, creo que no hubo un solo pasajero que no me diera indicaciones precisas a propósito del lugar donde debía bajarme para encontrarme con Juan Balagueró, mi tío catalán, quien, como convine con la tía Rosita en mi conversación telefónica de esa mañana, me estaría esperando en la esquina de G y Calzada, donde se alza el Hotel Presidente. Todavía no había puesto un pie en la acera cuando un hombre viejo, muy alto y corpulento, con los faldones de la camisa por fuera del pantalón, me identificó, me tomó con fuerza de la mano a las puertas de la guagua y sin decir palabra me condujo por la avenida de los Presidentes hasta el edificio de departamentos donde vivían él y la tía Rosita. En el ancho camellón de la avenida se conservaban los pedestales de las estatuas de algunos magistrados que presidieron la República desde la Independencia hasta la Revolución y que fueron derruidas con el advenimiento de los nuevos tiempos. Uno de ellos parecía un monumento a los zapatos porque su inquilino, Tomás Estrada Palma, a la hora de la defenestración, se había aferrado a su honorífico basamento hasta con las uñas de los pies.

El edificio donde vivían los tíos no tenía más de tres pisos y, aunque estaba muy deteriorado, se echaba de ver la magnificencia con que la arquitectura anterior al triunfo de la Revolución había construido tantos palacetes en esa avenida prominente de El Vedado. La puerta principal, flanqueada por dos casetas de vigilancia, daba a un patio semicircular arbolado, al que asomaban, como espaciosos portales, los balcones de los cuatro o cinco departamentos que había en cada piso. Por el perímetro de esa suerte de plazoleta que era el patio, circulaba un camino que llevaba a una escalinata con balaustrada de mármol, la cual se bifurcaba para dar doble acceso a un elegante vestíbulo. En él desembocaban los pasillos y las escaleras interiores que a su vez conducían a los distintos departamentos. Sin duda había sido un lugar exclusivo, que hacía honor al nombre del reparto donde se localizaba –El Vedado–, cuyo lujo subyacente revelaba la condición adinerada de sus inquilinos primigenios. Pero cuando lo conocí, ya estaba muy venido a menos. La herrumbre había corroído las rejas de la entrada principal; las casetas de vigilancia se habían utilizado como viviendas, igual que el estacionamiento subterráneo; el jardín había sido devorado por la maleza, la balaustrada había perdido algunos dientes y los balcones estaban convertidos en tendederos de ropa. Era obvio que lo habitaban muchas más personas de las que habían vivido ahí originalmente. De todos los balcones salían torsos semidesnudos y voces altisonantes. Sin soltarme la mano y sin pronunciar palabra, ajeno a las miradas y las preguntas del vecindario, el tío me condujo hasta su departamento, que se localizaba en el segundo piso. Sólo cuando estuvimos dentro y con la puerta cerrada, Juan Balagueró me dijo una palabra de bienvenida y me dio una palmada enérgica y cariñosa en la nuca.

A pesar de la luminosidad escandalosa de la ciudad, contra la cual la arquitectura habanera ha desplegado sus más sutiles ingenios desde tiempos inmemoriales, el interior del departamento de mis tíos era sombrío: persianas de los años cincuentas cegaban todas las ventanas para evitar no la luz, sino, como pude inferir, la mirada intrusa de los vecinos. Reconocí en la disposición de los muebles, de los objetos, de los retratos colgados en las paredes, el mismo orden familiar que había percibido en la casa de mi tía Ana María, pero aquí no obedecía al deseo de enfrentar con disciplina y rigor las adversidades del tiempo sino a un atavismo. Era un orden hereditario, casi teórico, ajeno a la práctica de la vida cotidiana, capaz de mantener las cosas en su lugar pero incompetente para que funcionaran en los nuevos tiempos. Las paredes, de colores oscuros, estaban descascaradas y dejaban ver, impúdicamente, el yeso blanco de su intimidad; la humedad orinaba el plafón aquí y allá y las grietas trazaban caprichosos itinerarios por los mosaicos rotos del piso. Aunque más moderno que la casa de Ana María, el departamento de Rosita y Juan había sufrido los mismos estragos que aquélla, causados por la carencia absoluta de productos de mantenimiento, pero no había contado con el mismo ánimo para combatirlos. La soledad, la abulia, la tristeza tenían techo en esa casa.

La tía Rosita había invertido seis días en acumular la energía necesaria para recibirme: elegir el vestido que se iba a poner, peinarse, maquillarse y limpiar la casa. Lucía bellísima a pesar de sus casi setenta años y de la amargura que se le había almacenado en el corazón. Creo que ella ha sido la mujer de facciones más bellas que yo haya conocido personalmente en mi vida: los cabellos, entrecanos, guardaban en su ondulación el equilibrio entre la naturaleza y el artificio; el perfil era ejemplo claro de las más puras normas del clasicismo; la dentadura, perfecta a pesar de sus muchos años, asomaba espléndida en una sonrisa lastimada, y los ojos, ay, los ojos: si en los de la tía Ana María se podía nadar, en los de la tía Rosita se podía hacer un viaje trasatlántico. Me acogió con un cariño que se le ahogaba en la garganta. Le sorprendieron mi edad y mi complexión. Recibió con una alegría casi infantil, que por un momento puso entre paréntesis su tristeza habitual, los regalos que le enviaba su hermana, entre los que no se contaba ningún producto para el mantenimiento de la casa, pero sí varios para el mantenimiento de su belleza: champú, polvos de arroz, peinetas color cristal, medias de seda, y se lamentó de que mamá no le hubiera mandado esta crema o aquel perfume. Se quejó de su salud, de su soledad, de la vejez de Juan, su marido, quien durante toda mi visita apenas abrió la boca. Igual que mi tía Ana María, la tía Rosita me enseñó su casa, donde reinaba el mismo orden que en la de su hermana, pero éste era, como digo, un orden distinto: ensimismado, autárquico, ajeno a los demás y por lo mismo estéril. Sus cuatro hijos –dos hembras y dos varones, como dicen allá– habían salido de Cuba después del triunfo de la Revolución. «Yo no trabajé toda mi vida para criar comunistas», había dicho entonces Juan Balagueró. «Estos sobrinos míos son unos cobardones», había replicado la tía Ana María, que hablaba de la necesidad que la nueva patria tenía del trabajo de todos sus hijos.

Al final del recorrido llegamos a una recámara que se había convertido en un santuario y en la que no se había movido un solo objeto en más de doce años; una recámara juvenil –fotografías de actrices y de peloteros, banderines estudiantiles, discos de Celia Cruz y Nat King Cole– envejecida por la ausencia y el desuso. Era el cuarto de Juanito, el hijo menor, el único que vivía con ellos cuando dejó Cuba, aún soltero; Juanito, mi primo, muerto trágicamente en México, junto con mi hermana Tere, una mañana de septiembre de 1963.

Las mallas

Un cabaré instalado en un hotel otrora lujoso. Un animador añade el ruso a las lenguas española e inglesa en las que cuenta sus chistes –malos y vulgares–. La orquesta hace una descarga. Una mulata monumental sale de entre las coristas con un penacho de plumas en la cabeza y una estola de zorro artificial en los hombros, que alternadamente le cubre y le descubre los pechos desnudos. Baila en el proscenio a ritmo de rumba. Los tacones altísimos. La trusa diminuta. Prominente el nalgatorio. Prominente y ágil. Todo a la antigua usanza. Pero las mallas, ay, las mallas de la bailarina que apresan, como redes de pescador, las piernas morenas de la mujer, están rotas, fruncidas por los remiendos sucesivos, alteradas en su cuadrícula original, que ya no forma rombos, sino dibujos irregulares y caprichosos. Es explicable que las mallas de las cabareteras no sean prioritarias en las nuevas condiciones económicas y políticas de Cuba, pero por qué, entonces, se mantiene vivo –o moribundo– un espectáculo de otros tiempos que en nada se corresponde con el ideario del hombre nuevo que la Revolución cubana propone. No creo que sea para señalar ejemplarmente la decadencia del sistema anterior sino porque el hombre nuevo no ha nacido todavía y el que ya está, sea de donde sea y venga de donde venga, no puede evitar su proclividad ni a los malos chistes ni a los buenos culos.

5
El sí de las niñas

La misiva que Miguel Celorio, canciller especial del Consulado de México en Cuba, le entregó disimuladamente y con la complicidad de la nana Vicenta a la señorita Virginia Blasco la tercera vez que la vio en el cine Tosca surtió sus efectos. Con la depurada caligrafía que había perfeccionado en Oxford, tu padre le dijo, en el tono más cortés que le dictaron su mexicanidad criolla y su carrera diplomática, de sus deseos de conocerla y de la honestidad de sus intenciones.

Para entonces, la familia Blasco Milián se había mudado de casa. Con la idea de que Juan y Rosita vivieran con ellos tan pronto como contrajeran matrimonio, tus abuelos se habían cambiado a una residencia más amplia y señorial, ubicada en la Calzada de Jesús del Monte número 545, a un lado del cine Tosca. Con frecuencia, después de comer, cuando la brisa nocturna refrescaba la ciudad, tus abuelos acudían a la función de la noche; pero muchas tardes, si la película que se proyectaba era apta para señoritas decentes, sus hijas iban al cine, siempre acompañadas de Vicenta.

El noviazgo formal de Rosita y Juan Balagueró les había conferido a Virginia y Ana María la certidumbre de que su destino inmediato estaba predeterminado. Más temprano que tarde ellas también se verían comprometidas con sendos caballeros, que entonces sólo existían en sus ensoñaciones infantiles. En el caso de Rosita, la madre había elegido a su pretendiente sin que ella hasta ese momento hubiese manifestado ningún gusto ni afición por la persona de Juan Balagueró. El billete que Miguel Celorio le había escrito a Virginia, en cambio, contradecía la norma establecida por tu abuela, y tu madre no supo cómo responder a esa carta, tan breve y correcta para el remitente como extensa y atrevida para la destinataria. Cuando veía a Miguel en el cine, un escalofrío le recorría la columna vertebral de abajo arriba, un rubor incontrolable se instalaba en sus mejillas y las explosiones de la máquina de vapor del corazón le reventaban en las sienes. Tu padre, que desde luego se había vuelto parroquiano del Tosca, la aguardaba todas las tardes, sentado en la misma butaca trasera que ocupaba cuando la vio por primera vez, con la ilusión de encontrar otra respuesta que no fuera la sonrisa nerviosa y la mirada esquiva con que hasta entonces tu madre había correspondido a su solicitud.

Si tu madre no reaccionó de inmediato a las proposiciones de tu padre, fue porque no tenía la menor idea de cómo tratar el asunto con tus abuelos, pero lo cierto es que desde entonces no perdió oportunidad para ir al cine. Aun cuando ya hubieran visto la película, convencía a sus hermanas de que la acompañaran y rogaba a sus padres que les dieran la autorización del caso. Tan repentina y entusiasta afición por el cinematógrafo despertó las sospechas de Antonia, y al cabo de un interrogatorio inquisitorial que empezó por la confesión de Vicenta, tu madre no tuvo más remedio que decirle la verdad y mostrarle, a regañadientes, el billete que tu padre le había escrito.

Para redactar su pequeña carta, Miguel había utilizado un papel que ostentaba el membrete del Consulado. Su intención, por supuesto, no era imprimirle ningún carácter oficial al texto más aventurado que escribió en su vida, sino atenuar hasta donde fuera posible la desconfianza previsible que suscitaría un abordaje como el que había perpetrado. Y tuvo razón. Extranjero en Cuba, huérfano de padre y madre desde hacía muchos años, deshermanado por las miserias de la riqueza, más solo en el mundo que la mano izquierda, sin familia, sin fortuna, sin pertenencia ninguna, tu padre no tenía más credenciales para apersonarse en casa de tus abuelos que su trabajo consular, que era más modesto que el título que lo definía, y sus finos modales, que se traslucían en el breve texto que había escrito –esos modales finos que acompasaba con un tono menor, amable y discreto y que mucho contrastaban con los aspavientos y la sonoridad propios de la cubanía–. A tu abuela, que hubiera sido capaz de mandarse hacer unas tarjetas en las que debajo de su nombre se leyera *Ex pasajera de primera clase del Barco «María Cristina»*, le bastó con ver el escudo de la república mexicana realzado en oro y el nombre de tu padre y su cargo de canciller especial del Consulado de México en Cuba impreso en letras góticas, para saber que el mensaje subsecuente estaba escrito en términos delicados y correctos. Después de leerlo, no puso ningún reparo en que el joven diplomático visitara a la familia.

Corría el año de 1921 cuando Miguel Celorio acudió por primera vez a la casa de tus abuelos. Tu madre tenía quince años de edad; tu padre, treinta.

Él ya conocía la casa por fuera porque en una ocasión había seguido discretamente a tu madre y sus hermanas cuando salieron del cine. No había tenido que caminar mucho porque, apenas pisaron la calle, las tres señoritas y la nana se metieron en la residencia contigua. Era una casa de dos plantas, rematada por una elegante balaustrada neoclásica. Tenía un espacioso portal sostenido por dos pares de columnas simétricas de órdenes diversos –dóricas unas, jónicas otras– y una terraza en el piso superior a la que daban cuatro ventanas rectangulares, con sus persianas de madera, y dos puertas de medio punto, con cristales emplomados. Un espeso jardín lateral, en el que crecían varios árboles frutales, refrescaba la residencia. Esa vez Miguel se había quedado por horas en la acera de enfrente con la esperanza de que se asomaran por una ventana aquellos ojos que le hacían recordar un madrigal aprendido de niño en el internado: «Ojos claros, serenos, / si de un dulce mirar sois alabados, / ¿por qué, si me miráis, miráis airados?...». La imaginó en el interior de la casa, trató de adivinar cuál sería su dormitorio y llegó a figurarse, en sus ensoñaciones, que le llevaba una serenata a la usanza mexicana, aunque hasta ese momento no supiera de ella ni su nombre.

La noche de la primera visita, lo recibió la familia entera: tus abuelos, amables e inquisitivos; Rosita y su prometido, radiantes; Ana María, inquieta y curiosa, y Virginia, tímida, reservada, pero absolutamente convencida de que ese joven de menudas proporciones, mirada apacible, tez clara y labios delgados que la visitaba habría de ser el amor de su vida. Desde que lo conoció en el cine, no había dejado de pensar un minuto en él, y cuanto más trataba de retener su imagen en el recuerdo, más se desdibujaban los rasgos de su fisonomía. Había leído cincuenta, cien, mil veces el recado que le había escrito y había repetido su nombre en voz baja contra la almohada de su cama y en voz alta en el arbolado y florecido jardín de la casa. Estaba tan ensimismada en sus pensamientos que, por primera vez desde que Antonia le había entregado las llaves de la despensa de la casa cuando tenía escasos nueve años, había errado en la contabilización de los víveres.

Con protocolos semejantes a los que la familia Blasco Milián había observado en el caso del noviazgo de Rosita y Juan, se formalizó la relación entre tus padres. Pero, a diferencia de lo que le ocurrió la tarde del desembarco del *María Cristina* a su hermana, que apenas reparó en la presencia de quien con el tiempo habría de ser su prometido, Virginia se había enamorado perdidamente de tu padre desde el mismo momento en que se topó con él en el benemérito cine Tosca.

Al atardecer, Balagueró y Celorio –como siempre los llamaron en la familia– llegaban a la casa de la Calzada de Jesús del Monte a visitar a sus respectivas novias, que los recibían en el portal. Hablaban durante un rato a cuatro voces y pocas veces Miguel tenía oportunidad de conversar a solas con Virginia.

No sólo porque Juan y Rosita estuvieran presentes, sino porque Antonia se apersonaba de tanto en tanto en el portal para ofrecerles café y galletitas, o enviaba a Ana María a que se sentara con ellos a bordar. Por su antigüedad en la casa y por los negocios que lo unían a tu abuela, Juan gozaba de ciertas canonjías de las que Miguel, de ingreso más reciente en el clan y por completo ajeno a los asuntos económicos de la familia, no disfrutaba. Con mucha frecuencia Balagueró se quedaba a comer en la casa de tus abuelos. A tu padre también lo invitaban, pero, a menos que se tratara de una ocasión especial, él rechazaba el ofrecimiento con los buenos modos que lo identificaban y se despedía antes de la hora de la comida. A pesar de que se vieran casi todas las tardes, la relación más íntima de tu padre con tu madre fue de carácter epistolar.

Juan, aunque medido en sus gastos como buen catalán, también como buen catalán era un hombre generoso, y a menudo le llevaba espléndidos obsequios a Rosita. Tu padre, limitado a sus ingresos burocráticos, no podía competir con él. Pero no se quedó atrás. Tal efecto había causado la primera misiva que le había escrito a tu madre para conquistarla, y era tanto más expresivo por escrito que de viva voz, que hizo de su escritura el regalo más preciado. Todas las tardes le llevaba en persona a Virginia una carta de amor que ella leía con devoción apenas él se marchaba. Hubo veces, sobre todo cuando la familia inhibía la intimidad de la conversación, en que llegó a ansiar que Miguel se despidiera para poder leer sus pliegos en la soledad de su habitación. De esa manera tu padre logró burlar la vigilancia de tu abuela, desembarazarse de la permanente presencia de tus tíos y vencer su natural reservado para ir construyendo piedra a piedra, carta a carta, la fortaleza del amor. Ya de casados, le siguió escribiendo todos los días a tu madre, y no sólo cuando sus nuevas ocupaciones lo obligaban a salir de viaje por largas temporadas, sino aun cuando se quedaba en casa. Antes de morir, tu madre te legó un fajo con algunas de las 13.692 cartas que tu padre le escribió a lo largo de su matrimonio. Entre todas, recuerdas una fechada en San Luis Potosí el 10 de junio de 1941, en la que dibuja un círculo al lado de su firma y debajo de él le dice a tu madre: «Besa aquí, mujer, porque aquí yo he besado».

Las visitas de Miguel a la casa de la familia Blasco Milián se fueron acomodando en la blandura de la costumbre; Antonia seguía empollando a su familia; Gonzalo, además de administrar sus bienes, alternaba la lectura de sus libros de historia, de los que a menudo hablaba con tu padre, con el cultivo de rosas en el jardín de la casa; Juan y Rosita hacían planes para el día de su boda, que no concebían como el principio de un matrimonio sino como la culminación de su prolongado noviazgo, y Ana María poco a poco iba permutando su carácter inquieto de niña consentida por el temperamento fuerte que la habría de definir por el resto de su vida.

Tu padre había conquistado no sólo el corazón de tu madre con la delicadeza de su trato y el trasiego de sus cartas de amor, sino el de tus abuelos. Era paciente y comedido, y entre sus prendas figuraban la sensibilidad y la simpatía. Escuchaba con atención, como si fuese la primera vez que los oía, los mismos pasajes históricos que tu abuelo le refería decenas de veces y todas las tardes lo acompañaba al jardín para ver el progreso de sus rosales. A tu abuela se la había echado al bolsillo con sus relatos y sus ocurrencias, que lo mismo la conmovían hasta las lágrimas que la hacían reír hasta las carcajadas. Él, más que nadie, supo abrir esa válvula secreta que hacía que Antonia pasara en un instante de la severidad a la alegría y aun a la ternura. Pero tus abuelos, que ya lo apreciaban, lo valoraron más cuando irrumpió en la escena familiar Victorio Sariñana.

A la misma temprana edad que lo habían hecho sus hermanas, Ana María se hizo novia, con la obvia intercesión de Antonia, de un hombre apenas un poco más joven que Balagueró y

Celorio: Victorio, miembro de una adinerada familia habanera que había hecho fortuna con la importación de productos farmacéuticos de marcas norteamericanas y que poseía varios bienes inmobiliarios en el moderno reparto de El Vedado. Si tu padre, a pesar del cariño y el respeto a los que se había hecho acreedor, ocupaba en el seno de la familia Blasco Milián un segundo lugar ante los privilegios de que gozaba Juan Balagueró, la presencia del pretendiente de Ana María le confirió de manera automática un ascenso en la escala familiar. Tus abuelos no sólo le otorgaron un cierto derecho tácito de antigüedad sino que apreciaron más sus mejores cualidades, que mucho contrastaban con la patanería del recién llegado.

Victorio era un hijo de familia, como te digo, que siempre había vivido de las rentas de su padre. Era de complexión robusta, usaba una notoria faja con la que trataba en vano de disimular el prominente volumen de su vientre, ostentaba un grueso reloj de oro en la muñeca y unos descomunales anillos en sus dedos regordetes. Tenía la fea costumbre de llevarse la mano a la portañuela para acomodarse los testículos antes de sentarse. Podía hablar boberías durante horas. Su voz era chillona y remataba cada frase con una estentórea carcajada que nadie secundaba. Nada tenía que ver Sariñana con la reciedumbre de Balagueró ni con la delicadeza de Celorio. Era tonto de capirote, presuntuoso y autoritario. A su novia le decía cómo debía vestirse y de qué manera debía peinarse y le prohibía terminantemente realizar labores manuales de cualquier índole. Cuando llegaba de visita a la casa de la Calzada de Jesús del Monte y se apercibía de que Anita estaba bordando un mantel o unas servilletas, le arrebataba del regazo la labor con la amonestación de que una señorita de su estirpe no tenía por qué ocuparse de semejantes menesteres, propios de sirvientas e indignos de su condición. De brazos cruzados la quería. Pero la autoridad de Victorio carecía de ascendencia y Anita nunca se doblegó a sus caprichos.

Por ser la menor de la familia y no gozar de buena salud,

Ana María había sido la más mimada de las tres hermanas, sobre todo por Gonzalo, que mucho la había consentido. Era orgullosa y obcecada pero más sensible que ninguna al sufrimiento ajeno. No tenía la belleza de Rosita ni la inteligencia de Virginia, de manera que si no padecía los maleficios de la vanagloria tampoco disfrutaba los beneficios de la serenidad. A propósito recibía a Victorio con menos miramientos de los que Rosita y Virginia les dispensaban a sus pretendientes, no sólo por su propio carácter, sino porque la actitud de Victorio, que era capaz de romper a patadas un tibor chino por el solo gusto de romperlo, distaba mucho del amor paciente y empeñoso que Juan le había prodigado a Rosita y del extremo cuidado con que tu padre siempre había tratado a tu madre. Discutían con frecuencia. Ana María rehusaba acatar las disposiciones autoritarias de su pretendiente y se atrevía a retarlo con lo que ninguna mujer podía tener en esa época: ideas propias.

Por fin, después de más de tres años de noviazgo, se determinó la fecha de la boda de Juan y Rosita. A partir de ese momento, Antonia se dedicó a visitar los almacenes más prestigiosos de La Habana para preparar el ajuar de la novia. Consultó diseños, escogió telas, eligió bordados y se puso a trabajar, con el concurso principal de Rosita pero también con la ayuda de Virginia y Ana María, en la elaboración de la mejor canastilla de bodas. Contrató a dos costureras de planta para que la asistieran en la ardua tarea y durante meses la casa de tus abuelos se convirtió en un taller de costura, en el que se deshilaban manteles y servilletas, se tejían sobrecamas, se rellenaban almohadones, se confeccionaban cojines y se bordaban sábanas y fundas con las iniciales entrelazadas de los nombres de los futuros contrayentes.

Tres días antes de la ceremonia religiosa, un camión llevó a la casa de la Calzada de Jesús del Monte el juego de cuarto estilo Luis XIV que Juan había escogido de un catálogo francés y había mandado hacer para amueblar las dos habitaciones de la casa que Antonia había dispuesto para el nuevo matrimonio. Los muebles eran de cedro, laqueados en color marfil, con adornos y molduras torneados a mano y sombreados en color sepia. La cubierta de las mesas de noche y de otra más pequeña, para desayunar, eran de cristal biselado, igual que los espejos del escaparate de tres cuerpos y de la coqueta. En total eran catorce piezas. Con ayuda de su madre y sus hermanas, Rosita determinó el lugar que ocuparían los muebles en sus habitaciones. Una vez vestida la cama y colocados algunos de los regalos que estaban recibiendo, como dos lámparas de noche, a Rosita le pareció que su cuarto nupcial era la recámara de una reina. En esa cama habrían de nacer los cuatro hijos de tu tía Rosita. En ella durmieron tus tíos durante cincuenta y cinco años hasta que salieron exiliados de Cuba.

La boda se sujetó punto por punto a los usos y costumbres que para esos casos había establecido la alta sociedad habanera de los años veintes. Se casaron por las leyes civiles en el Juzgado Municipal del Este y, tres días después, por las eclesiásticas, en la flamante capilla de los padres pasionistas, que ellos estrenaron. La solemnidad de la ceremonia, los arreglos florales de la iglesia, la extraordinaria finura del vestido de novia, confeccionado por la prestigiosa modista cubana María Luisa Douval, la singular belleza de Rosita, la apostura de Juan, el porte de tu abuela, la elegancia de tu abuelo, la gracia de las damas –Virginia y Ana María–, la calidad de la concurrencia fueron reseñados en el *Diario de la Marina*, sin omisión de un solo lugar común, por el prestigioso cronista de sociales Pablo Álvarez de Cañas, quien habría de ser esposo de la escritora Dulce María Loynaz. Tras el banquete que se sirvió en casa de tus abuelos, los novios se cambiaron de ropa; se despidieron de sus padres y de los invitados bajo una lluvia de arroz, se montaron en una máquina descapotable con chofer y se fueron a pasar su luna de miel al Hotel Inglaterra de La Habana.

El boato de la boda mucho preocupó a tu padre, que no podría sustituir con cartas de amor el juego de cuarto que tendría que comprar cuando se tratara de su propio casamiento, ni el terno de platino con brillantes y zafiros –*pendantif*, aretes, sortija, pulsera y prendedor– que Juan le había regalado a Rosita el mismo día de la boda ni la estancia por una semana en una *suite* de lujo del Hotel Inglaterra. Pero no claudicó. En su primera juventud disfrutó de la enorme fortuna que su padre les había legado a él y a sus hermanos y conoció muy de cerca los estragos y las miserias que la riqueza puede convocar. Una vez agotados los caudales, había aprendido a vivir con dignidad y modestia de su propio trabajo y confiaba en la fuerza del amor y en la entereza de tu madre.

Una vez instalado el nuevo matrimonio en casa de tus abuelos, Rosita asumió algunas funciones maternales, que hasta entonces eran privilegio de tu abuela, y Juan cobró cierta autoridad masculina que Gonzalo había ido perdiendo con el paso de los años bajo el dominio de su esposa.

Rosita le preparaba el desayuno a Juan, que todas las mañanas se iba al almacén antes de que amaneciera. Después de esta pequeña ofrenda matrimonial que a Juan, acostumbrado a la soledad y a irse al trabajo con el estómago vacío, le parecía maravillosa, Rosita se volvía a dormir durante un par de horas, pero a las ocho y media en punto, según la costumbre impuesta por tu abuela, ya estaba vestida y peinada, igual que sus hermanas, para desayunar en familia y cumplir con las tareas que su madre había delegado en ella, entre otras, definir el menú del almuerzo y de la comida y entregarle a la cocinera todos los ingredientes que su hermana Virginia le proporcionaba, pues, como te dije, tu madre era la encargada de custodiar la despensa y la nevera, de determinar la compra de los víveres y de administrar los vales que se pagaban puntualmente el primer día de cada mes. Juan llegaba a las seis de la tarde y establecía el programa de la noche. No le gustaba el cine pero le encantaba el teatro, así que cuando pasaba por La Habana alguna compañía de zarzuela, de opereta o de revista española, sacaba con anticipación las entradas e invitaba a su esposa, y con frecuencia también a tus abuelos, al Gran Teatro Nacional, donde oyeron, entre otros muchos cantantes, a la catalana María Barrientos y al mexicano José Mojica, o al Teatro Payret a ver comedias de costumbres habaneras, dirigidas por Regino López.

Pero las más de las noches, después de comer, Juan le pedía a Rosita que tocara el piano. Ya casada, ella siguió con el estudio del instrumento y asistía a la academia tres veces por semana. Su mayor gusto era montar una pieza nueva para deleitar a su marido. A veces Antonia, que tocaba muy bien el piano y de quien Rosita heredó el gusto por la música, interpretaba una habanera, una mazurca, un vals o un chotis y Juan y Rosita bailaban en el salón. Después se retiraban a sus habitaciones, donde sintonizaban Radio Salas en la consola RCA Victor que Juan le había regalado a su joven esposa cuando cumplió dieciséis años.

Dos años después de la boda de Juan y Rosita, se fijó la fecha del matrimonio de tus padres, el 8 de diciembre de 1923, y de Ana María y Victorio, inmediatamente después, el segundo sábado de enero del 24. Tu abuela trabajó simultáneamente en el ajuar de sus dos hijas menores. No quiso, por supuesto, que ninguna de ellas tuviera una canastilla menos opulenta que la de su hija mayor y tiró la casa por la ventana. Fue entonces cuando surgió la primera desavenencia entre Balagueró y tu abuela, que años antes, cuando se asociaron en el negocio de las pieles, había previsto Gonzalo sin que Antonia entonces hubiera tomado en cuenta su consejo. Tu abuela empezó a mandar las cuentas de los gastos del ajuar de Virginia y Ana María al almacén de Juan, abusando de su condición de socia comanditaria. El negocio había prosperado notablemente gracias al esfuerzo y a la buena administración de Juan. Pero las facturas que

Antonia enviaba, cada vez más frecuentes y de mayor cuantía, rebasaban los acuerdos que ambos habían tomado en sociedad. Juan respetaba mucho a su suegra pero no estaba dispuesto a perder lo que con tanto trabajo había ganado, así que no tuvo más remedio que enfrentarse con ella y llamarle la atención; de seguir ese tren de gastos, llegaría el momento en que no se pudiera controlar el desnivel de las ganancias para poder extraer mensualmente los recursos necesarios para vivir. A tu abuela le disgustó sobremanera la amonestación de Juan, dicha por él como socio y no como yerno, pero escuchada por ella como suegra y no como socia, y pasó de la exaltación recriminatoria al mutismo sepulcral.

Del mismo modo que Juan y Rosita se habían quedado a vivir en la casa de la Calzada de Jesús del Monte, el espíritu matriarcal de Antonia había determinado que sus otras dos hijas permanecieran en el seno de la familia paterna –¿o deberé decir materna?– y había dispuesto dos habitaciones para los nuevos matrimonios. Tu padre en un principio trató de negarse a acatar la voluntad de tu abuela, sobre todo después del altercado que habían tenido ella y Balagueró, que para él no había pasado desapercibido. Abrigaba la ilusión de instalarse con tu madre en una casa independiente, pero acabó por ceder a las presiones conminatorias de Antonia, sutilmente suscritas por Virginia. Y es que comprendió que, dada la modestia de sus recursos, para tu mamá sería más confortable quedarse en la casa paterna, donde no tendría las privaciones a las que se expondría en un nuevo domicilio. Virginia, además, era una jovencita de diecisiete años de edad, que podía saber mucho de la despensa y de la costura, pero nada del amor, del que sólo tenía noticia por las cartas de su prometido y por las novelas que leía. Pensando más en ella que en sí mismo, tu padre accedió finalmente a no apartarla de su familia tan temprana y tan abruptamente.

Los juegos de cuarto que habían mandado hacer por separado Miguel y Victorio llegaron el mismo día a la casa de tus abuelos. Si tu padre no hubiera podido competir con el que Juan mandó fabricar, mucho menos podría rivalizar con el que adquiriera Victorio, quien gastaba a mano suelta el dinero que no había ganado con su esfuerzo.

La verdadera vocación de Miguel no era la diplomacia, sino la invención de artilugios. Con amor y con talento diseñó el mobiliario de la que sería su recámara matrimonial y se la encargó a un asturiano avecindado en La Habana, Constante de Diego, que trabajaba en la mueblería Borbolla y de quien se había hecho amigo por motivos genealógicos. Eran tan ingeniosas las propuestas de tu padre que Constante, mitad ebanista y mitad poeta, tomó como cosa personal su realización y sólo cobró los materiales. El escaparate tenía varios cajoncitos, algunos de ellos secretos, para guardar prendas específicas –los pañuelos, las alhajas y por supuesto las cartas que tu padre le había escrito a tu madre–, y un sistema de iluminación eléctrica que se activaba automáticamente al abrir las puertas; las mesas de noche tenían unas repisas abatibles y las gavetas del armario contaban con un peculiar y sencillísimo sistema de ventilación, muy conveniente para combatir los nocivos efectos de la humedad tropical. Aunque bien construidos, eran muebles modestos, de madera corriente, y no tenían más pretensión que la originalidad. Cuando en vísperas de las bodas ambos ajuares se encontraron en la casa de tus abuelos, la comparación fue inevitable. El mobiliario de Victorio Sariñana, que tú verías en la recámara de tu tía Ana María cincuenta años después en tu primer viaje a La Habana, era finísimo, solemne y opulento. Obviamente el juego de cuarto que más le gustó a Virginia fue el que diseñó tu padre, pero también Ana María, sin saber cuál de los dos iba a ser su inminente tálamo nupcial, se inclinó por el de Celorio, para sorpresa y disgusto de Sariñana. Esa tarde Victorio le dio una patada al tibor chino que estaba al pie de la escalera de la casa de tus abuelos, sólo por el gusto de romperlo. Así dijo.

6
El comisario

«¿Se imaginan a Eduardo Casar y a Gonzalo Celorio juntos en Cuba?» Tantas veces habíamos oído esa frase pronunciada con euforia por nuestros colegas universitarios que nos sentíamos entre frustrados y ridículos ahí solos, apostados en la barra del Bar Azul, tomando ron, sin otra cosa mejor que hacer que rumiar la precariedad de nuestra situación en La Habana. Fuimos al Bar Azul porque se localizaba en el piso catorce del Hotel Capri y, como teníamos poco dinero, pensamos que el ron, a esas alturas, nos haría más efecto que si lo ingiriéramos al nivel del mar. Atrás de la barra había dos *ojos de buey*, como se les llama a esa suerte de claraboyas que no están en los techos sino en las paredes. Daban a un ámbito azul y luminoso que ciertamente no era el cielo, pero que podría ser el paraíso. Así de etéreo era. Así de atemporal. De pronto, al tercer o cuarto trago, vimos pasar por esos ventanucos unas piernas de mujer que se desplazaban horizontalmente en el vacío, como si volaran. Eran muy bellas. Tenían que ser de un ángel. Eduardo y yo nos miramos estupefactos pero sin decirnos nada porque no sabíamos si la alucinación producida por el ron a catorce pisos de altura sobre el nivel del mar era individual o colegiada, pero a partir de ese momento ni él ni yo pudimos despegar la vista de esos ojos de buey, cuyo nombre se correspondía puntualmente con nuestra mirada.

¿Te imaginas a Gonzalo y a Eduardo juntos en La Habana? Por más imaginación que tuvieran nuestros colegas, jamás pensarían que estábamos solos, metidos en un hotel, aburridos, tristones, sólo cautivados por los ángeles que de tarde en tarde transcurrían por la contrabarra del Bar Azul, dejando un rastro de muslos fugaces y pantorrillas inasibles. Seguramente nos imaginaban metidos en la rumba, el jaleo, el guateque, el bailongo, acompañados de tremendas mulatas, bebiendo enormes cantidades de ron Paticruzado, fumando habanos Partagás o Montecristo; en el sudor sabroso del cabaré o en las maravillosas playas de Varadero. Y los más imaginativos, en la Casa de las Américas, en la Unión de Escritores y Artistas de Cuba, en el *pent-house* de Nicolás Guillén. Y los delirantes, en el mitin político, en la plaza de la Revolución, en el discurso del Comandante. Pero no. Nuestros interlocutores no eran las bailarinas del Tropicana ni los músicos de las grandes orquestas habaneras ni los poetas de la UNEAC ni los profesores de la Facultad de Artes y Letras ni los líderes de las juventudes comunistas, sino nosotros mismos. Y Orlandito, el cantinero, que se metía en nuestras conversaciones como Pedro por su casa y a quien acabé por contarle mi historia familiar, tan vinculada con Cuba. Estábamos solos en el Bar Azul, contabilizando con rigor notarial nuestros sorbos de ron y mirando el tránsito esporádico de los ángeles a través de esos ventanucos que daban al interior iluminado de la piscina, instalada lujosamente, con la audacia arquitectónica propia de los años cincuentas, en la azotea del Hotel Capri.

Habíamos emprendido el viaje a Cuba para impartir al alimón un cursillo en la Facultad de Artes y Letras de la Universidad de La Habana sobre poesía mexicana contemporánea. Aprovecharíamos el viaje también para consultar algunas fuentes bibliográficas en la Biblioteca Nacional José Martí y en la Casa de las Américas. Habíamos compartido con nuestros compañeros el entusiasmo que nos suscitaba la comisión académica que nos habían encomendado, y si imaginaron que Eduardo y yo la pasaríamos bomba en La Habana no sólo era por La

Habana misma, sino porque sabían de la amistad que nos unía, del sentido del humor de Eduardo, de mis vínculos familiares con Cuba y de nuestro gusto por subvertir, como si todavía fuéramos estudiantes y no profesores, la solemnidad y el rigor del discurso académico.

La mañana de la partida, Eduardo y yo nos encontramos en el aeropuerto de la ciudad de México, él con un magro equipaje y yo, además de mi maleta, con el inexcusable cargamento de ropa, alimentos, utensilios que mi madre me había preparado para Ana María e Hilda, y sólo para ellas porque para entonces Rosita y Juan ya habían abandonado la isla para reunirse con sus hijas en Miami. Eduardo sabía de mi conocimiento previo de La Habana y seguramente pensaba que a mi lado podría tener una aproximación privilegiada a esa ciudad que él nunca había visitado. Yo, por mi parte, recordaba con fervor el viaje anterior y creía, como quien lleva una navaja suiza en su maletín, que aquella experiencia podría ser de alguna utilidad en nuestra comisión. No consideré entonces que habían pasado ya diez años desde mi primera visita a Cuba, y que el país, a fuerza de no cambiar, paradójicamente había cambiado mucho desde entonces. Bastaba con recordar el éxodo del Mariel, de 1980. Pero, sobre todo, que mi viaje del año 74 había tenido un carácter oficial de alta jerarquía, lo que me había permitido el acceso a muchos espacios que ahora me estarían vedados; aunque seguramente también me había impedido ver otros tantos que ahora me saldrían al paso.

Para empezar, no hubo salón de protocolo que nos acogiera en el aeropuerto José Martí ni acudió ninguna personalidad de la literatura o de la academia a recibir a este par de profesores-escritores totalmente desconocidos. Los trámites de migración y aduana fueron largos y engorrosos, más para mí que para Eduardo, pues mi apetecible cargamento fue objeto no sólo de codicia sino de una revisión minuciosa y de un extenso interrogatorio. Cuánto eché de menos al mayor Godínez de mi viaje anterior, que entonces se había encargado, de ida, de todo mi equipaje, aún más voluminoso que el que llevaba ahora; y, de regreso, del enorme baúl que me había encomendado Bosco Arochi y que, según él, contenía materiales fílmicos que no podían exponerse a la luz, cuando en realidad, como me enteré después, estaba lleno de tabacos, discos, libros y botellas de ron Havana Club de siete años de añejamiento: un verdadero contrabando, que contó con mi involuntaria gestoría.

Entre el gentío que se arremolinaba a la salida del aeropuerto, brotó una funcionaria subalterna de la Universidad de La Habana, que había ido a recogernos en una guagüita medio destartalada para conducirnos al Hotel Nacional, donde habrían de alojarnos. En el trayecto pude advertir que muchos de los edificios no habían recibido ningún mantenimiento por lo menos en los últimos diez años, desde que los había visto por última vez; las dificultades del transporte, a juzgar por el altísimo número de personas que se concentraban en las paradas de las guaguas y que pedían aventón –*botella* dicen allá– a los pocos automóviles que por allí circulaban, y los efectos del trópico en las muchachas muy jovencitas, casi niñas, que exhibían, provocativas, las redondeces de su precoz desarrollo a lo largo de la avenida Rancho Boyeros.

El Hotel Nacional tenía una larga y fascinante historia, que se remontaba al año de 1930, cuando fue inaugurado siguiendo a pies juntillas los cánones establecidos por el Waldorf Astoria de Nueva York. Había albergado en sus habitaciones a famosos artistas del cine y del espectáculo, a aristócratas fugitivos y a importantes jefes de Estado y de Gobierno. Durante algunos días de 1933, ex oficiales machadistas opuestos al golpe de Estado del 4 de septiembre de ese año lo habían tomado como fortaleza y no habían salido de sus aposentos, convertidos en trincheras, más que a cañonazos; y, a finales de 1946, diferentes grupos de la mafia ítalo-norteamericana, en contubernio con las autoridades locales, lo habían cerrado al turismo y habían celebrado en sus instalaciones una magna reunión secreta para resolver sus diferencias, delimitar sus áreas de influencia y trazar las estrategias de expansión de sus operaciones clandestinas –juego organizado e ilegal, prostitución y tráfico de estupefacientes, principalmente para el mercado de Norteamérica, pero también para Cuba y el Caribe–. En efecto, por sus recintos desfilaron las más brillantes estrellas de Hollywood: Buster Keaton, Tyrone Power, Rita Hayworth, Marlon Brando, Ava Gardner. En sus piscinas nadó Johnny Weissmuller y en sus salones bailó Fred Astaire. Errol Flynn, quien a finales de 1958 habría de pretender vanamente llevar sus aventuras hollywoodescas a la guerrilla revolucionaria de la Sierra Maestra y alistarse en sus filas, tomó mucho sol y mucho vodka con jugo de naranja a la orilla de la alberca, asediado por sus admiradoras, y Spencer Tracy, ahí hospedado durante el rodaje de la versión cinematográfica de *El viejo y el mar*, conversó en repetidas ocasiones con Hemingway, al frío de un daiquirí, en el bar Sirenita del hotel, al cual el escritor norteamericano, por cierto, donó un bello ejemplar disecado de un pez espada capturado frente a La Habana. Numerosos artistas de México, de España, de Argentina fueron asiduos huéspedes del hotel, donde lucieron sus figuras, su voz o su simpatía: Jorge Negrete, Pedro Vargas, Los Panchos, Cantinflas, Pedro Armendáriz, Agustín Lara, María Félix, Los Chavales de España, Sarita Montiel, Hugo del Carril, Libertad Lamarque. En el Hotel Nacional, Winston Churchill se fumó los mejores habanos de la posguerra, elaborados especialmente para él por la tabacalera Romeo y Julieta; los duques de Windsor refrendaron el amor que los había llevado a contraer un matrimonio morganático, y el barón Thyssen-Bornemisza vivió allí con su familia por espacio de doce años, refugiado en una habitación del séptimo piso, donde albergó parte de su espléndida colección de pintura, que muchos años después habría de exponerse, enriquecida, en uno de los espacios museográficos más prestigiosos de España. Como en aquel restaurante de la calle de Cuchilleros de Madrid, donde un simpático letrero reza que en ese lugar nunca cenó Hemingway, habría que decir que el Hotel Nacional también era famoso, lamentablemente, por algunos artistas notables que no pudieron hospedarse en él por el color de su piel, como Josephine Baker o Nat King Cole, quienes se vieron obligados a buscar alojamiento en otros hoteles que no tenían los rigores raciales de la empresa norteamericana que operaba el Nacional. Por los pasillos del hotel transitaron impunemente, acompañados de sus consejeros, abogados y guardaespaldas, Meyer Lansky y Santos Traficante –protegidos por Fulgencio Batista–, Lucky Luciano, Frank Costello, Albert Anastasia, Joseph Magliocco y Giuseppe Bonano, entre muchos otros jefes de la mafia ítalo-norteamericana, procedentes de Nueva York, Chicago, Miami, Nueva Orléans. Se cuenta que Frank Sinatra estuvo entre los asistentes a la reunión secreta del año 46 y que perdió la voz de tanto cantar en las tertulias de los facinerosos congregados.

Dos torres gemelas erguidas como minaretes del litoral. Jardines con bosquecillos de uva caleta volcados sobre el mar. Espaciosos salones hispano-morunos, tocados eclécticamente por el *art déco*, el neoclasicismo y hasta el californiano procedente de las antiguas misiones franciscanas. Ese soberbio edificio, tan representativo del siglo XX como El Morro lo fue de los tiempos coloniales, mostraba ahora los inocultables estragos causados por la incuria, el clima y el paso del tiempo. Ya no era «el castillo encantado», como lo llamó Alejo Carpentier cuando se hospedó ahí, al regresar a Cuba en el año 59, tras su larga estadía en Venezuela. Si bien conservaba su emblemática monumentalidad, había que acudir a la imaginación para adivinar sus antiguos esplendores. Cuando Eduardo y yo nos hospedamos en él, era un lugar más bien lúgubre, apenas iluminado por esporádicos bombillos de bajísima intensidad, con las paredes escarapeladas y los vidrios de los ventanales rotos.

Nos asignaron a ambos una sola habitación del quinto piso. Para subir era necesario llamar a gritos al ascensorista entre los rombos de la rejilla, porque el timbre se había quedado mudo desde hacía varios años. Un foco amarillento de cuarenta *watts* pretendía iluminar la totalidad del cuarto, que no era pequeño, y por la regadera del baño apenas salía un hilo de agua que manaba todo el tiempo, cual clepsidra, porque no había manera de cerrar completamente los grifos (y no por abrirlos al tope salía un chorro más generoso). La única cualidad de esa habitación era su ventana, que daba al Malecón. Desde nuestras camas podíamos ver el mar, y sólo el mar, sin ninguna distracción urbana, como si estuviéramos en la proa de un barco gigantesco en alta mar.

Nos instalamos de inmediato y bajamos al *lobby*, donde nos aguardaba otra funcionaria de la universidad para darnos unos sobres con los pesos cubanos asignados a nuestra alimentación. Contamos los billetes, firmamos los recibos correspondientes y nos despedimos para empezar a hacer honor a las expectativas que nuestros colegas universitarios tenían de nuestra estancia en la isla. Era viernes por la tarde. Aunque la distancia entre la ciudad de México y La Habana fuera relativamente corta, el tiempo invertido en el viaje había sido demasiado largo. Yo había salido de casa rumbo al aeropuerto a las cuatro y media de la madrugada y ya eran cerca de las siete de la tarde cuando por fin estábamos instalados en el hotel. No tendríamos que presentarnos en la Facultad de Artes y Letras sino hasta el siguiente lunes a las diez de la mañana, para lo cual, según nos explicaron, podíamos tomar una guagua o caminar, si queríamos hacer un poco de ejercicio, las cerca de quince cuadras que separaban la escuela del hotel. Contábamos, pues, con esa noche y con todo el sábado y el domingo para nosotros solos, sin ningún programa oficial y sin ninguna vigilancia aparente.

Una vez libres del protocolo universitario, quisimos iniciar con la ceremonia de un mojito nuestra estancia en La Habana.

Yo sabía, por mi viaje anterior, que en la planta baja había un bar al aire libre, en alguna terraza del hotel, seguramente cerca de la piscina. Hacía calor y pensé que ésa sería la mejor opción. Le pregunté por él a uno de los recepcionistas, un negro encarcelado en un calurosísimo traje oscuro con camisa blanca y corbata mal anudada. Me dijo que fuera al Sirenita. Yo también había conocido ese bar, pero no me acordaba de que estuviera en ninguna terraza. Más bien lo recordaba oscuro, denso, refundido en algún sótano. Se lo dije:

–Pero que yo sepa el Sirenita no está al aire libre.

–No, mi hermano –me dijo–, pero tiene aire acondicionado. Y victrola.

Así, reemplazado el aire libre por el clima artificial y por la voz de Benny Moré o los acordes de Arcaño y sus Maravillas, esa tarde nos tomamos en la penumbra helada del Sirenita los primeros tragos de nuestro itinerario. A pesar de las muchas horas que habíamos invertido para realizar un vuelo tan corto, el entusiasmo mitigaba nuestro cansancio. No podíamos creer que por fin estuviéramos Eduardo y yo en Cuba, en La Habana, en un bar, tomándonos el primer mojito de la tarde. Estábamos encantados. Hicimos planes, anticipamos alegrías, prefiguramos encuentros. Cuba tenía un significado profundo en el otro itinerario, el de nuestra vida, y nuestra manera de pensar, de leer, de aprender, de enseñar, de caminar, de bailar, de beber, de amar, tenía por lo menos un pie asentado en ese «territorio libre de América». Era un privilegio estar ahí, en el país que había tenido los cojones de mandar a los yanquis al carajo. Todo nos gustaba de Cuba: la música, el acento, las mujeres, el trópico, el mar Caribe, el ron sin Coca-Cola –como decía la canción de Víctor Jara–, la literatura de Lezama y Carpentier, la poesía de Eliseo Diego, los carteles del Che Guevara, los libros de portadas luminosas y formatos heterodoxos, mis raíces familiares, la tía Ana María e Hilda, ejemplo de la hermandad revolucionaria, más allá de la clase social de donde se procede, de la educación, de las creencias religiosas, mañana las visitamos, las tienes que conocer, cómo no, cabrón, salud, salucita, por ti, por mí, por nosotros dos, por Cuba, patria o muerte, venceremos. A la hora de pagar los dos mojitos que cada uno se había bebido, nos dimos cuenta de que con el dinero que nos había entregado la representante de la universidad sólo nos alcanzaría para comer austeramente. Así que tendríamos que sufragar nuestros tragos con los pocos dólares que cada quien llevaba. Para nosotros ciertamente representaban una cantidad considerable; pero en Cuba, como más temprano que tarde lo sabríamos, tenían un valor desmesurado por los efectos del mercado negro, al que nos expusimos, sin caer en sus redes, tan pronto salimos del hotel.

Como el cansancio, apenas distraído por los efectos del ron, se empezaba a hacer sentir, decidimos cenar ahí mismo. Estábamos hambrientos. Sólo teníamos en el estómago el desayuno de plástico del avión y las finas tajadas de plátano, llamadas *mariquitas*, que nos habían servido en el Sirenita para acompañar los tragos. Cuando llegamos al restaurante del hotel cerca de las nueve de la noche, había una fila de huéspedes en espera de su turno. No eran muchas las personas que nos antecedían, pero aun así tuvimos que esperar un buen rato por la extrema lentitud con que el encargado, vestido, a fuerzas, de traje negro y corbata, asignaba mesas a los comensales, entre autoritario y displicente. Uno no podía elegir la mesa que quisiera aunque el restaurante estuviera, como estaba, casi vacío: se tenía que sentar en el lugar que el capitán le adjudicaba en términos incontrovertibles. Había *mesa sueca*, como los cubanos llaman a lo que nosotros nombramos con el galicismo de *buffet*. Yo recordaba el *dictum* de mi amiga Aída Lara, quien consideraba que en esa modalidad del autoservicio uno tiene que apresurarse lo más posible, porque en un bufé –decía– los últimos siempre serán los últimos. Había ya algunas bandejas vacías o muy raquíticas, pero todavía alcanzamos a servirnos. La comida no era ni muy buena ni muy variada. Recuerdo que era prolija en carbohidratos y en *pes* –papa, pan, pasta, pollo–, y, como conviene a la tradición culinaria del país productor de caña de azúcar por antonomasia, abundante en esos postres que yo reconocía como parte de mi propia tradición familiar: el tocinillo del cielo, el arroz con leche, los cascos de guayaba con queso, el flan de calabaza, las torrejas habaneras. Afortunadamente pudimos acompañar la comida con una cerveza Pilsen, de origen checo, que tenía 16° de alcohol y mucho cuerpo, tanto que para beberla se antojaba usar cuchillo y tenedor. Algo extraño y casi alegórico ocurría en ese lugar que, por un lado, pretendía conservar la elegancia de otros tiempos, a juzgar por la formalidad de la indumentaria de los meseros, la calidad de los cubiertos y la finura de las cristalerías; y, por otro, exhibía sin disimulo sus precariedades: no había posibilidad de pedir a la carta, los cuellos de las camisas de los meseros estaban raídos y no habían recibido en meses o años el calor de la plancha, al igual que los manteles y las servilletas; los platos, aunque finos, no necesariamente procedían de la misma vajilla y el servicio era lentísimo y malhumorado: burocrático.

No nos quisimos dormir sin salir a la calle, así sólo fuera para ver el mar desde el Malecón. No habíamos rebasado la hilera de palmas reales que le imprimen carácter al jardín frontal del hotel cuando un cubano se acercó, nos pidió la hora, nos preguntó: ¿México? para confirmar nuestra nacionalidad y nos propuso un cambio de dólares que superaba con mucho la ficticia paridad entre el peso y la divisa norteamericana establecida oficialmente. Sin siquiera pensarlo, declinamos el ofrecimiento. Nuestra moral revolucionaria en ese primer día de viaje todavía estaba muy en alto. Nos costó un poco de trabajo desembarazarnos del cambista, que incrementaba su oferta a cada negativa nuestra, hasta que por fin, no sé cómo, lo dejamos atrás. Rodeamos el hotel y cruzamos la avenida.

Era una noche de suyo oscura, apenas salpicada por las débiles luminarias que corrían a lo largo del Malecón y, de tarde en tarde, por los fanales de algún automóvil solitario que pasaba por la avenida. Los edificios estaban a oscuras y ningún anuncio luminoso remataba sus azoteas. El mar, índigo, omnipresente, se imponía como una barrera insalvable, empeñado en confirmar la condición insular de Cuba. Decenas de parejas, como pájaros en cable eléctrico, sentadas o acostadas en el muro que dividía la acera del mar, se abrazaban, se besaban y algunas hasta hacían el amor, con mayor o menor discreción. Guardaban entre sí una asombrosa equidistancia, como si los lugares estuviesen previamente asignados de acuerdo a una estricta distribución del espacio a lo largo del Malecón, desde el Castillo de la Chorrera, en la desembocadura del Almendares, hasta el Castillo de la Punta, a la entrada de la bahía. Eduardo pensó que si una nueva pareja llegara a sentarse en ese muro se alteraría el ritmo amatorio de todo el litoral.

Al día siguiente cumplimos rigurosamente el trámite del desayuno. Otro capitán, otros meseros, otro bufé con fruta bomba y huevos fritos, pero la misma burocracia: la misma lentitud, la misma displicencia apenas contrarrestada por un *sí, mi amor*, que, como respuesta a alguna solicitud de Eduardo –¿Me puede servir un poco más de café, por favor?–, expresó una mesera mulata que se desplazaba lentamente por el comedor moviendo su enorme caderamen.

Esa mañana sabatina Eduardo y yo visitamos a la tía Ana María y a Hilda, como lo habíamos programado la víspera. Su casa, aunque en el mismo reparto de El Vedado, no estaba tan cerca del Hotel Nacional como del Riviera, donde me había hospedado en el viaje anterior. Distaba más de quince cuadras. Aun así, decidimos caminarlas, quizá para adquirir cierto entrenamiento, por si a partir del lunes determinábamos, como acabamos por hacer, ir a pie a la Facultad de Artes y Letras.

Había un sol radiante que nos lastimaba los ojos, acostumbrados como estábamos a la grisura permanente del cielo de nuestra ciudad, en la que desde hacía años los volcanes habían desaparecido del paisaje y ya no podían verse ni las estrellas en la noche ni la forma de las nubes en el día. Bajo ese cielo azul, exaltado casi como valor patrio por alguna canción revolucionaria, caminamos hasta llegar a Línea, la avenida que nos llevaría a la esquina de la calle C. Cada dos o tres cuadras nos turnábamos la considerable jaba en la que habíamos puesto los obsequios para Ana María e Hilda, que pesaban bastante, como me lo habían hecho saber, refunfuñando, los empleados de los aeropuertos Benito Juárez y José Martí.

Llegamos de improviso. En esta ocasión no le había hablado por teléfono a mi tía Ana María para informarle de mi presencia en La Habana. Quise darle una sorpresa, lo que jamás habría hecho si se hubiera tratado de mi tía Rosita, que necesitaba mucho tiempo de anticipación para preparar cualquier cosa, así fuera algo tan familiar como la visita de un sobrino. Pero la tía Rosita ya no estaba en Cuba, sino en Estados Unidos.

Desde la calle vimos estacionado en la cochera el viejo Chevrolet Belair de Zacarías. Se le notaban los años, pero aun así estaba mejor conservado que cualquier otro de su edad. El timbre seguía descompuesto –roto, dirían allá–. A través de la ventana abierta adivinamos la silueta de la tía en el interior de la casa. Venciendo mi estúpido pudor, le grité, como acostumbran hacerlo desparpajadamente los habaneros. No me reconoció a la distancia. La presencia imprevista de dos hombres desconocidos a la entrada de su casa, casi en el portal, la asustó. Cuando por fin entendió que se trataba de su sobrino Gonzalo y de un amigo suyo, al parecer se tranquilizó y nos invitó a pasar. Aun así, tardó tiempo en reponerse. A diferencia de mi visita anterior, cuando la vi tan segura de sí misma, esta vez, por lo menos durante los minutos que le duró el susto, la sentí vulnerable, desconfiada, temerosa. Quizá contribuyó a su sobresalto que en esos momentos se encontrara sola en casa. Hilda se había ido a coger turno a la bodega, según nos dijo la tía antes aún de que preguntáramos por ella, porque había corrido la voz de que ese día estaban dando pollo. Una vez repuesta, me expresó de mil maneras la alegría que le causaba mi visita, inesperada para ella aunque mi madre algo le hubiera dicho en su última carta, sin precisar las fechas de mi llegada. Después de diez años, obviamente lucía más vieja, un poco encorvada, menos estrecha de la cintura, más flácida de las mejillas, pero conservaba la misma energía de entonces y mantenía el mismo cuidado por su persona. Sin saber que esa mañana tendría visitas, estaba perfectamente vestida, peinada y maquillada. Recibió a Eduardo como si fuera otro sobrino, lo elogió y le criticó, igual que a mí, la largura de los cabellos. Puse nuestro cargamento en el interior de la casa, según sus indicaciones, y nos quedamos los tres conversando en el portal hasta que llegó Hilda con una jabita pequeña y una sonrisa brillante. Le dio un enorme gusto verme. Me abrazó más con los ojos que con los brazos y saludó a Eduardo con una antigua formalidad, que revelaba una antigua sumisión. Estaba contenta: había conseguido dos piezas de pollo, una pierna con todo y muslo y media pechuga. A diferencia de la tía, Hilda se conservaba exactamente igual que como la había dejado una década atrás, aunque quizá estuviera más fatigada y menos vigorosa que antes.

Ana María le dio algunas instrucciones en voz baja e Hilda se metió en la cocina para resolver el asunto del pollo. Después, como parecía ser su costumbre, la tía nos quiso enseñar la casa a Eduardo y a mí, habitación por habitación. En ese momento sentí que se estaba repitiendo paso a paso el protocolo de mi visita anterior, como si se tratara de una ceremonia en la que estuvieran predeterminados el espacio ritual, los movimientos, las palabras. Era como si no hubiera pasado nada en los últimos diez años, salvo cierta decoloración del coche, algunas arrugas de más en el cuello de la tía y el deterioro, ése sí notable, de la casa, a pesar de la limpieza y el orden que en ella prevalecían. Pensé inevitablemente en *La invención de Morel*, la novela de Bioy Casares, cuyos personajes, para ser inmortales, están condenados a repetir sus mismos gestos, sus mismos desplazamientos, sus mismos diálogos por toda la eternidad.

Cuando en nuestro recorrido por la casa llegamos al baño, pedí permiso para utilizarlo. La tía me dio unas instrucciones precisas sobre el uso del agua, que estaba depositada en la tina y que había que extraer con una cubeta. Una vez solo, me percaté de que Ana María e Hilda compartían ese baño, pues había dos camisones colgados atrás de la puerta y dos cepillos de dientes en el lavabo. Me impresionó mucho la transparencia de la lajita de jabón que estaba en la jabonera de la tina y la escualidez del rollo de papel higiénico, porque no se veían por ningún lado los repuestos de tales implementos.

En la cocina, Hilda preparaba el pollo con atención de cirujano. Fue ahí donde la tía dio por sentado que nos quedaríamos a almorzar. No necesitamos ponernos de acuerdo Eduardo y yo para declinar la invitación aduciendo otro compromiso, pues desde que llegó Hilda comprendimos que esas piezas de pollo apenas alcanzarían para dos personas y que muy posiblemente no hubiera más nada que comer –a menos que la tía hubiera adivinado que entre los obsequios de mi madre había una lata de jamón y otra de espárragos–. La tía dijo que, en efecto, esas dos piezas de pollo era lo único que había, más unas papas y una lechuga, pero que muy bien podíamos dividirlas entre los cuatro porque si en Cuba hay pollo para uno es que hay pollo para todos, sentenció en tono de consigna política. Ante la insistencia, pudimos mantener nuestra negativa para ese día, pero no para almorzar con ellas el jueves en punto de la una de la tarde, que fueron la fecha y la hora a las que nos conminó la hospitalidad de la tía.

Después de nuestro minucioso recorrido por toda la casa, nos aposentamos en la sala, como en el viaje anterior, para que las tías recibieran los obsequios que les enviaba mi madre. Los agradecieron con dignidad. Finalmente volvimos al portal. Ahí estábamos conversando de la familia, de la universidad, del curso que impartiríamos, cuyo horario, por cierto, no interfería con nuestra cita para el jueves, de nuestro deseo de visitar Varadero... cuando sin previo aviso se apersonó en el portal el doctor Rocamora, un vecino a quien la tía profesaba admiración y le debía gratitud, entre otros motivos porque, en su condición de médico, la había atendido extraoficialmente en un par de ocasiones. Se había enterado de la presencia de dos extranjeros en casa de la tía por Radio Bemba. Después supe que era miembro del Partido Comunista de Cuba y presidente del Comité de Defensa de la Revolución de esa cuadra. Apenas lo saludamos, nos sometió a un extenso interrogatorio a propósito del objetivo de nuestro viaje y de nuestra posición con respecto a la Revolución cubana. Acto seguido dio comienzo a una especie de discurso de indoctrinamiento político que Eduardo y yo estábamos muy lejos de necesitar. Habló sin detenerse de la historia de la Revolución, de la organización de masas, de la campaña de alfabetización, de Playa Girón, de la medicina en Cuba, de la educación, del deporte, del imperialismo norteamericano, del bloqueo, de la guerra de Angola, de la Unión de Jóvenes Comunistas, del arte y la literatura revolucionarios y de la escoria social que se había ido de Cuba por el Mariel. Eduardo y yo no pudimos intercalar un solo comentario, así fuera de asentimiento, en esa perorata que no daba tregua, como si estuviera saliendo de la boca del mismísimo Comandante en jefe de la Revolución. La tía suscribía con su mirada transparente todo cuanto decía el doctor Rocamora, a saber si por concordancia con sus ideas, como yo pensaba, o por miedo a la descalificación, como pensaría mi madre. Llegó el momento en que Eduardo y yo nos fastidiamos del tipo, que seguía su discurso con aire autoritario y dogmático y, para colmo, nos trataba como si no supiéramos absolutamente nada de lo que nos estaba diciendo o como si fuéramos unos contrarrevoluciona-rios de mierda a quienes fuera necesario catequizar. Como se aproximaba la hora del almuerzo, para el cual la tía tenía una puntualidad correspondiente con el orden impecable y la dis-ciplina rigurosa que imponía en su casa, vimos la posibilidad de fugarnos. En una pequeñísima pausa del vecino, por fin nos despedimos. El precio de nuestra salida, empero, fue alto: el doc-tor Rocamora nos dejó ir a condición de tomar una copa con él en el Hotel Habana Libre el próximo lunes a las nueve de la noche. Con tal de dejar de escucharlo un momento, aceptamos la invitación, pensando que después la podríamos cancelar con cualquier pretexto. No sería así porque, apenas salimos de la casa, comprendí que a la tía podría resultarle contraproducente que se sintiera desairado por nosotros quien era su vecino, su médico y su comisario político.

Mulata barroca

Alberto Ruy Sánchez, de visita en La Habana, está sentado en el muro del Malecón. Una mulata, barroca en genio y figura, según la imagen de Carpentier, pasa por su lado. La mulata camina moviendo lentamente los brazos y las piernas. Como si nadara. Uno-dos, uno-dos, uno-dos. Splash-splash, splash-splash. Su muy prominente nalgatorio es un oleaje. Una nalga sube mientras la otra baja, una se expande mientras la otra se contrae, una se afirma mientras la otra cede. A cada paso, las nalgas intercambian sus papeles. Camina el nalgatorio como por cuenta propia, soberano, apenas acompañado por las piernas y los brazos que más parecen desplazarse en el mar que en tierra firme.

Atrás, Alberto ve venir a un negro en bicicleta, que mira a la mulata con ojos sedientos, concentrados en ese caderamen que lo excita y lo arrulla al mismo tiempo, que le desorbita la mirada y le mece la ansiedad. En unas cuantas pedaleadas, el negro la alcanza. La rebasa. Sin perder la dirección del manubrio, se voltea y le propina el piropo más notable y exultante que Alberto haya escuchado jamás:

–¡Óyeme, mi negra, no me muevas así esa cuna porque me despiertas al nene!

7
El joven diplomático y la niña de las llaves

Tus padres no se casaron por lo civil en el Juzgado Municipal del Este, como Juan y Rosita, sino en el Consulado de México en Cuba, bajo las leyes mexicanas, que le confirieron a tu madre una tercera nacionalidad, además de la española y la cubana. El regalo que Miguel le hizo a su joven esposa no fue un terno de platino con brillantes y zafiros sino una sencilla sortija de oro, gemela de la que se mandó a hacer para sí mismo, sin otra joya que las iniciales de sus nombres grabados en el interior de las alianzas. El hotel donde pasaron su luna de miel no fue el Inglaterra sino el Lafayette, más modesto, ubicado en la popular Plaza Vieja de La Habana. Y la recámara nupcial no fue versallesca sino del más puro estilo Celorio, como ya te platiqué.

Tu madre no sabía del amor más de lo que tu padre le había escrito en sus cartas cotidianas, y no fue hasta que estuvieron solos en la habitación nupcial del Hotel Lafayette, cuando correspondió a su primer beso de amor. En el transcurso de los cinco días y las cinco noches que duró su luna de miel, acabó por ceder, no sin asombro y confusión, a las tentativas de su marido, que le fue revelando, con paciencia y delicadeza extremas, los misterios de la sexualidad que el puritanismo de tu abuela, nunca contrarrestado con sus conocimientos pedagógicos, le había mantenido en absoluta reserva.

Ese amor, inaugurado hace ya tanto tiempo en la ciudad de La Habana, habría de perdurar hasta el día de la muerte de tu padre, treinta y siete años, seis meses y siete días después. Y aún más allá, porque permaneció vivo en el recuerdo de tu madre, que le sobrevivió por más de veintiséis años sin incluir la palabra *viuda* en las letras de su nombre. Fue un amor duradero, respetuoso, solidario y fecundo. Tus padres tuvieron doce hijos en seis ciudades distintas, en el transcurso de veinticinco años; vivieron en tres países diferentes, se mudaron nueve veces de población, habitaron veintidós casas y legaron a las generaciones de su prolífica descendencia el orgullo de pertenecer a la estirpe que ellos fundaron aquella noche del 8 de diciembre de 1923.

Después de la luna de miel, Miguel y Virginia, como lo habían convenido, se instalaron en la casa de la Calzada de Jesús del Monte, donde convivieron no sólo con tus abuelos, sino con Juan y Rosita y con Ana María y Victorio, que tan pronto contrajeron matrimonio se sumaron al clan. Nunca como entonces se sintió tan satisfecha la vocación matriarcal de tu abuela. Sus hijas, noveles señoras, cuidaban de sus esposos; ellos, por su parte, contribuían, según las posibilidades de cada uno, a la manutención de la casa, pero Antonia era el eje de la vida familiar. Las hijas seguían cumpliendo las tareas domésticas que les adjudicaba la madre, y los yernos, que se habían hecho a las costumbres de la familia a lo largo de sus años de noviazgo, se subordinaron sin chistar a la disciplina impuesta por la suegra. En sus habitaciones cada matrimonio era amo y señor de su vida conyugal, pero Antonia marcaba inflexiblemente las pautas de la vida comunitaria. Establecía los horarios del desayuno, el almuerzo y la comida; asignaba los turnos para utilizar los dos baños de la casa –porque en las habitaciones sólo había lavamanos–; adjudicaba los lugares en la mesa del comedor y programaba las tertulias en el salón del piano. Era la dueña del tiempo y del espacio.

Los rigores de tu abuela funcionaron bastante bien en la superficie de la vida cotidiana. A instancias de sus respectivas esposas, los varones de la casa procuraban acatar de la mejor manera las disposiciones matriarcales de su suegra. Cada uno a su manera había adoptado la misma actitud aquiescente de Gonzalo, quien siempre se hizo la ilusión de que las decisiones importantes de la familia estaban reservadas para él y dejaba que su esposa se encargara de los asuntos formales de la convivencia. No pudo evitarse, sin embargo, que la armonía habitual se alterara de tarde en tarde con algún sobresalto. Un día Juan se disgustó por un nuevo sobregiro de tu abuela; otro día Victorio, que desde que rompió a patadas el tibor chino había tratado de morigerar los violentos impulsos de su temperamento, volvió a exaltarse por una bobería y dio un puñetazo sobre la mesa del comedor; otro más tu padre guardó silencio durante tres días por algún comentario de tu abuela que hirió su corazón escrupuloso. Por debajo de las normas de urbanidad, que aun así solían observarse en el trato cotidiano, se fue incubando en las jóvenes parejas un deseo de independencia.

Como las facturas de los gastos desmedidos de Antonia seguían llegando al almacén para que Juan las pagara a cuenta de los dividendos de tu abuela, llegó el día en que Balagueró tomó la decisión de separarse de ella en la sociedad comercial que habían constituido. Con tal determinación le propuso la disolución del consorcio que Antonia no tuvo otro remedio que aceptarla. Juan le reembolsó peso por peso la parte que le correspondía y por fin cumplió su ambición, acariciada durante largos años de trabajo, de ser el dueño absoluto del almacén de pieles y de las zapaterías filiales que había logrado abrir en varios puntos de la ciudad. Desde luego, esta decisión disgustó a tu abuela y las relaciones con su yerno se enfriaron casi hasta el congelamiento, para mortificación de Rosita, que se sintió halada por dos fuerzas contrapuestas. No habría de restablecerse la concordia hasta que nació Elenita, la primera hija de Juan y Rosita –primera nieta de tus abuelos–, que devolvió la alegría y el alborozo a la casa de la Calzada de Jesús del Monte. La avenencia, sin embargo, no habría de ser muy duradera. Como es de suponerse, Elenita fue el objeto de los mimos y las carantoñas de tu abuela, que no se cansó de malcriarla y consentirla hasta que provocó, de nueva cuenta, el enfado de Juan. Fue el caso de que Antonia, que asociaba la gordura a la salud y a la belleza, acaso para legitimar la generosidad de sus propias carnes, hacía que la niña comiera y durmiera todo el santo día, con la consecuencia de que por las noches la criatura estaba más despierta que una lechuza e impedía con su llanto recurrente que Balagueró pudiera conciliar el sueño antes de que la madrugada le exigiera levantarse para acudir a su trabajo. No hubo manera de que Rosita se opusiera a las disposiciones de su madre y volvió a verse colocada entre la espada y la pared. Al cabo de un mes de insomnio sostenido, Juan reventó. Se fue de casa. Esa noche no llegó a comer. Un empleado de su almacén le entregó a Rosita una carta en la que su marido la conminaba a dejar a sus padres. A los ocho días, Rosita y su hija se mudaron a un departamento que Juan había alquilado en Centro Habana.

El éxodo de la familia Balagueró Blasco sentó un nuevo precedente. Tu padre había aceptado residir ahí porque no quería apartar a su jovencísima mujer de los cuidados maternales, pero su mayor deseo era afincarse en una casa independiente, por modesta que fuera, para establecer con tu madre sus propias costumbres y fundar los rituales que habrían de practicar toda la vida. Celorio poco a poco se había granjeado el cariño de sus suegros y, tras los conflictos que se suscitaron entre Juan y tu abuela, se había convertido en el yerno predilecto, pero nunca se sintió cómodo en esa casa, que no era la suya por más que lo respetaran y quisieran. Como no podía aportar la misma suma con la que mes a mes sus concuños contribuían al gasto familiar, limitaba hasta la claudicación las prerrogativas que los otros hacían valer con absoluto desparpajo. No sufrió ninguna discriminación expresa por motivos económicos, pero él mismo inhibía sus solicitudes con la misma dignidad con la que se había alejado de la colonia española cuando se esfumó la fortuna heredada de su padre. Así que, después de un tiempo razonable, volvió a tomar el mismo derrotero que habían seguido Juan y Rosita. Esperó a que naciera su primera hija –tu hermana Virginia–, y tan pronto tu madre se sintió recuperada del parto y apta para cuidar a la criatura por sí sola, decidieron mudarse a un departamento que ocupaba la segunda planta de una casa ubicada en la calle de Consulado número 90. El nombre de la calle a tu padre le pareció un destino manifiesto, que sin embargo no habría de cumplirse, pues al cabo de un tiempo se vería obligado a abandonar las funciones consulares que había venido desempeñando en Cuba para trasladarse a Estados Unidos.

Ana María siguió los mismos pasos que sus hermanas, aunque sin contar con la excusa de los hijos para abandonar la casa paterna. Ella y Victorio no tuvieron descendencia. La familia Sariñana, como te dije, poseía varias propiedades inmobiliarias, y el matrimonio optó por ocupar una de las casas que tenían en la calle de los Baños del moderno reparto de El Vedado. La partida de la menor de sus hijas sumó a tu abuela en la desilusión y el sinsentido, pues representaba el fin de la potestad matriarcal que había ejercido con denuedo durante más de veinte años y que había sido su única razón de ser. A cambio, se restablecieron la paz y las buenas costumbres que el marido de Ana María infringía cotidianamente con sus desplantes y sus vulgaridades. Desde que Rosita y Virginia se marcharon, Victorio no tuvo el contrapeso de la probidad de Balagueró y la mesura de Celorio, y sus exabruptos fueron en aumento. Había pasado de la patada al tibor chino y el puñetazo en la mesa a otras manifestaciones, si no más violentas, sí más lacerantes: la procacidad, el reto, la insolencia. Tus abuelos sintieron por partida doble que Ana María se fuera de la casa: por ellos, cuya vida inevitablemente declinaba, y por ella, que tendría que vérselas a solas con un marido soez y atrabiliario. No sabían entonces que el carácter fuerte de Ana María acabaría por imponerse a los caprichos de Victorio Sariñana.

En La Habana nacieron tus tres hermanos mayores: Virginia, Miguel y Alberto. Tu madre inauguró con esa primera tríada de vástagos la que habría de ser su vocación más persistente: la maternidad. Quién le diría entonces que la cifra de hijos que había parido en Cuba se multiplicaría por cuatro con el transcurso de los años.

En la casa de la Calzada de Jesús del Monte, tu madre dejó la protección cariñosa y sutil que le daba tu abuelo Gonzalo y que no supo aquilatar hasta que salió de ella; la seguridad que le otorgaba Antonia con su orden, su disciplina, su experiencia; la complicidad de sus hermanas, que se confabulaban para burlar la autoridad materna y consentir a sus maridos más allá de los rigores impuestos por Antonia y que se confiaban sus afanes y zozobras; la solicitud de Vicenta, a quien le debía, entre otros muchos favores, su intermediación para recibir aquella misiva escrita por tu padre que le cambió la vida, y el apoyo de la servidumbre, al que se había malacostumbrado desde que nació. En su casa de Consulado 90, empero, obtuvo, por primera vez en su vida, el privilegio de valerse por sí misma. Sola se enfrentó a las tribulaciones de la vida doméstica, apenas socorrida por una nana no tan diligente como Vicenta, llamada Tomasa Melo, que cuidó de tus hermanos mayores. Tu abuela la visitaba a menudo y la asistía en algunas tareas hogareñas, pero su ayuda tenía más que ver con el consejo y la enseñanza que con el trabajo. Y tu padre nunca colaboró en las faenas domésticas, que, según las convenciones de su tiempo y de su educación, eran privativas de la mujer. Lo único que supo preparar en la cocina fue su sempiterna taza de café. Aunque debo decirte que la vida familiar era la gran pasión de Miguel, su única pasión, y la cuidó con celo admirable. La orfandad temprana, la niñez en el internado, la soledad aparejada tanto a la riqueza como a la pobreza y la trashumancia habían despertado en él el fervoroso anhelo de tener una casa, una mujer, una familia y muchos hijos –los que Dios quisiera, para tu fortuna–. Si no ayudaba a tu madre en las tareas que él consideraba exclusivas del sexo femenino, ponía, en compensación, todo su ingenio en resolver algunos problemas prácticos. En una ocasión diseñó e hizo fabricar en la mueblería Borbolla de su amigo Constante de Diego una cuna peculiar para tu hermana Virginia, a quien el bochorno de Cuba le hacía pasar –y dar– muy malas noches. La camita que inventó Miguel tenía un rodillo en la cabecera y otro en la piesera en el que se enrollaba una larga sábana confeccionada ex profeso, que se desplazaba con solo girar una manivela. De modo que cuando los calores sofocantes de La Habana despertaban a la niña, tu madre sólo tenía que sostenerla en brazos unos segundos mientras le daba vuelta a la manija para que la sábana caliente u orinada fuera sucedida de inmediato por otra fresca y limpia.

Los ocho años que pasó tu padre en Cuba fueron felices. Los más felices de su vida. Pero cierto día llegaron a su fin. Al término del mandato presidencial del general Plutarco Elías Calles, el Servicio Exterior Mexicano lo destacó en el Consulado de Los Ángeles y no tuvo otra alternativa que dejar la isla que le había dado sus más valiosas prendas: su mujer, sus hijos.

Si para Virginia había sido doloroso dejar la casa paterna cuando se estableció en su propio territorio familiar de Consulado 90, la salida de Cuba fue desgarradora. Dejaba para siempre a sus padres y a sus hermanas; dejaba su país, sus costumbres, su lengua. Pero no tuvo ninguna vacilación. Sabía que su vida estaba al lado de su marido. Entonces no se figuró que habría de seguirlo todavía por un sinfín de ciudades, a las que lo llevó ese destino trashumante suyo tan contrario a sus anhelos sedentarios.

A la ciudad donde vivieron por espacio de cuatro años, tu madre no la llamó Los Ángeles sino «Los Diablos». Eran los tiempos de la recesión económica en Estados Unidos y la vida cotidiana resultaba asaz difícil. Había escasez de alimentos, de medicinas, de servicios. Aunque durante los años de matrimonio que pasó en La Habana desde que dejó la casa de sus padres se hubiera valido por sí misma para cumplir sus responsabilidades de esposa y madre, contaba allá con muchos más recursos de los que tenía en su nuevo destino. Echó de menos a la sirvienta Tomasa, que tanto le ayudaba a atender a los niños; a su madre, que si bien sólo la visitaba para darle consejos y supervisar el buen funcionamiento de su nueva morada, subsanaba con robusta autoridad su inexperiencia; a tu padre, que en La Habana disponía de más tiempo libre para acompañarla y que ahora, en cambio, llegaba tarde y cansado del trabajo. Pero sobre todo echó de menos su idioma. No conocía la lengua inglesa y tenía que depender de tu padre para realizar las más sencillas operaciones –desde comprar un medicamento en la farmacia o pedir por teléfono que surtieran el gas, hasta visitar al médico o corregir las tareas escolares de sus hijos mayores, que obviamente se verificaban en inglés–. El desconocimiento del idioma la hizo retroceder en lo que hasta ese momento había sido su conquista más meritoria: la autosuficiencia.

Se desesperaba de no poder desempeñar por sí misma todas las funciones que la tradición general y su educación particular le habían adjudicado. No entendía las disputas de sus propios hijos, que aposta se peleaban en inglés y por tanto no podía ser juez de sus pendencias; limitaba sus compras a las tiendas de autoservicio, que no requerían el concurso de la palabra oral; no contaba con ningún apoyo doméstico y, para colmo de sus preocupaciones, quedó encinta apenas llegar a Estados Unidos. En Los Ángeles nació tu hermano Carlos.

Poco a poco Virginia se fue volviendo ensimismada, irritable, aprensiva, y al cabo de tres años de vivir en Estados Unidos, no quedaba en ella ni rastro de aquel carácter alegre y apacible que la distinguía en Cuba. Se había debilitado tremendamente y, no obstante su considerable estatura, llegó a pesar escasos cuarenta y seis kilos. Miguel, por su parte, tenía un puesto de menor jerarquía que el que había ocupado en el Consulado de México en Cuba; sus ingresos, por tanto, eran aún más modestos que los que percibía entonces y la vida en Los Ángeles era más costosa que en La Habana. Por otra parte, los altibajos políticos que vivía México tras el mandato constitucional del general Calles no le garantizaban ninguna estabilidad laboral. Le dolía ver a tu madre en semejante estado de alteración, fatiga y nerviosismo; le preocupaba el bienestar de sus hijos y el futuro de su familia. Cuando el médico que atendía a tu madre le dijo que si quería salvar a su esposa tenía que salir de Estados Unidos, tomó la valerosa determinación de regresar a México sin esperar a que lo relevaran de sus funciones diplomáticas. México era su país. Ahí vivían sus hermanas, María y Loreto. Ahí conservaba todavía uno que otro amigo. Ahí, quizá, podría encontrar trabajo.

Fue entonces cuando inventó el clip.

¡Sí, el clip!, ese alambrito que se dobla sobre sí mismo y sirve para sujetar dos o más hojas de papel; ese utensilio tan sencillo que no se le echa de ver el ingenio y que, con los años, habría de estar presente en todos los escritorios de todas las oficinas de todos los países del mundo, debería ser su salvación. Pues así, pendiendo de un clip, tu familia se trasladó a México.

En México vivía Santos del Prado, aquel amigo que se había salvado, junto con Juan de Dios Bojórquez, de la rigurosa criba que Miguel hizo cuando perdió su fortuna. Había mantenido con él cierta correspondencia mientras vivió en Cuba y en Estados Unidos y, cuando inventó el clip, pensó que él podría tramitarle la patente en México. El amigo aceptó gustoso. Miguel le envió la documentación del caso, que era muy abundante en comparación con la sencillez del invento, pero necesaria para cumplir con todos los requisitos que exigía la oficina correspondiente. Cartas iban y venían de México a Los Ángeles y de Los Ángeles a México. Santos del Prado le hablaba a tu padre del invento –el invento por aquí, el invento por allá– y le informaba de los avances en las gestiones para su registro. Tu padre le leía entusiasmado las cartas a tu madre y ella, con una suspicacia que fue adquiriendo a marchas forzadas en la brega cotidiana, reparaba en que el amigo siempre decía *el* invento y no *tu* invento. Tu padre la tachaba de desconfiada y enseguida enaltecía las cualidades de Santos del Prado: la lealtad, la rectitud, la honradez.

Lo cierto es que, cuando regresaron a México, Santos del Prado le había robado el invento a tu padre y se lo había vendido a una compañía norteamericana.

Ciudad de México, Guadalajara, Zapotlán el Grande, Aguascalientes, San Luis Potosí, ciudad de México otra vez, Monterrey, ciudad de México definitivamente. Ése fue el arduo itinerario que tus padres y sus hijos, que iban aumentando de número en el trayecto, recorrieron durante la vida laboral de Miguel como modesto inspector del timbre fiscal de la Secretaría de Hacienda (el único puesto que encontró en los meandros de la burocracia mexicana, de nueva cuenta gracias a la protección de su amigo Juan de Dios Bojórquez, quien se desempeñaba como jefe del Departamento de Trabajo y Previsión Social del gobierno de Abelardo Rodríguez). Tu hermano Benito, el quinto de la familia, nació en Guadalajara; Tere, Ricardo y Carmen, en San Luis Potosí; Jaime, en Monterrey y los tres últimos, Eduardo, Rosa y tú, en la ciudad de México.

Quitar una casa para poner otra en una ciudad distinta. Matricular a Alberto y a Carlos en un nuevo colegio de Guadalajara, donde tienen que ponerse al día en los programas escolares. Dejar a Miguel de interno en la ciudad de México mientras termina la secundaria para que después los alcance en San Luis Potosí adonde trasladan a tu padre. Solicitar la beca para que Ricardo estudie el cuarto año de primaria. Explicarle a tu hermana Virginia los trastornos de la menstruación. Enseñar a leer a Jaime para ahorrarse la colegiatura del jardín de niños. Confeccionar el uniforme de gala de Alberto a partir del que dejó Miguel. Forrar los libros de Benito. Cambiarle los pañales a Eduardo, que no alcanzó cuna y duerme en el cajón abierto de la cómoda. Preparar a Ricardo y a Carmen para la Primera Comunión. Contar uno a uno los pesos para que rindan hasta el último centavo. Reducir a lo estrictamente indispensable la lista del mercado. Acostumbrarse a pesar en kilos y medir en centímetros. Pedirle a Virginia que le dé a Eduardo la mamila. Platicar seriamente con Carlos, que quiere irse de cura. Ponerle el termómetro a Carmen, que dizque se siente mal y no quiere ir a la escuela. Enseñarle a Eduardo a usar la bacinica. Limpiar las lentejas. Cambiar el tanque de gas. Trapear la cocina. Sacar la basura. Recoger la mesa. Cocinar el pastel de cumpleaños de Tere. Comprar los regalos de Navidad más baratos y más vistosos. Tejer una chambrita para Eduardo. Revisar la tarea de Ricardo. Organizar con el menor gasto posible la fiesta de quince años de Virginia. Ponerle la inyección a Ricardo. Cortarle las uñas de los pies a Jaime. Vacunar a Eduardo contra la varicela. Aplicarle a Benito toques de yodo en las amígdalas inflamadas. Organizar la posada navideña. Poner el nacimiento. Separar la ropa blanca de la de color. Enseñarle a Carmen el *Señor mío, Jesucristo*. Secar el baño, que se inundó. Volver cortos los pantalones largos que rompió Ricardo por las rodillas para que le sirvan a Jaime. Llevar al día la libreta de gastos. Aplicar violeta de genciana en el raspón que Carmen se hizo en un codo. Encerar los pisos de madera. Hacerle trenzas a Tere. Escribirle a su madre. Conseguir un plomero honrado porque el baño se volvió a inundar y no hay manera de destapar la coladera. Escribirle a Miguel, que se quedó en el internado. Esterilizar los biberones de Eduardo. Preguntar a todo el mundo si no ha visto su dedal. Traducir al español de México el recetario de su madre y averiguar qué demonios son los chilacayotes. Darle cuerda al reloj del comedor. Regañar a Alberto, que llegó tarde de la fiesta. Hacer la tortilla española y los huevos duros para el día de campo. Pedirle a Carmen que sostenga con los brazos en alto la madeja para hacer una bola de estambre. Quitarle el espinazo al pescado. Ponerles a los calcetines las iniciales de sus propietarios. Reprender a Miguel, que reprobó matemáticas. Limpiar la tetera y las tazas de plata que le regalaron el día de su boda. Enseñarle a Virginia a hacer el punto de cruz. Castigar a Benito, que le pegó a Tere, y a Tere, que le pegó a Ricardo. Peinar a Jaime con goma de tragacanto para que no se le paren los gallos. Ponerle el tapón a la pasta de dientes que todos dejan destapada. Hacer el arroz con leche, con su ramita de canela y su cascarita de limón, que tanto le gusta a Carlos. Pedalear horas y horas en la máquina de coser. Enseñar a la nueva muchacha cómo se usa la olla exprés. Bañar a Eduardo. Encontrar el momento propicio para leer a solas las cartas de tu padre. Buscar las llaves por toda la casa. Hacerle «piojito» a Carlos. Regar el hule de la maceta. Encontrar el rato para leer la novela que le tiene el corazón en vilo. Exprimir hasta la última gota cada naranja. Mandar a Alberto por el pan. Vigilar que Tere no se salga a escondidas de la casa a jugar en la calle con sus amigas de la otra cuadra. Retapizar el sofá de la sala. Esperar con ánimos –vestida, peinada, perfumada– a tu padre por las noches cuando permanecía en la ciudad, o el fin de semana cuando regresaba de sus recorridos por las poblaciones circunvecinas, como aquella calurosa tarde de junio de 1947, que volvía de la Huasteca Potosina y la citó en el Hotel Roosevelt de la ciudad de México para sustraerla por un rato de sus atribuladas tareas domésticas.

127

8
La enseñanza

Habíamos desayunado tarde. No teníamos hambre todavía. Así que cuando salimos de la casa de mi tía Ana María decidimos regresar al hotel a pie, con calma, por esas calles arboladas de El Vedado, donde la vegetación tropical se entrevera asombrosamente con la arquitectura. Aprovechamos para ubicar la facultad, donde impartiríamos nuestro cursillo a partir del lunes. Caminamos por Paseo, por 17, por avenida de los Presidentes. Recorrimos más de veinte cuadras por ese reparto que dejaba ver su antiguo esplendor y su belleza arquitectónica a pesar del deterioro que sufrían muchas de las casonas ocupadas antaño por la alta burguesía habanera.

Llegamos al hotel poco antes de las tres, buena hora para comer en México, pero demasiado tarde para almorzar en Cuba. El restaurante estaba cerrado y no abría hasta las siete, y el hotel no contaba con servicio de cafetería. Nuestro paseo por El Vedado había sido largo, pero a esa hora teníamos más hambre que cansancio. En busca de algún lugar donde comer, esa tarde recorrimos otra parte de La Habana, ciertamente distinta a la que habíamos conocido al mediodía: más populosa, más deteriorada, menos limpia y arbolada. Caminamos un poco por las calles de Infanta, San Lázaro, Belascoaín, nombres que tenían resonancias literarias en nuestra memoria por las novelas *Tres tristes tigres* y *La Habana para un infante difunto* de Guillermo Cabrera Infante, que habíamos leído con delectación y sin ningún resquemor ideológico apenas empezaron a circular en México. Recuerdo que por lo menos la primera edición de *Tres tristes tigres* en la Biblioteca Breve de Bolsillo de Seix Barral venía acompañada de un mapita de La Habana en el que se señalaban algunos puntos importantes de los itinerarios de los personajes, como la esquina de 23 y 12, el Edificio Focsa, La Rampa, el Lucero Bar, la esquina de Tejas, el Cabaret Sierra, que muy pronto se incorporaron a nuestro imaginario cubano. No dimos en ese breve recorrido con ningún lugar para comer, pero nuestros estómagos se fueron identificando paulatinamente con los de la enorme cantidad de habaneros que se asomaban a los balcones entre ropas tendidas, trebejos, cubetas y sonoridades tropicales de radio; que transitaban lentamente por las calles o que simplemente ahí estaban, sin hacer nada, semidesnudos, en los quicios de las puertas, al pie de las escaleras de los edificios, en los portales, en las aceras, y que seguramente tenían hambre porque al parecer la escasez de alimentos subsistía no obstante que por esos años se había instaurado el mercado paralelo, donde se podía comprar por la libre casi de todo, aunque a precios altísimos, y se había abrigado incluso la ilusión de que la libreta de racionamiento desapareciera de la faz de la isla.

Un barullo intenso surgía, como un hervor, de esas calles de La Habana por donde andábamos sin rumbo fijo, como si la religión afro-cubana se manifestara ahí con toda su sonoridad de percusiones, cánticos, alegatos, bailes y pregones. La gente se gritaba de un lado al otro del arroyo, de la planta baja al séptimo piso, de una azotea a la de enfrente; hacía música con cualquier cosa, se reía, decía obscenidades, contaba cuentos, era chismosa, platicadora, maledicente, entrometida. Eduardo y yo no pretendíamos entender, en nuestra condición de *yumas* –como les dicen allá a los extranjeros–, la trama social que se tejía en esos barrios habaneros. A fin de cuentas no éramos más que un par de turistas que caminaban por las calles de una ciudad desconocida. Pero no era difícil adivinar que la convivencia cotidiana en esos solares, en las condiciones de hacinamiento que prevalecían en La Habana, debía de ser muy compleja. Podíamos imaginar los pleitos, las envidias, los chismes suscitados por la imperiosa necesidad de resolverlo todo –la comida, el tabaco, la ropa, las medicinas, la habitación– y acentuados por factores tan distintos como la intromisión del Estado en la vida personal, la santería y la desaforada pasión por coger (por templar) que tienen los cubanos. Nuestra mirada pro revolucionaria, además, seguramente nos impedía ver bien a bien esa realidad que se nos escondía en la misma medida en que se nos revelaba.

Cuando comprendimos que no íbamos a encontrar ningún lugar abierto, decidimos regresar al hotel para descansar un poco de nuestras caminatas y esperar a que abrieran el comedor a las siete de la tarde. Como cenamos más temprano que la noche anterior, las bandejas no estaban semivacías como la víspera.

Después de cenar y como si ese día no hubiéramos caminado bastante, decidimos dar una vuelta por El Vedado. Quizá en la noche sería más fácil encontrar un lugar abierto donde tomar un trago y oír un poco de música. No habíamos salido de las fronteras del hotel cuando nos topamos con El Parisién, que es el cabaré del Nacional y que en tiempos anteriores a la Revolución fue uno de los casinos más exitosos del Caribe. Aún no abría sus puertas, pero ya estaba vigilado por un negro fornidísimo al que le preguntamos por el espectáculo de esa noche. Nos informó lacónicamente que las localidades estaban agotadas. Es sábado, dijo, y se alzó de hombros. El asunto se hubiera arreglado con un par de dólares, pero en ese momento preciso la moral revolucionaria nos impidió hacer una propuesta de tal naturaleza. Nos retiramos un tanto desilusionados pero con nuestros dólares completos. Ya habría una oportunidad mejor para gastarlos. Caminamos por las inmediaciones del hotel y advertimos que a la entrada de los restaurantes de la zona –La Roca, El Conejito, El Monseigneur (donde Bola de

Nieve tocó el piano durante muchos años), El Cochinito, El Carmelo–, había unas gigantescas colas de cubanos que esperaban turno para que les asignaran mesa, mientras que a su lado entraban libremente los turistas. Nos pareció muy humillante para los cubanos, pero daba la impresión de que se habían resignado a sufrir semejante discriminación en su propia tierra. Al pasar por las puertas del Salón Rojo del Hotel Capri, vimos con entusiasmo que se anunciaba la actuación de Elena Burke. Yo la había conocido en México años atrás, cuando era devoto parroquiano del Bar León de las calles de Brasil en el centro de la ciudad, que entonces estaba regenteado por Pepe Arévalo. En esos sus mejores tiempos, cuando Cayito y su Combo del Pueblo alternaban con Los Mulatos de Arévalo, Pepe invitó a numerosos artistas extranjeros. Por ahí desfilaron Barbarito Díez, con su dulcísima voz que tanto contrastaba con su efigie hierática de dictador latinoamericano; Héctor Laboe, Rubén Blades y su exitosísimo *Pedro Navaja*, Óscar de León y por supuesto Elena Burke, a quien creo que vi en todas sus presentaciones. Antes había disfrutado de la calidez de su voz, de su sabrosura, de su gracia, en el espectáculo que ofrecieron ella y otros grandes del *feeling*, José Antonio Méndez y César Portillo de la Luz, en la Sala Nezahualcóyotl del Centro Cultural Universitario. Cuando Pepe Arévalo dejó el Bar León y se fue con su música a otra parte, invitó de nueva cuenta a Elena Burke por una temporada corta a su nuevo lugar: el Gran León de la colonia Roma. Ahí la vi todas las noches hasta que nos hicimos amigos. Siempre me cantaba el bolero *Llévatela,* pero con el género de la letra invertido para dirigirse a la mujer que entonces me acompañaba diciéndole despectivamente «llévatelo, si al fin y al cabo piensa mucho en ti, por la forma en que te mira comprendí que olvidó todas las cosas que le di; llévatelo, pero tienes que quererlo como yo, es un poco caprichoso, por momentos es celoso y otras veces cariñoso...». De esa estancia de Elena en México al momento en que la vimos anunciada

Casar y yo en La Habana no había pasado mucho tiempo; uno o dos años a lo más. Le contagié a Eduardo mi enorme deseo de verla. Gracias a nuestra condición de *yumas* pudimos entrar de inmediato al cabaré. Nos dio pena pasar por delante de los cubanos que estaban formados desde antes, pero ésas eran las reglas del juego. Ni modo. No era nuestra culpa y de una u otra forma ya estábamos dentro, con un trago en la mano –ron Havana Club y Tropicola–, muy bien ubicados, por cierto, en aquel salón de rugiente aire acondicionado, cuyas paredes, cortinas, alfombras y sillas eran de color carmín en literal correspondencia con su nombre. No pasó mucho tiempo para que el salón estuviera atiborrado. Se apagaron las luces de la sala y Eduardo y yo nos preparamos para escuchar a Elena, que abría el espectáculo. Se encendió un seguidor en el proscenio para iluminar al maestro de ceremonias, que anunció el *show* con engolamiento propio de otros tiempos, se abrió el telón y, precedida de una descarga de la orquesta, salió al foro la señora Burke con su generosa sonrisa, la brillantez deslumbrante de su mirada y el desparpajo de su voluminosidad, que trasladaba con inusitada ligereza de un lado al otro del escenario. Tras el aplauso vigoroso del público, empezó a cantar –más bien a decir, a platicar, a masticar– algunos de los boleros más sensibles del repertorio del *feeling: Nuestras vidas, Contigo en la distancia, Sin ir más lejos.* Me encantó verla y oírla en su propio territorio, con su voz de modulaciones graves, su sabiduría, su madurez y esa su gordura que la iba aproximando cadenciosamente a la Estrella de *Ella cantaba boleros* de Cabrera Infante. Cuando terminó su número, Eduardo y yo nos las ingeniamos para saludarla tras bambalinas. Le dio gusto encontrarse conmigo en Cuba, me abrazó y me besó con cierta prisa porque tenía que irse precisamente a El Parisién, para nosotros vedado, en cuyo *show* participaba. Cuando le dije que nos encantaría acompañarla pero que las localidades estaban agotadas, nos invitó a que ocupáramos la mesa que ella siempre tenía reservada ahí, donde también estarían su hija, que bailaba en el Tropicana, y algunas de sus compañeras de coreografía. Eduardo y yo nos miramos sin poder asimilar tanta buena suerte junta. Por supuesto que aceptamos. No podíamos dejar de satisfacer las expectativas de nuestros colegas de la facultad. Esperamos a Elena a la salida de su camerino del Salón Rojo y nos fuimos caminando con ella a El Parisién. Llegamos a la aduana del negro aquel que nos había desahuciado, y con la compañía de Elena, que fue una especie de salvoconducto, su aspereza inicial se mudó no sólo en amabilidad sino en zalamería. Conducidos por él en persona, pasamos al cabaré mientras Elena entraba por la puerta de artistas. Si el Salón Rojo estaba abarrotado, en El Parisién no cabía nadie más, salvo Eduardo y yo. Antecedidos por la enorme corpulencia de aquel negro que nos abría paso entre las mesas atestadas, llegamos a la de Elena Burke, que resultó ser la mesa central de pista, sin duda la mejor situada para ver el espectáculo. Ya estaban ahí esas tremendas bailarinas del Tropicana que nos había adjudicado la imaginación de nuestros compañeros universitarios: unos mujerones, cuya exuberancia y desenfado nos inhibieron hasta el sonrojo. Algo le dijo el negro a la hija de Elena, que de inmediato nos saludó y nos invitó a sentar como si nos estuvieran esperando ella y sus mulatas. Eduardo y yo no podíamos creerlo: ahí estábamos, en la mesa principal de El Parisién, acompañados de unas mujeres esculturales y tan al alcance de la mano que desafiaban la imaginación más febril de nuestros amigos. Las botellas de Havana Club se multiplicaron en nuestra mesa como por arte de magia. Ayudados por el ron, por la música orquestal, por el trato fácil y hasta provocativo de nuestras compañeras, fuimos dejando atrás poco a poco nuestra timidez inicial y al cabo de un rato ya nos sentíamos bien. Qué digo bien: muy bien, excelentemente bien, a pesar de un cómico lamentable que desde el foro hilvanaba obscenidad tras obscenidad de manera previsible, porque si el tópico dice que los cubanos son naturalmente simpáticos, el trópico obliga a hacer la salvedad de los cubanos que hacen de la simpatía su profesión. Después de la deplorable actuación del cómico, que para colmo había exigido con gravedad contradictoria la atención silenciosa del público, el maestro de ceremonias anunció en español, en ruso y en inglés, la participación de un extraordinario vocalista, mulato claro, llamado Ricardito. Apenas pisó el escenario, lo reconocí. Formaba parte del Conjunto Rumbavana, que había visitado México hacía algunos años. Recordé que después de su presentación en El León, yo había invitado a todos los integrantes del grupo a mi casa de Mixcoac, donde se armó tremendo rumbón, como solía ocurrir en aquellos tiempos en que las disposiciones gubernamentales obligaban a los establecimientos donde se servían bebidas alcohólicas a cerrar sus puertas a la una de la mañana. Pensé que no se acordaría de mí, pero aun así lo saludé desde la mesa en que me encontraba, frontera de la pista. Ricardito no sólo me reconoció sino que me dedicó su número, para mi vanidad y para mi sonrojo. Con un espaldarazo de ese tamaño, Eduardo y yo nos sentimos más seguros todavía: platicábamos con las bailarinas del Tropicana aunque no tuviéramos nada de que conversar con ellas, menos aún en esa atmósfera cargada de percusiones, alientos y metales que impedían escuchar cualquier otra cosa que no fuera la música; nos reíamos, brindábamos con ellas, coqueteábamos, cuando llegó el momento en que la orquesta abrió el baile a los asistentes y todo el mundo se abalanzó a la pista frenéticamente, para asombro nuestro, que procedíamos de una ciudad en la que, por disposiciones semejantes a las del horario puritano, no se podía bailar en los bares que frecuentábamos, aunque tuvieran música viva. De pronto, la pista se saturó de decenas de parejas que se soltaron a bailar con humillante sabiduría, salvo los rusos, que se desplazaban risueños, borrachos y torpes por la pista, alejándose de sus bellísimas parejas, ¡Ey, ése mi Nureyev adónde cree que va! Cuando, al cabo de unos segundos, decidimos que podríamos bailar, obviamente no tan bien como los cubanos pero tampoco tan mal como los rusos, nos dimos cuenta de que nuestras compañeras de mesa, tan solícitas durante el espectáculo, ya no estaban ahí. Tampoco estaban en la pista. Habían desaparecido sin despedirse siquiera. El mesero nos dijo que se habían ido al segundo *show* del Tropicana. Eduardo y yo nos quedamos solos en la mesa, sin poder bailar ya con nadie: todo el público, sin excepción, estaba en la pista. A las botellas de ron no les quedaba ni una gota. Pedimos otros tragos. No se servían tragos sueltos. Teníamos que pedir otra botella. La pedimos. Nos servimos. Brindamos. Bebimos. Bebimos. Y al final nos percatamos de que el consumo total de esa mesa de las desinteresadas muchachas del Tropicana correría por nuestra cuenta. Nos la cobraron en dólares, por supuesto. Nos retiramos en la segunda parte del *show,* mientras cantaba mi amiga Elena Burke. *Llévatela.*

A la salida de El Parisién había una gran concentración de cubanos, más mujeres que hombres, al parecer deseosos de poder entrar al cabaré. Casi todas las mujeres eran jóvenes y guapas. Estaban tocadas, además, por la gracia del acento habanero, que se correspondía con el brillo de los ojos y la amplitud de la sonrisa. En esos años todavía no era claro el código que regulaba las relaciones entre nacionales y extranjeros y, sobre todo, entre hombres de fuera y mujeres de dentro, así que Eduardo y yo no nos atrevimos a invitarlas a bailar, como acaso ellas –y ellos– pretendían. Además, a pesar de los tragos que llevábamos encima, estábamos suficientemente sobrios como para saber que ya no debíamos gastar más dólares en un segundo episodio de nuestra aventura. Pero qué mujeres, coño. Qué manera de congraciar, para desgracia de quien tiene la gracia de mirarlas, la gracia y la belleza, la prodigalidad de las formas y la dulzura del temperamento, la coquetería y la sutileza, la blancura de las facciones y la negrura del desplante, la mirada y la sensualidad. Su belleza nos dolía. Qué hacer, qué decir, qué proponer. Ningún código asequible vino en nuestro auxilio, cuando era precisamente el código más antiguo del mundo el que hubiera permitido nuestro acercamiento, pero la moral revolucionaria, la timidez, el miedo nos sumieron en la inacción. De pronto, Eduardo se puso de rodillas y empezó a dar voces. Decía que se había puesto en huelga, pero no de hambre, sino de sexo ante el dolor que le producía esa belleza despiadada, asesina, abusadora de las cubanas que estaban ahí paradas, mirándolo entre estupefactas y risueñas, hasta que uno de los cubanos que custodiaba a un grupo de muchachas nos dijo en tono amenazante, sin ningún sentido del humor, como si la de Eduardo fuera realmente una demanda y no una suerte de exorcismo nacido de la ebriedad y de la seducción, que en Cuba, de huelgas, no se hablaba. ¡Coño!

Al día siguiente por la tarde, acordamos visitar la casa de Lezama Lima, aunque solamente la pudiéramos ver por fuera, porque era muy probable que desde su muerte estuviera cerrada o que la hubieran ocupado otros inquilinos. La sola idea de conocer la ubicación del espacio en el que transcurrió su vida y en el que escribió su portentosa obra nos excitaba sobremanera. Yo sabía de memoria la mítica dirección de Trocadero 162, en Centro Habana, desde mi estancia anterior, cuando el puritanismo y la ignorancia de una funcionaria frustraron mis deseos de conocerlo en persona.

Era domingo. Pudimos tomar un taxi desde el hotel hasta la pequeña plaza adonde desemboca Prado. En el trayecto vimos la sucesión de edificios que dan al Malecón, con sus columnas multiformes y su uniforme deterioro. Esas columnas enumeradas y descritas por Alejo Carpentier en su bello libro, ilustrado con fotografías de Paolo Gasparini, que precisamente se titula *La ciudad de las columnas*. Columnas almohadilladas, fasciculares, alveolares, salomónicas, áticas, carolíticas, abalaustradas, de media caña, entrelazadas, espirales, rostrales, pórticos de la penumbra y la miseria, sustentos de la descomposición, antesalas del hacinamiento y la promiscuidad. Caminamos por Prado, un paseo de reminiscencias decimonónicas, antaño elegante y hogaño venido a menos, flanqueado por leones de bronce, bancas de mármol y faroles opulentos. Al cabo de unas cuantas cuadras, en cuyo recorrido nos volvimos a topar con las ofertas del mercado negro, dimos con Trocadero. En busca del número 162 recorrimos un par de calles adentro, donde la devastación era terrible: edificios apenas sostenidos en pie, apuntalados con maderos carcomidos, cuando no desmoronados sobre el suelo; terrenos baldíos, montañas de escombros inutilizables y una población que se desparramaba por puertas y ventanas para asomarse a esa tarde de domingo que, como todas las tardes de todos los domingos en todas las ciudades del mundo, se iba poniendo triste y melancólica conforme transcurría.

Por fin dimos con la casa de Lezama, en los bajos de un edificio grisáceo de tres pisos. Me impresionaron las estrechas dimensiones de la puerta por donde difícilmente tendría acceso la proverbial gordura del autor de *Paradiso*, novela pantagruélica y dionisíaca si las hay. ¿O sería que mi imaginación y mi fervor le atribuían a la corpulencia de Lezama la estatura gigantesca de su obra? Ninguna placa hacía referencia al escritor y los vecinos que por ahí andaban nada sabían de la existencia de Lezama Lima, muerto apenas ocho años atrás. La casa al parecer estaba desocupada y por la ventana que daba a la calle no se veía más que el reflejo de nuestros rostros interrogativos. Era como si Lezama no hubiera existido nunca, como si se hubiera desintegrado igual que los edificios aledaños a su casa. Fue difícil asimilar esa contradicción entre la decrepitud ceniciento de ese ámbito y la brillantez barroca y multicolor del más exuberante de nuestros ingenios, el que empeñó su vida en la felicidad de la imagen. Sí; qué difícil figurarse a Lezama saliendo por esa puerta diminuta, con su saco y su corbata de abogado pese a los calores tropicales, para recorrer las calles de su Habana Vieja, con un infatigable puro entre los labios y las *Soledades* de Góngora bajo el brazo. Qué difícil compaginar sus gustos apolíneos, sus metáforas culteranas, sus ensoñaciones luminosas, sus gustos exquisitos, sus porcelanas orientales con esa pobreza del cuerpo y del alma de la calle Trocadero. Nos regresamos con el corazón encogido del domingo.

La mañana del lunes, con infantiles ánimos de primer día de clases, caminamos las quince cuadras que separan el Hotel Nacional de la Facultad de Artes y Letras de la Universidad de La Habana, por 23 primero y después por la avenida de los Presidentes, de subida, a la sombra de esos árboles tropicales de los que se han apoderado, enjaulándolos, plantas parasitarias que echan raíces como barrotes carcelarios desde la fronda hasta el suelo y cuyo nombre no conozco. Me causan el mismo azoro que al descubridor de Cuba le provocaron los árboles que jamás pierden la hoja en estas tierras de la eterna primavera. La pródiga vegetación, como en el paradigma de Sarmiento, entraba en pugna con una avenida que todavía se esforzaba por mantener los signos de su antiguo esplendor, como el mausoleo presidencial que la remataba, pese a que la Revolución había derrocado de sus pedestales, con enorme fuerza simbólica, a los presidentes de la República que le daban nombre.

Todas las universidades públicas que conozco y muy particularmente sus facultades de humanidades o de artes guardan entre sí, lo mismo en Europa que en América Latina, semejanzas que de algún modo las hermanan: la proliferación de carteles, las consignas políticas, las vestimentas y los peinados estrafalarios de los estudiantes, su lenguaje subversivo, las discusiones sesudas sobre temas trascendentes o baladíes, la jovialidad impostada de los profesores, los cafés eternos, la impuntualidad, el tuteo indiscriminado, la biblioteca bulliciosa, el cine-club de culto, la atracción hacia los estudiantes de otras facultades, el amor desinhibido de jóvenes encimados y la soledad optativa de lectores ensimismados. La Facultad de Artes y Letras de la Universidad de La Habana no tenía entonces ninguna de esas características. Para poder ingresar en las instalaciones, los alumnos tenían que presentar sus credenciales en la puerta de acceso, que era rigurosamente vigilada. No había carteles revolucionarios en los muros, y, de haberlos habido, acaso no habrían podido considerarse revolucionarios sino institucionales. No supe que contara con una cafetería donde estudiar lo que no se estudia en el aula sino en la discusión arrebatada o en la conversación peregrina. Ciertamente había bullicio, pues la población ahí congregada no sólo era estudiantil sino también cubana, pero prevalecía un ambiente disciplinario, que mucho contrastaba con la Facultad de Filosofía y Letras de la UNAM, de donde Eduardo y yo procedíamos y en la que, desde los años críticos del 68, los altavoces reproducían los discursos de Fidel y la efigie del Che Guevara se había apoderado de todas las paredes. El mitin, la manifestación, la protesta estudiantil estaban a la orden del día y la algarabía, la arenga, las visitas de obreros en huelga o de campesinos despojados de sus tierras alternaban cotidianamente con la cátedra cuando no la interrumpían.

Eduardo y yo fuimos conducidos formalmente a la dirección del plantel. El claustro de profesores nos dio la bienvenida con cierta solemnidad tropical, valga el oxímoron. Cuando sonó un timbre a las diez en punto de la mañana, una profesora nos acompañó al salón de clases donde Eduardo y yo disertaríamos sobre poesía mexicana. Por los pasillos y las escaleras corrían los estudiantes, que tenían que estar en sus lugares antes de que volviera a sonar la chicharra tres minutos después, según nos explicó nuestra guía académica. Llegamos al aula y ya estaban ahí todos los estudiantes de ese curso, sentados frente a sus pupitres. Apenas entramos, se pusieron de pie, entre marciales e infantiles. La profesora les dio la orden de sentarse y nos presentó. Tal ceremonial me recordó los lejanos tiempos del Instituto México, la escuela confesional donde estudié la primaria y en la que ciertamente se nos imponía la obligación de llegar al salón antes de que el timbre diera su segunda llamada; de ponernos de pie a la llegada del profesor y de responder a su saludo con un *buenos días* coral y cadencioso. Pero en la Facultad de Filosofía de la UNAM, los alumnos entraban al aula a la hora que querían, aunque la clase ya hubiera empezado, y a veces nos sentíamos emisarios de Heráclito al impartir el curso a un río que transcurría de continuo y en cuyas aguas nunca nos bañábamos por segunda vez, porque se daba el caso de que los alumnos retardados llegaran después de que habían empezado a retirarse los que salían antes de que la sesión hubiera terminado.

La maestra se sentó en una silla especial a escucharnos junto con los estudiantes. Hacía un calor bochornoso y el esfuerzo motorizado de las guaguas para subir la pronunciada pendiente de la calle Universidad nos obligaba a un esfuerzo correspondiente de la laringe para que los muchachos pudieran escuchar nuestras palabras, de manera que al poco rato de haber empezado la conferencia tenía la frente perlada de sudor. Todavía conservo los apuntes que había preparado para ese curso. Como los había escrito con pluma fuente, las páginas tienen el añadido cartográfico provocado por los goterones que me rodaban por la frente y caían sobre el papel. Las miradas vivas y cómplices de algunos muchachos particularmente interesados, que tanto estimulan la labor docente, se abrían paso entre la modorra de muchos estudiantes que salían derrotados de la lucha contra el bochorno del salón de clase. Después de habernos paseado dilatadamente por las reflexiones de Octavio Paz en torno a la ruptura de la tradición y a la tradición de la ruptura, y de haber leído algunos poemas representativos, consideramos que podríamos dar por concluida esa primera sesión de nuestro curso. Pero aún faltaban diez minutos para el término de la clase y, según las indicaciones de la profesora adjunta, no podíamos, ni los estudiantes ni nosotros, abandonar el aula hasta que sonara la chicharra militar. Apenas escucharon el timbrazo, los estudiantes se abalanzaron hacia los pasillos y las escaleras. A diferencia de lo que solía ocurrirnos en la facultad, ese primer día nadie se aproximó a nosotros al final para hacer esa pregunta personal que la mirada múltiple del grupo había inhibido.

A las nueve en punto de la noche de ese día, el doctor Rocamora pasó por nosotros al Nacional y nos fuimos caminando con él al Hotel Habana Libre, antaño Havana Hilton. Su complexión, el corte de su cabello casi a rape, el apretón de manos y la manera de caminar delataban una formación castrense, que no alcanzaba a disfrazar su atuendo civil de manga corta. El doctor saludó con familiaridad de parroquiano al capitán, el cantinero y las meseras de Las Cañitas, el bar de la *mezzanine*, pero su impostada amabilidad se topó con la displicencia burocrática de los empleados, que no dieron señas de reconocerlo. Pedimos unos mojitos. Apenas nos los sirvieron, el doctor Rocamora retomó la perorata que había interrumpido en casa de la tía y, con renovado énfasis, volvió a la carga contra los apátridas que se habían ido por el Mariel, los cobardes, los antisociales, los enemigos del pueblo, la escoria de Cuba.

Hacía años que yo había tenido en mis manos un raro ejemplar de la novela de Reinaldo Arenas titulada *El mundo alucinante*, cuyo manuscrito original había sacado de Cuba Emmanuel Carballo para publicarlo en su Editorial Diógenes. Me había deslumbrado esa novela, que narra con portentosa imaginación las mil y una aventuras de fray Servando Teresa de Mier a su llegada a la capital del Virreinato desde Monterrey,

141

su tierra natal, y a lo largo de su periplo por todas las cárceles de Europa a las que fue reducido tras la herejía de haber puesto en duda, en la mismísima Basílica de Guadalupe un 12 de diciembre, las apariciones de la Virgen morena al indio Juan Diego, y de las que pudo escaparse mediante los más insólitos ardides. Era, como toda gran novela, una obra que subvertía los cánones del género, que entraba a saco por la historia, que no le tenía miedo a la fabulación y a la hipérbole y que proclamaba, en el mismo ejercicio libérrimo de la escritura, la libertad. Era difícil no leer en ella una transposición a la situación de la Cuba que al autor le había tocado vivir: la necesidad de la insurrección ante los dogmas establecidos, el anhelo de libertad y el derecho a la heterodoxia y la diferencia. Por algo el manuscrito tuvo que salir clandestinamente de la isla y publicarse en una editorial extranjera. Esta novela, anterior a *Cien años de soledad* y a muchas otras que a partir de ella caminaron por las cada vez más rectas y pavimentadas veredas del realismo mágico, había obtenido en el temprano año de 1966 una mención en un concurso convocado por la Unión de Escritores y Artistas de Cuba. Y, sin embargo, no había sido publicada en su país de origen, sino en México y de manera un tanto marginal. Lo cierto es que el nombre de Reinaldo Arenas empezó a sonar fuera de la isla como una figura imprescindible de las letras cubanas mientras que adentro nadie lo conocía o nadie aceptaba conocerlo. Y es que en Cuba su condición de homosexual había prevalecido sobre su condición de escritor –de escritor talentoso–. A mediados de los años sesentas, aunque yo no me enterara de ello sino después de mi segundo viaje a La Habana, la homosexualidad había sido considerada una degeneración heredada de la burguesía que había que perseguir y erradicar en el nuevo régimen. Fueron los tiempos de la llamada *Triple P* contra las prostitutas, los pederastas y los proxenetas, que la moral revolucionaria no sabía cómo expulsar del edificante escenario del hombre nuevo.

Reinaldo Arenas sufrió la marginalidad y la persecución que habría de relatar, años después, desde su exilio en Nueva York, en un libro testamentario con cuya escritura puso fin a su vida, *Antes que anochezca*. Aun cuando se acepte que la hipérbole sea, como lo fue desde *El mundo alucinante*, su recurso primordial, este libro es uno de los testimonios más desgarrados y estremecedores que se hayan escrito sobre el caso. Y se fue por el Mariel, como él mismo relata, tras sufrir persecuciones equivalentes a las que le había atribuido emblemáticamente al fray Servando de su novela juvenil. En Cuba, seguía sufriendo, en el mundo literario y cultural, el anonimato que no lo había protegido cuando fue víctima de la censura y la homofobia.

Intencionalmente le pregunté por Reinaldo Arenas al doctor Rocamora. Por supuesto que no lo conocía, nunca había oído ese nombre. Tampoco decían conocerlo en la UNEAC, donde había trabajado y ganado una mención precisamente por esa novela que no había podido publicar en su país. Marginación similar habían sufrido Lezama Lima y tantos otros escritores, como Heberto Padilla, cuyo caso fue muy sonoro por haberse retractado públicamente de sus pecados contra el régimen, aunque nadie en absoluto hubiera creído en la veracidad de su palinodia. Tales informaciones empezaron a socavar mis ideales revolucionarios de aquellos años y a generar en mi corazón una contradicción entre los medios y los fines, entre la libertad colectiva y la libertad individual, entre el bien común y el derecho a la discrepancia. Con los años, esa contradicción se habría de ir acentuando y de algún modo es la que me lleva a escribir estas páginas.

Las preguntas que los alumnos no habían formulado durante las tres primeras sesiones las plantearon el jueves, al término del curso. Como no tenían clase después de la nuestra, solicitaron autorización para quedarse con nosotros un rato más.

Una vez concedido el permiso por nuestra profesora acompañante, nos dedicamos a ampliar la información y a leer algunos poemas que no habíamos leído en clase. Nos sentimos contentos porque al fin nos topábamos con el entusiasmo y la curiosidad, que no habíamos percibido en las primeras sesiones, y nos explayamos sin pensar en el transcurso del tiempo porque, además, ya nos habíamos acostumbrado al calor y al ruido de las guaguas. Cuando nos dimos cuenta de la hora, nos despedimos de las autoridades universitarias lo más rápidamente que pudimos y apuramos el paso para llegar lo menos tarde posible al almuerzo que nos tenían deparado Ana María e Hilda. No obstante lo forzado de nuestra marcha, llegamos con un retraso de cerca de veinte minutos. Me percaté entonces de la fragilidad de la tía Ana María, de sus atavismos y de su miedo a la más mínima alteración de sus costumbres. Estaba molesta por nuestra impuntualidad y adoptó una posición de víctima, como si nuestra tardanza realmente hubiera alterado la sustancia de su vida.

–No me mortifiques –me dijo–. Cómo me haces esto –remató, como si la mía hubiera sido una traición y no una mera falta de urbanidad.

Comprendí que su vida estaba prendida con los alfileres de la rutina y por un momento pude imaginarme, con cierto escalofrío, lo que para ella debió de ser la Revolución. Si veinte minutos de retraso, después de que el cucú del comedor había dado la sagrada hora del almuerzo, la desquiciaban de tal forma, cómo habría enfrentado el cisma de 1959, que cambió radicalmente no sólo las costumbres sino las relaciones sociales, las ideas, los valores.

Tras la tempestad...

El almuerzo no sólo fue digno, sino opíparo. Puedo suponer los trueques, los préstamos, la contracción de deudas, la solicitud de favores, el llamado a la solidaridad vecinal para disponer de todos los ingredientes con los que la tía e Hilda prepararon ese almuerzo, al que también contribuyó, así sea sutilmente, el envío de mamá, que nos permitió culminar la comida con unos chongos zamoranos de lata –que a mí, por cierto, me gustan más que los naturales: sólo el jugo de tomate, el caldo de res para preparar un *bull shot* y los chongos zamoranos son mejores enlatados que al natural–. Habían preparado una ensalada fresca de atún en la que no faltaban la lechuga ni el tomate ni los huevos cocidos ni su aderezo de vinagre y aceite de oliva, y un congrí con trozos de carne de puerco, acompañado de unos plátanos chatinos verdes y fritos, machacados a puñetazos, como debe ser. Pero más que el lujo circunstancial del almuerzo, habida cuenta de la dificultad de disponer de los alimentos básicos, me impresionó el lujo heredado de los tiempos antiguos: el mantel y las servilletas bordadas a mano, la elaborada y finísima cristalería; la vajilla de porcelana con grabados franceses, los pesados cubiertos de plata.

Desde que me senté a la mesa comprendí el desasosiego de la tía ante nuestra tardanza porque era evidente que ella e Hilda habían invertido horas en preparar el almuerzo, pero sobre todo días enteros de negociaciones para conseguir las legumbres, la lata de atún, el arroz, los frijoles, el milagro de la carne de puerco, es decir para *resolverlo*, como se decía para indicar que había funcionado exitosamente la maquinaria humana que hubo que echarse a andar para satisfacer una necesidad apremiante. Se *resuelve* un paquete de cigarros, se *resuelve* el ron en una fiesta, se *resuelve* el transporte al aeropuerto o la vivienda o el permiso de salida. Tanto esfuerzo y tantas deudas de solidaridad contraídas no podían exponerse a nuestra tardanza, que, en los momentos de espera, acaso la tía pudo vislumbrar como cancelación. Afortunadamente también se resolvió el malestar inicial y al primer bocado volvieron a prevalecer el cariño y la alegría. La tía no podía ocultar que sus negociaciones para elaborar el almuerzo habían resultado exitosas y ciertamente esperaba el reconocimiento de sus méritos, pero, por otra parte, se esforzaba, contradictoriamente, en aparentar que en Cuba todo se podía conseguir y que gracias a la Revolución ningún cubano se quedaba sin almorzar en ninguna parte de la isla.

Tras algunos intentos fallidos de nuestra parte para ayudarla, Hilda se encargó del posparto del almuerzo –recoger la mesa, lavar los platos, limpiar la cocina–. Conminados por la tía, Eduardo y yo salimos con ella al portal a tomar la brisa lejana del mar. Una negrita pasó por ahí de regreso de la escuela, con su uniforme color mostaza y su pañoleta roja de pionera atada al cuello, y se metió al portal como si fuera el de su casa. La tía le ayudó a bordar una inicial, acaso la del nombre de su precoz enamorado, en un triste pañuelo de manta, que la propia tía le había regalado y en el que la niña había dado ya algunas puntadas peregrinas.

–¡Qué linda!, ¿verdad? –dijo la tía cuando la muchacha se despidió.

–Sí, qué linda negrita –dije yo.

–Aquí –comentó la tía–, ahora todo el mundo les dice a los negros *gente de color*.

Por un momento me sentí apenado por mi apelación, pero inmediatamente después la tía hizo un comentario que me exoneró de toda responsabilidad:

–Eso está muy bien para referirse a ellos –dijo–, pero cuando viene el cartero yo no le puedo decir: Óyeme, gente de color, ven acá, sino que le tengo que decir: Óyeme, mi negro, tómate un buchito de café.

Cuando la tía, en medio de la conversación, soltó que posiblemente pasaría a saludarla esa tarde el doctor Rocamora, Eduardo y yo nos despedimos lo más rápido que pudimos, pero cuidando de no ofender por segunda vez a la tía, que hubiese querido que nos quedáramos hasta el anochecer.

146

Juana Bacallao

Juana Bacallao, Juana la Cubana, cumple setenta años. Está apostada en la barra del Hotel Nacional. Está sola pero como si no lo estuviera. Habla consigo misma en voz alta. Todos la escuchamos. Los cantineros le sirven tragos, la miman, le ríen sus locuacidades. Los músicos, que descansan entre una descarga y otra, tararean con ella boleros y guaguancós tomando la barra por bongó. Le cantan Las mañanitas *cubanas:* Felicidad, felicidad, felicidad. *Todos le aplaudimos.*

Juana Bacallao, Juana la Cubana, lleva un vestido verde brillante y una peluca rojiza y ensortijada que le oscurece el rostro, de suyo negro. Dice que no le gusta el maquillaje, que se pinta la bemba y ya. De pronto, en un arrebato de embriaguez, de desinhibición o de extraña coquetería, se quita de un golpe la peluca.

Curiosamente, despelucada, con el cráneo sólo cubierto por unos rizos diminutos y aplastados, como pasas, Juana Bacallao, Juana la Cubana, recobra una dignidad que la peluca le restaba.

Suena el teléfono de la barra.

–Si es Fidel, que habla para felicitarme –le grita al cantinero–, dile que no estoy.

Se ríe con la dentadura blanca y la bemba colorá y vuelve a ponerse la peluca Juana Bacallao, Juana la Cubana.

9
Cuando las hijas se van

Cuando las hijas dejaron la casa de la Calzada de Jesús del Monte, tus abuelos se sintieron desolados. Las habitaciones no volvieron a albergar más que la ausencia; la mesa del comedor, acostumbrada a sentar cotidianamente a ocho personas, se vio desmesurada e inútil; el piano enmudeció en el salón clausurado, y el portal, antes vivo y bullicioso, se hizo sordo y aburrido. Es cierto que retornó la tranquilidad, tantas veces alterada por las patanerías de Victorio, pero con ella sobrevinieron la abulia y el tedio. Se acabaron las habituales sobremesas, las tertulias, las salidas familiares al cine Tosca o al Verdún, al teatro, la ópera o la zarzuela. Sólo cuando tus tías –y tu madre antes de salir de Cuba– visitaban a tus abuelos, a veces con sus maridos, siempre con sus pequeños hijos, aparecía en la casa un halo luminoso, que duraba lo que duraba la visita y que se difuminaba tan pronto se despedían. Tu abuelo, día a día más silencioso, se concentró en sus libros de historia, y tu abuela, entonces una mujer vigorosa, todavía más cerca de los cuarenta que de los cincuenta años de edad... ¿Deberé contarte la historia de los extravíos de tu abuela?

Te había dicho de ella que era rigurosa, enérgica, disciplinada. Ahora que has escuchado parte de su historia sabes de su temple autoritario e imperioso. Cuidó de sus hijas con tal celo que acabó por configurarles la vida. Les escogió marido a Rosita y Ana María, para bien o para mal; sancionó el noviazgo de Virginia con el joven diplomático mexicano que tuvo la osadía de escribirle un billete de amor; intervino en la crianza –o malacrianza– de sus nietos mayores, y mientras las hijas vivieron con ella, ya de casadas, ejerció un dominio matriarcal que se extendió a sus yernos. Juan, Miguel y Victorio se sometieron a sus designios hasta que encontraron la ocasión propicia para liberarse de su yugo. A su lado, la imagen de tu abuelo Gonzalo se fue desdibujando poco a poco. Tu madre y sus hermanas acudían a él no en busca del consejo paternal, sino de ese cariño comprensivo que su madre había sustituido por el orden.

A pesar de su disciplina y del control estricto con el que administraba su casa, tu abuela a veces era presa de los impulsos de su temperamento. Fue una mujer apasionada. Sus ojos negros siempre estaban encendidos y la generosidad de sus formas dejaba traslucir el desorden de sus apetitos.

Tu madre solía referirse a tu abuela en términos laudatorios, en buena medida porque al hablar bien de ella hablaba bien de sí misma, de su cuna, de su crianza, de su educación. Admiraba precisamente aquellas cualidades suyas que le había inculcado desde pequeña, sin las cuales no habría podido acometer la ardua tarea de procrear doce hijos. De su madre había heredado las prendas que mejor la caracterizaron: la previsión, la diligencia, el aprovechamiento. Virginia exprimía cada minuto de cada hora y cada hora de cada día. Se asemejaba en sus labores a esos músicos callejeros que con boca, manos, codos, pies hacen sonar al mismo tiempo la armónica, la guitarra, las maracas, los tambores. Mientras hervía el agua, ponía la mesa; mientras se remojaba la ropa, tendía la cama; mientras zurcía calcetines, te tomaba las tablas de multiplicar o rezaba una buena cantidad de avemarías. Aprovechaba el tiempo y todo lo demás. En tu casa nunca se echó a perder nada. ¿Te acuerdas del potaje que tus hermanos y tú llamaban «sopa de desperdicios», que tu madre hacía los viernes con todos los sobrantes que se habían acumulado en la semana para no desaprovechar el poquito de frijoles o el poquito de fideos o el poquito de lente-jas? Lo mismo ocurría con los libros escolares, que pasaban de hermano a hermano conforme trascurrían los años lectivos, o con la ropa, que su máquina de coser Singer transformaba para que pudiera servir a los chicos cuando dejaba de quedarles a los grandes. Un día, cuando hubo necesidad de retapizar el sofá de la sala, le confeccionó a Jaime una chamarra con la tela de la parte trasera del mueble que, por haber estado de espaldas a la pared, no había sufrido mayores deterioros. Con ese gobelino de flores y hojas de acanto con que tu hermano se presentaba a la escuela, sus compañeros le decían que iba disfrazado de sillón.

La precariedad del salario de tu padre y la cantidad de bocas que alimentar en tu familia acrecentaron la capacidad organizativa que tu madre había heredado de la suya. Se reconocía en ella y agradecía su legado. Cuando murió tu abuela, trece años después de que tus padres salieran de Cuba, la echó de menos en cada una de sus actividades cotidianas, como si hubiera vivido a su lado durante todo ese tiempo y todos los días le indicara cómo elaborar el postre, cómo quitarle las escamas al pescado o cómo disponer los cubiertos en la gaveta del aparador.

Sin embargo, algunas veces que salía a colación el nombre de tu abuela, tu madre callaba, se quedaba pensativa por unos momentos y de sus labios salía, apenas musitado, un *Que Dios la perdone*, que a ti te estremecía. Algo vergonzoso había ocurrido en la vida de tu abuela que tu madre no ignoraba y que durante mucho tiempo prefirió guardar en algún cajón oculto de su intimidad; algo que le dolía, que la abochornaba, que la rebajaba ante tu padre y ante ustedes. Ya anciana, en dos ocasiones tuvo la intención de confesarte su secreto, pero tú preferiste evitarle la pena de contarlo. Por discreción, por respeto o por cobardía, cuando te preguntó si tú sabías la historia de los últimos años de la vida de tu abuela, respondiste afirmativa-

150

mente, cuando del asunto no habías oído más que los vagos rumores que circulaban siempre en voz baja entre tus hermanos mayores. Que si tu abuela había tenido un amante, que si había tenido varios, que si había apostado de la religión cristiana y celebraba no se sabe qué rituales satánicos. Lo cierto es que tu madre, después de musitar *Que Dios la perdone*, invariablemente aludía al sufrimiento de tu abuelo Gonzalo y alababa esa paciente resignación que lo nimbó durante los últimos años de su vida. Pero ese reiterado balbuceo de tu madre, *Que Dios la perdone*, no se debía sólo a la comisión de un pecado, por nefando que fuera, sino a la fe en Dios, que tu abuela había perdido en la misma medida en que tu madre la había ganado en sus tribulaciones angelinas. Varias veces le oíste decir que en su casa paterna la religión cristiana no tenía mayor arraigo. Los bautizos, las primeras comuniones, las bodas eran para tus abuelos más ceremonias protocolarias que celebraciones sacramentales. A tu abuela le fascinaban los pasajes del Antiguo Testamento que tantas veces les platicó a sus hijas desde que eran niñas, pero los leía más como obras literarias que como textos sagrados. Fue en Los Ángeles donde tu madre adquirió una religiosidad que no había vivido en Cuba. Para soportar con alguna ayuda sobrenatural la enormidad de sus responsabilidades naturales, se amparó en un catolicismo que en La Habana estaba muy lejos de observar y que se fue acendrando con los años. En tu casa siempre se daba gracias a Dios antes de comer (aunque en la oración no se decía esa palabra tan carnal como *comer* sino *recibir los alimentos);* con frecuencia se rezaba el rosario de manera comunitaria, se asistía a misa todos los domingos y algunos de tus hermanos abrazaron la vocación sacerdotal, que no llegarían a culminar pero que después trasmutarían en la docencia apasionada o en la militancia revolucionaria.

Al influjo de los sincretismos de las religiones africanas y el cristianismo que se habían suscitado en Cuba desde los primeros tiempos de la esclavitud, Antonia, una vez liberada de sus afanes domésticos y familiares, efectivamente se inició en ciertas prácticas de la santería que le revelaron un destino enmarañado de pasiones. Y lo cumplió tal cual se lo habían pronosticado los santeros en los rituales adivinatorios en los que participó. Y no te digo más.

Tu abuelo murió en 1932; tu abuela, una década más tarde, tras una enfermedad muy prolongada que la postró en cama durante varios años, que le cubrió de llagas todo el cuerpo y le succionó peso a peso su fortuna. La atendieron tus tías Rosita y Ana María con extremada diligencia. Después de trece años de ausencia, tu madre fue a Cuba para despedirse de ella. *Que Dios la perdone*, dijo cuando le cerró los ojos. Que Yemayá la acoja, dijeron los babalaos.

La obesidad, los derrames biliares, el ocio y los exabruptos de su corazón mataron a Victorio Sariñana cuando todavía le quedaban muchos caprichos por cumplir.

Para Ana María, la viudez no fue una liberación, como podrías suponer, sino una condena.

Durante un cuarto de siglo vivió con un hombre al que no había escogido por esposo. No lo amaba, pero se había acostumbrado a su constante compañía y sólo cuando murió se dio cuenta de que el cariño que le había cogido habría de sobreponerse a su rencor. Quién le iba a decir que en su soledad y su desprotección habría de extrañar hasta sus baladronadas y sus arbitrariedades.

La vida conyugal de Ana María y Victorio se había reducido a las confrontaciones de la vida cotidiana, había prescindido de las batallas del amor y nunca fue refrendada por la descendencia. Aquella recámara nupcial, que había llegado a la casa de la Calzada de Jesús del Monte la misma tarde en que la Mueblería Borbolla entregó el juego de cuarto que le había mandado hacer tu padre, funcionó como tal mientras el matrimonio vivió con tus abuelos y durante los primeros años de su residencia en El Vedado. Pero, al cabo de un tiempo, los ronquidos estentóreos de Victorio, cuyo gigantesco vientre lo obligaba a dormir boca arriba, justificaron que tu tía abandonara el cuarto y durmiera en una recámara contigua, mientras su marido pasaba las noches a solas en aquella cama señorial, delante de las lunas del escaparate, que triplicaban su descomunal gordura.

A lo largo de su vida matrimonial, Ana María había aprendido a aplacar los impulsos autoritarios de su marido sin someterse a los caprichos de su voluntad. Victorio siempre quiso mantenerla bajo su tutela, pero a fin de cuentas lo único que consiguió fue azuzar los anhelos de independencia de su mujer, quien precisamente por su causa supo desarrollar las destrezas necesarias para satisfacerlos. Es cierto que Ana María había sido educada para la sumisión y no para la rebeldía, pero los mimos de que fue objeto desde niña, tanto por la precariedad de su salud como por su condición de hija menor, la habían hecho una mujer orgullosa, así que, lejos de subordinarse a complacer los antojos de su marido, aprendió a administrarlos en su favor con una inteligencia y una seguridad de las que el otro carecía. Manejaba a Victorio como se maneja a un niño, con ambas manos: la firmeza de la mano derecha y la condescendencia de la mano izquierda. Y es que Victorio era un niño, un niño bien, un niño consentido, proclive, como todos los muchachos malcriados, al berrinche y el chantaje. Ana María soportaba con paciencia sus rabietas y sus extorsiones, pero a la postre siempre encontraba la manera de castigarlas con frialdad. En términos económicos, Ana María dependía totalmente de Victorio, pero, en términos emocionales, él dependía de ella tanto como un niño de su madre.

Al lado de la imagen pueril de Victorio, Ana María habría podido parecer una mujer madura, sensata y muy segura de sí misma. Sin embargo, por debajo de la reciedumbre de su carácter, de la firmeza de su trato, de la independencia de su criterio, era aprensiva y temerosa. También tenía mucho de niña, aunque supiera disimularlo. Los excesivos cuidados que le prodigaron sus padres no sólo la habían hecho orgullosa, sino también frágil y pusilánime. Cuando murió Victorio se sintió desamparada. Sus padres para entonces ya habían muerto y ella no sabía hacer más nada que guardar cubiertos y copas en los aparadores del comedor y bordar manteles a hurtadillas por aquella necedad de su marido de prohibirle trabajar en esos menesteres indignos de su linaje.

El dinero de tus abuelos se había agotado en la larga enfermedad de Antonia, así que, cuando Victorio murió, Ana María no tuvo más remedio que acudir a la beneficencia de su suegra, que era la heredera universal de la fortuna farmacéutica e inmobiliaria de la familia Sariñana.

Fueron años difíciles. Ana María no pudo manejar el carácter despótico de su suegra como había manejado el de su marido, que apenas era un pálido remedo de su madre. De nada le valieron ni su sagacidad ni su inteligencia. Para sobrevivir, se vio precisada a doblegar su orgullo ante las disposiciones de la señora de Sariñana, que se solazaba en humillarla. Como Ana María no le había dado nietos y jamás le pasó por la cabeza la idea de que el causante de tal esterilidad hubiera podido ser su propio hijo, la potentada dueña de casas y farmacias no sentía ninguna obligación de socorrerla en su viudez. Para ella, la ayuda económica que le dispensaba no era un asunto de compromiso civil, sino de caridad cristiana y por lo tanto era potestativa. Aun así, se encargó de la manutención de tu tía, pero le hizo pagar el precio de la sumisión. Durante dos años, Ana María se vio en la necesidad de solicitarle su sustento día con día y de rendir cuentas detalladas de lo que gastaba en provisiones, ropa, implementos domésticos. Le daban de sus propias farmacias las medicinas que le prescribía el médico, pero cuando necesitaba que se las repusieran, tenía que llevar el pomo vacío para demostrar que las había utilizado en su persona y no las había vendido.

En sus visitas diarias a la casa de su suegra, Ana María se encontraba a menudo con Manuel Sariñana, hermano menor de su difunto esposo. Manolo era un solterón de cuarenta y pico años, que siempre había vivido en la casa paterna y no tenía más oficio ni beneficio que cobrar las rentas de los bienes inmobiliarios de la familia. Era menos arrogante e impulsivo que Victorio, aunque tenía el mismo sello familiar de la autocomplacencia. Cuando se presentaba la oportunidad, tu tía trataba con él el fastidioso e incómodo asunto de sus gastos, lo que la liberaba de comparecer ante su suegra, mucho más severa que su hijo. Él la atendía con cuidado y liberalidad e intercedía por ella ante su madre.

Manolo había vivido siempre a la sombra de su hermano mayor y tenía por él un sentimiento ambivalente de admiración y de envidia, que sobrevivió a la muerte de Victorio. Repudiaba sus desplantes, sus veleidades, sus infantilismos, pero al mismo tiempo trataba de repetirlos y aun de superarlos. Si no se había casado era porque no había encontrado ninguna mujer que pudiera competir con la esposa de su hermano. La asistencia cotidiana de Ana María a la casa de los Sariñana fue inoculando en él un deseo que acabaría por convertirse en obsesión: casarse con la mujer de quien había sido su modelo y su rival. Manolo estaba atento a la llegada de Ana María y procuraba ser él quien atendiera las necesidades de la viuda. Abogó por ella cada vez con más fervor hasta que la madre sospechó que su solícita intermediación no era gratuita ni estaba motivada por la generosidad y la compasión, sino que tenía segundas intenciones. Cuando las descubrió no pudo menos que escandalizarse: los deseos de Manolo eran un despropósito y una aberración, mancillaban la memoria de Victorio y rompían la tradición familiar, en la que nunca se había dado un caso semejante. Supuso que había sido Ana María la que había provocado tal desequilibrio en la vida de su hijo y por un tiempo fue todavía más parca en sus dádivas y más exigente en la comprobación de los gastos. Al cabo de unos meses, sin embargo, mudó de opinión. Entendió que Ana María no era una mala solución a la soltería empedernida de Manolo. Aunque no le había dado nietos, en el fondo reconocía que había sabido lidiar con los arranques de su hijo Victorio, que ella había sufrido en carne propia hasta que se casó. El matrimonio de Ana María y Manolo, además, acabaría con esa situación tan embarazosa para ella de mantener a una nuera que, con la muerte de Victorio, había dejado de serlo.

Cuando Ana María se percató de que los deseos de su cuñado no eran figuraciones de su cabeza, como había creído en un principio, no pudo menos que sorprenderse y, sin saberlo, pensó exactamente lo mismo que había pensado su suegra. Era un despropósito, una aberración. Nunca había imaginado la posibilidad de casarse por segunda vez.

Pasaron unos meses, Manolo formuló sus declaraciones de amor, la suegra suspendió las restricciones que le había impuesto a su nuera y Ana María pensó, con la misma frialdad con la que había tratado a su primer marido, que si había podido con él, con mayor razón podría con Manolo, que era menos atrabiliario y más amigable que el hermano. También consideró que, si se volvía a casar, recuperaría la seguridad económica que había perdido con su viudez y que, si no lo hacía, la suegra, que ya se había empecinado en el nuevo matrimonio, podría dejarla en el desamparo absoluto. Te había dicho que era una mujer miedosa. También que era una mujer obcecada. Pues tan obcecada y tan miedosa fue que se casó por segundas nupcias con el hermano de su difunto marido.

El nuevo matrimonio se instaló en otra residencia de la familia Sariñana, la casa *art déco* que tú visitaste varias veces en tus viajes a La Habana.

La vida de Ana María al lado de Manolo no fue muy diferente de la que había llevado al lado de Victorio. Los dos hermanos estaban cortados con la misma tijera. Pero tu tía contó en su segundo matrimonio con dos aliadas que no estuvieron presentes durante los años del primero: la costumbre de alternar cotidianamente con la simpleza, la fatuidad y el egoísmo, y la colaboración de Hilda, una muchacha joven, discreta y solícita, que entonces la asistía en las labores domésticas y que la habría de acompañar por muchos años.

Ana María y Manolo vivían holgadamente de las rentas de las casas de El Vedado cuando triunfó la Revolución.

Cuando triunfó la Revolución, tu tío Juan, que había mantenido vivas a lo largo de los años la ambición y el esfuerzo que lo habían hecho abandonar su pueblo leridano, era propietario de la cadena de zapaterías más importante de La Habana. A sus setenta años de edad seguía trabajando como en los tiempos de su juventud y tenía más resistencia que cualquiera de sus numerosos empleados, que no podían seguir el ritmo laboral de su patrón. Ni su edad ni su condición de dueño del negocio le impedían realizar las tareas que desempeñaban los trabajadores de su fábrica y con frecuencia se le veía conduciendo uno de los camiones de carga de su empresa o manejando una máquina de costura industrial con una mezcla de orgullo y ejemplaridad.

Tu tía Rosita, que siempre estuvo tocada por la gracia y la belleza, había acendrado con los años la elegancia y la finura de su trato y de su estampa. Era una mujer exquisita, sensible, pulcra, vanidosa, egocéntrica, susceptible y bellísima, pero el más acusado de sus atributos era el perfeccionismo. Había sido educada por tu abuela Antonia, igual que tu madre y tu tía Ana María, en la disciplina del orden, al que subordinaba todos los demás valores, pero a diferencia de sus hermanas, que ciertamente eran ordenadas y metódicas, ella no ejercía ese legado materno como un medio para cumplir de la mejor manera posible sus tareas, sino como un fin en sí mismo. Era tal su anhelo de perfección en todo cuanto hacía que paradójicamente acababa por subvertir el orden que lo motivaba. Su perfeccionismo obsesivo casi siempre traía como consecuencia la tardanza, la inoportunidad o la parálisis. Si se trataba de ir al teatro, desde la mañana iniciaba la minuciosa ceremonia de disponer sobre la cama, como si estuviera vistiendo un maniquí, las prendas que podrían constituir su atuendo nocturno. Sobre la almohada colocaba el sombrero, los aretes y el collar; más abajo, sobre la colcha, la ropa interior –el corpiño, el refajo, los pantaloncitos, el fondo, las medias– y, encima de las prendas íntimas, el vestido seleccionado, con el prendedor a la altura del pecho y el bolso de mano a la altura de las caderas, y, en el extremo inferior de la cama, los zapatos. Miraba con detenimiento su bosquejo, lo estudiaba, lo modificaba decenas de veces: si reemplazaba el vestido azul de seda por el rojo de tisú, había que sustituir los aretes de zafiros por los de brillantes, cambiar el prendedor de oro quizá por un camafeo, los zapatos de seda por otros de charol, igual que el bolso, hasta que todo combinara a la perfección. Protocolo semejante seguía para su maquillaje. Desde antes de bañarse, disponía en el tocador los cosméticos y sus utensilios de aplicación como si fuesen el instrumental quirúrgico de un médico: cremas, polvos, sombras y rubores, lápices labiales, delineadores, brochas, peines y cepillos de todos los tamaños, y cuando salía del baño, en el que había invertido por lo menos una hora, ensayaba su rostro frente al espejo, probaba un color, probaba otro, lo contraponía al tono del vestido, al brillo del collar como si tuviera frente sí un lienzo de caballete y no el espejo que reflejaba ese rojo acaso demasiado intenso en los labios o esa palidez de las mejillas, que era necesario ruborizar un poco. Y se peinaba con tal minuciosidad que no quedaba un solo cabello emergente del oleaje natural de su cabeza. Se vestía siguiendo uno a uno los pasos determinados por su liturgia personal y se esmeraba en verificar que la raya de las medias partiera milimétricamente en dos sus pantorrillas. Solía suceder que, cuando por fin estaba lista, ya había concluido el segundo acto de la representación teatral. El mismo empeño ponía en escribir una carta, en preparar un postre, en poner una mesa o en limpiar los 152 cubiertos de plata grabados con la letra B de los apellidos de ella y de su marido que les habían enviado desde Barcelona, como regalo de bodas, el tío José Ferrán y su esposa Enriqueta en un estuche de piel color granate, con una inusual cerradura de combinación, que habría de entregar por riguroso inventario al gobierno de la Revolución cuando ella y su marido salieron exiliados de Cuba.

Durante los primeros años de su matrimonio, una vez que se independizaron de los rigores de Antonia, Juan, para quien la puntualidad era un asunto de honra personal, se desesperaba. Cuántas horas esperó a Rosita, impecablemente vestido con su habitual traje de lino, recorriendo de extremo a extremo el jardín delantero del edificio de departamentos de la avenida de los Presidentes, mirando a cada minuto su lentísimo reloj y haciendo acopio de paciencia, para ir al teatro o al cine, a la ópera o a un restaurante. Una de las pocas ocasiones en que Rosita estuvo lista a tiempo para ir al Teatro Principal, apenas colocó un pie en la acera, sopló repentinamente una ligera brisa que la despeinó y tuvo que regresar a casa para volver a poner orden en las aguas tempestuosas de su cabellera. Se quedaron sin ver la obra.

Con el paso del tiempo, Juan acabó por resignarse a los desajustes cronológicos de su mujer. Había otros relojes que los sincronizaban y le daban un ritmo apacible y acompasado a su vida. Poco le importaba, en realidad, desayunar los domingos a la hora del almuerzo y almorzar a la hora de la comida; empezar a ver la película por el final y remendarla en la función siguiente o llegar al restaurante cuando la cocina estaba a punto de cerrar, si Rosita, para resarcir su impuntualidad, le prodigaba esa su belleza inmarcesible a la que Juan nunca pudo acostumbrarse ni oponer resistencia.

Juan y Rosita tuvieron cuatro hijos, dos hembras y dos varones, que crecieron entre el rigor catalán del padre y los miramientos habaneros de la madre: el sustantivo de la responsabilidad y el adjetivo de la gracia. Las mujeres, Elena y Berta, estudiaron en el mismo colegio del Sagrado Corazón donde tu abuela había cursado la carrera de pedagogía, se casaron con hombres industriosos y prósperos, que habían salido victoriosos de las exigentes pruebas a las que Juan los había sometido, y les dieron a tus tíos la bendición de los nietos. Mario, el hijo mayor, se graduó de ingeniero civil y se casó con Magali, una mujer habanera que nunca fue del completo gusto de tu tía Rosita, quien hubiera querido llevar su perfeccionismo hasta la elección de su nuera.

Juanito, el menor de los hijos, había transformado la gracia heredada de la madre en franca simpatía y la fortaleza del padre, en un temple resuelto y vigoroso. Era un muchachón de veinte años, de más de seis pies de altura y más de doscientas libras de peso, vivaz y echado para adelante, divertido y solidario, gozoso como la rumba y bueno como la leche materna. Había estudiado ingeniería industrial en la Universidad de La Habana, donde participó en más de una trifulca contra la dictadura de Fulgencio Batista, se había graduado con todos los honores, y acababa de obtener un promisorio puesto de trabajo en la compañía norteamericana Procter & Gamble cuando triunfó la Revolución.

10
Mercado negro

Habíamos decidido pasar el viernes en Varadero. Así que nos sometimos a la burocracia cubana para hacer una excursión turística que contratamos en el mismo hotel. No había entonces manera de viajar por cuenta propia a ese paraíso del Caribe, ubicado a menos de dos horas de distancia de La Habana. Recordaba el paisaje marino que había conocido con el poeta Carlos Pellicer años atrás: la playa de arena finísima y el color turquesa de las olas. El único edificio que entonces se levantaba en esas playas era el Hotel Internacional, donde pudimos ponernos en traje de baño para salir a la playa, tomar sol y meternos en ese mar abierto y democrático, como lo calificó Nicolás Guillén, al cual ese día por lo menos no había acudido ningún cubano beneficiario ni de la apertura ni de la democracia marineras exaltadas por el poeta nacional. La playa estaba desierta y, por fortuna y por desgracia, no había ninguna infraestructura turística: ni vendedores ambulantes que ofrecen toda suerte de baratijas en todas las playas turísticas del mundo ni el infinito universo de objetos de plástico y de colores chillantes que suelen contaminar el panorama visual: llantas, flotadores, colchones inflables, termos, bronceadores, cubetas, palas, pelotas, balones, raquetas, viseras, sandalias, aletas, visores, juguetes; pero tampoco se divisaba por ahí ninguna palapa donde sentarse a tomar un mojito ni una sombra que nos protegiera de la contundencia del sol, a no ser las palmeras silvestres de la playa misma. Eduardo y yo nos aproximamos a esas olas domésticas y tibias que empezaron a juguetear con nosotros y paulatinamente nos fuimos adentrando en el mar. Cuando nos dimos cuenta, estábamos a doscientos o trescientos metros de la playa sin que el agua hubiera rebasado el nivel de nuestros hombros. Transcurrido el tiempo máximo que uno puede estar metido en una tina, abandonamos el agua salada y emprendimos una caminata por la playa hacia la casa Dupont. Al cabo de un rato llegamos a esa imponente mansión construida con maderas oscuras que, desde su majestuoso promontorio, mira el paisaje marino más bello que hayan visto ojos humanos, como reza la fama de las playas de Varadero. Visitamos la casona, conducidos por un guía sobreideologizado que sólo veía en ella los signos de la abundancia, el exceso, la decadencia y la corrupción de la alta burguesía que, gracias al pueblo trabajador y su ominosa condición de esclavitud, se había hecho de un humillante palacete como el que estábamos recorriendo. En el antiguo mirador de la casa, frente al que se desplegaban los colores del mar Caribe, que iban del blanco de la espuma y el verde turquesa de las olas al oscuro índigo de lontananza, se había instalado un espléndido bar. Piso ajedrezado, mesas de mármol, sillas austriacas y una formidable barra de ébano, cuya opulencia contrastaba con la precariedad de sus ofertas. Eduardo y yo no pudimos tomarnos el mojito que habíamos imaginado durante el trayecto porque ese día no habían dado yerbabuena, ni un daiquirí porque ese día tampoco habían dado limón y una cantina cubana sin limón no es una cantina cubana: ni mojito ni daiquirí ni cuba libre ni más nada, así que tuvimos que conformarnos con unos rones solos, acompañados por unas mariquitas ciertamente modestas, en comparación con el lujoso escenario que nos acogía.

De regreso en el hotel, decidimos almorzar en su restaurante. Nos mudamos de ropa porque, a pesar del trópico y de la Revolución proletaria, no se admitía la entrada a personas con *shorts* ni con pantalones vaqueros ni con camisa de manga corta. Ya nos había pasado una noche en La Habana, cuando quisimos entrar a El Monseigneur de Bola de Nieve, y no nos dejaron pasar porque no llevábamos camisa de manga larga, restricción que entonces nos pareció excesiva y contradictoria, habida cuenta del clima de Cuba y, sobre todo, del espíritu revolucionario, que no podía concebirse vestido de saco y de corbata.

Después de comer y una vez recuperado nuestro atuendo playero, Eduardo se lanzó a caminar y yo me tumbé en la arena, a la escueta sombra de una palmera, a dormir mi siesta insobornable. Serían las tres de la tarde.

No sé cuánto tiempo dormí, quizá media hora, máximo cuarenta minutos. El caso es que, durante mi sueño, la palmera dejó de cubrirme las piernas y el sol se fue apoderando de ellas sin ninguna misericordia. Al despertar me había convertido en un camarón gigante. En el hotel pude adquirir a precio de oro un diminuto frasco de crema para paliar el ardor que me cubría desde media pierna hasta el empeine y que me terminé de una sola untada. Afortunadamente, muy pronto llegó la hora del regreso. Aunque presente en el parabrisas durante todo el camino hacia La Habana, el sol parecía inofensivo a esas horas crepusculares de la tarde y apenas podía creerse que hubiera hecho tanta mella en mis piernas que, enrojecidas e hinchadas, empezaron a palpitar como si en ellas tuviera el corazón.

Cuando llegamos al Hotel Nacional de La Habana sentía la piel estirada como cuero de tambor orisha. Estaba ardido y me costaba trabajo caminar. Más que caminar, estar de pie, porque, apenas me levantaba, la sangre se me agolpaba en los tobillos, que estaban a punto de estallar. Me fui directamente a la habitación y me tendí en la cama boca arriba, por encima de las sábanas, frescas en el momento en que me acosté, pero al cabo de unos cuantos minutos, calientes y húmedas por el contacto con mi cuerpo.

Pasé muy mala noche, aunque Eduardo, no sé con qué artilugios, *resolvió* un pomo grande de crema para el cuerpo, que algo atemperó mis ardores.

Al día siguiente me fue a visitar el médico del hotel. Obviamente me diagnosticó una insolación de no sé qué grado y me dio, contadas una a una, las grageas que debería tomar durante tres días para bajar la fiebre y paliar otros síntomas. No podía moverme del cuarto. Ensoñaba que iba en alta mar, en la proa de un buque, porque acostado en mi cama, por la ventana sólo se veía el azul de las aguas y el cielo impecable, sin ninguna distracción terrestre. Como las sábanas no se cambiaban todos los días, las mías se fueron engrasando paulatinamente merced a la crema que de tanto en tanto me untaba, hasta que adquirieron una condición de trapo sucio. Eduardo me acompañó durante toda mi convalecencia, que duró hasta el lunes.

–Lo que tú tienes es que te tostaste las venas –sentenció la tía Ana María con autoridad científica cuando le describí mis síntomas por teléfono para disculpar mi inasistencia a su casa el fin de semana.

El sábado hicimos cuentas y advertimos que los pesos cubanos se habían agotado y que tendríamos que echar mano de nuestros dólares. Fue entonces cuando la moral revolucionaria, que habíamos mantenido incólume durante los primeros días, se vio francamente amenazada. Qué digo amenazada, traicionada: decidimos, no sin vergüenza, no sin temor, acudir al mercado negro que tan apetitosas ofertas nos había hecho desde que habíamos llegado a Cuba, hacía más de una semana. Se trataba de que Eduardo cambiara cien dólares míos en las inmediaciones de la librería que se situaba frente al parque de los helados Coppelia, donde en dos o tres ocasiones nos habían llamado con el nombre de México y nos habían preguntado la hora para inmediatamente proponer la proporción del cambio: tres por uno o cuatro por uno. Eduardo se lanzó, pues, a la empresa que nos permitiría comer durante los cuatro días que faltaban para nuestro regreso y yo me quedé tendido y encremado en el camarote de El Nacional. No había pasado ni media hora de su partida cuando regresó feliz, entusiasmado, con la mirada del niño a quien la travesura planificada le ha salido mejor de lo que esperaba. Apenas cerró la puerta de la habitación, dijo:

–¡Seis! ¡Seis por uno!

–¡¿Seis por uno?! No me digas, ¿cómo le hiciste?

–Nada. Llegué a la librería del parque y, antes de entrar, un cuate me preguntó: ¿México? Sí, le contesté y, sin siquiera preguntarme la hora, me dijo: ¿Cambias? ¿Pues de a cómo?, le pregunté yo. Y así, sin broncas, me dijo: Seis por uno. Ya vas, le dije. Nos apartamos de la entrada de la librería, le di el billete de cien dólares y me dio seiscientos pesos en billetes de diez, que contó rapidísimo delante de mis ojos. Después, en un rincón, yo los conté por mi cuenta, y sí: eran seiscientos pesos cubanos. Aquí están.

Efectivamente, sacó del bolsillo del pantalón un gran rollo de sesenta billetes de a diez pesos.

Me los entregó, pero esos billetes no tenían el color brillante de los billetes emitidos por el gobierno revolucionario ni la imagen del Che Guevara cortando caña de azúcar en los trabajos de la zafra ni la fila de guerrilleros desembarcando del *Granma* en la playa Las Coloradas. Eran de color carmelita, como dicen allá, y ostentaban el escudo de la República de un lado y, del otro, un grabado decimonónico de la efigie de Carlos Manuel de Céspedes, con su corbata de moño y sus mejillas afeitadas.

–Ya nos llevó la Chingada –dije, y sentí que las piernas me palpitaban con renovada energía. ¡Eran billetes anteriores a la Revolución!

Pensamos que a lo mejor nos los cambiarían en algún lugar, pero dónde, si no teníamos la menor idea de cómo funcionaban en Cuba los bancos, si es que en Cuba había bancos.

Temíamos que la posesión de esos billetes antiguos delatara nuestra complicidad en un acto delictuoso y sobre todo contrarrevolucionario. Pero cien dólares eran cien dólares, y más en Cuba, donde adquirían un valor enorme a causa precisamente del bloqueo y el consecuente mercado negro. Después de mucho pensarlo, convinimos en que una vez que yo pudiera caminar iríamos al Bar Azul, nos tomaríamos un par de mojitos y de la manera más natural intentaríamos pagar con algunos de esos billetes. Como Orlandito, el cantinero, sabía de mis antecedentes familiares cubanos, yo podría argüir, dado el caso, que esos billetes pertenecían a mi madre, quien inocentemente me los había dado por si me fueran de utilidad en el viaje.

El lunes por fin pude caminar, aunque con dificultades. En la noche Eduardo y yo nos dirigimos al vecino Hotel Capri. No me afectó tanto la caminata del par de cuadras que separan a un hotel del otro, sino haber permanecido inmóvil, de pie, en el estrecho cuadrilátero del ascensor hasta que llegó al piso catorce, en el que se encuentra el Bar Azul, después de haber parado en casi todos los niveles. En el cuarto o quinto piso, la presencia de un niño le permitió al ascensorista, por la vía del elogio al infante, colmar de piropos a su madre a costa de la congestión de mis tobillos. El bar estaba a punto de reventar, pero dos taburetes desocupados frente a la barra parecían estar esperándonos. La altura del banco me permitiría mover las piernas para facilitar la circulación de la sangre. Saludamos a Orlandito con más efusividad que de costumbre. Le pedimos unos mojitos. Nos los preparó con largueza, habilidad y simpatía. Empezamos a tomárnoslos despaciosamente y, cuando vi la oportunidad, volví a contar, más para sus oídos que para los de Eduardo, mi historia familiar, aunque no viniera al caso: el desempeño diplomático de mi padre en La Habana, la historia de mi madre y de sus hermanas, sobre todo la de Ana María, tan revolucionaria ella, y la de Hilda, su hermana, la nueva tía que la Revolución me había regalado... Orlandito recordaba perfectamente la historia, así que cuando terminamos los tragos, no me quedaba ninguna duda con respecto a la eficacia de la estrategia que habíamos planeado para saber si esos billetes valían o no lo que costaron. Si los aceptaban, nos gastaríamos los seiscientos pesos cubanos en el Bar Azul a lo largo de los días que nos quedaban en La Habana, o en cualquier otra parte; si no, el argumento de que me los había dado mi madre me salvaría de cualquier sospecha o de cualquier acusación. Con esa tranquilidad pedimos los segundos tragos, que apuramos mientras veíamos pasar por los ojos de buey de la contrabarra las piernas angelicales de las bañistas. Cuando en los vasos no quedaba más que la yerbabuena macerada, asumí que tenía que beber otro trago, el trago amargo de pagar con billetes obsoletos. Le pedí la cuenta a Orlandito. La preparó. Me la dio. La miré. Hice un gesto de conformidad. Me llevé la mano a la cartera de la manera más natural que pude. Saqué los suficientes billetes para liquidar holgadamente la suma. Se los di a Orlandito. Orlandito los tomó. Los vio. Me miró a los ojos. Los volvió a ver. Me volvió a mirar y, sin ningún preámbulo, sin ninguna discreción, sin ninguna cortesía, soltó un ¡COÑO! mayúsculo, compacto, subrayado y admirativo, que paró en seco mi intención de extraer aunque fuera un gajito de mi epopeya familiar que se remontaba a los tiempos anteriores a la Independencia Nacional de Cuba, y, de inmediato, dio voces a sus compañeros de servicio: Carmelo, ven acá; Fernando, ven acá; Reinaldo, ven, mi socio, que acudieron precipitadamente para erigirse en una suerte de tribunal apostado tras la barra, y en medio de la muchedumbre que atestaba el bar y que en una fracción de segundo se convirtió en el más atento de los auditorios, vociferó: ¡Pero muchachos, cómo es que cambiaron dólares en el mercado negro! Eso no es correcto, compañeros. Estos billetes no sirven para un carajo, y, blandiendo su caducidad, nos soltó una retahíla de preguntas: ¿Quién se los cambió?, ¿dónde los cambiaron?, ¿cuántos dólares cambiaron?, que yo no acerté a responder y, cuando pensé que ese interrogatorio estaba a punto de continuarse en otro lugar, en el Comité de Defensa de la Revolución de la cuadra o frente a la policía, Orlandito hizo un gesto de contrariedad, que inequívocamente se enderezaba contra los que nos habían engañado y no contra nosotros, que a todas luces éramos las víctimas y no los victimarios de esta vergüenza nacional:

–Los han hecho bobos, compañeros; los han timado –dijo, sin dejar de zarandear al pobre Carlos Manuel de Céspedes, estrangulado en su corbata de moño–. Me hubieran preguntado a mí para que les aconsejara, porque hay una banda por ahí que viene cambiando dólares por pesos de antes de la Revolución. Y eso, compañeros, eso no es correcto. No es correcto, compañeros.

Las palabras de Orlandito, que salían de su boca como una estruendosa catarata, habían convocado la atención de los parroquianos del Bar Azul, muchos de ellos turistas, pero también varios cubanos que comentaron a los gritos el sucedido y que nos acosaron a preguntas. Los argumentos familiares que había ideado para responder ante cualquier conato de acusación se volvieron improcedentes e inútiles porque la intención de aquella algarabía nada tenía que ver con la incriminación sino con la solidaridad, al grado de que algunos asistentes se ofrecieron a pagar nuestra cuenta de cuatro mojitos, lo que no fue necesario porque Orlandito la borró para indemnizarnos, así fuera modestamente, por el desfalco del que habíamos sido víctimas.

–Esto ha sido una vergüenza nacional –repitió, y me devolvió los billetes inservibles–. Dáselos a tu madre –remató– para que se acuerde de los viejos tiempos.

Salimos del Bar Azul con un inútil regalo de cien dólares para mi madre y con un sentimiento encontrado de desposesión y gratitud, que de algún modo contrarrestó nuestras culpas y nos permitió hacer un nuevo cambio, ahora sólo de cincuenta dólares, por los cuales nos dieron 150 pesos cubanos cuyas efigies revolucionarias escudriñamos barba a barba.

Justificaba nuestra estadía en La Habana, más allá del curso que habíamos impartido en la universidad la semana anterior, nuestro interés académico en consultar algunas obras, tanto en la Biblioteca Nacional José Martí como en la biblioteca de Casa de las Américas, y en ofrecer una lectura de nuestras obras en la Unión Nacional de Escritores y Artistas de Cuba. Ese año se celebraba el octogésimo aniversario del nacimiento de Alejo Carpentier y yo había sido invitado a participar en un coloquio dedicado a su memoria en México, de manera que aproveché para entrar en contacto con algunos textos de críticos literarios cubanos en torno a la obra carpenteriana, que no circulaban en mi país, como los trabajos de Ambrosio Fornet, Luisa Campuzano, Leonardo Padura, Graziella Pogolotti o Araceli García-Carranza, a quienes tiempo después conocería personalmente. Algunos de ellos, con los años, se volvieron amigos entrañables. En esos momentos, no sabía que para el mes de diciembre de ese mismo año recibiría una invitación a participar en un gran homenaje nacional que se le rindió al autor de *El Siglo de las Luces* en La Habana, con el título de *Cubanía y universalidad en la obra de Alejo Carpentier*, que habría de llevarme muy pronto y por tercera vez a la tierra de mis mayores.

En la Universidad de La Habana conocí a Gilberto Rovira, poeta y ensayista cubano que por entonces se empeñaba en aplicar una metodología marxista-leninista a la historia de los tropos poéticos para cumplir con una tesis académica. Alto, contrahecho de espaldas, era buen representante de ese ingenio cubano que se sustenta en la maledicencia. Hablaba mal de todo dios con la agudeza de los sirvientes de las comedias de capa y espada de los Siglos de Oro. Me obsequió sus libros; le di los míos. Nos hicimos amigos.

La lectura que Eduardo y yo hicimos en la vieja casona de El Vedado en la que tiene su sede la UNEAC fue acogida con cortesía y hospitalidad. Presidía entonces ese organismo Nicolás Guillén, quien a la sazón tenía ochenta y dos años. Nos recibió afablemente, hizo alguna broma, se sentó en la silla central del público y se quedó profundamente dormido apenas empezamos a leer. No se despertó hasta que concluimos. Quiero pensar, en descarga de mi prosa y de la poesía de Eduardo, que hacía mucho calor y que era la hora precisa de la siesta.

La tarde anterior a nuestra partida fuimos a despedirnos de Ana María y de Hilda. Apenas empezamos a conversar en el portal, hizo su aparición el doctor Rocamora, quien prácticamente nos pidió un informe de nuestras actividades en la isla. Yo hubiera preferido para ese momento de la despedida estar a solas con la tía por si quería decirme algo personal o enviar conmigo algún mensaje o algún recuerdo a mi madre, pero no fue posible. El doctor Rocamora permaneció ahí durante toda nuestra visita y a su presencia se sumaron las miradas y los saludos de todos los viandantes, algunos de los cuales se llegaron hasta el portal para despedirse de nosotros. Como nos percatamos de que Rocamora no tenía para cuándo irse, Eduardo y yo nos despedimos. La tía tenía un regalito para cada uno de nosotros, que no vaciló en entregarnos: eran dos pañuelos de un género muy corriente en los cuales había bordado la inicial de nuestros respectivos nombres. Los había bordado durante mi convalecencia de venas tostadas por el sol. Nos conmovió mucho el gesto de cariño, sobre todo a Eduardo, que de pronto estrenó tía. Después de los abrazos, Ana María e Hilda salieron hasta la puerta de la calle. Nos retiramos agradecidos, con nuestros respectivos pañuelos bordados en el corazón.

Los puros Fonseca

Me gustan los puros Fonseca y su presentación, que se corresponde con la calidad del tabaco. Cada uno de ellos viene envuelto en un paño blanco sobre el cual se ciñe el anillo como en un enguantado dedo pontificio. La caja ostenta, repujado e impreso en varias tintas –el oro incluido–, el retrato de Fonseca, un criollo de cabellos blondos y ondulados, mirada soñadora y finos bigotes. Seducido por su imagen, García Lorca se refirió en un verso, para muchos misterioso, a la «rubia cabellera de Fonseca», que bien puede sumarse a otros tantos objetos de la iconografía cubana que la rumba consagró y cuya referencia es igualmente ignota, como el reloj de Pastora, el bombín de Barreto, el fotinguito de cancaneo, los tamalitos de Olga o el cuarto de Tula.

Advertido de que no hay que comprar habanos en la calle, me dirijo a la tienda del Hotel Nacional, distante tres cuadras del Hotel Victoria donde me alojo, a comprar una caja de Fonseca del número 2. La adquiero a precio de dólares, pero considerablemente más barata de lo que podría conseguirla en México. La dependiente me pone la preciada caja en una bolsa de plástico traslúcida. Jaba en mano, salgo del Hotel Nacional.

A la salida, un negro alcanza a ver la caja de puros que se transparenta tras la jaba. Me detiene. ¡Cómo es posible que yo haya gastado cincuenta fulas en comprar una caja de Fonseca cuando él me podría haber vendido una caja de Cohíba de la misma vitola por la mitad de precio! Trato de argumentar, pero no me deja. Da voces. Se juntan otros compañeros. Tratan de venderme Cohíbas. Me niego. Me insisten. Sigo mi camino. Rebajan el precio. Vuelvo a negarme. Se ad-

hieren otros al grupo. Los ignoro. Me siguen. Si no Cohíbas, PPG (las
míticas píldoras que reducen el colesterol y mejoran la potencia sexual).
O le rebajan el kilometraje al coche que he rentado. O me consiguen una
chiquita, para que no estés solo, asere. Para que se te mejore el humor,
coño. ¡Tú no sabes cómo se mueve una cubana!

Cuando llego al Hotel Victoria traigo detrás, como el flautista de
Hamelin, una turba de camajanes y bisneros que difícilmente hubieran
entendido el sustrato literario de mi gusto por los puros predilectos del
poeta granadino.

11
La corrección

Hacía tantos años que no tomaban jugo de naranja que esa mañana de domingo fue de fiesta. Lo disfrutaron como si, en la nueva escala de valores implantada por las penurias cotidianas, un escueto vaso de jugo de naranja fuera más preciado que la amistad, el amor o la vida eterna, en la que cada vez creían con mayor convicción y depositaban sus más confiadas esperanzas. Lo bebieron sorbo a sorbo, masticando los pequeños bagazos que a propósito no habían sido filtrados por ningún colador, paladeándolo, dejándolo escurrir gota a gota por la garganta. Hacía muchos años, sí, que no se daban ese gusto, cuando en los viejos tiempos era cosa tan cotidiana que había perdido su valor y su significación. Nadie sabe lo que tiene. Quién pudiera hacer reversibles los refranes.

Tu tía Rosita había echado las cáscaras en el bote de basura de la cocina. Eran las cáscaras más secas que nadie hubiera visto nunca porque había exprimido las cuatro naranjas hasta la última gota. Y cuando volvió a la cocina un par de horas más tarde, las cáscaras habían desaparecido misteriosamente. No estaban en el bote, que ya casi era un artefacto inútil y extemporáneo porque desde el triunfo de la Revolución realmente nada se desperdiciaba. No había rastro de ninguna de las ocho medias naranjas. ¡Ay, mi madre, pero qué habrá sucedido aquí! Y en menos de un segundo, como quien tiene una revelación, pensó: ¡Se las comió Juan! Y como no quería dar crédito a su propia certidumbre, pasó retroactivamente de la seguridad a la sospecha y de la sospecha a la duda y de la duda a la negación: ¿Será posible que Juan se las haya comido? ¡No, Juan no se pudo haber comido las cáscaras de las naranjas, si eran como suelas de zapato! ¿Dónde están entonces? Porque yo las boté en el cubo de la basura, de eso estoy tan segura como de que me llamo Rosa... Y tan segura como que se las comió Juan.

–¡Juan!, ¡Juan, ven acá! Juan, dime, ¿dónde están las cáscaras de las naranjas que boté en el cubo? –Y Rosita, con los brazos en jarras, pestañeaba mucho mientras inquiría a su marido por el destino de aquellas cáscaras de naranja, y ni el mohín de enojo ni el fruncimiento del ceño debilitaban esa su belleza antigua que no habría de perder jamás, ni en la soledad de su tardío exilio en Miami, ni en el asilo de ancianos donde pasaría sus últimos días, hilvanando recuerdos en una descomunal libreta que más se antojaba álbum de fotografías que cuaderno de escritura.

–No sé –dijo Juan con su habitual cerrazón de quijadas.

–¿No sabes? ¿No sabes dónde están? Si yo las boté en el cubo cuando terminé de exprimir las naranjas.

–No sé –repetía Juan, como niño sorprendido en una travesura, con sus ochenta años catalanes encima, nunca aligerados por la gracia habanera a pesar de haber vivido en Cuba por más de sesenta años.

Juan Balagueró, que era capaz de comerse un buey a fuerza de pan, como él mismo decía en sus buenos tiempos, se había comido las cáscaras de las naranjas por la sencilla razón del hambre. Se las había comido crudas, poco a poco, masticándolas con empeño de roedor, haciendo caso omiso de su sabor amargo y de su consistencia correosa. Y es que el jugo que se había bebido esa mañana dominguera sólo era el espíritu, el recuerdo de las naranjas de otros tiempos, y lo que él tenía no era nostalgia; era hambre.

A los dos días, Juan no había corregido y Rosita, preocupada por semejante contención, así se lo dijo a la vecina del departamento contiguo de aquel edificio de la avenida de los Presidentes, que de un tiempo a esta parte había multiplicado por varios órdenes de magnitud el número de sus habitantes. Y lo que Rosita, en un arrebato de desesperación, le dijo a su vecina, con quien trataba de cruzar el menor número de palabras posible, fue reproducido con ese dejo trágico de la gracia habanera, que cobraba decibeles y adeptos en todos los habitantes de aquel edificio, antaño discreto y elegante y ahora popular, irreverente, gritón, dicharachero, chismoso, entrometido, escandaloso y solidario. ¿Pero cómo es que Balagueró no ha corregido?, decían parodiando la pudibundez aristocrática del verbo *corregir* que tu tía Rosita, y acaso sólo ella, empleaba para referirse a lo que todos los demás llamaban simplemente *cagar* y cuando se ponían eufemísticos y metafóricos: *dar del cuerpo* o *echarse una carta*. ¿Pero cómo es que Balagueró se comió las cáscaras de las naranjas? ¿Desde cuándo se las comió? ¿Desde el domingo? ¿Y desde el domingo Balagueró no ha corregido? ¿Pero de dónde usted sacó las naranjas esas, Rosita? ¡No me diga que de la Isla de Pinos! Porque en la bodega no han dado naranja desde que yo tengo uso de razón.

Había que llevar a Balagueró al policlínico. Si no ha digerido las cáscaras de las naranjas es porque de seguro tiene una oclusión intestinal.

Al segundo día de su banquete solitario, tu tío Juan fue trasladado al hospital que le correspondía. No había corregido todavía y al parecer tenía las cáscaras de las naranjas atoradas en algún meandro de los intestinos, quién sabe dónde, porque Juan no decía nada, ignoraba la ubicación de esos manjares amargos en su propio aparato digestivo, y por eso había contestado, sin mentir, que no sabía, cuando Rosita le preguntó que dónde estaban las cáscaras de las naranjas que ella había tirado al bote de la basura la mañana del domingo.

A Rosita no le permitieron pernoctar en el hospital, pero no se preocupe, abuela, que aquí las compañeras enfermeras lo van a cuidar de lo más bien, le había dicho el médico de guardia. Así que, desde que lo internaron, Rosita iba todas las mañanas al hospital para visitarlo y la única respuesta que encontraba era que Juan no había corregido todavía. Y al volver a su departamento, todos los habitantes que a esas horas del mediodía tomaban el fresco en los balcones venidos a portales, entre las ropas tendidas y la sonoridad de los radios, le preguntaban a coro si Balagueró ya había corregido.

–Todavía –decía Rosita por única respuesta, sin saber si sentirse abochornada por la materia misma de la pregunta o protegida por ese manifiesto interés de la vecindad, que no sabía si calificar de burlón o de solidario.

Pasaron los días y la pregunta se repetía cada vez con mayor énfasis y preocupación:

–¿Ya corrigió Balagueró?

Y la respuesta de tu tía volvía a ser la misma:

–Todavía.

El sábado el edificio estaba atiborrado de gente. En el patio central los niños jugaban pelota escandalosamente. En los balcones, adonde todo el mundo había salido para escapar de los calores del interior, los vecinos, acompañados por la música de sus radios, hablaban a gritos de un departamento a otro, se peleaban, se reían a carcajadas, tomaban Warfarina, como le decían al ron casero en recuerdo de un veneno para ratas, bailaban, cantaban, discutían, cruzaban apuestas. Cuando llegó Rosita al filo de las doce, se hizo un silencio repentino e inmediatamente después sobrevino la pregunta esperada:

–¿Ya corrigió Balagueró?

Rosita, tímida, apenas dibujó una sonrisa en su semblante y todos, absolutamente todos, los que jugaban en el patio central, los que se desbordaban como racimos desde los balcones, los que se asomaron a las ventanas, los que vivían en la azotea, los que salieron de las viviendas que se habían improvisado en los antiguos garajes, los que estaban a la mitad de las escaleras, todos, blancos, negros, mulatos y jabaos, niños, adultos y ancianos, gritaron con júbilo, alborozados, festivos, celebratorios, con una alegría dental y brillosa, rítmica, digna de un guaguancó:

–¡Ya corrigió Balagueró!

Hilda acabó por dejar el cuarto de servicio de la azotea de la casa de El Vedado y se instaló abajo, en la habitación contigua a la principal. Este reacomodo doméstico no fue el resultado de una decisión puntual, determinada por la nueva conciencia social que la Revolución despertó en toda la población, sino de un proceso paulatino en el que de todas maneras intervinieron las nuevas relaciones implantadas por la ideología revolucionaria, en las que la palabra *compañero* o *compañera* intentaba borrar toda diferenciación clasista.

Alguna vez Hilda pasó la noche abajo para velar el sueño resfriado de tu tía. Y alguna otra, instada por su señora a escuchar un discurso de Fidel, de los que duraban horas y horas, se quedó dormida frente al televisor. Al despertar recibió la indicación de Ana María de que ya no subiera, de que por esa noche mejor se quedara abajo. Así, para acompañar a tu tía en la enfermedad o en la perorata pedagógica del Comandante, Hilda alguna noche bajó una frazada, otra su camisón, otra más sus medicinas y su estampita de Santa Bárbara Bendita hasta que, sin que ama y sirvienta lo hubieran acordado de manera explícita, acabó por instalarse con todas sus pertenencias en la pieza de al lado, la que había ocupado Ana María en soledad durante su segundo matrimonio (no fue hasta la muerte de Manolo cuando volvió a la recámara principal). En ese cuarto, además de la cama, había un escritorio y una mesa alta donde, con dignidad de trofeo, guardaba silencio un pesado teléfono negro. Ambos cuartos daban a un vestíbulo, al que a su vez desembocaba el baño principal de la casa, el único que se usaba entonces. Tan pronto Hilda se alojó en la planta baja, la tía empezó a compartir con ella también el cuarto de baño para no sobrecargar el trabajo de la bomba hidráulica, sobre todo en esos días, cuando con mucha frecuencia faltaba el suministro de energía eléctrica y no había repuestos para reparar ninguna maquinaria, por sencilla que fuera, en caso de una descompostura. Se había desarrollado en toda la población, independientemente de las clases sociales de donde se procediera, un particular cuidado de los bienes que se poseían y un ingenio agudísimo para componerlos con los sustitutos más inusitados. Todo cuanto se tenía era objeto de rigurosa administración y a veces hasta de culto. Ana María sólo abría dos veces al día el refrigerador para que no se echara a perder la goma de la puerta, que aún la cerraba herméticamente. Disposiciones como ésta fueron implantando en la vida doméstica renovados rituales que unían a Hilda y Ana María como oficiantes de una ceremonia religiosa cada vez que se ponía a funcionar la bomba del agua, cada vez que se fregaban los platos sin el concurso de ningún detergente, cada vez que se prendía el candil de la sala o el televisor.

Así, sin darse cuenta, Ana María e Hilda comenzaron a vivir en igualdad de condiciones, como si nunca hubieran tenido diferencias de origen y nunca hubieran desempeñado papeles antagónicos en la vida, una el de ama, la señora doña Ana María Blasco viuda de Sariñana por partida doble; otra, el de sirvienta, Hilda, cuyos apellidos se extraviaban en el anonimato del olvido o la ignorancia. Se hicieron hermanas sin haberlo programado, sin haberlo decidido nunca, como una consecuencia natural de lo que estaba pasando con ese trajín de la Revolución que todo lo cambiaba y del que nadie podía quedar al margen. Todo el mundo tenía la misma libreta de racionamiento para abastecerse de los mismos alimentos porque podemos no comer más nunca una tajada de mango al sirope, decía tu tía en tono de arenga, pero si comemos una tajada de mango al sirope es porque hasta el último guajiro se está comiendo su correspondiente tajada de mango al sirope; de la misma indumentaria, porque si hay zapatos para unos tiene que haber zapatos para todos; de los mismos implementos de limpieza personal y doméstica, las mismas pastillas de jabón, los mismos rollos de papel higiénico y, si no hay desodorante para todos, que no haya desodorante para nadie aunque toda la isla huela a sudor. Y todo el mundo tenía que hacer las mismas infinitas colas para comprar la leche, para adquirir los zapatos anuales, para abordar la guagua, colas a veces tristes, aburridas y hasta peligrosas porque al cabo del tiempo estuvieron amenazadas por el robo, el engaño o la extorsión; a veces alegres, chismosas, bullangueras; siempre multitudinarias, siempre desesperantes.

Todo el mundo ahora tenía los mismos derechos y las mismas obligaciones. Bueno, casi los mismos derechos y casi las mismas obligaciones porque, de algún modo sutil pero claramente perceptible, tu tía seguía siendo la señora doña Ana María Blasco viuda de Sariñana y viuda de Sariñana, e Hilda, así, sin apellidos, seguía siendo la sirvienta. Ciertamente Ana María la trataba como a una hermana: Hilda no sólo dormía en la habitación contigua a la que ocupaba ella y usaba el mismo baño, sino que se sentaba a la misma mesa a la hora de la comida y en una de las dos mecedoras del portal a la hora de tomar el fresco y hacer labores de costura. Pero esa condición presuntamente igualitaria tenía un precio: era Hilda quien hacía las enormes colas para adquirir los alimentos, quien trocaba los paquetes de cigarrillos Populares que no consumían en casa por latas de leche condensada, quien ejecutaba en la práctica el ingenio de la tía para resolver las necesidades inminentes de la vida diaria y quien guardaba silencio ante los periódicos exabruptos de su señora, que tras la dulzura de su trato y la ponderación habitual de sus palabras, escondía un temperamento recio, acrisolado en la soledad de sus matrimonios y de sus viu-

179

deces. Y no es que tu tía no trabajara, qué va. A pesar de su edad, era tremendamente activa. Desde el alba se entregaba con denuedo a las faenas domésticas para mantener esa casa como la conociste, impoluta y ordenada hasta la intolerancia, y después, con el mismo esmero, en puntual correspondencia con la pulcritud de su casa, al arreglo de su persona: se bañaba todos los días a pesar de la escasez de agua y de jabón, amarillaba sus cabellos con infusiones de manzanilla y se hacía un chongo perfecto, que remataba con una peineta color cristal, se administraba en el semblante los polvos de arroz que le llegaban de tarde en tarde desde México y se vestía modesta pero impecablemente. Sin embargo, las tareas que cumplía la tía eran las superficiales, las escenográficas, las lujosas, si es que se puede hablar de lujo en condiciones semejantes, mientras que las de Hilda eran las necesarias, las obligatorias, las pesadas. Algún marxista de la época diría que Hilda aportaba la infraestructura y Ana María la superestructura. Efectivamente, Hilda adquiría los alimentos tras horas de cola bochornosa y Ana María los acomodaba con gracia en la alacena o en el refrigerador, como lo había hecho desde niña; Hilda cocinaba lo poco que había que cocinar y Ana María les daba algún toque culinario de carácter ornamental, para disfrazar su bastedad, a esos frijoles negros solitarios o a esas papas deshidratadas que provenían de la Unión Soviética; Ana María ponía la mesa para almorzar a la una en punto de la tarde, como acostumbraban hacerlo sus dos maridos, al llamado del cucú suizo que todavía funcionaba con precisión de Guillermo Tell en una de las paredes del comedor, e Hilda, al término del almuerzo, recogía la mesa y lavaba cuidadosamente los platos que la tía volvía a colocar en su espaciosa vitrina. El trabajo de limpiar el baño, tender las camas, lavar la ropa le seguía correspondiendo a Hilda, mientras que el de tu tía consistía en pasar el plumero por los objetos de cristal cortado supervivientes de antiguos regímenes, acomodar sus prendas de vestir en los cajones del escaparate y bordar iniciales en pañuelos de mala calidad, para beneplácito y regocijo de la negrita que todas las tardes, al salir de la escuela, pasaba por ahí para que la abuela le enseñara el cada vez más impracticable arte de las agujas y los canutillos.

Por las tardes, Ana María tomaba la brisa que le llegaba del Malecón, sentada en una de las mecedoras del portal, y alternaba el bordado con la lectura, como en los viejos tiempos, si bien ahora las iniciales que bordaba no eran las suyas, que otrora se habían entreverado con las de sus maridos en esas finísimas sábanas de Holanda, ni sus lecturas los poemas de Julián del Casal o las novelas de Gertrudis Gómez de Avellaneda. Ahora bordaba iniciales anónimas en pañuelos que parecían trapos de cocina y leía el *Granma* de pe a pa y alguno que otro libro edificante, como la historia del asalto al Cuartel Moncada o el *Manifiesto de Montecristi* de José Martí.

Como quiera que sea y pese a las diferencias cuantitativas y cualitativas en la división del trabajo, la relación entre Ana María e Hilda era distinta a la de los viejos tiempos, cuando la tía leía novelas de amor e Hilda dormía en la estrechez del cuarto de servicio de la azotea. Había sido la sirvienta de doña Ana María desde que tu tía se había casado en segundas nupcias con Manolo, pero ahora disfrutaba del apelativo eufemístico que le otorgaba la Revolución: *compañera*. Y como compañera, como una nueva hermana, la tía la presentaba a todos, a ti también, que con la Revolución ganaste una nueva tía. *Tengo, vamos a ver, tengo la tía que tenía que tener.*

Las cartas procedentes de La Habana que de tarde en tarde recibía tu madre en México, si bien escritas con la caligrafía entre historiada e infantil de tu tía, estaban firmadas por Ana María e Hilda y se esforzaban por mantener ese plural revolucionario, que obligaba a cierta correspondencia. Tu mamá, en sus respuestas, no se dirigía a ambas desde el comienzo, porque se trataba de una carta, decía, y no de un sermón o de un discurso, pero al final dedicaba invariablemente un párrafo a Hilda y se empeñaba en demostrar que la consideraba parte de la familia. Y es que tal equidad la tranquilizaba. Era como si se hubiera establecido un pacto final entre la tía e Hilda, gracias al cual ambas aseguraban su futuro. La tía, que era veinte años mayor que Hilda; que no había tenido hijos con ninguno de sus dos maridos y que se había quedado sin familiares en Cuba desde la salida tardía de Rosita y Juan, viviría sus últimos días con la compañía discreta y servicial de Hilda, tu nueva tía. E Hilda, por su parte, cuando Ana María faltara (porque tu madre prefería decir *faltar* que *morir*), se quedaría con aquella casa envidiable de El Vedado, tanto más apetecible cuanto más dificultoso se había tornado el problema de la vivienda en La Habana. No había nuevas construcciones en la capital y el hacinamiento y la promiscuidad se desbordaban por toda la ciudad; no sólo los nuevos matrimonios no podían contar con una vivienda propia y tenían que permanecer en casa de los padres de alguno de los nuevos cónyuges, sino que parejas que se divorciaban se veían obligadas a permanecer bajo el mismo techo, a veces compartido con la nueva mujer del ex marido o con el nuevo marido de la ex mujer. La de tu tía era una casa que sufría los deterioros propios del clima y de la falta de mantenimiento, pero era una casa espaciosa que conservaba la dignidad arquitectónica y decorativa de antiguos esplendores y que era cuidada por una señora como tu tía, que nunca rompió un plato de sus maravillosas vajillas francesas ni una copa de sus cristalerías de Bohemia y que nunca extravió un tenedor de sus cuchillerías de plata.

Tu madre, cuya idea de la justicia no tenía que ver con el socialismo sino con la caridad cristiana, estaba menos intranquila. Sí; el pacto no podía ser más equitativo: la hermandad de Hilda garantizaba que su hermana Ana María no estuviera sola y desprotegida en su vejez, e Hilda, que era considerablemente más joven que Ana María, se quedaría con esa magnífica casa de El Vedado cuando tu tía muriera.

12
Valeria y Carpentier

Un par de días antes de que yo viajara a Cuba en diciembre de ese mismo año 84 para participar en el magno congreso oficial que el gobierno de la isla organizó para conmemorar el octogésimo aniversario del nacimiento de Alejo Carpentier, pasó por México Gilberto Rovira, a quien había conocido en la Universidad de La Habana meses atrás. No tenía noticia anticipada de su viaje, así que me sorprendió su llamada telefónica. Yo había invitado a unos amigos a tomar un trago esa noche en mi vieja casa de Mixcoac. Casi todos ellos eran tan afectos a Cuba y a su Revolución como yo. Así las cosas, pensé que Gilberto sería muy bien recibido y no vacilé ni un momento en convidarlo.

En esa época yo estaba a la mitad de un largo camino de soltería que se prolongó durante varios años. Tenía entonces una novia –compañera decíamos en ese tiempo– llamada Valeria. Era una mujer ciertamente bella. Unas cuantas canas salpicaban su portentosa cabellera afrocubana aunque no había alcanzado todavía los treinta años de edad. Había dedicado su vida a la danza y durante un tiempo había formado parte del elenco de la compañía Ballet Teatro del Espacio, dirigida apostólicamente por Gladiola Orozco y Michel Descombay. Tenía, pues, el estilizado y elástico cuerpo de las bailarinas, la gracia de las bailarinas y en cierto modo las limitaciones de las bailarinas, que difícilmente pueden admitir la presencia de otro ser humano entre su cuerpo y el espejo que imaginan tener siempre enfrente de sí mismas. Cuando uno trata de introducirse en ese espacio, siente que estorba, pues la bailarina se ve obligada a mirar por encima de nuestros hombros el espejo que su imaginación ha construido y que nosotros le ocultamos momentáneamente. Aun así, era adorable y poseía la sonrisa más radiante que yo haya visto en mi vida. Era una sonrisa de cuatrocientos *watts* que desarmaba al más templado. A mí me encantaba. Y a los demás también. Me gustaba salir con ella no sólo por ella misma sino por mi propia vanidad, alimentada indirectamente por la admiración que Valeria suscitaba a su paso. Su belleza quitaba el aliento. Su belleza y su vestimenta estrafalaria y su melena prominente. No pasaba inadvertida ni para hombres ni para mujeres. Sin embargo, a veces me llegaba a incomodar esa mirada multitudinaria y a menudo desvergonzada que se posaba en la estrechez de su cintura, en la gracia de sus brazos, en la largura de sus piernas, en su sonrisa bienhechora o en su mirada siempre al borde de la extralimitación. Y más trabajo me costaba su liberalidad, que la apartaba de mí hasta los antípodas en cualquier reunión porque apenas llegábamos a un sitio –un convivio, un coctel, una exposición–, ella jalaba por su lado, como se dice, y yo, por listo que me pusiera, inevitablemente acababa anclado en la conversación más aburrida y masculina de la fiesta, mientras que alrededor de su gracia y su figura se formaba un hálito de admiración incontenible.

Valeria estaría conmigo en casa esa noche. Así lo habíamos convenido. Pero cuando le dije que asistiría un amigo cubano acudió a la reunión con un entusiasmo que no había manifestado antes.

Gilberto Rovira era un tipo simpático y desgarbado. Alto, agudo de mirada, ágil de sonrisa y de palabra. El rasgo más característico de su fisonomía era una joroba que le encorvaba la considerable estatura. Apenas llegó a casa, mis amigos lo acosaron a preguntas, que partían del supuesto del compromiso revolucionario del compañero cubano y buscaban la confirmación vívida de los logros y los valores de la Revolución. Para su desencanto, él respondió con mesura. Era cubano de adentro, y en la isla se quedaría durante toda su vida, sí, pero acaso más por gusto o por costumbre que por convicción política. Y hasta ahí quería llegar, pese a los intentos de mis amigos revolucionarios, que resultaron ser más papistas que el Papa y querían obtener a toda costa respuestas exaltadas, correspondientes a su sentimiento de solidaridad con el país hermano. Se notaba que a Gilberto el tema le incomodaba un poco y que trataba de evitar hasta donde fuera posible los clisés petrificados sobre Cuba y su Revolución. No era un comisario político ni un funcionario del Estado. Era un poeta que se ganaba la vida impartiendo clase de literatura en la Universidad de La Habana, donde yo lo había conocido, y nada más. Estaba en México por motivos literarios y académicos y lo que quería era conocer el país, al que visitaba por primera vez, y no le interesaba hacer un encomio político a raíz de las preguntas que mis amigos le formulaban, sino gozar de la fiesta. Para colmo, también hubo en la reunión un ala detractora de la Revolución. Yo ignoraba que los Giménez Aldecoa, un viejo matrimonio de exiliados españoles a quienes también había invitado por motivos que ahora no recuerdo, habían adoptado una posición crítica con respecto a Castro, y con la habitual franqueza hispana, al término de los elogios, se lanzaron con invectivas contra el régimen cubano –la falta de libertad migratoria y de expresión, la imposición ideológica, el culto a la personalidad– que más respondieron mis amigos que el propio Gilberto. Me dio pena su caso: ya había pasado por tibio y ahora podía pasar por traidor si no salía en la defensa del sistema cubano. Supo zanjar con habilidad el cuestionamiento. No dejó de admitir las carencias y las limitaciones que el sistema traía aparejadas, pero no hizo ningún comentario que pudiera poner en tela de juicio su filiación revolucionaria, antes bien salió en defensa de la soberanía de la isla. Me pregunté entonces si todos los cubanos, por el solo hecho de serlo, tenían la obligación de adoptar una posición extrema con respecto a la situación de su país. ¿No cabía en ellos ni el matiz ni la ponderación? ¿Sólo el blanco o el negro, el heroísmo o la defección, la patria o la muerte? Al final Gilberto tuvo que decir alguna frase grandilocuente, como que él no cambiaba su dignidad por unos *jeans*, e inmediatamente después contó un cuento cubano de tinte político que todos rieron, y se desembarazó de la solemnidad en la que mis amigos de uno y otro signo habían tratado de encerrarlo. Por fortuna, la simpatía de Rovira, la música cubana, el ron, el tabaco negro, despojaron a la reunión del carácter inquisitorial que empezaba a adquirir y al cabo de un rato todo fue bailongo y diversión. Rumbavana, Mongo Santa María, Willie Colón, Rubén Blades, el Grupo Folklórico y Experimental Nuevayorquino: *Se me olvidó que te olvidé...*

Valeria estaba encantada y bailó varias piezas con Gilberto, con quien yo no podía competir a pesar de mis antecedentes cubanos porque ese movimiento de cadera, esa capacidad de moverse de la cintura para abajo hasta la contorsión sin que la columna pierda la vertical, esa naturalidad de los encuentros y los desencuentros con la pareja, sólo los tienen los cubanos de nacimiento. Los cubanos de nacimiento y Valeria, que no tuvo dificultad ninguna en trasladar su danza moderna al Caribe en que se convirtió mi casa aquella noche, como era la costumbre.

Ya avanzada la hora, Gilberto me habló de la graciosa coincidencia de que él viniera a México justo cuando yo iba a su país. Y en un aparte sólo compartido por Valeria, mientras acariciaba con el índice y el pulgar la solapa de mi saco, me describió en muy lastimeras palabras las precarias condiciones en las que había hecho el viaje –no tenía un kilo, para acabar pronto– y apeló a la proverbial solidaridad de los mexicanos con Cuba. Cuando me di cuenta, cosas de la proverbial amistad –y del ron, la música, la euforia–, ya le había dado a Gilberto el duplicado de las llaves de mi casa para que se instalara en ella durante mi estancia de una semana en su país. Él volvería a La

Habana el mismo día en que yo volaría de regreso a México. No había, por tanto, ningún inconveniente. Valeria, por su parte, también muy solidaria, lo invitaría a comer y lo acompañaría a Ciudad Universitaria y a las pirámides de Teotihuacán.

El congreso que se celebraría en La Habana revelaba desde su nombre –*Cubanía y universalidad en la obra de Alejo Carpentier*– la intención de fondo de la convocatoria: reivindicar el nacionalismo del escritor, que en opinión de algunos de sus detractores podría haberse desdibujado debido a las ambiciones universalistas de su obra, y eliminar, de paso, cualquier sospecha con respecto al compromiso político que el escritor había asumido en vida a favor de la Revolución cubana. Era necesario desmentir que la ascendencia francesa de Carpentier, manifiesta, entre otros signos, en el acento gutural que conservó hasta su muerte, en las largas temporadas que vivió fuera de la isla, y aun en su prestigio internacional, que lo había hecho figurar entre los candidatos latinoamericanos al Premio Nobel de Literatura, fuera en detrimento de su nacionalidad cubana o de su fidelidad al régimen revolucionario. Y es que cierta crítica cubana de dentro y de fuera de la isla, particularmente la de Heberto Padilla, que tiempo después habría de magnificar Guillermo Cabrera Infante en un artículo titulado «Carpentier, cubano a la cañona», consideraba que el escritor no era ni tan cubano ni tan revolucionario como él mismo se había encargado de difundir. Se decía que los datos biográficos que ubicaban su nacimiento en La Habana y que referían su participación en el Grupo Minorista en contra de la dictadura de Gerardo Machado y su permanencia en la cárcel durante varios meses de 1927, donde había escrito la primera versión de su primera novela *¡Ecué-Yamba-Ó!*, no eran suficientemente confiables, pues procedían del propio escritor, y al parecer nadie había podido corroborarlos en otras fuentes. Se decía, también, que las largas estadías de Carpentier en París y en Caracas lo habían alejado de Cuba irreversiblemente y que en su regreso a la isla, al triunfo de la Revolución, había tenido más peso el oportunismo que la convicción política. Incluso había corrido la especie, amparada en un documento procedente de París que circuló de manera anónima por las mesas de redacción de varias publicaciones periódicas, de que su verdadero nombre no era Alejo sino Alexis y que no había nacido en Cuba sino en Lausana, Suiza. Era, pues, conveniente hacer un congreso que despejara toda sombra de duda con respecto a la cubanía de Carpentier, que destacaría en proporción directa a la universalidad de su obra, y remarcar ese compromiso revolucionario que lo había devuelto a Cuba en el 59 y que lo había llevado a entregarle a la Revolución el monto del Premio Cervantes que recibió en 1978 y a publicar ese mismo año una novela apologética de la Revolución cubana, *La consagración de la primavera*, cuyas páginas, innegablemente y por desgracia, se aproximan más al realismo socialista que a lo real-maravilloso americano.

Las acusaciones relativas a la falta de «cubanidad» de Alejo Carpentier siempre me parecieron de poca monta, acaso porque para entonces yo había dejado de creer en el valor a ultranza de los nacionalismos literarios. Pero independientemente de la importancia que se le quiera atribuir al asunto, los argumentos que la crítica esgrimía en contra de Carpentier eran baladíes cuando no francamente ridículos. Podía ponerse en tela de juicio su «cubanidad», pero no a causa de su lugar de nacimiento, si es que en efecto hubiese nacido en Suiza, o de su larga estadía en otros países. El sitio donde nace el escritor a veces es irrelevante y no tiene ninguna incidencia en su obra: Italo Calvino no es cubano aunque haya nacido en Cuba ni Julio Cortázar es belga por haber nacido en Bruselas. La patria del escritor tiene más que ver con la lengua y la cultura que con la partida de nacimiento. Por otra parte, la estancia prolongada en el extranjero, como la del mismo Cortázar en París o la de Alfonso Reyes en España, Argentina y Brasil, para poner sólo un par de ejemplos, con frecuencia le permiten al escritor mirar con mayor objetividad y hondura el país propio. Dado el caso de que la nacionalidad fuera importante y significativa, no habría que rastrearla en las actas del registro civil o en el visado de los pasaportes, sino en la propia obra del escritor. Y es ahí, en su obra literaria, donde podrían hacerse algunos señalamientos interesantes en relación con la «cubanidad» de Alejo Carpentier. Gran parte de sus ensayos se dedican a la cultura cubana, como *La música en Cuba* –estudio en el que por cierto predominan las referencias a la música culta y apenas se aborda el tema de la música popular– o *La ciudad de las columnas*, que se refiere a las peculiaridades de la arquitectura habanera. Pero curiosamente sus novelas no se ubican en Cuba más que de manera excepcional. Salvo aquella obra primeriza que escribió, según esto, durante una semana de 1927 en la cárcel de La Habana, *¡Ecué-Yamba-Ó!*, de la cual acabó por abjurar así fuera parcialmente, y de relatos como *El acoso*, *Viaje a la semilla* o *El camino de Santiago*, las demás novelas se sitúan en otras partes de nuestro continente: las selvas del Alto Orinoco, otras islas del Caribe –Haití, Guadalupe, la Martinica–, el México del Virreinato, Montevideo. O en Europa: París, El Vaticano, la Castilla de Isabel la Católica, la España de la guerra civil. O entre uno y otro continentes: el océano Atlántico. Cuba está presente sólo como lugar de paso en *Concierto barroco* y parcialmente en *La consagración de la primavera*. Cuba no es, pues, el referente primordial de la obra novelística de Alejo Carpentier.

Esta consideración, empero, tampoco me parece argumento suficiente para negar la «cubanidad» de Carpentier, pues el tema de una novela o la ubicación de su trama no parece ser indicio determinante de la nacionalidad del escritor. Quizá lo verdaderamente significativo resida en la peculiar manera de Alejo Carpentier para enfrentarse a los asuntos no sólo de Cuba en particular, sino de América Latina en general. Como es sabido, Carpentier dejó Cuba en el año de 1928 para instalarse en Francia, donde permaneció hasta el estallido de la segunda guerra mundial. En el París de entreguerras trabó amistad con los escritores y los artistas que se habían afiliado al movimiento surrealista y en diversos artículos deja constancia del entusiasmo que suscitaron en él las propuestas vanguardistas de André Breton. No sería raro que por influjo del surrealismo, que en seguimiento de las teorías freudianas ampliaba las escalas y categorías de la realidad, hubiera tratado de reescribir su primera novela, aunque el resultado de tal intento no le hubiera sido del todo satisfactorio. Lo cierto es que en el año de 1943 realiza un viaje a Haití que será determinante en su carrera literaria, pues a partir de esa experiencia rompe de manera asaz crítica con el movimiento surrealista y articula, como producto de esa ruptura, su tesis de lo real-maravilloso americano, que habrá de ser su poética más persistente. Carpentier recorre los caminos rojos de la meseta central, visita las ruinas de Sans-Souci; la Ciudadela La Ferrière, que mandara construir Henri Cristophe, aquel pastelero negro llegado a déspota ilustrado; la Ciudad del Cabo y el palacio habitado antaño por Paulina Bonaparte, y descubre azorado que en aquel país de las Antillas lo maravilloso existe en la realidad cotidiana. La fe colectiva que sus habitantes depositaron en su líder Mackandal los llevó, en tiempos napoleónicos, al milagro de su liberación, y esa fe, procedente de arcanas mitologías, no ha perdido su vigencia. Es entonces cuando el escritor se ve llevado a enfrentar la realidad recién vivida, que no vacila en calificar de maravillosa ni en hacerla extensiva a toda América Latina, a las prácticas surrealistas, que si antes lo entusiasmaron ahora lo defraudan. De esta experiencia vital nacen *El reino de este mundo* y el prólogo que le da sustento teórico, en el que el autor expone su tesis de lo real-maravilloso americano. La idea que subyace en ese prólogo y que Carpentier desarrolla a lo largo de su novela es, en síntesis, la siguiente: en América –la América nuestra, se entiende–, lo maravilloso forma parte de la realidad cotidiana, habida cuenta de la fe de sus habitantes en el milagro, mientras que en Europa, donde los discursos (como afirmará más tarde en *Los pasos perdidos*) han sustituido a los mitos, lo maravilloso es invocado con trucos de prestidigitación. Habría que decir que tal idea tiene sus antecedentes en los remotos tiempos colombinos y obedece a la vieja oposición que, del Gran Almirante a Hegel, pasando por Amerigo Vespucci, Joseph de Acosta, el padre Las Casas y Rousseau, les atribuye a las Indias Occidentales o al Nuevo Mundo los valores de la inocencia, la virginidad y la abundancia –tierra de la eterna primavera, país del noble salvaje, generosa cornucopia– en tanto que caracteriza al Viejo Mundo por su decadencia y su decrepitud. Pues bien, la mirada que Carpentier posa en los asuntos de América Latina responde a esta secular tradición y tiene un carácter exógeno. Se sorprende de la realidad americana, en la medida en que ésta se insubordina o no coincide con el discurso europeo racionalista, y califica de maravilloso todo aquello que no se ajusta a los más rancios paradigmas occidentales. Tanto en esta novela como en las otras que habría de escribir a lo largo de treinta años de ejercicio narrativo, se establece, aunque con las variaciones propias del caso, la contraposición de una América mítica y promisoria y una Europa fatigada y exacerbadamente racional. Con harta frecuencia y acaso involuntariamente, América se presenta como una parodia de Europa. Tal es el caso de *El recurso del método*, donde el primer magistrado de un innombrado país latinoamericano es una caricatura de los personajes europeos que ejercen el poder y resulta cómico o grotesco todo aquello que se insubordine a los modelos cartesianos. Es en esta mirada a todas luces europea donde habría que poner el acento para hablar de la cubanidad –o la americanidad– de Alejo Carpentier. Ni en sus reflexiones teóricas ni en sus desdoblamientos narrativos Carpentier participa de la fe de sus personajes. Ve las cosas desde fuera, con una óptica no ajena al exotismo, que lo lleva a calificarlas de maravillosas. Si de veras creyera que lo maravilloso en América es parte sustancial de la realidad, no calificaría a ésta de maravillosa sino que la aceptaría simplemente como real y no hablaría de lo real maravilloso sino de realismo a secas.

Con estas ideas en la cabeza y en el portafolios, me fui al congreso.

Era mi tercer viaje a Cuba. El primero había tenido un carácter oficial y el segundo un carácter académico. Éste era una mezcla de ambas cosas: tan oficial como el primero y más académico que el segundo, de manera que no tuve muchas oportunidades de salirme de la agenda predeterminada para recorrer La Habana con mis propios itinerarios y tuve que conformarme con verla desde la ventanilla del autobús que todos los días nos transportaba del Hotel Riviera, donde nos hospedaron, al Palacio de las Convenciones en Siboney, donde se llevó a cabo el congreso. Tampoco pude establecer otros vínculos más allá del trato amable y casi siempre monotemático con los otros congresistas.

El congreso se abrió con todo el protocolo oficial en el Palacio de las Convenciones, ubicado en un paraje paradisíaco donde termina la Quinta Avenida en el reparto de Miramar. Fue construido con la magnificencia y la modernidad de las obras que la Revolución edificó para demostrar al mundo su pujanza y su vanguardia. Esa mañana radiante del mes de diciembre de 1984, se dieron cita en el Palacio los intelectuales más destacados de Cuba y altos funcionarios del gobierno revolucionario. Recuerdo la delgadez quijotesca de Roberto Fernández Retamar, la serenidad inteligentísima de Graziella Pogolotti, la guayabera impoluta de Cintio Vitier, la mirada azul y el bigote recortado de José Antonio Portuondo. Había un numeroso contingente de delegados extranjeros, muchos de ellos procedentes de los países de la Europa del Este, cuyos nombres impronunciables se habían incorporado ya a la bibliografía carpenteriana, que para esa ocasión preparó con esmero Araceli García-Carranza.

Como era previsible, desde el día de la inauguración –y sobre todo por los discursos que se pronunciaron en la ceremonia de apertura– el examen crítico de la obra de Carpentier fue cediendo paso al homenaje póstumo. Del eximio escritor cubano se exaltó el nacionalismo, que fue considerado más acendrado y meritorio en la medida de la universalidad de su obra, y se elogió el compromiso político con la Revolución cubana, que había sostenido hasta su muerte.

Pocas posibilidades hubo de romper el protocolo. Prácticamente estábamos encerrados todo el día en el Palacio de las Convenciones, donde también almorzábamos, y por la noche teníamos programadas las cenas, las fiestas, las actividades artísticas, que nos tenían preparadas para paliar de algún modo esa suerte de intoxicación verbal que sufríamos durante el día. Fuimos a la Biblioteca Nacional José Martí, donde se presentó la Bibliografía de Carpentier; a un brindis que tuvo lugar en el improbable Museo Napoleónico, palacio florentino traído a La Habana piedra por piedra, que después albergaría la colección de prendas napoleónicas –uniformes, condecoraciones, retratos, armas– de Julio Lobo, su extravagante dueño, y desde luego al Tropicana, el cabaré bajo las estrellas, cuya mayor espectacularidad son los espectaculares culos que para regocijo de los espectadores enseñan, mueven, menean, agitan, zarandean, baten, sacuden y estremecen sus portentosas poseedoras.

Quizá lo que más me gustó conocer, la tarde del mismo día de la inauguración del congreso, fue la antigua casona de la calle del Empedrado, aledaña a la famosa Bodeguita del Medio, donde se instaló el Centro Cultural Alejo Carpentier y en la que, según se dice, el escritor ubicó el escenario de su novela *El Siglo de las Luces*. Perfectamente restaurada, lucía la claridad tropical de sus colores: blancas las paredes encaladas, azul turquesa los guardapolvos y las maderas de balcones y postigos, amarillas las cornisas y las jambas y pretiles de puertas y ventanas. En el interior, un luminoso patio oblongo en el que crecían dos enormes palmas reales entre las malangas y los exuberantes helechos enjardinados. A él daban, en la planta baja, las puertas de las antiguas caballerizas y cocheras, felizmente convertidas en el museo y la biblioteca carpenterianos, y en la planta alta, tras un corredor perimetrado por un gracioso barandal de madera igualmente pintado del color del mar Caribe, los que en otro tiempo fueron aposentos familiares y ahora se habían convertido en oficinas y en un auditorio amplio y fresco en el que alguna vez habría de dictar una conferencia dedicada a Carpentier. Recorrí las estancias inferiores, donde se exponían las primeras ediciones de las obras del escritor y sus traducciones a decenas de idiomas, muchas fotografías que lo ubicaban en diversas partes del mundo –generalmente acompañado de Lilia Esteban, su esposa, o de otros ilustres escritores–, algunos manuscritos y su máquina Olivetti, que conservaba en el rodillo una página a medio escribir de una novela que nunca publicó y que relataba las relaciones de la hija de Karl Marx con Paul Lafargue, el escritor y político francés nacido en Santiago de Cuba que escribió *El derecho a la pereza*, otro tema de confrontación entre América y Europa, tan del gusto de Alejo Carpentier. Visité también la biblioteca, integrada por los libros de su autoría y por los numerosos estudios que han examinado su obra. Pero lo que más me fascinó de la casa fue su poder de evocación. Más que una inspiración novelística, parecía que los personajes de *El Siglo de las Luces* hubiesen tenido una existencia histórica y que, desprovistos de su condición literaria y por ende ficcional, hubiesen vivido realmente en aquella casa. Me podía imaginar perfectamente a Carlos, a Sofía, a Esteban, con sus noches y sus días invertidos, durmiendo a pleno día en los aposentos de aquella casa que cerraba sus postigos para que no se filtrara ni un solo rayo del insidioso sol del trópico, y deambulando por la noche, alumbrados por las farolas y los candelabros que trataban de reproducir la luminosidad del día.

A pesar de las restricciones impuestas por la agenda del congreso, una mañana pude escaparme para visitar a mi tía Ana María y a Hilda. Las había visto hacía apenas unos meses y no hubo ninguna novedad. Antes bien, la reiteración implacable de los mismos protocolos de mis visitas anteriores acentuaron mi sensación de que el tiempo giraba en redondo y que la vida de las tías estaba sometida a los previsibles designios de la repetición. Me despedí de ellas en el portal de la casa, pero quisieron acompañarme hasta la calle. Ana María me colmó de besos y cariños e Hilda me dio un abrazo cálido y discreto a un tiempo. Me fui caminando hacia Línea. De tanto en tanto volvía la cabeza y ellas seguían ahí, en la verja, diciéndome adiós con la mano, con una sonrisa tierna que se me incrustó en la nuca para siempre.

Regresé a mi casa la tarde del mismo día en que Gilberto Rovira, como estaba previsto, había salido, a las más tempranas horas de la mañana, rumbo a La Habana.

Todavía no lo puedo creer. Parecía que en la casa se hubiera armado una pachanga de una semana de duración. La despensa, la cantina y el refrigerador estaban desahuciados; los vasos, sucios y dispersos por los más insólitos lugares. En todas partes había platos con restos de comida, cubiertos pegosteosos, ceniceros atiborrados de colillas. Los discos se habían divorciado de sus fundas. Por el suelo yacían papeles arrugados, envoltorios de comida chatarra, cajas vacías de rollos fotográficos, periódicos viejos. El baño y la cocina eran un desastre de desorden e inmundicia. Y la recámara, ay, la recámara: la colcha tirada en el suelo, las cobijas revueltas, las sábanas manchadas.

¿Sería de Valeria el arete solitario que se asomó por debajo de la cama cuando me vi obligado a hacer la limpieza la misma noche en que regresé de Cuba?

El desodorante

A la salida del hotel, me aborda un compañero desconocido. Es joven y prestante. Luce unos jeans *que gozan de enorme prestigio y están al alza en el mercado negro. Apenas averigua mi nacionalidad y mi nombre, en ese orden, toca el inevitable tópico del tiempo: es del carajo vivir en un clima tan caluroso y húmedo como el de Cuba. Con esos calores la transpiración es abundante e incontenible. El problema se agrava porque no hay manera de conseguir un maldito desodorante ni siquiera en la bolsa negra. Es cierto que el jabón y el agua escasean, pero con un poco de cuidado uno se puede bañar a diario. El desodorante, en cambio, simplemente ha dejado de existir en Cuba, como yo mismo lo podía constatar si me montaba en cualquier guagua o me metía al cine a ver una película. Es un artículo del pasado del que todo el mundo ha podido prescindir, menos él, que tiene la desgracia de sudar a mares. No se atreve siquiera a acercarse a las chiquitas porque tú sabes, con el sol que hay aquí y con la humedad al cien por cien siempre estoy empapado, y el olor, compadre, el olor... Lo que a fin de cuentas quiere con su dramática alocución es que yo le compre en la tienda del Habana Libre, exclusiva para turistas y en la que sólo aceptan dólares, un desodorante y se lo regale. La verdad, me resulta comprensible su solicitud y lo llego a compadecer. Qué haría yo en este clima sin desodorante, pienso, y recuerdo que en mi maletín de viaje tengo, además del que está en uso, un desodorante nuevo, todavía sin estrenar, con su empaque original sellado. Así que voy a mi habitación por él y se lo regalo con un sentimiento mitad samaritano, mi-*

tad revolucionario. Cuando lo tiene en sus manos, lo examina cuidadosamente y, decepcionado, acaba por decir, para mi absoluto desconcierto:

    —¡Coño, pero si este desodorante es stick, *viejo! ¡El que yo quiero es* aerosol!

13
La carta

La Habana, Cuba, 26 de septiembre de 1986
AÑO DE LA RECTIFICACIÓN DE ERRORES Y TENDENCIAS NEGATIVAS
Sra. Virginia Blasco, Vda. de Celorio
México

Mi querida y muy recordada Virginita:

No sabes cuánto me mortifica escribirte esta carta, portadora de tan dolorosas nuevas. Espero que te encuentres bien de salud y que la noticia que te voy a dar no te impresione demasiado. A mí, el suceso me ha postrado en cama y no he podido levantarme desde entonces. Me siento triste, desconsolada y más sola que nunca, a pesar de que nunca en mi vida he estado más acompañada que ahora. No sé cómo decirte, hermana querida, lo que todavía no me entra en la cabeza ni puede aceptar mi corazón, pero tengo que decírtelo sin rodeos y sin más dilación: Hilda murió en la madrugada del lunes de la semana pasada. Murió de un infarto al miocardio, según dictaminó el doctor Rocamora. Descanse en paz.

No te había escrito antes porque no había tenido fuerzas para tomar la pluma ni ánimos para relatarte tan terrible acontecimiento. He estado fuera de mí durante todos estos días, abatida, inapetente, sin deseos de hacer más nada que dormir y de olvidarme de lo sucedido. El doctor Rocamora, que ha venido a visitarme todos los días, me dice que me levante, que camine un poco y hasta que salga al portal a tomar el fresco. Pero yo no he podido obedecerlo. Me flaquean las piernas y me siento débil, aunque es otra la verdadera razón que me impide salir de estas cuatro paredes en que me he recluido: no quiero toparme con la ausencia de Hilda en cada cuarto de la casa. Además, no tengo deseos de ver a nadie y desde que Hilda murió la casa se ha convertido en un tremendo carnaval. Gladis, la cuñada de Hilda, me ha estado atendiendo durante estos días. Por fin ahora volví a tener un poco de energía y le pedí que me trajera unas hojas de papel y un bolígrafo para escribirte, aunque todavía tengo la mente confundida, como obnubilada. Te escribo desde mi habitación, recostada en mi cama. Habrás de perdonar el temblor de mi caligrafía. Nunca he tenido tan buena letra como Rosita o como tú, pero ahora está peor que nunca. Espero que entiendas mis garabatos.

La noche del domingo, Hilda me dijo que se sentía mal, que le dolía el estómago. Me extrañó porque ella nunca se enfermaba. En los más de treinta años que estuvimos juntas no le escuché una queja. Pero no le di mayor importancia. Ella no me dijo más nada y yo jamás me figuré que un dolor de estómago pudiera ser el anuncio de la muerte. Por lo demás, esa noche no tuvo nada de particular. Hilda me acompañó a mi habitación, como lo hacía todas las noches: me puso el vaso de agua en el buró, las pantuflas al lado de la cama y una frazada doblada sobre los pies por si acaso la noche refrescaba. Se despidió de mí, apagó la luz y cerró la puerta. ¡Quién me iba a decir a mí que se estaba despidiendo para siempre, que más nunca la volvería a ver con vida! ¡Cómo no le hice caso a su dolor! Si ella nunca se quejaba, debí suponer que lo suyo era algo muy serio, aunque ella misma se empeñó en restarle importancia. «No es nada, es como una acidez aquí, pero ya pasará», me dijo mientras se tocaba el vientre. Y todavía me arropó, fue a la cocina por el vaso de agua, se arrodilló para acomodar el salto de cama en el lugar exacto donde lo encontrarían mis pies al levantarme. Igual que todas las noches. Era yo la que tenía que haberla acompañado, yo la que debí haberla cuidado y atendido. ¡Qué pena más grande, Virginita! ¡Qué dolor más grande! ¡Qué mortificación la mía! Yo no oí ningún ruido extraño durante la noche. Ni una queja, ni un lamento, ni una súplica. Nada. Hilda se murió tan silenciosamente como había vivido, sin molestar a nadie. Se fue con la misma discreción con la que cerró la puerta cuando se despidió de mí, girando la manija con cuidado para no hacer ruido. Antes de que amaneciera, me despertaron el calor y la costumbre, pues bien sabes, hermana querida, que siempre me levanto antes del alba. Esperé acostada en la cama a que el cucú del comedor diera las seis. Escuché con toda claridad las campanadas pero no oí los pasos de Hilda. Por un momento pensé que se había quedado dormida, pero al instante deseché esa idea. ¡Cómo dormida, si en más de treinta años nunca se había levantado después de las seis de la mañana, nunca había faltado a sus deberes, nunca se había enfermado! De pronto sentí que el corazón se me salía del pecho. Tuve el presentimiento de que algo grave había sucedido en la habitación de al lado. Salté de la cama, fui al cuarto de Hilda y, ¡ay Virginita de mi corazón, hermana querida!, me encontré con un cuadro pavoroso. Ahí estaba. Inmóvil. Tenía los ojos abiertos la pobrecita, desorbitados, como si estuviera pidiendo auxilio. El ceño fruncido, como si hubiera sufrido un dolor muy grande que no hubiera podido desahogarse en un grito. Se veía extenuada. No necesité tocarla para darme cuenta de que estaba muerta. Me sentí sola. Más sola que nunca en mi vida. Más sola que cuando murió mamá, más sola que cuando murió Victorio, más sola que cuando Rosita y Juan se fueron de Cuba para siempre. Después comprendí que me sentí sola porque Hilda no estaba a mi lado para acompañarme en ese momento tan doloroso, porque era ella, Hilda, la única persona en el mundo que hubiera podido venir en mi auxilio en una situación semejante. Pero Hilda ya no estaba ahí para responder a mis demandas, como lo había estado durante más de treinta años. Creí que me volvía loca, Virginita. Qué bobería, Hilda fue el primer nombre que se me vino a la boca para pedir ayuda cuando Hilda era precisamente la persona que yacía muerta en la habitación de junto. Y grité: ¡Hilda!, ¡Hilda!, ¡Hilda! por toda la casa. Y al no tener más respuesta que el silencio salí al portal, descalza como estaba, apenas cubierta por mi viejo ropón de lino, sin haberme pasado siquiera un peine por la cabeza. Y, según me dicen los vecinos, seguí gritando en plena calle: ¡Hilda!, ¡Hilda!, ¡Hilda! Yo estaba fuera de mí. Creo que perdí el juicio. No me acuerdo de lo que pasó después. Supongo que sufrí un desvanecimiento. Cuando recobré el sentido, estaba sentada en el sillón del recibidor, rodeada de los vecinos de la cuadra. Me sentía mareada, confusa. No sabía qué había ocurrido. El doctor Rocamora me tomaba el pulso y trataba de tranquilizarme.

Julita, la vecina de enfrente, me había puesto una bata encima y me había traído las pantuflas que apenas unas horas antes Hilda había colocado al lado de mi cama, pero yo no me había bañado ni arreglado. Me sentía incómoda, sucia, observada por los vecinos, que nunca me habían visto despeinada, sin los polvos en la cara ni el colorete en las mejillas que siempre me pongo. Me habían preparado una infusión para que me calmara pero la presencia de los vecinos me aturdía, me sofocaba. No sólo se habían arremolinado en el portal sino que muchos de ellos habían entrado al recibidor y me rodeaban tratando de consolarme. Yo hubiera preferido estar a solas. Si acaso con el doctor Rocamora, que es tan bueno conmigo. Ya tú sabes cuánto me ha ayudado y todo lo que le debo.

Después llegó Gladis. Tú la conoces. No para de hablar ni puede estarse quieta un segundo. Hilda, q.e.p.d., decía que era una «faina». Yo no sé muy bien qué quiere decir esa palabra, que sólo se la oí a ella, pero me figuro que significa deslenguada. En un minuto Gladis dispuso todo lo que había que hacerse en esas circunstancias difíciles. Organizó a los vecinos, les impuso tareas, les dio órdenes a todos, hasta al doctor Rocamora, con todo y que es el presidente del CDR de la cuadra, como tú sabes. Héctor, el hermano de Hilda, que está casado con Gladis, también vino a casa. Estaba muy conmovido. Se echó a mis brazos y se puso a llorar como un niño hasta que Gladis lo retiró de mi presencia. Más tarde llegaron los hijos de ambos y después las esposas de los hijos y los nietos. Entraron en la casa y se sentaron en los sillones de la sala y en las sillas del comedor. Yo a algunos ni siquiera los conocía, o por lo menos no los recordaba. Rápidamente, comandados por Gladis, los parientes se encargaron del sepelio: los trámites burocráticos, el velorio, el entierro. De eso me vine a enterar después, porque a mí no me preguntaron nada. Y es que yo no tenía cabeza para ocuparme de esas cosas, Virginita. Sólo pensaba en Hilda y no me podía quitar de la mente la imagen de sus ojos abiertos, que seguían pidiendo auxilio. Me resistía a pensar que mi compañera de tantos años, otra hermana para mí, tú lo sabes, me hubiera llevado la delantera en el postrer viaje. ¿Qué voy a hacer sin ella, Virginita querida, si era mi única compañía en esta isla de la que ya se han ido todos?

Todo sucedió demasiado rápido. A mí me hubiera gustado que al menos las cosas fueran más despacio, para hacerme a la idea de la partida de Hilda. Una partida sin retorno. Pero los familiares tomaron todas las decisiones sin consultarme. Se sentían los deudos de ese duelo, cuando yo, que no estaba unida a ella por ningún vínculo consanguíneo, sin duda era la persona a la que más quería y a la que conocía mejor. Tú bien sabes, Virginita, que fue otra hermana para mí, y no te me pongas brava, óyeme bien, que cada quien ocupa un lugar en mi corazón. Hilda y yo vivimos juntas más de treinta años y esta Revolución nos hizo compañeras para siempre.

No recuerdo bien lo que sucedió esa mañana terrible. Sé que Gladis me llevó a mi habitación, me preparó el baño, como solía hacerlo Hilda, y con mucha parsimonia me ayudó a vestir. Creo que en estos menesteres han de haber pasado varias horas, pero yo no tenía conciencia del tiempo. Mi mente estaba en otra parte. Cuando vine a darme cuenta, estaba yo sentada otra vez en el sillón del recibidor, vestida con el traje sastre negro que no había vuelto a ponerme desde que murió Manolo. No lo vas a creer, Virginita, pero todavía me sirve ese traje. Ajustado, sí, pero me sirve. Me sentía un poco ridícula y acalorada porque ya nadie aquí usa vestidos como ése y hasta en los velorios la gente se viste de colores, pero Gladis insistió en que me lo pusiera y me dijo que con él lucía de lo más bien. Salí de mi habitación y casi no reconocí mi propia casa. ¡Había tanta gente y tanta bulla! Los muebles estaban arrinconados, las sillas del comedor respaldadas en las paredes de la estancia y en el centro el ataúd, rodeado de decenas de parientes y vecinos. ¡Qué impresión más grande! Se me encogió el corazón. Hilda en medio de cuatro cirios. Nunca me figuré que yo iba a vivir para ver tal cosa.

Voy a interrumpir la carta porque estoy extenuada. Mañana continúo.

28 de septiembre

Te decía que Gladis resolvió todo lo del sepelio. Y es que ella es especialista en resolver, ya tú la conoces. Todo lo resuelve: la ropa, la comida, las medicinas. Sabe lo que van a dar y lo que no van a dar en la bodega, sabe lo que le falta y lo que le sobra a cada quien para hacer todos los trueques y todas las permutas que se te puedan ocurrir. Conoce la vida y milagros de todo el mundo y siempre está dispuesta a ayudar al vecino. La verdad es ésa. Ahora por ti, mañana por mí. Conmigo siempre ha sido muy servicial y muchas veces nos ayudó a Hilda y a mí a conseguir una medicina, un par de zapatos, una libra de azúcar. Me fatiga un poco porque le da a la bemba que da gusto, como decía Hilda. No para de decir boberías.

Gladis había decidido que el velorio se hiciera en casa y no en la funeraria. Y que esa misma tarde los restos de Hilda fueran inhumados en el Cementerio Colón, en la cripta de nuestros padres. Espero que esta determinación no te resulte inconveniente. A mí me pareció adecuada porque Hilda acabó por ser parte de la familia y porque no creo que ni Rosita ni tú quieran venir a morirse en Cuba. Habrá todavía un hueco para mí, que no tardo en acompañar a Hilda y a papá y mamá. Cuando yo salí de mi habitación, ya todo estaba dispuesto y no tenía ningún sentido corregir lo que habían hecho, aunque la verdad a mí me hubiera gustado más que el velorio se hubiera realizado en la funeraria y que durara por lo menos hasta el día siguiente. Todo me pareció demasiado precipitado y fuera de lugar. Yo creo que es eso lo que me ha impedido hacerme a la idea de que Hilda realmente está muerta. Sigo pensando en ella como si no se hubiera ido para siempre y tengo que tragarme su nombre cada vez que se me ofrece su compañía.

¡Cuántos parientes de Hilda llegaron a su velorio, Dios mío, para expresar su sincera y efusiva pena! A muchos de ellos yo nunca los había visto. Y cogí miedo. Cogí miedo porque no estaba Hilda para que me dijera quién era cada uno de ellos. Sólo veía cómo se iban posesionando de la casa. Porque no vayas tú a creer que se quedaban en el recibidor, donde estaba el ataúd, sino que husmeaban por las habitaciones y todo lo veían con mucho detenimiento: los candiles, la vajilla del aparador y hasta el retrato de mamá. Lo único que faltaba era que abrieran las gavetas del comedor, sacaran los cubiertos de plata y los mordieran para conocer su ley y su valor. Gladis me presentaba a cada uno de los que llegaba. Todos me abrazaban y me daban el pésame, pero a mí ya me había picado el bicho de la desconfianza.

Lo que más me dolió fue que no acompañé a Hilda hasta su última morada. Gladis había dispuesto que ella, Héctor su marido y yo nos fuéramos al Cementerio Colón en la máquina de Zacarías, quien muy solícito se ofreció a llevarnos. Tú sabes que yo no salgo de casa, pero esta ocasión lo ameritaba, así que estaba dispuesta a ir. Todo fue en vano. No sé si fue por el calor, por la cantidad de gente que se había concentrado en la casa, por el traje sastre que me quedaba un poco justo y era de género grueso o por la pena que me embargaba, pero en el momento de salir sentí un tremendo sofoco y estuve a punto de tener otro desvanecimiento. El doctor Rocamora me tomó la presión y al percatarse de que la tenía por los suelos, me ordenó que me quedara en casa. No tuve más remedio que obedecerlo. Hilda, perdón: Gladis (ya tú ves cómo no me acostumbro a su ausencia y la nombro a cada momento) me desvistió, me acostó en la cama, y Julita, la vecina de enfrente, se ofreció a quedarse conmigo mientras los demás iban al cementerio. Así que no acompañé a Hilda ni en el momento de su muerte ni en el momento en que la sepultaron. Que Dios me perdone.

De regreso del cementerio, Gladis les dijo a su marido y al resto de sus familiares que se quedaría en la casa para cuidarme y atenderme. Yo se lo agradecí porque comprendí que no podría valerme por mí misma. Sin que yo tuviera cabeza para disponer de nada, Gladis se instaló en la habitación de Hilda y desde entonces ella se ocupa de todo: limpia la casa, va a la bodega, hace la comida. También se encarga de mí: me da de comer, aunque yo casi no pruebo bocado, me da mis medicinas, me lava, me peina. Me sienta en el sillón de la pieza mientras ventila las sábanas y tiende la cama, pero no ha logrado sacarme de la habitación más que para ir al baño. El doctor Rocamora insiste en que camine un poco por la casa, en que me siente en el sillón del portal a tomar el fresco, pero yo no quiero ver a nadie. No tengo ánimos de conversar ni de bordar ni de leer el periódico ni de mirar la televisión. Además, siento que mi casa no es ya mi casa. Y es que hace unos días Héctor, el marido de Gladis, se vino a vivir acá también. Dijo que necesitaba estar cerca de su mujer, pero la explicación que a mí me dio Gladis es que yo no debía quedarme sola mientras ella iba a la bodega o a la farmacia, o a la calle, donde se entera de todo. Yo qué puedo hacer, Virginita, si estoy en sus manos.

Desde que se instaló aquí el marido, los hijos, como es natural, vienen a visitar a sus padres. Quieren visitarme a mí también, según dicen porque se interesan mucho en mi salud. Que Dios me perdone, hermana querida, pero yo creo que les interesa más esta casa que mi estado.

Tengo miedo. No sé qué va a ser de mí. Gladis me trata bien. Es un poco brusca pero servicial. No sé cuánto tiempo pueda durar esta situación. Ya yo no quiero vivir, Virginia. Ahora mismo no sé qué hacer. Si le doy esta carta a Gladis para que la ponga en el correo, es capaz de leerla y de pensar que soy una malagradecida. Pero no le puedo ocultar que la escribí porque ella misma me dio el bolígrafo y el papel. Tampoco se la quiero dar al doctor Rocamora. Voy a esperar a que venga Zacarías. Me he resistido a recibir visitas. Sólo veo a Gladis y al doctor Rocamora, pero tan pronto sepa que Zacarías quiere visitarme, le voy a dar la carta. A ver si puedo porque Gladis siempre está presente.

Hermana querida, me despido. No quiero mortificarte más con el relato de mis penas. Tú que eres creyente, pídele a Dios Nuestro Señor por el eterno descanso del alma de Hilda. Y pídele también por mí, porque sin Hilda a mi lado, ya tú verás que yo no voy a durar.

Te abraza tu hermana que te quiere y siempre te recuerda,

Ana María

Segunda parte

La casa

Buscamos la casa en la que vivieron mis abuelos y mis padres. El nombre religioso de la calzada, que dio origen al poema inaugural de Eliseo Diego («*En la Calzada más bien enorme de Jesús del Monte / donde la demasiada luz forma otras paredes con el polvo / cansa mi principal costumbre de recordar un nombre...*»), ha sido sustituido, en memoria del inicio de la Revolución de 1868, por el nombre civil Diez de Octubre. La numeración ha sido alterada. El cine Tosca ya no existe: ha sido demolido, aunque su recuerdo perdura entre la gente del barrio. Nos es fácil dar con la casona, que colindaba con el cine. Es una casa señorial, pero está casi en ruinas. Las balaustradas de la terraza, de las que no quedan más que tres o cuatro balaustres solitarios, han sido reemplazadas por tablones de madera que hacen las veces de barandal. La suciedad y el salitre se han apoderado de las columnas y de las paredes exteriores, cuya pintura original no es más que un vago recuerdo que asoma aquí y allá, tímido e impreciso, como una mancha. Uno de los arcos del piso superior está apuntalado con maderos para evitar que sus labradas dovelas se vengan abajo.

Vemos abierta una puerta lateral, que antiguamente ha de haber sido del servicio. Nos atrevemos a pasar. Queremos saber si alguno de los habitantes de esa casa puede constatar que el número anterior es el que yo llevo apuntado en mi libreta. Un largo pasillo, sucio y oscuro, nos conduce a un pequeño patio, al que da otra puerta, minúscula, de fierro, que a su vez tiene un ventanuco. Tocamos. Un anciano narigón y desdentado apenas entreabre el postigo. No, no se acuerda del número anterior de la casa. Cierra inmediatamente, pero nos quedamos con *la fugaz imagen del cuarto que el anciano mal nos ocultó con su cabeza: un catre por todo mobiliario y varios gallineros a todas luces clandestinos.*

El sordo cacareo de las gallinas habita ahora la casa del salón del piano y las tertulias, la casa de mis padres, la casa de mis abuelos, la casa de la Calzada más bien enorme de Jesús del Monte, donde la oscuridad forma otras paredes con el polvo...

14
El exilio

Yo no lo conocí hasta que llegó a la casa, muy tarde en la noche. Los chicos no fuimos a recibirlo al aeropuerto. Cosa rara porque a los actos familiares acudíamos todos, aunque fuéramos muchos: mis padres, mis hermanos mayores y sus esposas o sus novias. Y nosotros, los chicos. Íbamos todos juntos a misa los domingos, a los bautizos, las primeras comuniones, las bodas. Pero esta vez sólo fueron papá, mamá y dos de mis hermanos mayores: Miguel y Benito –sin su esposa–. Se trataba de un asunto serio, que les fruncía el ceño y les soldaba las mandíbulas, muy diferente a las celebraciones sacramentales que reclamaban la multitudinaria presencia de toda la familia. Y es que no venía de visita, a pasar unas vacaciones con sus tíos y sus primos mexicanos. No: venía como exiliado. Y cuando mi madre decía esa palabra, *exiliado*, hacía una pausa previa, casi imperceptible, que le imprimía a su pronunciación un misterioso dramatismo. No recuerdo haberla oído antes, porque a mi tío Paco, que procedía del exilio español republicano, se le llamaba *refugiado*, que era un término acaso más familiar y más descriptivo. La palabra *exilio* siempre me sonó a luto, a desarraigo, a desierto, a intemperie, a maldición bíblica, y se oponía, acaso como ninguna otra, a las connotaciones de calor, consuelo, esperanza, contenidas en la palabra *refugio*.

Lo imaginaba serio, ojeroso, con la barba crecida de tres o cuatro días, vestido con un abrigo dos tallas mayor que la suya y unos zapatones sucios y agujereados y, por todo equipaje, una bolsa negra de lona, semejante a los hatillos amarrados a una vara con que pintan a los vagabundos y a los niños rebeldes que se van de casa. Así me imaginaba a Juanito Balaguero, mi primo. Así me imaginaba el exilio: áspero como una barba de tres días, espeso como un abrigo grande, agujereado como unos zapatos viejos, insondable como una bolsa negra.

Llegó más tarde de lo previsto, cuando mi excitación por la espera se había doblegado dos o tres veces al sueño. A mí, que entonces tenía escasos doce o trece años de edad, me pareció un señor, pero apenas era un joven a quien se le seguía llamando cariñosamente con el diminutivo de su nombre. ¿Cuántos años tendría Juanito entonces? Veintidós o veintitrés. No más. Se acababa de graduar de ingeniero en la convulsa Universidad de La Habana, en la que se había sumado, poco antes del triunfo de la Revolución, a las protestas estudiantiles contra la tiranía de Fulgencio Batista, y desde ahí había seguido, día a día, la gesta de Fidel en la Sierra Maestra. De todas suertes, parecía mayor. Le aumentaban la edad, amén de mi propia infancia, el metro noventa de estatura, que él medía en pies, y los más de cien kilos de peso, que él cuantificaba en libras, en muchas libras. Tenía en los ojos una agudeza de ciervo que le daba agilidad a su corpulencia y, en el habla, un acento, también agudo, que la contrapesaba; un acento tan diferente al nuestro que al principio, por lo menos, parecía que no habláramos la misma lengua, aunque algunas de sus palabras, y sobre todo algunos de los gestos que las apoyaban, se parecían a los que aún mantenía mamá como santo y seña de su origen cubano. Juanito le decía *fruta bomba* a la papaya, cuyo nombre mexicano le provocaba una sonrisa pícara; *fósforos* a los cerillos, *gomas* a las llantas, *bombillos* a los focos, *medias* a los calcetines y se comía las consonantes hasta la indigestión, sobre todo las eses, y en cambio, como para compensarlas, abría todas las vocales hasta la desfachatez. Era como si el trópico de donde procedía hubiera desnudado a la lengua del ropaje de sus consonantes para sacar al sol todas las vocales, mientras que el altiplano adonde había llegado, por lo contrario, las recluyera en sus más sordos aposentos para pronunciar sólo un susurro sibilante, un murmullo cortés y doblegado.

Tu primo Juanito llegaba de La Habana con encontrados sentimientos de libertad y de condena. Por un lado, estaba satisfecho de haber podido salir del país (aunque he de decirte que no salió por sus propias convicciones, porque entonces él tenía más impulsos que convicciones propias) gracias a las innumerables y espinosas gestiones realizadas allá por su familia y aquí por la tuya para conseguir, en Cuba, el improbable permiso de salida y, en México, la visa que ampararía su estancia entre ustedes por tiempo indefinido. Por otro, se sentía triste de haber dejado allá cuanto tenía: su familia, sus amigos, su ciudad y Miriam –¿Te acuerdas de ella?–, la muchacha que sonreía con una blanquísima dentadura y unos ojos negros y brillantes desde la fotografía que Juanito trajo entre sus escasísimas pertenencias; Miriam, su enamorada, a quien todo el mundo en La Habana empezaba a tratar de compañera.

No te cuento los pormenores de los trámites, engorrosos y hasta humillantes, que llevó a cabo tu tía Rosita para conseguir el permiso de salida de su hijo, pero sabes de las muchas horas que tu madre pasó en las antesalas del laberinto escalafonario de la Secretaría de Gobernación para conseguir la visa de Juanito. Después de muchos meses de espera y frustración, una noche, venciendo su timidez consustancial, tu mamá burló todas las medidas de seguridad que protegían al ciudadano secretario de Gobernación, y cuando a altas horas de la noche el funcionario, que se había negado reiteradamente a recibirla, salía de sus oficinas, lo abordó en su propio automóvil para rogarle que le concediera la tan solicitada visa a su sobrino Juanito Balagueró. Qué valor el de tu madre, la verdad, porque el secretario de Gobernación en ese tiempo era nada menos que Gustavo Díaz Ordaz. Le resultó tan inusitada y desafiante la presencia al lado suyo, en el mismo asiento trasero de su automóvil, de una señora como tu madre –ojos azules suplicantes, cabellera entrecana rigurosamente peinada, traje sastre negro con un camafeo en la solapa (porque tu mamá se ponía un camafeo en el pecho en ocasiones especiales)– que no pudo denegarle su petición y le indicó puntualmente las estaciones del vía crucis que debía seguir para lograr su cometido.

A las enormes dificultades políticas y burocráticas para abandonar la isla y a las vejaciones de que eran objeto quienes tomaban esta decisión y lograban vencer todos los obstáculos para llevarla a cabo, había que sumar la animadversión oficial de México frente al exilio cubano, que no gozaba de ningún prestigio. Es más: ni siquiera era considerado como tal y, en concordancia con la propia historia revolucionaria de tu país, más bien era tomado como una traición a Cuba. Carecía de la dimensión épica que había nimbado el exilio español republicano y, lejos de verse como una actitud heroica y libertaria, se veía como una dimisión ante los compromisos y las responsabilidades que la patria exigía a todos sus hijos en esos momentos difíciles de su historia. Eso lo supiste después. Y no nada más lo supiste, sino que lo avalaste con la convicción y la vehemencia propias de tus años universitarios. Pero entonces, y en el seno de tu familia, la salida de Juanito de Cuba significaba el valeroso rechazo a un régimen opresivo que se oponía a la libertad y a los principios morales que regían tu vida familiar. Ya lo había dicho tu tío Juan Balagueró: «Yo no trabajé toda la vida para criar comunistas». Semejante trance por el que pasaba Juanito encontraría paliativo en la cálida acogida familiar y en la absoluta confianza en su transitoriedad. Es decir que, sin dejar de reconocer su dramatismo, tu familia quería identificar su salida de la isla más con la lírica de la canción que cantaba Celia Cruz con la Sonora Matancera y que decía «Cuando salí de Cuba dejé mi vida, dejé mi amor; cuando salí de Cuba dejé enterrado mi corazón» que con la épica del exilio, sobre todo porque la consideraba reversible en un plazo muy corto.

En casa nadie pensaba que tal situación pudiera prolongarse por mucho tiempo. Fidel Castro, que –según la muy personal iconografía inventada por mi madre– había entrado a La Habana con el rosario en la mano, se había declarado comunista. ¿Tú crees que los gringos permitan una infiltración de los rusos en sus propias narices?, preguntaba mi padre desde la soledad de su escritorio, sin esperar respuesta, como si no planteara una pregunta sino un axioma. ¿Tú crees que el pueblo cubano, que es el más alegre del mundo, el más bullanguero, aguante la imposición de un sistema comunista? ¿Tú crees que Cuba va a resistir el embargo económico de la nación más poderosa de la Tierra, de la que depende totalmente? Porque ahí ya no hay nada –decía mamá–, ni carne ni pollo ni pescado ni ropa ni refacciones ni nada. Y deja tú eso, ni lo que antes estaba ahí al alcance de la mano ahora se consigue, porque el mango y el plátano y el camarón, todo, absolutamente todo, se va para los rusos. Bueno, ni azúcar tienen en Cuba, para que tú lo sepas. Esta situación no puede durar, ¡qué va!

No, Juanito Balagueró no estaría en México por mucho tiempo, y entre nosotros, además, se sentiría como en casa porque, más allá de diez o doce palabras diferentes y un acento distinto y ciertamente gracioso para pronunciarlas, todo lo demás era igual, como iguales eran las costumbres y los valores de estas dos hermanas Blasco, Virginia y Rosita, que maridaban de igual manera los calcetines en los cajones del armario, distribuían del mismo modo los alimentos en el refrigerador, preparaban los mismos dulcísimos postres, usaban el mismo recetario de cocina de tu abuela y tenían la misma idea del amor, de la vida y de la muerte. Sí; Juanito estaría en familia.

Lo recibimos con cariño, pero también con curiosidad porque no lo conocíamos, aunque fuera nuestro primo hermano. Sólo tu madre lo había visto, en el doloroso viaje que había hecho a La Habana a la muerte de tu abuela. Pero de aquel viaje a entonces habían pasado muchos años, de modo que el niño travieso aquel, de dientes ligeramente salidos y ojos pícaros, poco tenía que ver, a no ser precisamente la mirada despierta y los incisivos un poco echados para adelante, con el hombre de ahora, muy joven pero madurado precozmente por una Revolución en la que había creído y de la cual, más temprano que tarde, había acabado por abjurar. Traía en la piel del alma, entre otras heridas, la que le habían provocado las palabras de su tía Ana María a la hora de partir. Eres un cobardón. ¿No te da vergüenza dejar aquí solos y desprotegidos a tus padres, que dieron la vida por ti, y a Miriam, tu enamorada, a quien le habías propuesto matrimonio? Pero sobre todo, dime, ¿no te da vergüenza dejar a tu país, que hoy más que nunca necesita de jóvenes preparados como tú? Eso mismo es lo que tú eres, un cobarde, le dijo Ana María cuando fue a despedirse de ella a su casa de El Vedado la víspera de su salida. Cuánto contrastaban esas palabras con las que, obnubiladas por el dolor, apenas salían de los labios de Rosita, su madre, que lo colmó de bendiciones y bienaventuranzas. Cómo se echa de ver que Ana María no tiene hijos, comentó tu madre cuando meses más tarde, en México, Juanito relató el doloroso episodio.

Después del alboroto inicial que naturalmente causaba su llegada, la presencia de Juanito no se notaría demasiado en casa, donde, salvo mi hermano Alberto, que ya se había casado y residía en el norte del país, Benito, también casado, y Eduardo, que se había metido de cura, vivíamos todos juntos –mis padres, mis otros ocho hermanos y yo– en una casa de la calle de los Cedros en la colonia Florida, muy cerca de la flamante Ciudad Universitaria. Más parecía un hotel que una casa de familia y, más que un hotel, un circo de tres pistas, donde siempre estaba pasando algo, como decía, en un español muy rudimentario, Clement, el gringo que vino a México a estudiar algún curso de verano en la Escuela para Extranjeros de la universidad y que alquiló, para beneficio de la economía familiar, el cuarto que había dejado vacante mi hermano Benito cuando se casó. Para darle cabida a Juanito, sólo había que recorrerse un poco en las bancas monacales del comedor, que bien habría podido llamarse refectorio, y echarles, como se dice, más agua a los frijoles.

Menos el del norte, el aprendiz de cura y mi hermana Tere, que se había ido a pasar las vacaciones con una amiga cuya familia tenía casa en Tequesquitengo, todos estuvimos ahí para recibirlo, y en ese recorrido por la casa que se verificó la misma noche de su llegada y en el que Juanito pasó revista a sus numerosos ocupantes, cada uno de nosotros le fue ofreciendo lo que podía ofrecerle. Virginia, mi hermana mayor, que había adquirido cierta independencia dentro de la propia vida familiar, su experimentada condición de madre reemplazante y sus cigarrillos mentolados Gratos, que a Juanito, acostumbrado primero a los Partagás y luego a los Agrarios, seguramente no le sabrían a nada; Miguel, aunque sólo de dientes para afuera porque era incapaz de prestar un libro suyo, la considerable biblioteca que había ido atesorando en su cuarto a lo largo de tantos años dedicados al estudio de la arquitectura y la historia del arte; Carlos, que además de desprendido era más o menos de la estatura del primo, su ropa y el ánimo para vestirla, porque Juanito venía prácticamente con lo puesto; Ricardo, el más cercano a su edad, su tocadiscos de alta fidelidad y sus *long plays*, entre los cuales Juanito se topó, entusiasmado, con todo el *Hit parade* y con una estupenda versión de *Amalia Batista*, pero sobre todo su viejo y renovado Nash convertible, que tanto éxito le había dado en sus conquistas amorosas; Carmen, los números telefónicos de sus amigas, qué más; Jaime, sus pesas y su manual de Charles Atlas; yo, mi bicicleta Windsor sin salpicaderas rodada 28, que me acababa de regalar Alberto cuando pasé a primero de secundaria, y Rosa, nada, porque, de tanto esperar su llegada, se había quedado dormida en el sofá de la sala.

Qué bueno que Tere estaba de vacaciones en Tequesquitengo porque, con su belleza, su alegría, su juventud intrépida, le hubiera dado desde ese momento, como se lo dio muy poco tiempo después, el corazón entero.

Con la llegada de Juanito a casa, Clement, el huésped gringo, pudo confirmar, azorado tras sus anteojos redondos de carey, que la casa que había escogido para pasar los veranos en México era, efectivamente, un circo de tres pistas.

Por disposición de mamá, las primeras noches Juanito durmió en el cuarto de los chicos, en la litera debajo de la mía. Más bien en la mía porque yo aproveché la presencia del nuevo inquilino y el traslado de Jaime a otra habitación para detentar la litera de arriba, que siempre había querido ocupar. A la mañana siguiente de su llegada, tras un sueño en el que temía precipitarme desde las alturas en que me encontraba, me despertó, muy temprano, un ruido insistente que se acompasaba con las exhalaciones esporádicas e intensas de una respiración contenida. Me asomé desde mi litera, transformada de pronto en minarete. Sentado en la cama, encorvado para librar la escasa altura que le dejaba la litera superior, Juanito intentaba quitar con un cuchillo el tacón de uno de sus enormes zapatos. Tras mucho batallar, logró su propósito, y yo pude ver, al cabo de un rato, cómo extraía de ahí un billete doblado en varias partes, de no sé cuántos dólares porque los billetes gringos son todos iguales, del mismo verde mustio y deslavado, mientras que los nuestros variaban de color según su denominación: rojo agua de jamaica el de un peso, con su ángel de la Independencia en el centro y a los lados sendos números uno rodeados de alamares; gris el de cinco pesos, con su gitana risueña, cargada de abalorios; café el de diez, con una tehuana rodeada de un resplandor santoral de encaje cervantino; azul el de cincuenta, con un Ignacio Allende de bicornio emplumado, y, paradójicamente, color mierda el de más alto valor que viera en mi infancia, el de cien pesos, con un cura Hidalgo cansadísimo y muy viejo, incapaz no digamos de dar el grito de la Independencia sino de susurrar sus tristezas criollas y sacerdotales al oído de la Corregidora, siempre de perfil para escucharlas. Juanito desdobló el billete cuidadosamente porque algún charco lo había apelmazado y más parecía un mapa del tesoro que el tesoro mismo, aunque desde mi litera no pude ver su denominación porque los números del billete estaban borrosos y entonces yo era incapaz de distinguir entre Washington y Lincoln o entre Hamilton y Franklin. Colocó el billete recuperado sobre la cama y con la misma concentración empezó a desmontar el tacón del otro zapato.

Estaba prohibido sacar dólares de Cuba. Bueno, no sólo sacarlos sino poseerlos, de manera que la audacia de esconder dos billetes en los tacones de los zapatos, de haber sido descubierto, le habría impedido la salida tan arduamente tramitada. Y más aún: podría haberle costado la cárcel porque las medidas que adoptó el gobierno de la Revolución frente a los que pudieron salir legalmente en los primeros tiempos eran en extremo rigurosas y con mucha frecuencia vejatorias. Salían sin dinero ni documentos ni mayores efectos personales, después de haber cedido por riguroso inventario todas sus pertenencias al Estado, y durante el proceso de salida comparecían ante el vituperio de sus compatriotas, de sus antiguos compañeros y aun de sus propios familiares, que los tildaban de apátridas y les aplicaban el ignominioso nombre de *gusanos* con el que la Revolución los expulsaba de su paraíso. Se decía que, en los controles de migración, a las mujeres que estaban por abandonar el país les revisaban hasta el útero porque se había dado el caso de alguna dama que antes de salir había ocultado una valiosa sortija en tan preciado estuche. Y se decía también que había quien se tragaba, como si fuera una aspirina, alguna piedra preciosa antes de embarcar para después buscarla, a la llegada, entre sus propios excrementos.

Estas historias se fueron hilvanando hasta crear una especie de picaresca de la gusanería que indiscriminadamente devolvía las afrentas a quienes se quedaban en la isla, bien por amor al país, por fe o por convicción política; bien por impotencia, por miedo o por otra forma de la cobardía. Una vez, tu tía Ana María recibió una fotografía que le mandaba desde Chicago otro de sus sobrinos, el hermano mayor de Juanito, Mario Balagueró. En ella aparecía tu primo mayor con una sonrisa gorda y satisfecha, al lado de un gigantesco refrigerador abierto, pletórico de las viandas y los alimentos que era muy difícil conseguir en Cuba, algunos de los cuales empezaban a borrarse de la memoria de la población: jamones y embutidos españoles, quesos franceses, vinos blancos californianos, cervezas holandesas, chocolates belgas. Si tu tía Ana María se hubiera dado una licencia que nunca se dio, habría dicho, al ver esa fotografía humillante, lo que realmente pensó: que Mario Balagueró, su sobrino, se había vuelto en los Estados Unidos un comemierda.

Desde la entrada de Fidel a La Habana y por lo menos hasta que llegó Juanito, en casa seguimos en la medida de lo posible el desarrollo de los acontecimientos en los noticieros radiofónicos, en la prensa o frente a la televisión. Con el dramatismo propio de su transmisión en blanco y negro, de vez en cuando el Canal 2 –que entonces era el único– presentaba algunas escenas del triunfo de la Revolución que nosotros, preocupados por la situación de la familia de mamá en La Habana, veíamos con atención extrema, como si detrás de los tanques que desfilaban por las avenidas de la ciudad o en medio de las concentraciones multitudinarias, en las que los sombreros guajiros de guano habían sustituido a los panamás de la sacarocracia, la tía Rosita o la tía Ana María pudiera hacernos alguna señal cuya clave secreta nosotros, desde aquí, debiéramos descifrar.

Las cartas, que por la condición insular de Cuba siempre han tenido en ese país mayor importancia que en cualquier otro de tierra firme, con la Revolución perdieron su periodicidad habitual, justamente cuando más las necesitábamos. Después corrió la especie de que el correo estaba intervenido por el nuevo gobierno. No sé si era cierto; lo que sí era evidente es que la redacción de las cartas de las tías estaba de algún modo silenciada por sus propios temores. A qué, si no, tantas boberías, tantos comentarios insulsos, tantos circunloquios de la tía Rosita cuando se estaba viviendo una Revolución que había tenido la osadía de enfrentarse a Estados Unidos. A qué, si no, tantos recortes adulatorios del *Granma*, que siempre acompañaron las cartas de la tía Ana María, firmadas también por Hilda.

Cuando en aquellos tiempos, después de muchos intentos, se lograba establecer comunicación telefónica con La Habana, se oía muy mal, tanto que mamá y la hermana en turno no podían rebasar la repetición a gritos de los convencionalismos propios de la cortesía y la fraternidad, y al colgar el auricular, mamá invariablemente se quedaba con un desasosiego mayor al que había tenido antes de hacer la llamada.

Sabíamos de las tías por informaciones esporádicas e indirectas, por conversaciones telefónicas fragmentarias, por cartas seguramente autocensuradas. La falta de comunicación daba cabida fácil al rumor, a la suposición, a la hipérbole. En todo caso, era difícil saber si era cierto lo que se decía, y se decían muchas cosas en el ámbito familiar de mi niñez: que los milicianos, unos mozalbetes apostados en cada cuadra, fusil en mano, les pedían cuentas en tono autoritario a mis primos cuando regresaban a casa por la noche; que en la escuela primaria de Julito, mi sobrino, los nuevos profesores, improvisados en el materialismo histórico por mentores igualmente improvisados en tal disciplina, atentaban contra las creencias religiosas de los niños y escarnecían a quienes con valentía de san Tarsicio proclamaban su fe cristiana; que el trabajo voluntario adicional que a sus más de setenta años hacía mi tío Juan Balagueró en la fábrica de calzado de la que había sido propietario no tenía tal condición, sino que le era impuesto obligatoriamente, a riesgo de ser declarado contrarrevolucionario, si se oponía a realizarlo; que la tía Rosita tenía el temor de que Ana María, su propia hermana, movida por el miedo y para demostrar qué tan fuerte era su lealtad a la Revolución, la delatara por su desafección al nuevo régimen. Eso se decía y mucho más.

Yo pensaba en Nancy y en Olguita. Aunque un poco mayores que yo, eran mis sobrinas. Las conocía por unas fotografías en las que sus pronunciadas sonrisas les desdibujaban graciosamente los ojos. Eran lindísimas y no me las podía imaginar sembrando malanga y boniato en los trabajos de campo que se organizaban como complemento de la educación secundaria. Recuerdo todavía con terror las palabras lapidarias y racistas de mi padre. Si no salen de Cuba, cualquier día de éstos las va a violar un negro en un cañaveral.

Cuando el segundo billete quedó completamente desdoblado y puesto en la cama junto al otro y ambos tacones colocados en sus respectivos zapatos, Juanito, que se había percatado de que el más chico de sus primos varones lo observaba desde la litera de arriba, me guiñó un ojo en signo de complicidad. Lo admiré y me sentí orgulloso de que durmiera en la litera debajo de la mía.

15
Isla a la deriva

El primer viaje que hice a Cuba como coordinador de Difusión Cultural de la Universidad Nacional Autónoma de México fue en 1989, apenas unos meses después de que el rector José Sarukhán me hubiera conferido el puesto. Se trataba de asistir al Festival Cinematográfico que cada fin de año se celebraba en La Habana. El propósito principal de la visita era firmar un convenio de colaboración con el Instituto Cubano de Radio y Televisión, entonces afectado por las ondas radiofónicas que a partir de 1985 lanzaba Radio Martí desde Miami con el beneplácito de Ronald Reagan y preocupado por la posibilidad de que la USIA transmitiera desde Cayo Cudjoe, en el sur de la Florida, sus programas contrarrevolucionarios. También actualizaríamos, como lo hicimos, los convenios que la UNAM había suscrito con la Cinemateca de Cuba y con el Instituto Cubano de Arte e Industria Cinematográficos, el famoso ICAIC.

El viaje fue muy breve y estuvo pautado por una agenda tan exhaustiva en el papel como laxa en la realidad. A pesar de la disciplina del régimen, el temperamento tropical y la burocracia, que pueden reblandecerlo todo, se impusieron sobre la formalidad de los compromisos. Varias de las entrevistas que teníamos programadas con los funcionarios cubanos no se llevaron a cabo, bien porque simplemente no acudieron a la cita; bien porque, después de largos ratos de antesala, nos vimos obligados a desplazarnos a la siguiente reunión, que con frecuencia también se cancelaba. Y muchas de las que sí pudieron verificarse se quedaron en el terreno de las buenas intenciones y en la exaltación de la solidaridad proverbial de México con Cuba y de la amistad profunda que unía a nuestros pueblos. Sin embargo, cuando se trataba de pactar algún acuerdo específico que les interesara especialmente a los cubanos –la coedición de un libro, una coproducción cinematográfica, la grabación de un disco–, los funcionarios pasaban rápidamente de la fraternidad histórica a la solicitud de apoyo: papel, material fílmico, cintas magnetofónicas, de los que no disponían a causa del bloqueo económico impuesto por Estados Unidos desde hacía tantos años y de la Perestroika, que llevó a la URSS y sus satélites a reducir considerablemente sus intercambios con la isla.

El festival de cine convocó a muchas personalidades de la industria cinematográfica latinoamericana. El ambiente chispeante y luminoso del encuentro se había adueñado de las salas de proyección y de los salones y los restaurantes de los hoteles. Mis colaboradores y yo transcurríamos por esa fiesta expansiva y multitudinaria con una suerte de sentimiento anfictiónico, que en ningún lugar de América Latina se vive tanto como en Cuba. El discurso de la fraternidad, articulado por los artistas y los intelectuales, borraba las fronteras que artificialmente habían dividido nuestro continente desde el Río Bravo hasta la Patagonia, y Cuba se volvía el lugar privilegiado donde uruguayos y argentinos, peruanos y ecuatorianos, chilenos y bolivianos se encontraban y dirimían sus diferencias y sellaban su amistad. Por el solo hecho de realizarse ahí, el festival cobraba una dimensión política, particularmente solidaria en esos momentos difíciles e inciertos para Cuba, pues la desintegración de la Unión Soviética y la caída del bloque socialista estaban a las puertas de la historia. Era como si la sola presencia de cineastas provenientes de los diversos países de nuestro continente «editara» un sueño bolivariano, en el que la lucha que Cuba libraba día a día contra el imperialismo yanqui unía a toda América Latina y continuaba siendo un modelo de dignidad e independencia.

A pesar de la alegría del festival, de la cordialidad de la compañía y del relativo éxito de mi primera misión universitaria en Cuba, ese viaje fue particularmente doloroso. Más allá de dos o tres recuerdos gratos o ingratos, pero a fin de cuentas insignificantes o burocráticos, como los que acabo de evocar, la nostalgia y la desolación prevalecen en mi memoria. Varias veces pasé sin detenerme por la esquina de Línea y C, donde el restaurante Jardín lucía sus tan habaneros vitrales de colores y su añoso mobiliario de ébano. A media cuadra de ahí se encontraba la casa de mis tías Ana María e Hilda. En cada uno de mis viajes anteriores había ido a saludarlas. Ahora que ambas habían muerto, esa casa no tenía ningún sentido familiar para mí. Ni esa casa ni esa calle ni esa ciudad ni esa isla. La muerte de Ana María e Hilda cerraba el ciclo que se había iniciado con el nacimiento en La Habana de mi abuela materna hacía más de un siglo. Muertas ellas dos, ya nadie quedaba ahí de las cuatro generaciones cubanas de mi familia. Sólo los restos mortales de mis abuelos maternos y los de Ana María e Hilda, depositados en una vieja cripta del Cementerio Colón a la que la rapiña o las expropiaciones oficiales habían despojado de los ángeles escultóricos que la custodiaban y que no pudieron emprender el vuelo cuando fueron capturados en las redes del mercado internacional del arte. Era como si la historia misma no hubiese existido. Ni una sola presencia viva. Sólo el recuerdo y los testimonios de la depredación y de la muerte. No quise asomarme ni siquiera desde la esquina del restaurante Jardín a la casa de las tías. Tuve temor de que la degradación que se había apoderado del edificio de la avenida de los Presidentes donde habían vivido Rosita y Juan Balagueró se hubiera posesionado también de la casa de la tía Ana María. No; no quise verla ni de lejos.

Ya no había a quién llevarle regalos en La Habana. Es cierto. Pero tampoco había quién los mandara. A principios de ese mismo año de 1989 había muerto mi madre y, con ella, el último hilo familiar que me liaba a la isla. Ya no había quién esperara con ansia mi regreso a México para tener noticia de sus hermanas. Ni quién recordara la cronología familiar, las costumbres habaneras, los domicilios por los que había transcurrido la vida de mis mayores. Ni quién pudiera descifrar las medidas, los ingredientes y las instrucciones del viejo recetario de mi abuela. Ni quién dijera *más nada* en lugar de *nada más* al mismo tiempo que pasaba la palma de la mano izquierda por el dorso de la derecha y luego la palma de la mano derecha por el dorso de la izquierda. Se había apagado irremisiblemente el azul del mar Caribe en la mirada siempre interrogante de mi madre.

Sin mamá, la isla quedaba a la deriva en mi memoria.

A la muerte de mi madre había tenido el imperioso deseo de que mis hijos conocieran Cuba. No lo pude realizar hasta más de un año después, durante la semana santa del año 90, y la única posibilidad de hacerlo fue mediante la contratación de los servicios de una agencia de turismo. Gonzalo tenía entonces diecinueve años de edad y Diego quince. Nunca habían estado en la isla. Sabían de Cuba por el amor que yo les había profesado a su Revolución, a su historia, a su música, a su literatura y que se lo había inculcado desde su nacimiento; por las crónicas puntuales que habían oído de mis labios al regreso de mis viajes y por las historias familiares que su abuela les había contado durante algunas tardes apacibles, transcurridas en la terraza de mi vieja casa de Mixcoac. Ahora que mi madre había muerto, pensé que ir a Cuba nos daría a los tres la oportunidad de revivirla en el recuerdo, de volver a oír su voz andariega y melodiosa y de imaginarla en el deslumbrante espacio de su juventud. Ellos, por su parte, reconocerían el país de sus mayores, afinarían sus señas de identidad y se treparían, jubilosos, por una de las ramas de su árbol genealógico. Había un interés adicional. Pensé que el viaje les permitiría entrar en contacto directo con un sistema social diferente al de su país, acicatearía su conciencia política y los obligaría a la reflexión y al cuestionamiento. Podrían, por sí mismos, valorar los logros colectivos de la Revolución y el precio que la población había tenido que pagar para alcanzarlos. Era, pues, un viaje formativo, que los pondría de cara a la utopía.

A pesar de mi respeto por Cuba, para entonces la fe ciega que la Revolución cubana había despertado en mi juventud universitaria había empezado a flaquear y eran muchas las dubitaciones que la atormentaban. Mi generación, que había apostado todas sus esperanzas a esa causa, ya había sufrido más de un desengaño. Yo seguía admirando la valentía y la dignidad con las que los cubanos habían mantenido su independencia con respecto a Estados Unidos, seguía suscribiendo los ideales de igualdad que regían su vida política y reconociendo sus enormes y ejemplares avances, sobre todo en los ámbitos de la medicina, la educación y la cultura, el deporte, esas conquistas incuestionables de la Revolución, que podían espetarse, entre otras, como argumentos contundentes a quien se empeñara en denostar el régimen castrista. Sin embargo, no podía dejar de ver que tales logros, ciertamente admirables, se habían alcanzado al precio de la cancelación de muchas libertades civiles elementales, como la libertad de expresión, la libertad de asociación, la libertad de tránsito. Algunos acontecimientos de los últimos años me habían hecho cuestionar la legitimidad del sistema y habían empañado retroactivamente mis ánimos juveniles.

A finales de abril de 1980, miles de personas desafectas al régimen invadieron la Embajada de Perú en La Habana para solicitar asilo político. Al parecer, la mayoría de ellos eran individuos «antisociales», como el sistema llamaba a quienes no asumían sus responsabilidades comunitarias. Había delincuentes, sí, pero también profesionistas, burócratas y algunos artistas e intelectuales. Ante esa circunstancia, el gobierno cubano tomó la determinación de abrir el puerto del Mariel para que salieran a Estados Unidos los que se habían refugiado en la embajada peruana y muchos otros que constituían lo que a partir de entonces empezó a llamarse «la escoria» de la sociedad. Entre estos últimos, el régimen, que aún no superaba la feroz homofobia que había practicado en los años sesentas, incluía a los homosexuales. El escritor Reinaldo Arenas se sumó a ese éxodo masivo en el que abandonaron la isla más de ciento veinte mil personas. Los detractores del sistema aseguran que el gobierno cubano aprovechó astutamente esa oportunidad para mandar a Estados Unidos no sólo a los «antisociales» que conformaban el grueso de quienes tomaron la Embajada de Perú, sino a miles de delincuentes y enfermos mentales que fueron liberados aposta de las cárceles y de los manicomios de la isla. Con esa medida, Castro había echado del país a una parte improductiva y altamente costosa de la población, había identificado a los exiliados en general con la *escoria* de la sociedad y había enviado al enemigo, en compensación por los cuadros profesionales cubanos que se habían exiliado en Estados Unidos, a los enfermos y a la peor ralea de Cuba para que los yanquis se responsabilizaran de su tratamiento y su manutención. No sé si es cierta esta acusación. Lo que me pareció innegable es que en Cuba no había espacio para la inconformidad y la crítica, ya no digamos para la disidencia; que la desafección al sistema era satanizada como delito de lesa patria y que la población, por efecto de la manipulación ideológica o de la intimidación, podía enardecerse hasta el linchamiento moral de los disidentes, que siempre habían sido humillados con el epíteto de *gusanos*. Quedaba claro que entonces, como después con la llamada crisis de los balseros, en Cuba no había libertad migratoria.

En 1989, el general Arnaldo Ochoa había sido sentenciado a la pena capital por alta traición a la patria, tras un juicio sumarísimo de corte estalinista, que me había recordado inevitablemente la autoinculpación forzada del escritor Heberto Padilla. Los documentos que registran el caso dejaban entrever, contrariamente a lo que se había pretendido al publicarlos, la parcialidad de los jueces, la complicidad de los presuntos abogados defensores –militares de grado inferior al que ostentaban los fiscales y que se avergonzaban, expresamente, de defender a los acusados– y la manipulación de la opinión pública.

Aunque tardíamente y gracias a un video escalofriante en el que las víctimas daban testimonio de las vejaciones que habían sufrido, hacia esos años había tenido conocimiento de las llamadas Unidades Militares para el Apoyo a la Producción que funcionaron en la década de los sesentas. Las UMAP, como se conocían, eran verdaderos campos de concentración adonde iban a parar jóvenes que no trabajaban o que se habían negado a inscribirse en el Servicio Militar. Pero en ellos también se trataba de «corregir», con métodos denigrantes y brutales, la «desviación» de los homosexuales para someterlos a los paradigmas machistas de la Revolución; una Revolución que había detenido a Virgilio Piñera, marginado a José Lezama Lima y perseguido a Reinaldo Arenas por tener lo que el régimen llamó, como eufemismo de su homofobia, una «conducta impropia».

Muerta mi madre, sentí que heredaba las voces antagónicas de sus dos hermanas, Ana María, que hizo suya la causa de la Revolución y murió en su seno, y Rosita, que aún vivía, viuda, alejada de sus hijos, en la absurda soledad de un asilo de ancianos de Miami. En efecto, a lo largo de los años me había venido debatiendo en una lucha interna cuyas polaridades se correspondían con los destinos discrepantes de las dos hermanas de mi madre, dos alas que volaron por rumbos encontrados y despedazaron el cuerpo de mi historia familiar. Ese antagonismo interno es el que me ha llevado a escribir esta historia, no con la esperanza de resolverlo –la escritura no resuelve el conflicto que la motiva– sino de esclarecerlo, de compartirlo y quizá de exorcizarlo.

Por esos años empezó a sucederme que, cuando alguien criticaba a Cuba, de inmediato yo salía a defenderla, y cuando alguien la defendía ciegamente, yo adoptaba una actitud crítica:

No hay libertad de tránsito. / Se requiere la unidad de todos los cubanos para contender con el enemigo.

Cuando Castro entró en La Habana anunció que se instauraría en Cuba un régimen democrático y que pronto habría elecciones. / La invasión a Playa Girón determinó el carácter socialista de Cuba y la implantación de un régimen de partido único.

Hay un solo partido. / El bipartidismo es un artificio publicitario que los yanquis quieren imponer en Cuba para dividir al país.

No hay democracia. / Qué mayor democracia puede haber que la alcanzada por un pueblo que se levantó en armas contra la dictadura interna y el imperialismo yanqui.

No hay libertad individual. / No hay privilegios; hay libertad nacional.

No hay comida. / Cuando un cubano come, todos los cubanos comen.

No hay libertad de prensa / No hay analfabetos.

No hay gasolina. / La culpa de todas las carencias la tiene el bloqueo.

Las *jineteras* del Malecón y de la Quinta Avenida. / Cuba era el burdel de Estados Unidos.

El embargo es la justificación que Castro esgrime para satanizar al enemigo y permanecer en el poder. / El bloqueo es un crimen de lesa humanidad.

Los balseros son la muestra palmaria de la falta de libertad. / Los balseros son unos apátridas.

Estados Unidos es el país de las libertades civiles. / Estados Unidos es el verdugo de América Latina y hoy por hoy del mundo entero.

Miami. / Cuba.

Castro. / Fidel.
El dictador. / El líder.
Los gusanos. / Los compañeros.
Mi tía Rosita en un asilo de ancianos de Miami. / Mi tía Ana María, muerta bajo el cielo de Cuba, entregada a la Revolución.

Todos mis viajes a La Habana habían tenido un carácter oficial, aunque los hubiera realizado con propósitos diversos, y nunca me había pasado por la cabeza la idea de ir a Cuba en calidad de turista. Y es que la imagen misma que la palabra *turismo* suele suscitar estaba reñida con la austeridad, el compromiso político, la vivencia histórica que asumían, con arrestos de adhesión, quienes iban al «primer territorio libre de América» durante los años inmediatamente posteriores al triunfo de la Revolución. El turismo, con todo lo que puede llevar de relajamiento, diversión y hasta desenfreno, no sólo se oponía a los valores que el nuevo sistema político proclamaba, sino que revivía el tópico carnavalesco de la época de Batista, cuando Cuba tenía fama de ser el paraíso terrenal propiciatorio de todos los placeres.

Durante las primeras décadas de la Revolución, Cuba ciertamente había permanecido al margen del turismo internacional y se había limitado a recibir delegaciones extranjeras de solidaridad, grupos estudiantiles de intercambio, cuadros profesionales, técnicos y científicos procedentes sobre todo de la Unión Soviética y de otros países socialistas. Para poder atenderlos, a ellos y a los cubanos del interior del país que visitaban La Habana, el nuevo régimen había mantenido más o menos viva la infraestructura turística de los tiempos anteriores a la Revolución. A pesar de las restricciones cada vez más severas generadas por el bloqueo norteamericano, se trataba de satisfacer de la mejor manera posible las necesidades de los nuevos visitantes, cuyas características en mucho diferían de las que tipificaban a los usuarios anteriores: otras lenguas, otras fisonomías, otras costumbres, otras tareas, otros intereses. Los huéspedes distinguidos eran alojados en las casas de protocolo en que se habían convertido algunas de las grandes mansiones abandonadas por los antiguos dueños de Cuba que optaron por el exilio, pero el común de los invitados se hospedaba en los grandes hoteles, como el Nacional, el Riviera o el Habana Libre –antes Havana Hilton–, que otrora habían albergado al turismo norteamericano y que después de la Revolución poco a poco fueron perdiendo el lujo y el esplendor que ostentaban en la era del capitalismo.

Efectivamente, con el paso de los años y el recrudecimiento del bloqueo, la vieja infraestructura turística se fue deteriorando y acabó por ser sumamente precaria, así que viajar a Cuba, aun como invitado oficial, no dejaba de ser una tarea ardua, que encontraba justificación en la afinidad ideológica y la solidaridad política, y cuyas incomodidades se compensaban con creces de mil maneras, entre otras por el mero gusto de estar en un país que había proclamado su independencia de Estados Unidos a escasas noventa millas del territorio del imperio.

Los hoteles carecían de servicios elementales o los que ofrecían eran muy deficientes: los elevadores solían estar descompuestos, el agua apenas salía de los grifos, la energía eléctrica se interrumpía con frecuencia y la comunicación telefónica era un milagro. Una vez intenté hablar a México desde el Hotel Habana Libre y tras esperar toda la mañana, la operadora, que había podido establecer contacto con Italia, me hizo una pregunta que hubiera dejado atónito al mismísimo André Breton:

–¿No conoces a nadie en Roma con quien quieras hablar, mi amor?, porque con México la línea está rota.

El transporte era insuficiente: las guaguas pasaban muy de tarde en tarde y estaban atestadas hasta la promiscuidad. Se podía tomar un taxi en el hotel pero no había manera de parar otro en la calle para regresar. Varias veces hice el largo y engorroso trámite de rentar un coche –una máquina–. Fue lo mejor, pero en las frecuentes temporadas de escasez de gasolina, había que pasar, con el pasaporte de las placas turísticas *(chapas*, les dicen allá), por delante de una infinita fila de reliquias automotrices. Con la paciencia que la edad otorga y con toda su marchita modernidad aerodinámica a cuestas, los viejos lanchones Plymouth, Ford, Chevrolet, Pontiac, Chrysler de los años cincuentas, que habían sabido sobrevivir, merced al ingenio de sus poseedores, a los estragos del salitre, el bloqueo y la mala calidad del combustible, esperaban sedientos su turno bajo el sol inclemente del trópico.

Para contrarrestar los efectos del bloqueo, Cuba había venido abriendo paulatinamente sus puertas a los inversionistas extranjeros, sobre todo españoles e italianos. A finales de los ochentas se había reparado buena parte de la vieja infraestructura turística y se había desarrollado otra nueva, tanto en la ciudad de La Habana como en las playas paradisíacas de Varadero. A la postre, con la caída del bloque socialista, el turismo habría de permitirle a Cuba generar las divisas necesarias para sobrevivir en el que se llamó «periodo especial en tiempos de paz», al precio, claro está, de todo lo que la presencia consumista extranjera acarrea y que la Revolución se había propuesto denodadamente combatir y erradicar: la prostitución, la disidencia, la dolarización, la mendicidad, la corrupción.

Entre mis hijos y yo resolvimos con sorprendente agilidad las gestiones que nos deparaba nuestra llegada a la ciudad de La Habana, ahora que nadie tenía la encomienda oficial de recibirnos en el aeropuerto y que debíamos someternos a los designios de una fantasmal agencia de viajes. Mientras Diego hacía cola en la fila de migración, Gonzalo y yo llenábamos los formularios de entrada y, mientras ellos recogían las maletas en el tartamudo carrusel de los equipajes, yo averiguaba la localización del autobús de la compañía turística que habría de conducirnos al Hotel Habana Libre. La verdad, de nada sirvió la rapidez de nuestras diligencias porque, a fin de cuentas, se impuso ese ritmo cadencioso, entre tropical y burocrático, que tanto contrastaba con la aceleración neurótica que padecemos quienes vivimos en la ciudad más grande del planeta.

Fuera de las vacaciones familiares de su primera infancia, mis hijos no habían viajado conmigo simultáneamente. Siempre había pensado que viajar con cada uno de ellos por separado permitía una comunicación más profunda y propiciaba una mayor intimidad; así que, a lo largo de los años, Gonzalo y Diego se habían venido turnando para acompañarme a los numerosos sitios a los que la vida me había conducido —unos, del interior del país; otros, del extranjero—. Éste fue el primer viaje que hicimos los tres juntos. A pesar de mis consideraciones, sentía que Cuba, por razones históricas y familiares, ameritaba una visita conjunta. Me sentía feliz al lado de mis hijos, que vivían con toda la discreción del caso, concesiva y amorosamente, la última dependencia de su vida al acompañarme, aunque, en realidad, ésta era la primera vez que yo los acompañaba a ellos porque, desde la segunda o la tercera noche —como dice la canción mexicana—, agarraron por su cuenta las parrandas.

Desde el autobús que nos condujo al hotel, les fui mostrando los diferentes lugares del trayecto que, al menos para mí, tenían un valor emblemático: la avenida Rancho Boyeros, cercada por cientos de jóvenes que pedían «botella» a los escasos automovilistas que por ahí circulaban; la plaza de la Revolución con su gigantesco monumento a Martí y el descomunal retrato del Che Guevara, desplegado a todo lo alto de uno de los edificios principales del centro político más importante de la isla; la Facultad de Artes y Letras, donde seis años atrás había impartido un curso de literatura mexicana; la universidad, con su portentosa escalinata custodiada por la Alma Máter —una mujer con cuerpo de negra y cabeza de blanca–, donde habían tenido lugar tantas manifestaciones estudiantiles que precedieron a la gesta revolucionaria; el Hotel Nacional, con sus graciosos torreones infantiles, que esperaban, curiosos, la llegada de los barcos.

Lo primero que hicimos tras instalarnos en el Hotel Habana Libre fue caminar hacia el mar. No teníamos prisa; es más, no teníamos nada que hacer, ningún plan, ningún compromiso y, sin embargo, recorrimos a toda velocidad las cinco cuadras que nos separaban del Malecón. Estábamos ansiosos de pararnos delante de ese azul oscuro y denso, insondable, que es el color del Caribe apenas se pone el sol. Era como si necesitáramos cerciorarnos de que realmente estábamos en La Habana, pero, más que a las ansias, la prisa se debía a esa inercia del aceleramiento que nuestra ciudad nos había impuesto, del cual es difícil desprenderse, y que contrastaba dramáticamente con la tranquilidad a veces pasmosa de la vida habanera.

No pudimos cenar en La Torre, un restaurante que yo recordaba de mi primer viaje, ubicado en el último piso del edificio Focsa, desde donde mis hijos podrían haber divisado todo el litoral habanero. Estaba cerrado. Así que nos conformamos con tomar unos bocadillos en el pequeño bar de un hotel recién restaurado por inversionistas españoles, el Victoria, donde habría de hospedarme en mis numerosas visitas posteriores, al grado de que mis compañeros instaurarían después una suerte de lema irreverente: «Hasta el Victoria siempre». Yo lo recordaba de un viaje anterior porque en ese bar, entonces llamado Varsovia, más en homenaje al juego de palabras que a la hermana República Socialista de Polonia, me había tomado unos tragos reiterados en compañía de Eduardo Casar. Lo que más me gustaba del hotel era la impronta literaria que en él había dejado Juan Ramón Jiménez, quien se refugió ahí en los difíciles años de la guerra civil española, según constaba en una placa de cerámica que decía: «En este hotel vivió con su esposa

Zenobia Camprubí Aymar entre los años 1936 y 1939 el gran poeta español Juan Ramón Jiménez».

Durante los días de nuestra estancia en La Habana, no pudimos sustraernos al influjo del turismo, si bien casi siempre anduvimos solos y por nuestra cuenta y riesgo. Yo traté de complementar los recorridos obligados en una primera visita con otros itinerarios menos convencionales, que había podido descubrir en mis estadías anteriores.

Visitamos el Museo de la Revolución, ubicado en el que fue Palacio Presidencial de los tiempos prerrevolucionarios. En su seno se presentaban a la veneración de los asistentes –como si fueran reliquias santorales– fotografías, armas, uniformes y todo género de enseres de los combatientes del Movimiento 26 de Julio. Fuimos también a la plaza arbolada que se encuentra a espaldas del edificio, en cuyo centro, guardado en una vitrina y protegido por la sombra de añosos árboles, yace cual sirena varada en una roca el yate que transportó a la isla de Cuba, desde Tuxpan, Veracruz, a los guerrilleros que iniciaron la Revolución: el *Granma*. Gonzalo se decepcionó un poco. Lo había imaginado mucho más grande y apenas pudo creer que semejante embarcación hubiera podido llevar a bordo a ochenta y dos pasajeros. Cosa de proporciones entre la leyenda y la realidad. Acaso por el mismo motivo, la catedral de La Habana también le pareció pequeña. Chaparrita, dijo. Y es que, en comparación con otras catedrales como la de México, la de La Habana, paradójicamente dedicada al gigante san Cristóbal, es, en efecto, diminuta, como el Niño Jesús que el santo transporta en sus espaldas. Situada en una plaza íntima como las noches que ensoñó García Lorca, luce su fachada cóncava de piedra marina y su rosetón de vidrios de colores, ajena a las armas y a las glorias civiles. Para eso está precisamente la Plaza de Armas, donde se yerguen los palacios de los Capitanes Generales y del Segundo Cabo y desde la cual Carlos Manuel de Céspedes, trepado en su monumento, contempla la bahía más como poeta de madrigales y sonetos que como jefe de la Revolución de 1868. Mis hijos se sorprendieron de que el piso de la calle de la plaza que da al Palacio de los Capitanes Generales fuera de madera: una alfombra de troncos enclavados sobre el suelo para amortiguar, según se dice, el ruido de los cascos de los caballos y de las ruedas de las carrozas al pasar delante de la casa de las autoridades españolas, que han de haber sido muy celosas de su siesta, como es fama entre los de su origen. ¡Qué bello el claustro del palacio de la capitanía! Sus crujías acogen el museo de la ciudad y la oficina del historiador de La Habana, Eusebio Leal, quien ha hecho milagros para conservar y restaurar el casco histórico, tan expuesto al deterioro causado por el clima y por la falta de recursos para su mantenimiento. A diferencia de los patios novohispanos, por lo general embaldosados y sólo a veces vestidos por naranjos cuarteleros, el de este palacio está adornado por unas enhiestas palmas reales de verdes capiteles y de todo género de matas tropicales que dan sombra y frescura a las arquerías. Rodeado de helechos gigantescos y plantas trepadoras, Cristóbal Colón ya no sueña con llegar a las Indias siguiendo la intuición del dedo de su mano diestra que señala, sempiterno, el ignoto Occidente, puesto que supone que ya está en ellas. O en el paraíso terrenal, que creyó descubrir en su cuarto viaje de navegación. Podría estar sentado en su pedestal, desnudo de su atuendo genovés, que más se antoja de cortesano que de marinero, y apenas cubierto por una hoja de parra, risueño, y abanicado por las dulces fragancias de una vegetación que le confirma su sospecha de que ha descubierto el edén del Antiguo Testamento.

Al final de una mañana calurosa nos tomamos un refrigerio en el abigarrado bar de La Bodeguita del Medio, y decidimos visitar, a unos cuantos metros de ahí, el Centro Cultural Alejo Carpentier. Estaba cerrado. En recuerdo de Victor Hugues, me atreví a dar tres aldabonazos en el enorme portón. Nos abrió una investigadora, cuyo nombre, América, no podía ser más apropiado para trabajar en ese recinto cultural. Reconoció mi apellido seguramente por algún libro mío que tiempo atrás había enviado al Centro. Nos franqueó la puerta y nos permitió recorrer la casona, ver el pequeño museo carpenteriano, hurgar la biblioteca y, como si no hubiera sido suficiente, visitar a Lilia, viuda del escritor y directora de la institución, quien nos recibió con una amabilidad propensa al maternalismo que, al menos por lo que a nosotros toca, echó por tierra la fama de huraña que la antecedía.

Una noche fuimos al Tropicana, donde vimos, como era previsible, un espectáculo trasnochado, que respondía a los cánones del género impuestos desde los tiempos anteriores a la Revolución –los mismos vestuarios y desvestuarios, las mismas coreografías, los mismos chistes, las mismas canciones–. Otra noche asistimos al Salón Rojo del Hotel Capri, donde tiempo atrás había oído cantar a Elena Burke. Fue un fiasco: no había otros asistentes que mis hijos y yo y, al parecer, el *show* se iba a limitar a un dueto que cantaba, mal, canciones de la llamada nueva trova. Al cabo de dos cubas libres con Tropicola, que nos cobraron por adelantado, decidimos marcharnos. Como el burocrático mesero no aparecía por ningún lado, dejamos un par de dólares de propina en la mesa y nos retiramos del lugar. Esa noche, cuando ya estábamos acostados, tocaron enérgicamente a la puerta de la habitación. Venían por el importe del *cover*, que no nos habían cobrado a la entrada y que, por ignorancia, no habíamos pagado. Mucho me impresionó que en tan poco tiempo hubieran dado con nuestro paradero. La mejor velada, empero, fue la que pasamos en El Rincón del Feeling, adscrito a un pequeño bar llamado El Pico Blanco que se encuentra en el último piso del Hotel Saint John en El Vedado, donde José Antonio Méndez había cantado hasta el día en que murió en La Rampa, arrollado por una guagua, a una cuadra del hotel. Ahí, todavía pudimos escuchar la voz apenas emitida de César Portillo de la Luz, el compositor de la célebre canción *Delirio*, que él mismo explicaba e interpretaba con devoción sacramental.

Alguna vez cenamos en El Tocororo, un restaurante atendido por un chef renacentista, no en vano llamado Erasmo, que ofrecía de botana, cosas de la necesidad aunada a la sofisticación, unos delicadísimos «pechitos de camarón», que no eran otra cosa que las patitas del crustáceo preparadas de tal modo que cobraban una consistencia crujiente. Otra, comimos en un restaurante ubicado en los fuertes de El Morro, La Divina Pastora, que debe su nombre a una batería de cañones así llamada. Desde ahí se ve la ciudad de La Habana tal y como debe verse, desde el mar, pues para verse desde el mar fue trazada: sus edificios se disponen escalonadamente para que los más altos no oculten a los más pequeños; el monumento ecuestre a Máximo Gómez mira no a la ciudad, sino a quien viene a visitarla, y algunos edificios de La Habana Vieja, cuyas esquinas dan al litoral para que la brisa corra calle adentro, adoptan en sus vértices remedos de mascarones de proa en vez de las hornacinas propias de la arquitectura colonial. Oímos música en un antro llamado El Cristino y en el Sábado de la Rumba, donde además vimos bailar unos maravillosos guaguancós. También pasamos un par de días en Varadero, disfrutando el color improbable del mar y nuestra propia cercanía, risueña y bronceada.

Pero más allá de los monumentos y las plazas, los bares y los cabarés, los restaurantes y las playas, lo que más nos impresionó fue la visita a la casa que había sido de mi tía Ana María, a la que yo no me había atrevido a ir en mi viaje anterior, quizá porque no quería toparme frente a frente con la ausencia de ella y de Hilda. Ahora que mis hijos me acompañaban, me sentí conminado a procurarles a ellos el acercamiento a ese vestigio de una historia familiar que también les pertenecía, aunque nunca hubieran conocido a la tía.

Decidimos presentarnos en la vieja casa *art déco* de El Vedado sin previo aviso. Mi única referencia era que la cuñada de

Hilda se había quedado como la nueva ¿propietaria?, ¿inquilina?, ¿señora? de la casa. Desde la verja de la calle vimos el portal, con las mismas mecedoras blancas en las que solían sentarse Ana María y sus visitantes imprevistos a tomar el fresco y conversar, ahora ocupadas por dos niños semidesnudos que se mecían vigorosamente en ellas, como si fueran columpios; la cochera, donde permanecía aposentado, más como símbolo de la inmovilidad que del movimiento, el viejo Chevrolet Belair del vecino Zacarías; la ventana enrejada de la sala por donde, en sus tiempos, se asomaba la tía antes de abrir la puerta. Una vecina que nos vio parados frente a la casa indagó en un santiamén nuestra identidad y el motivo de nuestra presencia. Los niños llamaron a su abuela y la vecina dio voces:

–¡Gladis, te buscan! ¡Gladis!

Por la misma ventana de la sala por donde la tía atisbaba a quienes irrumpían en el trajín de su vida doméstica, apareció una cincuentona con el ceño fruncido y la mirada interrogante. De seguro se percató de que éramos extranjeros y no pudo ocultar el recelo que le provocaba nuestra inusitada presencia a las puertas de su casa. La vecina, que como digo ya había averiguado quiénes éramos y a qué íbamos, fungió de intermediaria para que Gladis nos recibiera:

–Es hijo de Virginita, la hermana de Ana María –le dijo–. Sólo quieren saludarte y que los muchachos conozcan la casa.

Para ese momento, ya se habían apersonado atrás de Gladis un hombre robusto en mangas de camisa y un joven musculoso con el torso desnudo. Al parecer, las palabras de la vecina, lejos de tranquilizar a Gladis, la preocuparon más, y el recelo, mal disfrazado por una sonrisa, se intensificó en su rostro. No sé qué pensó, pero quizá le dio temor que yo, a pesar de todas las prerrogativas de la Revolución, tuviera la intención de reclamar la propiedad de esa casa o algunas de las antiguas pertenencias de mi tía. El nombre de Hilda serenó los ánimos y nos sirvió de pasaporte. Tan pronto lo pronuncié desde la verja, el hombre sonrió enternecido, algo le dijo a la mujer, abandonó la ventana y salió al portal para franquearnos el paso. La vecina, de nombre Julita, se metió con nosotros de la manera más natural. Debe de ser la de vigilancia, pensé. El hombre era Héctor, hermano de Hilda y esposo de Gladis. Mandó a los niños adentro y nos ofreció asiento en las mecedoras del portal mientras su mujer seguramente recogía la casa para invitarnos a pasar o preparaba café o escondía algún objeto que quisiera mantener oculto a nuestra vista –o a los ojos de la vecina Julita–. Le expliqué a Héctor que el único interés de mi visita consistía en mostrarles a mis hijos la casa donde había vivido su tía abuela y le conté de mis viajes anteriores a La Habana y de mi gran cariño por su hermana Hilda, que en paz descanse. Él escuchó conmovido la historia de cómo la Revolución me había prodigado una nueva tía, dejó escapar algunos elogios a la señora Ana María, que suscribió Julita, y en vano trató de recordar a mi madre. Al cabo de un rato, se apersonaron Gladis, el joven musculoso, que era su hijo, y, con un niño en brazos, su nuera –una mujer igualmente joven a quien la maternidad le había ensanchado desmesuradamente el caderamen–. Gladis se había recogido el cabello pero era obvio que no le había dado tiempo de arreglarse. Lucía descuidada: calzaba unas chancletas de plástico y llevaba puesto un vestido guango color mamey, por cuyo escote, bastante pronunciado por cierto, asomaban unos pelos masculinos.

–Se ve que es una mujer de pelo en pecho –me dijo Gonzalo al oído.

Nos presentamos con mucho comedimiento. Conforme fui repitiendo mi historia, Gladis fue cobrando confianza –o al menos eso pareció, porque después no paró de hablar–. Habló maravillas de la tía Ana María y también de mi madre, a quien ella sí había conocido. Dijo que la había tratado en los viajes que mamá había hecho a La Habana para saludar a sus hermanas y ponderó las cualidades de su carácter y de su persona.

Cuando se enteró, por mí, de que había muerto, manifestó una pesadumbre tan enfática que no pude evitar la remembranza del cuento *Conducta en los velorios* de Cortázar. No sería ésta la primera vez que Cortázar se me viniera a la cabeza en esa visita a la casa de El Vedado. Al cabo de un rato nos invitaron a pasar. Gladis nos advirtió de entrada que la casa había sufrido algunas modificaciones y que la falta de medios para el mantenimiento la había deteriorado un poco. Entramos. Julita se sintió incluida en la «inspección» y pasó con nosotros. En el vestíbulo se amontonaban, una sobre otra, tres bicicletas. Por encima de ellas se dejaba ver, colgado en la pared, el viejo retrato de mi abuela: los ojos brillantes, el cabello negro, la nariz afilada, el torso robusto. Un abanico en la mano regordeta. Un cortinaje rojo sobre una columna blanca a sus espaldas.

–Es su bisabuela –les dije a mis hijos al tiempo que me sobrecogía el pensamiento de que la madre de mi madre ahora era una intrusa en esa casa en la que no vivía ya ningún miembro de su descendencia, y en la que los verdaderos intrusos habían acabado por volverse propietarios. Había perdido su identidad y se había convertido en un retrato anónimo como los que se exponen en los museos, descritos las más de las veces no por el nombre de la persona retratada sino por alguna de las características más obvias de la pintura: *El hombre del toisón de oro, Retrato de un caballero con la mano en el pecho, Retrato de una joven de perfil con una máscara en la mano derecha.* En esa casa que había sido de su hija, mi abuela ya no sería Antonia Milián de Blasco más que para mí y para mis hijos, y sólo por el brevísimo tiempo que durara nuestra visita. Acaso Gladis y Héctor la reconocieran como la madre de la señora Ana María, pero tan pronto nos marcháramos, seguramente su nombre se perdería en el anonimato y sería identificada, en el mejor de los casos, como la *Señora de los ojos negros* o *La dama de la cortina roja*. O más probablemente como *La burguesa del abanico*. O, peor aún, como *La cuidadora de las bicicletas*.

Mi admiración por el retrato y la identificación de la retratada volvieron a suscitar el recelo en el gesto de Gladis, quien balbuceó algún elogio de mi abuela, a todas luces infundado pues no tuvo ninguna posibilidad de haberla conocido en vida, y desestimó de manera categórica y con menos fundamento todavía el valor de la pintura. Temerosa de que se me pudiera ocurrir reclamar la pertenencia del cuadro, Gladis nos convidó a pasar a la sala. Pensé en comprarle el retrato, aprovechando que ella misma lo había desvalorado, pero inmediatamente deseché la idea. Sin el apoyo de algún funcionario, me sería imposible sacar de la isla esa pintura. En la sala estaban, ciertamente, los muebles de mi tía Ana María: el sofá, los sillones con sus carpetas bordadas en los brazos y en los respaldos, la mesa de centro, el inmenso candil de lágrimas prismáticas y, más allá, al fondo, el comedor y sus sillas tapizadas a rayas. No vi la vajilla de Sèvres ni la cristalería de copas azuladas ni el cucú helvético. Pero más que lo que faltaba, me llamó la atención lo que sobraba: había juguetes infantiles, mamilas, una cuna, un tocadiscos, un catre plegadizo, un altero de frazadas, un calendario, un burro de planchar, unos canastos de ropa, nada de lo cual recordaba haber visto en mis viajes anteriores. No puedo decir que la casa estuviera sucia o desordenada pero sí atiborrada de objetos. Y el olor. La casa olía a pañal, a humedad, a orines, a tabaco apagado, a sudor, a ancianidad. No entramos en las recámaras que habían sido de Ana María y de Hilda ni subimos a la segunda planta, donde se habían hecho «mejoras» considerables, según nos dijo Gladis, pero por todas partes había evidencias de que en esa casa, ahora, vivían muchas personas.

—¿Cuántas? —me atreví a preguntar.

—Catorce —me respondió Héctor con cierto orgullo patriarcal, que Gladis reprimió con un mohín que no pasó al desmentido verbal: él y Gladis, el hijo musculoso y su mujer, los dos hijos de ambos que estaban en el portal cuando llegamos, más el que la nuera llevaba en brazos; la madre de Gladis, que vivía recluida en una habitación del piso superior; otra hija de Gladis y Héctor con su marido y sus cuatro hijos.

Recordé que en la casa de mi infancia también habíamos vivido catorce personas: mis padres, mis once hermanos y yo. Pero a ese pensamiento se sobrepuso otro, que me dolió. Pensé, inevitablemente, que las necesidades habitacionales de la extensa familia de Hilda, compartidas por toda la población habanera, habían acelerado la muerte de mi tía.

Mientras nos tomábamos el café que nos habían ofrecido en tazas disformes y corrientes, porque aquellas de porcelana en que la tía me brindaba sus infusiones ya no estaban en el aparador, me invadió una sensación, seguramente pequeño burguesa, de despojo e intromisión, de postrimería y promiscuidad que no pude desechar. Volví a pensar en Cortázar. Era la casa tomada.

Sospecho que los propósitos familiares y sociales del viaje no se cumplieron del todo. Es cierto que mis hijos entraron en el ámbito de su historia familiar cuando visitamos la casa que había sido de una de sus tías abuelas, pero el espíritu de su habitante original, a pesar de la supervivencia de algunos de sus bienes, había sido ahuyentado por la multitudinaria familia de Hilda, que había transformado la casa sustancialmente. Salvo esa visita y la identificación, por fuera, del edificio de apartamentos en el que vivieron Rosita y Juan Balagueró, nada conocieron de La Habana que les sirviera de referente familiar. Quizá tuvieron, como yo, dificultades para conciliar las historias luminosas que les contaba mi madre en la terraza de mi casa de Mixcoac con un escenario urbano que había sufrido tantas modificaciones como la residencia de la tía Ana María. Por otra parte, el carácter turístico del viaje les impidió conocer esos logros tan respetables de la Revolución que yo solía esgrimir cuando alguien la criticaba, pues no tuvieron ningún contacto con las escuelas, los centros culturales, los policlínicos, los campos deportivos. Así, la visión habanera de mis hijos, posiblemente refrendada por las «parrandas que agarraron por su cuenta», se restringió a los tópicos cubanos: la música, la simpatía, la fiesta, el espectáculo, la belleza de las mujeres, el mar Caribe, es decir todo aquello que anuncian las agencias turísticas. Creo que de la problemática social, con sus logros y sus sacrificios, no vieron más que los efectos nocivos del bloqueo —el abandono, la pobreza, la escasez—, de la burocracia propia del régimen —la lentitud, la desocupación, la apatía— y de las dos cosas juntas —la mendicidad, la prostitución, el engaño.

Yo pensé que se iban a topar frente a frente con la utopía.

Lo utópico fue haberlo pensado.

La nostalgia

Viajo a La Habana con mucha frecuencia. Con tanta, que mi amigo Norberto Codina, director de La Gaceta de Cuba, *dice que voy para recoger su publicación bimestral personalmente porque el correo está de lo más mal. Y cada vez que estoy allá, después del gusto eufórico de ver a los amigos, que a pesar de sus carencias se desbordan en una generosidad que llega al sacrificio, después de visitar el santuario de la calle Trocadero 162, donde platico con Lezama a través de una médium maravillosa llamada Bethania, que es el ángel mismo de la jiribilla, después de tomarme un mojito en el Hotel Inglaterra, donde mis tíos pasaron su luna de miel, se apodera de mí, indefectiblemente, una nostalgia espesa, que va creciendo día a día, alimentada seguramente por la decrepitud de la ciudad misma: los venerables edificios de La Habana Vieja, derrengados, corroídos por el salitre; las señoriales casas de El Vedado, como la de Dulce María Loynaz, corrompidas por la incuria obligada o por la promiscuidad, y hasta las soberbias mansiones de la Quinta Avenida en Miramar, abandonadas o, en el mejor de los casos, convertidas en restaurantes, embajadas u oficinas de organismos internacionales. Pero el deterioro de La Habana, que tiene tantas causas extrínsecas, no es la razón de mi nostalgia, sino sólo el escenario propiciatorio para que ésta surja. Mi nostalgia proviene de la extinción de mi familia. Y me toca los huesos. Recorro la otrora Calzada de Jesús del Monte en busca de la casa de mis abuelos y de mis padres y me siento Rodrigo Caro ante las ruinas de Itálica,* estos, Fabio, ¡ay dolor!, que ves ahora, campos de soledad, mustio collado, fueron un tiempo Itálica famosa...; *rastreo en el Cementerio Colón la cripta de mis* ancestros, guiado por una fotografía que llegó a mis manos, y no encuentro más que tumbas desangeladas por el comercio oficial del arte escultórico; paso por el edificio de la avenida de los Presidentes, donde vivió la tía Rosita, o por la casa art déco de Ana María e Hilda, y no tengo por quién preguntar; trepo la majestuosa escalinata de la Universidad de La Habana, y la alma máter no recuerda a mi primo Juanito. No tengo ya ningún familiar en Cuba. ¿Qué hacer entonces con los cuarenta kilos cubanos de los ochenta que peso?

16
El amor...

Yo fui testigo.

A los pocos días de la llegada a México de Juanito Balagueró, mi hermana Tere regresó de Tequesquitengo. Entró a la casa en tremolina, impulsada por la perenne festividad de su temperamento, que tanto subvertía los rigores de la disciplina familiar. Le dio un beso a mamá, que por ahí andaba en el fatigoso trajín de la vida doméstica. A mí, que venía de la escuela y no bien acababa de recargar mi bicicleta en la pared del pasillo, me propinó un pellizco en el cachete que estuvo muy cerca de rebasar los límites del cariño. Y siguió su marcha alborotada escaleras arriba sin percatarse de que Juanito estaba sentado en el sofá de la sala leyendo el *Excélsior.*

–¿Y tú?, ¿no vas a saludar a tu primo? –le preguntó mamá, al tiempo que Juanito ponía en pie su gigantesca estatura, arrojaba el periódico en la mesa de centro y se dirigía al pie de la escalera.

Tere, que de dos zancadas ya había alcanzado el primer descanso, se detuvo; volvió primero la cabeza y luego el cuerpo entero, haciendo girar en volandas las flores estampadas de su vestido, y se topó de frente con la sonrisa de Juanito.

Yo fui testigo de esa primera mirada. Yo fui testigo de esa sonrisa sísmica con la que Juanito cimbró a Tere y de la réplica inmediata que generó en ella, quien sonrió no sólo con la magnífica amplitud de su dentadura sino también con los ojos, que se incendiaron en un destello fulminante. En algún rincón de mi memoria sigue reverberando el inteligente fulgor de aquella primera mirada con la que Tere correspondió a la que le había prodigado su primo, nuestro primo. Juanito subió tres peldaños, Tere bajó otros dos, y con un escalón de por medio que contribuía a compensar la diferencia de estaturas, los primos se abrazaron. Sí; yo fui testigo de ese momento preciso en el que Tere y Juanito se conocieron y se enamoraron, como si la genealogía común que circulaba por sus venas se volviera sobre sí misma en ese abrazo para confirmar su identidad secular e inaugurara una nueva y fatídica historia que inexorablemente habría de desembocar en la tragedia.

¡Pero si son primos hermanos!, pensaste, como si tal declaración taxativa, que le confería a la inaugural relación amorosa el poderoso magnetismo de la prohibición, vaticinara, por eso mismo, su fatalidad.

La vida familiar había cobrado dinamismo, sabrosura y muchos decibeles de alegría con la presencia de Juanito. Mientras no tuvo trabajo, pasaba más tiempo en casa que cualquiera de nosotros. Ayudaba en las tareas domésticas que mamá le asignaba en atención, según decía con un dejo de ironía, a su apenas estrenada condición de ingeniero egresado de la Universidad de La Habana, como componer la licuadora, ponerle un bulbo nuevo al aparato de radio o cambiar el foco fundido de la lámpara de la sala. Además de la novedad de las palabras habaneras que se desparramaron con su acento festivo y su alto volumen por toda la casa, Juanito le imprimió a cada reunión familiar –los desayunos, las comidas, las meriendas, las cenas, las sobremesas, las sesiones de telenovela, las pláticas, las chorchas– su desbordante simpatía, ingeniosa, pícara y a veces mordaz. La cocina recuperó la yuca, la malanga y los plátanos pintones dispuestos a la maceración a puñetazos, que tu madre había olvidado en las antiguas alacenas de Cuba y en los viejos recetarios de tu abuela y que Juanito vino a encontrar treinta años después en el mercado de San Juan. La música sonó con mayor intensidad en la consola RCA Victor de la sala. La Sonora Matancera y sus solistas –Celia Cruz, Bienvenido Granda, Celio González–, la Orquesta Aragón, Olga Guillot, Benny Moré, Bola de Nieve se apoderaron de la atmósfera de la casa entera. Mi padre, que al principio le bajaba el volumen al tocadiscos para que la vibración de tales sonoridades no lastimara sus oídos deficientes, optó por bajárselo a su aparato para la sordera, cuyo control portaba en el bolsillo de la camisa de su piyama sempiterna. Ya había acudido a semejante medida en ocasiones anteriores, cuando la boruca de sus numerosos hijos se tornaba irrefrenable: ¡Cállense o los apago!, nos decía amenazante, llevándose la mano al pecho donde se encontraba el control del audífono que se le encaramaba por la oreja como planta trepadora. La televisión empezó a sintonizar las corridas de toros, que fueron una revelación para Juanito, quien no conocía la fiesta brava y se aficionó a ella con asiduidad hebdomadaria y voluntad de hermeneuta para descifrar los metafóricos términos de su lenguaje de iniciados.

A pesar de su natural algarabía debida al alto número de miembros que la integraban y sobre todo al excepcional carácter de mi hermana Tere, que era capaz de burlarse hasta de las peores adversidades con un sentido del humor invulnerable, mi familia se había regido siempre por medidas disciplinarias que se antojaban más propias del ámbito castrense que del familiar. Y es que sin semejante rigor habría sido muy difícil atender y sacar adelante ese batallón de vástagos. Juanito, que había sido educado en los mismos valores esenciales que nosotros por mi tía Rosita, gozaba, sin embargo, de los atributos que los calores del trópico propician: la alegría de una lengua desamordazada, el ritmo de la música caribeña que parecía regir el movimiento de todos sus músculos, y una desinhibición tal que le permitía largar un *coño* como remate de toda su fraseología. Estas cualidades se fueron esparciendo saludablemente por las costumbres de la casa, como si con la llegada del primo se hubieran abierto las ventanas y liberado de su contención ancestral las palabras y las risas.

Tan pronto adquirió, con la ayuda del tesón de mi madre, los permisos necesarios para poder trabajar en México, a escasos meses de su llegada, Juanito encontró un puesto ejecutivo en la Tabacalera Mexicana que muy bien se avenía con su origen cubano, su condición de ingeniero y su gusto proverbial por los habanos, de los que nunca pudo ni quiso destetarse. Cuando le pagaron su primer sueldo, invitó a tomar una copa en El Acuario a mis hermanos más próximos a su edad, Ricardo y Jaime, pero como a Jaime no lo dejaron entrar por ser apenas un muchacho de dieciséis años, se vieron obligados a irse al SEP'S de la calle de Tamaulipas en la colonia Condesa, donde para celebrar el acontecimiento los tres se pusieron una tremenda borrachera de cerveza oscura, que Jaime habría de recordar más de cuarenta años después.

Juanito me llevó por primera vez a una corrida de toros y a un juego de beisbol, para el que aquí no había tanta afición como en Cuba, donde la pelota, por influencia norteamericana, era y sigue siendo el deporte nacional y se juega por las calles de La Habana, convertidas en pequeños estadios domésticos a falta de tráfico vehicular. Mucho más libre que mis hermanos grandes, quienes fungían como preceptores de los chicos y nos imponían los valores tradicionales de la familia aunque ellos no siempre los observaran, Juanito me daba a tomar vino tinto de la bota que compró para ir a los toros, me hacía apostar mi domingo a los Tigres o a los Diablos Rojos en el estadio del Seguro Social, cuando yo ni siquiera entendía bien las reglas del juego de pelota, y me preguntaba maliciosamente por Vicky, una muchacha morena que vivía enfrente de la casa y a quien apenas se le habían despuntado unos pechitos que a mí me causaban calosfríos ignotos.

Jaime fue el primero en enterarse de que Juanito y Tere se gustaban. Tú te habías dado cuenta de esa pasión desde el mismo instante en que se conocieron, como canta el bolero. Pero Jaime fue el primero en escucharlo de ellos mismos. Él, que había sido el chaperón oficial de Tere durante su largo noviazgo con José Luis Mejía –«el Átomo»–, un día sorprendió a Tere y a Juanito dándose un beso a la salida del Teatro Insurgentes. Al verse sorprendidos lo hicieron cómplice de sus propósitos:

–Eres el primero en saberlo –le dijeron–. Somos novios y nos queremos casar.

Al escuchar esta declaración, a Jaime se le vino el mundo encima. Le pasó lo mismo que a ti, cuando aquella lejana mañana presenciaste su primer encuentro en la escalera de la casa. Ya se chingó todo, pensó Jaime entonces: ¿cómo que se quieren casar?, ¡si son primos, primos hermanos!

Al día siguiente, Juanito le dio la noticia a tu madre de una manera peculiar:

–Tía Virginia –le dijo–: tengo que irme de esta casa.

Tu madre se sorprendió:

–¡¿Pero por qué?! ¿No te sientes a gusto? ¿Te falta algo? ¿No te hemos atendido bien?

–No, tía, todo lo contrario. Me he sentido como en mi casa, pero no puedo seguir viviendo aquí.

–¿Por qué?

–Porque estoy enamorado de Tere y no es correcto que siga viviendo en la casa de mi prometida antes de casarme con ella.

Contrariamente a lo que Jaime y tú pensaron entonces, tus padres y los de Juanito asumieron con sorprendente naturalidad esa relación que apenas se inauguraba. Mucho hablaron tus padres del asunto en la intimidad de su recámara. No era la primera vez en la historia de la familia que dos primos hermanos contrajeran matrimonio. El doble apellido Milián de tu abuela materna se debía a las relaciones endogámicas de sus ancestros y el apellido Celorio se había reiterado a lo largo de varias generaciones, por los mismos motivos, en la pequeña población asturiana de Vibaño-Santoveña. De todo lo que dijeron al respecto en una prolongada sobremesa de domingo, sólo se te quedaron dos expresiones en la memoria, que como dos talismanes solucionaban el problema que a ti te había parecido de una gravedad extraordinaria: *análisis de sangre* y *permisos a la Mitra*.

Una vez que el noviazgo quedó formalizado con la anuencia de mis padres, Juanito se mudó a un departamento amueblado que se localizaba a una cuadra de la casa, en la avenida de los Insurgentes.

No puedo decir que extrañamos a Juanito cuando se marchó porque, si bien se llevó sus escasas pertenencias, todas las noches, después del trabajo, pasaba a visitar a mi hermana Tere y se quedaba platicando con ella hasta horas más avanzadas de las que mis padres les autorizaban a mis otras hermanas durante sus noviazgos. Total, Juanito era de la familia. Y como tal se seguía comportando: se metía a la cocina, ponía discos guapachosos en la consola de la sala y se preparaba a hurtadillas unas buenas cubas libres con un ron Bacardí, que había desaparecido de su isla pero que se seguía produciendo en México y que él metía a la casa de contrabando porque en mi familia entonces sólo se bebía los domingos una copita de vermú de aperitivo.

Llegó por fin el día de la boda. Tere lucía bellísima con la misma mantilla bordada a mano con la que se había casado tu madre en La Habana casi cuarenta años atrás. Tu tía Rosita no pudo asistir a la boda porque no obtuvo los permisos correspondientes en Cuba para salir del país, así sólo fuera por unos días y con la firme promesa de volver. De manera que se tuvo que conformar con la reseña pormenorizada que tu madre, ahora, además de su hermana, su consuegra, le escribió en una carta de siete pliegos en la que no faltó ninguno de los lugares comunes del caso. Entrambos hacían una pareja formidable, por la belleza de la novia, con sus ojos brillantes y su espléndida sonrisa, y por la apostura de Juanito, cuya corpulencia apenas alcanzaría para contener el temperamento travieso e inquieto de su esposa, que no se sujetó a las formalidades que el matrimonio trató de imponerle.

Juanito se había comprado a plazos un pequeño Renault Dauphine en el que apenas podía acomodar su considerable estatura. No parecía que se subiera al automóvil sino más bien que se lo ponía. En ese coche diminuto los recién casados se fueron de luna de miel a Acapulco, según las costumbres de la época, y cuando los despedimos, después del banquete que se ofreció en el Salón Bugambilia, ni Jaime ni yo estábamos totalmente convencidos de que los análisis de sangre y los permisos a la Mitra fueran suficientes para convalidar ese matrimonio de primos hermanos.

17

El ciclón

El funcionario se acercó de manera subrepticia y me dejó sentir las resonancias de su mal aliento cuando, en voz muy baja y misteriosa, me dijo al oído que yo era uno de los elegidos. Me suplicó que no se lo dijera a nadie más –a más nadie.

–¿Ni a Hernán? –le pregunté.

–Hernán está en la lista –me tranquilizó.

Al término de la ceremonia, tendríamos que abordar un autobús que estaría esperándonos afuera del hotel. Era bastante fácil distinguir a los elegidos. Quienes ya habíamos sido invitados podíamos seguir, con conocimiento de causa, el recorrido del funcionario y advertir en qué flores de aquel jardín se iba posando, cual abeja. Aunque no supiéramos bien a bien de qué se trataba, sin duda sería una reunión interesante, habida cuenta de su condición secreta y selectiva, y se nos echaba de ver un sutil brillo de complicidad en los ojos y una cierta prisa para que la ceremonia terminara de una buena vez. Como los integrantes del Club de la Serpiente de *Rayuela*, los elegidos teníamos algo de hormigas que se frotan las antenas al pasar. Pero la ceremonia no tenía para cuándo concluir. Al menos a mí me estaba pareciendo eterna. Los discursos se sucedían reiterativamente y colmaban de elogios no sólo a los ganadores de cada una de las categorías del premio, sino también a los finalistas, a los miembros de los respectivos jurados, a la noble institución que convocaba al concurso, a sus directivos, al país, a su gobierno revolucionario, a su líder inmortal y a los cada vez más escasos países amigos del continente americano, que habían contado con algún participante aunque no se hubiera hecho acreedor a ningún reconocimiento.

Oíamos los discursos de pie, agobiados por una tremenda humedad, seguramente incrementada por las tormentas que durante los dos días anteriores habían azotado la ciudad. Las olas, que, incontinentes, atravesaron la avenida del Malecón, habían hecho estragos en la parte de El Vedado que daba al mar: dañaron varios trozos de la muralla, rompieron los cristales de los grandes ventanales del Riviera, cuyos huéspedes tuvieron que ser evacuados y distribuidos en otros hoteles de la ciudad, e inundaron la Casa de las Américas, por lo cual la ceremonia de la entrega de los premios de literatura se había tenido que celebrar en el Habana Libre, donde nos encontrábamos.

Dos días atrás, en efecto, un ciclón había asolado el litoral. Hernán y yo, que nunca habíamos vivido una experiencia semejante, nos expusimos gratuitamente, sin medir el peligro, a las inclemencias del tiempo. A pesar de la lluvia y el viento, salimos del Hotel Victoria, nos subimos al auto que habíamos rentado y tomamos la avenida del Malecón un poco antes de que la cerraran al tránsito vehicular. Al poco tiempo de circular por ella, las olas, que surgían del mar dragado, empezaron a rebasar la muralla y a romper en la propia avenida, cuando no la cruzaban a todo su ancho y se estrellaban contra las edificaciones fronteras al litoral. El viento soplaba con furia y amenazaba con derribar lo que se opusiera a su desplazamiento, así que la conducción del automóvil se tornó muy dificultosa. Cuando yo era niño, mi madre me contaba de los ciclones que periódicamente estremecían la ciudad portuaria. A los primeros indicios de su presencia, había que atrancar las puertas, clavetear las ventanas y tapar hasta las más sutiles rendijas para impedir a toda costa que el viento se metiera en casa, porque si llegaba a penetrar por algún intersticio, podía arrancar el techo de cuajo y llevárselo por los aires como si fuera un sombrero de palma. Con esa imagen infantil en la cabeza, pensé, asustado, que el coche en el que íbamos podría ser igualmente arrebatado por el viento, así que cuando sentimos que las olas que rompían en el Malecón llegaban hasta el capacete del automóvil y que la tempestuosa energía del viento sacudía nuestro frágil vehículo, que estuvo a punto de convertirse en un esquife, buscamos desesperadamente dar vuelta en una calle transversal que nos llevara tierra adentro. Las olas iban en aumento y llegaron a alcanzar la estatura de un edificio de tres pisos, el pavimento estaba resbaloso y muchas de las calles habían sido cerradas. Tras unos minutos de angustia, por fin logramos salir de la avenida del Malecón. Tan pronto estuvimos a salvo, nos recriminamos nuestra temeridad. Habíamos sido unos verdaderos estúpidos al exponernos a un accidente que podría haber sido fatal. Después de un rato de vagar por las calles desiertas, tratando de recuperar la calma, nos refugiamos en el bar sevillano del Hotel Inglaterra. A pesar de la temperatura inusualmente fría de La Habana, de la que, por cierto, poco nos defendía nuestra vestimenta tropical, pedimos unas cervezas y las apuramos con cierta desesperación de náufragos.

Al término del último de los repetidos aplausos que anunciaba el fin de la ceremonia, en el salón del Hotel Habana Libre empezaron a circular los mojitos, con sus yerbabuenas esperanzadoras, y, tras ellos, los escritores que aún mantenían vivo el aliento de la Revolución cubana y a quienes Hernán Lara y yo habíamos visto en otras ocasiones, en México, en Buenos Aires, en Madrid o en la misma Habana. A varios de ellos les habíamos publicado alguna obra en la colección «Rayuela Internacional» de Difusión Cultural de la universidad. Ahí estaban José Saramago, antes de ganar el Premio Nobel, afable pero distante; Luisa Valenzuela, siempre inteligente y decidora; Noé Jitrik, inconteniblemente crítico y teórico; Manuel Vázquez Montalbán, Darcy Ribeiro, Oswaldo Dragún, los cubanos Antón Arrufat, Abel Prieto, Nancy Morejón.

Encuentros, reencuentros, abrazos, felicitaciones, brindis, canapés, mojitos, citas, despedidas, saludos, promesas, domicilios. Después de departir con los amigos por espacio de una hora, el funcionario que nos había invitado en secreto nos hizo un guiño a Hernán y a mí y nos indicó el camino para llegar al lugar convenido. Nos dirigimos a los autobuses con la mayor discreción posible, pero también con el orgullo inocultable de haber sido seleccionados para asistir a donde nos imaginábamos que íbamos a ir. Nos subimos al segundo de los dos autobuses que nos llevarían, como lo habíamos supuesto, a visitar al elegido mayor, al elegido por el destino, al elegido por la historia.

Durante el trayecto a la plaza de la Revolución, otro funcionario, apostado al lado del conductor, nos dio instrucciones precisas para entrar en el palacio. Entre muchas otras advertencias de carácter protocolario, nos señaló que no podíamos entrar con cámaras fotográficas, lo que provocó, sobre todo en las mujeres, un manifiesto desencanto, pues todas ellas, sin excepción, habían abrigado la esperanza de tomarse una foto con el Comandante.

–No se preocupen –les dijo el funcionario–: adentro hay un fotógrafo oficial que a la salida les obsequiará la foto.

Bajamos de la guagua, que se estacionó detrás de la otra al pie de la escalinata del palacio. Nos formamos en una larga fila compuesta por medio centenar de personas, que avanzó muy lentamente. Hernán y yo, que éramos de los últimos, tardamos cerca de media hora en entrar al vestíbulo. Y es que todo el mundo tenía que depositar sus «equipajes de mano» en el guardarropa de la entrada: bolsos, portafolios, cámaras fotográficas, cuadernos, libros, gabardinas, paraguas; luego, pasar por un detector electrónico de metales y, finalmente, someterse a la revisión de dos guardias que cachearon minuciosamente a todos y a cada uno de los concurrentes. Una vez librada esta especie de inspección aduanal, nos formamos en una nueva fila para pasar a una espaciosa antesala, a cuyas puertas estaba, de pie, como los embajadores y sus ministros en una recepción oficial, el Comandante en jefe de la Revolución cubana, Fidel Castro Ruz, acompañado por Roberto Fernández Retamar, quien con su memoria prodigiosa presentaba a cada uno de los asistentes conforme les iba tocando el turno de saludar al líder revolucionario.

Alto, muy erguido, con su uniforme verde olivo de pantalones bombachos que se metían en las botas militares y, en los hombros de la casaca, las insignias del Movimiento 26 de Julio, Fidel, entonces de sesenta y cinco años de edad, saludaba a cada uno de los invitados. Repetía, al parecer mecánicamente, dos movimientos en cada saludo, uno que podría corresponder a la tecla del signo de interrogación, y otro, a la del signo de admiración de una gigantesca máquina de escribir. Pasaba, por ejemplo, Noé Jitrik. Fidel le tendía la mano y, con el ceño inquisitivo y sumamente atento, se inclinaba un poco hacia delante como preguntando con vivo interés quién es este señor, momento en el cual se encendía el *flash* de la cámara oficial, que tomaba la foto de la salutación y que daba pie para que Retamar interviniera: «Noé Jitrik, escritor argentino muchos años exiliado en México», con lo cual Fidel pasaba de la actitud interrogativa a la admirativa, inclinándose hacia atrás y enarcando las cejas como diciendo: carajo, qué señor tan importante.

Saludé a Fidel. Me deslumbró el *flash*. Roberto me presentó:

–Gonzalo Celorio, escritor mexicano, director de Difusión Cultural de la UNAM, hijo de cubana.

Fidel pasó de la interrogación a la admiración, echando el cuerpo para atrás.

–Sí, Comandante –le dije–, mi madre era cubana, así que de los ochenta kilos que yo peso, cuarenta por lo menos son cubanos.

Esbozó una sonrisa que no alteró la solemnidad de la recepción y por fortuna no me preguntó ni la fecha ni la causa por la que mi madre había salido de Cuba, porque le habría tenido que contar esta novela y, para discursos largos, los suyos.

Le tocó su turno a Hernán, que seguía en la fila detrás de mí.

–Hernán Lara Zavala, escritor mexicano, director de Literatura de la UNAM.

Cuando todos los elegidos hubimos pasado a la antesala, el Comandante, de pie, como todos nosotros, nos dio la bienvenida, e inmediatamente después, sin solución de continuidad, hizo una reseña detallada del acontecimiento de la semana: el ciclón que había tenido lugar dos días atrás y que había causado innumerables destrozos en la ciudad. Con precisión de científico especializado en fenómenos atmosféricos, habló por lo menos durante una hora del itinerario del meteoro, de su formación, de su velocidad y de su procedencia, e hizo un recuento pormenorizado de los daños, desde las inundaciones de los túneles de la Bahía y de Miramar y los múltiples trastornos portuarios hasta los cristales rotos del Hotel Riviera, adonde él había acudido personalmente para tomar las medidas pertinentes que el caso demandaba. Para terminar, se refirió a los tiempos difíciles por los que atravesaba Cuba debidos al bloqueo y a las terribles limitaciones que el pueblo tendría que afrontar heroicamente en este «periodo especial en tiempos de paz». Pidió que disculpáramos la frugalidad de lo que esa noche habríamos de comer y, por fin, después de su largo discurso, que se venía a sumar a los muchos que habíamos escuchado, también de pie, en la entrega de los premios Casa de las Américas en el Hotel Habana Libre, nos invitó a pasar al comedor, contiguo a ese gran vestíbulo.

–Algo habrá que comer –dijo.

Pisos de mármol, helechos colgantes, ventanales ambarinos. El espacio era enorme, luminoso, tropical. Una larguísima mesa ofrecía los más variados manjares: langostinos habaneros, escabeche santiaguero, pulpo a la cubana, ajiaco a la camagüeyana, quimbombó con pollo y plátano, parguitos al carbón, langostas de Batabanó, pollo asado, masas de cerdo, lechón asado y los más variados postres de la gastronomía cubana: buñuelos, chiviricos, flan de calabaza, pudín de coco, torrejas, cascos de toronja, natillas, majaretes, según pregonaban las camareras, rigurosamente uniformadas de negro, que atendían la mesa. Todo rociado con vinos franceses.

No se trataba de una cena de sentados, por supuesto, sino de una *mesa sueca*, particularmente lujosa, de la que nos servían, a nuestro gusto, las camareras. Como el Comandante se quedó de pie en una esquina del salón, los comensales permanecimos igual, tratando de mantener el equilibrio de nuestros rebosantes platos. Alrededor del anfitrión, como es natural, se hizo un corrillo de admiradores que lo escuchaban arrobados, mientras daban cuenta de los manjares que se habían servido. Había una que otra intervención, alguna que otra pregunta, pero era el Comandante quien hablaba sin cesar. En un momento dado y a propósito de las ricas viandas que nos habían ofrecido sin que él probara bocado, salió a relucir el tema de la gastronomía y Fidel disertó sobre él tan ampliamente como lo había hecho al tratar el asunto del ciclón. Habló de las modalidades que había adquirido en Cuba la cocina española, en especial la de Galicia. Alguien le recordó que en el salón se encontraba el escritor Manuel Vázquez Montalbán, tan reputado por los conocimientos culinarios que comparte con el protagonista de sus novelas policíacas. Una mujer se ofreció a ir por él, que se encontraba en un pequeño grupo de personas en los antípodas de aquel espacioso salón. Venciendo su proverbial introspección, el novelista se vio obligado a acudir al llamado del Comandante, quien había accedido a escuchar la tan celebrada preparación de las vieiras a la gallega, que era una de las especialidades del escritor, según se decía. Apenas Vázquez Montalbán había empezado a describir las mejores cualidades de esos maravillosos moluscos, lo interrumpió el Comandante para explicar, con lujo de detalles, cómo debe extraerse la cinta negruzca que rodea a las vieiras una vez abiertas, cómo se rehogan la cebolla y el ajo en una sartén con aceite, cómo se le añaden el pimentón, el vino y el tomate frito, cómo se espolvorean con el pan rallado y el perejil, cómo se gratinan... Vázquez Montalbán, pues, no pudo articular palabra frente a ese dios que había entrado en La Habana en los primeros días del año 1959.

Después de un rato largo de escuchar ese monólogo, Hernán y yo decidimos irnos. Estábamos agotados. Esa tarde habíamos permanecido de pie durante toda la ceremonia de la entrega de los premios Casa de las Américas, durante el discurso del Comandante y durante la recepción, que tampoco tenía para cuándo terminar. Pero, además, el día entero había sido particularmente fatigoso. Desde muy temprano habíamos ido a la Feria del Libro en PABEXPO, en las alturas de Miramar, para entrevistarnos con las autoridades de las instituciones dedicadas al libro en Cuba, habíamos visitado después el Centro de Estudios Martianos en El Vedado y habíamos hecho una presentación de las publicaciones de Difusión Cultural de la UNAM en la UNEAC. Nos habíamos reunido por más de una hora con Abel Prieto, a la sazón presidente de la UNEAC, en sus oficinas de El Vedado, y de ahí nos habíamos ido a la ceremonia de la entrega de los premios. Estábamos exhaustos y no teníamos, ni con mucho, la resistencia del Comandante, a pesar de que nos llevara más de veinte años de edad.

Así que resolvimos emprender la retirada. Sabíamos que no podríamos regresarnos en la guagua que nos había llevado pero ya encontraríamos algún medio de transporte. Cuando intentamos marcharnos, dos negros corpulentos, que durante toda la recepción habían estado circulando por el salón con inocultable actitud de guardaespaldas, nos impidieron la salida.

–De aquí no sale nadie hasta que el Comandante se retire –nos dijeron en tono conminatorio, sin escuchar que nuestra partida se debía exclusivamente a nuestro cansancio.

Por segunda vez en Cuba, sentí la prepotencia de quienes custodiaban al Comandante. En mi primer viaje, me impidieron la entrada a la residencia del embajador de México; ahora, me impedían la salida de una residencia oficial. Me sentí secuestrado. Creo que así –¡imbécil de mí!– se lo dije a uno de esos tipos. El caso es que entre ambos nos condujeron fuera del gran salón, a la antesala donde Fidel había pronunciado su ciclónico discurso y nos indicaron la banca donde podíamos sentarnos a descansar cuanto quisiéramos. No pudimos conversar con libertad porque, de ahí hasta que a Fidel le dio sueño horas más tarde y sobrevino la retirada general ya en la madrugada, los dos guaruras nos flanquearon. Para espantar el sueño, cada uno de ellos por su cuenta golpeaba de tanto en tanto con su puño derecho la palma de su mano izquierda.

Curiosamente, ni a Hernán ni a mí nos dieron, a la salida, las fotografías en las que estrechábamos la mano del Comandante en jefe de la Revolución cubana.

Las piedras

La plaza de la Catedral de La Habana. La gente va y viene sin prisas, sin aprensiones, sin más mercaderías que sus palabras. Dos muchachas inquietas, sentadas en las gradas de la pequeña escalinata de la catedral, nos miran risueñas.

Tan inveterada es mi pasión por la ciudad de las columnas y por su arquitectura que me he erigido, a fuerza de tantos viajes a La Habana, en un improvisado cicerone *de mis compañeros mexicanos. Les señalo las casas de Lombillo y de los Marqueses de Arcos, con sus ventanas de medio punto –abanicos de colores lisos–, sus frescos patios andaluces y sus historiadas herrerías. El edificio de los Condes de Casa-Bayona con sus tejados mohosos y sus señoriales balcones. La casa de los Marqueses de Aguas Claras, con su espacioso y animadísimo soportal en el que los turistas, varones cincuentones, beben mojitos y contemplan arrobados a una cubana que mueve tremendas caderas a ritmo de rumba. Y la catedral, sólida y grácil a un tiempo, según la describió Lezama Lima: «como que concilia la idea de solidez y como una reminiscencia de vuelco marino, de sucesión inconmovible de oleaje». Devota de san Cristóbal, patrono de La Habana, y de Borromini, bajo cuya influencia se construyó, las concavidades de su fachada y el ritmo de sus columnas y cornisas le dan, ciertamente, la movilidad pausada del mar. Pero no sólo el movimiento; también el recuerdo. Las piedras que la forman guardan la impronta de fósiles marinos y el destello nacarado de las caracolas.*

Las muchachas se levantan y se acercan a nosotros mientras yo doy explicaciones profesorales sobre la arquitectura del barroco y evoco a Lezama y a Carpentier. *Mis amigos se distraen ante la irrupción provocativa de la belleza natural. Una es rubia, otra mulata clara. Yo continúo, tocando las columnas y mostrando las huellas que el coral y los peces prehistóricos imprimieron en las piedras. Ellos siguen mis explicaciones a medias. Las muchachas les tocan los hombros, les dicen* mi amor *y les piden que las inviten a bailar. Yo insisto en las piedras incrustadas de mar. Mis amigos desdeñan por un momento a las jineteras y se acercan para tocar las piedras y sentir sus estrías y sus rugosidades marinas.*

Ante nuestra persistencia arquitectónica, la mulata le dice a la rubia:

—*Vámonos. Éstos prefieren acariciar piedras que acariciar mujeres.*

265

18
... Y la muerte

No supe de su muerte hasta que llegué a mi casa y me topé con los dos ataúdes. Yo no estaba en la ciudad de México cuando ocurrió el accidente. Había ido a pasar el puente de las fiestas patrias a la granja que la familia de mi amigo José Miguel Amozurrutia tenía en Texcoco. Ahí habíamos celebrado su décimo quinto cumpleaños con sus padres y otros compañeros de la secundaria. Al día siguiente los papás se marcharon muy temprano y nos dejaron en la granja, donde permaneceríamos solos, libres de la vigilancia adulta, por tres días más, hasta que regresaran por nosotros. A nuestra manera, dimos el grito de Independencia. La noche de su partida, conminados por José Miguel, que en su calidad de anfitrión ejercía sobre nosotros un liderazgo rayano en la coerción, los cuatro amigos sacamos de los bolsillos los magros dineros que nuestras respectivas familias nos habían dado para esas brevísimas vacaciones y compramos dos botellas de ron Bacardí en el mercado de Texcoco. Cada uno de nosotros quiso demostrar su valentía y su resistencia. A mí me afligía la consigna que mi madre le espetaba a mi hermano Ricardo o a mi hermano Jaime cuando la palabra *alcohol* revoloteaba por la mesa: Cuidado, que lo llevas en la sangre, decía, y sus prevenciones se remontaban a los hermanos de mi padre, Ricardo, Rodolfo y Severino, cuyos nombres mamá no pronunciaba pero que flotaban en el aire, con su trágico destino, convocados por su recomendación. Los retos de José

Miguel, empero, pudieron más que la historia de mis tíos y apuré un trago de ron con Coca-Cola. Y luego otro. Y otro. Y otro más. Igual que mis compañeros. Al cabo de un rato, los cuatro estábamos completamente borrachos. No recuerdo lo que hicimos ni lo que dijimos aquella tarde que se hizo noche; aquella noche que se hizo madrugada.

En el estado de ebriedad en que se encontraban querían meterse a nadar en la alberca. Unos primos mayores de José Miguel que inesperadamente llegaron a la granja les impidieron perpetrar semejante locura. Para disuadirlos, habían tenido que amarrarlos. A ti te ataron al lavabo del baño y ahí te quedaste dormido, como perro en patio trasero. Cuando se cercioraron, tiempo después, de que ya no había peligro, los primos te trasladaron a la recámara de los huéspedes y ahí te quedaste, vestido, echado en un camastro, hasta bien entrada la mañana.

Al día siguiente estrenamos los estragos de esa independencia estúpida. Estábamos crudos. Me dolía la cabeza. Había vuelto el estómago pero las náuseas me seguían salivando las coyunturas de las mandíbulas. Todavía ignorábamos los rituales de la cura de la cruda, el clavo que saca a otro clavo, los efectos bienhechores de una cerveza helada. Los nombres de Ricardo, Rodolfo y Severino se me agazaparon en el cerebro, igual que las palabras de mi madre: Cuidado, que lo llevas en la sangre. Prometí no volver a beber una sola gota de alcohol en los días de mi vida. La sala de la casa, adonde fuimos a recalar esa mañana nauseabunda, estaba hecha un desastre. Botellas vacías, vasos rotos, ceniceros atiborrados de colillas. Hacia el mediodía, cuando apenas nos disponíamos a borrar las huellas de nuestra parranda, escuchamos, sorpresivamente, el ruido del motor del Fiat 63, nuevecito, de la mamá de José Miguel. ¡Cómo, si no iban a venir por nosotros hasta pasado mañana! Llegué a pensar que habían transcurrido tres días con sus noches desde que perdí el conocimiento. De inmediato nos pusimos de pie. Intentamos ocultar rápidamente las evidencias de los desmanes cometidos, pero la fragilidad y la torpeza de nuestro estado apenas nos permitieron esconder las botellas vacías, antes de que doña Chofi oscureciera la puerta de la entrada con su silueta de prefecto. A contraluz, no pudimos ver el gesto de su rostro. Pensamos que nos iba a reprender. Pero no. No dijo nada. Se dirigió a mí. Sólo a mí. Me ordenó que recogiera mis cosas porque teníamos que regresar a México de inmediato. Sólo me dio tiempo de lavarme la cara y de mal vestirme. Mis amigos se quedaron en la granja. Apenas pudimos despedirnos. Yo no imaginaba cuál podría ser el motivo de esa retirada repentina y excluyente. Pero no pregunté. Me dio miedo sacar a relucir el cobre de mi aliento.

Ya en la carretera, doña Chofi me dijo con palabras escogidas que mi hermana Tere y su marido habían sufrido un accidente automovilístico en la carretera de Matehuala, pero que no había sido grave. Estaba alterada y movía la palanca de velocidades con torpeza y casi siempre sin necesidad. Cada cambio me retumbaba en las sienes. Tenía ganas de vomitar. Las mojoneras de la carretera transcurrían muy lentamente, como si estuviéramos varados. A medio camino me dijo, con un nerviosismo que contradecía sus palabras, que no me preocupara, que mi hermana y su marido estaban en el hospital, pero que todo iba a salir bien. Le pregunté por mi hermana Rosa. Sabía que ella había acompañado a Tere y Juanito en ese viaje a Matehuala, donde vivía mi hermano Alberto desde que se casó. Pero doña Chofi, de Rosa, no sabía nada. Pensé que se había muerto en el accidente y que la mamá de José Miguel no quería darme la terrible noticia.

Hacía poco tiempo que Rosa y yo nos habíamos hecho amigos. Después de una infancia fiera y peleonera, de sexos separados y rivales, la adolescencia nos había unido en una complicidad risueña con la que enfrentábamos los rigores de la casa: la neurosis de mamá, quien había asumido sola, desde que murió papá, la responsabilidad de nuestra educación; el autoritarismo de nuestros hermanos mayores, que cumplían supletoriamente las funciones paternales de la familia y se encargaban de nuestra manutención; el conservadurismo atávico y religioso que se empeñaba en cuadricular nuestra insolente juventud.

El camino fue muy largo. Después de dos horas de zozobra, de silencio, de náuseas contenidas, por fin llegamos a la ciudad. A mi colonia. A la calle de mi casa. A mi cuadra. Había muchos coches estacionados. Muchos más de los que solía haber en esa cuadra poco transitada, en la que a veces tendíamos una red de acera a acera para jugar bádminton o voleibol. Doña Chofi se estacionó en la esquina. Quería decirme algo más, pero al parecer no se atrevía. Volví a pensar que Rosa estaba muerta. Me dio un abrazo. Lloró, pero no pudo decirme nada. Me bajé del coche y corrí a la casa. En la entrada había mucha gente, vestida de negro. Todos me abrazaron. ¿Qué pasó?, pregunté. No me respondieron. Entré. Vi a mamá, rodeada de varias señoras enlutadas. Nunca la había visto tan triste. Pálida, con una incógnita metida entre las cejas y una mirada perdida en la cercanía. Me abrazó. Me acarició lentamente los cabellos con sus manos siempre apresuradas y ahora, acaso por primera vez, despaciosas, tiernas, condolidas.

–¿Qué pasó? –le pregunté.

–¿No sabes? ¿No te dijeron los papás de José Miguel?

–No; no me dijeron nada.

Entre sus canas vi los dos ataúdes, paralelos, colocados en la sala, rodeados de flores.

–Tere y Juanito –se limitó a decir, descorazonada.

–¿Y Rosa? –pregunté.

–Está arriba, en mi recámara. A ella no le pasó nada.

Subí a trancadas la escalera. Entré en la habitación. Allí estaba, en la cama de mamá, soñolienta, obnubilada. Tenía los ojos hinchados y los labios partidos. La abracé con cuidado. Le acaricié suavemente las mejillas amoratadas y las manos heridas. Abrió los ojos sólo para decirme que no podría decirme nada. Guardó silencio, un silencio hondo e insobornable. Han pasado más de cuarenta años desde entonces y Rosa sólo me ha hablado una vez, y a medias, del trágico episodio. Nunca ha querido volver a Matehuala.

Tere y Juanito habían ido a pasar el puente de las fiestas patrias con tu hermano Alberto a Matehuala. Rosa los había acompañado. De regreso a México, en la primera curva después de esa recta de casi cien kilómetros plagada de espejismos que atraviesa el desierto de San Luis Potosí, el pequeño Renault Dauphine de Juanito se estrelló contra un camión estacionado en la cuneta. Juanito iba al volante; Tere, que estaba embarazada de cinco meses, a su lado, y Rosa, atrás, adormilada por el sopor de la recta infinita y por un paisaje plano salpicado de cactus, sólo interrumpido por unos seres fantasmales que de tarde en tarde se acercaban a la carretera para vender pieles de serpientes, armadillos y halcones enjaulados.

Rosa no recuerda, o no quiere recordar, el suceso, los terribles minutos transcurridos desde el accidente hasta que la rescataron. Sólo recuerda el ruido de la sierra eléctrica, con la que tuvieron que cortar el poste que separa las ventanillas de un costado del automóvil, para rescatarla a ella y sacar los dos cuerpos de esa charamusca en que se convirtió el diminuto vehículo después del accidente. Desde entonces no puede oír el chirrido de un taladro o de un cuchillo eléctrico y hasta la licuadora o la fresa del dentista le crispan los oídos.

¿Murieron inmediatamente? ¿Sobrevivieron por unos minutos al brutal impacto? ¿Agonizaron? ¿Murió primero Tere? ¿Primero Juanito? ¿Los dos al mismo tiempo? ¿Rosa pudo decirles algo? ¿Ellos le pudieron decir algo a Rosa? Tu madre volvía siempre a esas preguntas obsesivas, pero Rosa nunca pudo responderlas.

No habían pasado ni dos horas desde que se habían despedido esa mañana fatídica del 17 de septiembre de 1963, cuando tu hermano Alberto recibió por vía telefónica la noticia del accidente. Le habló de inmediato a Benito, quien desde la muerte de tu padre, sin ser el mayor de los hermanos, había ocupado el lugar de jefe de familia, para que estuviera preparado en México, y salió a toda prisa al lugar de los hechos, a noventa y dos kilómetros al sur de Matehuala, por la carretera panamericana. Sólo cuando llegó supo que Tere y Juanito habían muerto. Ya se encontraban en esa curva asesina dos patrullas de la Policía Federal de Caminos, dos ambulancias y una grúa. El automóvil estaba de tal manera destrozado que era impensable que en su interior hubiera quedado alguien con vida. Llegó en el momento en que la sierra eléctrica había acabado de hacer su tarea y los paramédicos sacaban a Rosa por el hueco de las ventanillas. Tere se había estrellado contra el parabrisas y tenía el rostro desfigurado; Juanito estaba aprisionado entre el asiento y el volante del automóvil, que se le había clavado en el pecho. Fue muy difícil sacarlos de esa carrocería que se les había incrustado en las costillas. Los cuerpos de Tere y Juanito fueron trasladados a San Luis Potosí, donde Alberto tuvo que enfrentarse con frialdad a la macabra burocracia judicial. Rosa permaneció semidesnuda en una camilla de la Cruz Roja, a merced de las miradas obscenas de los enfermeros, mientras Alberto se ocupaba de que los cuerpos de Tere y Juanito fueran liberados para trasladarlos a México.

¿Cómo darle a tu madre la noticia? Tenía que estar enterada para cuando llegaran los ataúdes a México. Alberto le encomendó la difícil tarea a Benito; Benito, por su parte, convocó a Miguel y a Carlos y entre los tres se armaron de valor para decirle la verdad de la mejor manera que pudieron. Se apersonaron en la casa, la abrazaron, la besaron, le pidieron que se sentara, pero no fue necesario decir nada. Tu madre adivinó por sus rostros desencajados lo que había sucedido. Toda esa mañana había estado nerviosa, desasosegada, y cuando vio entrar a tus tres hermanos juntos, compungidos, a esas horas inusuales del mediodía, se dio cuenta, retroactivamente, de que había intuido la fatalidad. Aun así, no lo podía creer y se empeñó en ver el cuerpo de Tere a toda costa. Cuando esa noche llegaron por fin los ataúdes a la casa, ni siquiera tu hermano Alberto, que ya había sufrido la brutal experiencia de ver los cuerpos desbaratados de sus hermanos, pudo disuadirla de su pretensión. No hubo más remedio que abrir la caja para que tu madre viera por última vez ese rostro desfigurado y tumefacto que la funeraria potosina no pudo reconstruir y al que ella enganchó su pavorosa certidumbre.

Era tal su fe y su resignación ante los designios del Señor que, en medio de su dolor y de su incomprensión, abrió un hueco en su corazón para darle gracias a Dios por el milagro de la supervivencia de Rosa, a quien colmó de cuidados y de bendiciones.

¿Y la tía Rosita? ¿Cómo darle a tu tía Rosita la noticia de la muerte de su hijo? Por más que fuera su hermana y que a partir de ese día aciago las vinculara, por encima de la fraternidad, la misma pena, tu madre no podía ser la emisaria de la mala nueva. Ésa era una tarea de hombres. Para eso tenía ocho hijos varones. Benito asumió la terrible responsabilidad de hablar por teléfono a La Habana. La comunicación se interrumpía a cada momento y hubo que hacer muchas llamadas para que tu tía Rosita acabara de entender que su hijo, que había abandonado su patria dos años atrás, había muerto en un accidente y que nunca jamás regresaría a Cuba. Sólo después hablaron las hermanas, que habían unido sus destinos en el amor de sus hijos y que ahora lo sellaban con su muerte. La intuición premonitoria de tu madre no había tenido réplica en el departamento de la avenida de los Presidentes de La Habana. Rosita necesitaba una certidumbre mayor que la proporcionada por las palabras de Benito y por el llanto de tu madre. Y le fue vedada. A la pena de la muerte del más joven de sus hijos se sumó la imposibilidad de asistir a sus exequias. Las autoridades de la isla no le otorgaron el permiso de salida. De nada sirvieron las súplicas, el llanto, los gritos, las promesas. Rosita se quedó aislada en su isla, que nunca le pareció tan isla como nunca le había parecido tan abisal su soledad. Si tu madre tuvo que beber el cáliz de ver el cuerpo destrozado de su hija para cerciorarse de su muerte, Rosita hubo de rumiar a la distancia, con la sola compañía de Juan Balagueró y la solidaridad de algunos vecinos, la inconcebible y contundente realidad de la muerte de su hijo. Pasaron muchos años antes de que pudiera visitar la tumba de Juanito en la cripta de tu familia.

La muerte de tu padre había sido tan natural como la vida misma. Más que morir, había dejado de vivir. Murió en su casa, en su cama, rodeado de su familia. Cuando tuvo la certeza de que le faltaban unas cuantas horas para expirar, llamó a todos sus hijos y con palabras lúcidas, que no inhibieron el humor ni escatimaron el elogio, hizo un público reconocimiento de tu madre y les pidió que la cuidaran y la protegieran. Después, a solicitud suya, todos salieron de la habitación para que él pudiera ponerse de acuerdo con la muerte. Al cabo de un rato, los fue llamando uno a uno, por riguroso orden de aparición, para despedirse personalmente de todos ustedes. Virginia, Miguel, Alberto, que había venido ex profeso de Matehuala, Carlos, Benito, Tere, Ricardo, Carmen, Jaime, Eduardo, que había pedido permiso en el convento para ver por última vez a su padre, y tú. Por determinación de tu madre, Rosa, que era muy pequeña, había ido a pasar esa noche a casa de su amiga Yolanda. Cuando me tocó mi turno, el último, papá me tomó una mano, me miró con ojos soñolientos y me dijo unas palabras que nunca olvidaré y que prefiero reservarme. Al final, entró mamá. Fue la única que lo vio morir.

La de mi padre fue una muerte apacible, natural, paradigmática, digna de figurar en una litografía. No así la de mi hermana Tere: violenta, inesperada. Una muerte inmerecida y del carajo.

Cuando murió papá, todos nos acostumbramos a su ausencia como nos habíamos acostumbrado a su soledad, donde sólo tenían cabida sus recuerdos más antiguos, sus lúcidas ensoñaciones y el amor infatigable por mi madre. Fue una muerte esperada. Pero a una muerte repentina, quién puede acostumbrarse. La muerte de Tere llenó de agujeros la vida familiar. Su alegría, su sentido del humor, su belleza, su ingenio, su coquetería, sus locuras se volvieron oquedades. Durante muchos años su presencia estuvo marcada por su ausencia.

Tu madre perdió la entereza con la que había enfrentado mil adversidades. Por primera vez en su vida, que había estado signada por la equidad, le dio un trato privilegiado a uno de sus hijos. A Tere, la ausente, le dedicó todo su espíritu. Era la única manera de mantener viva la divisa de su orgullo: tengo doce hijos. Y los siguió teniendo.

19
El piano

–¿Qué haces en La Habana? –le pregunté a Silvia Navarrete cuando me la encontré a la salida del teatro–. ¿Viniste a dar un concierto?

–No –me respondió–. Vine a acompañar a Julieta, que tiene algunos asuntos personales en Cuba.

Me presentó a su amiga, una mujer joven y distraída, cuya cabeza, o quizá su corazón, parecía estar en otra parte. Les pregunté dónde estaban hospedadas y, para mi sorpresa, me respondieron que en el Riviera. Hasta donde yo sabía, el hotel había sido evacuado tras el ciclón, pero ellas y los huéspedes que vivían ahí permanentemente habían rehusado abandonar sus habitaciones. Eran los únicos moradores de aquel enorme edificio, que durante esos días no contaba con ninguno de sus servicios habituales: ni restaurante ni cafetería ni bares ni tiendas. No había energía eléctrica y, por lo tanto, los ascensores no funcionaban, así que Silvia y su amiga tenían que subir a oscuras las escaleras para llegar al undécimo piso, en el que estaban alojadas. La verdad, en ese momento no entendí por qué no se habían mudado de hotel. La experiencia, acaso interesante, de pasar ahí un par de noches solitarias frente a la oscuridad insondable del mar, no compensaba, en mi opinión, las molestias que ocasionaba la falta de servicios.

Esa tarde, Hernán y yo, junto con Senel Paz y otros amigos escritores de la misma *piña* (palabra con la que los cubanos definen un grupo literario, una capilla o una mafia), habíamos ido al teatro, a ver una versión escénica de *El lobo, el bosque y el hombre nuevo*, el relato con el que Senel había obtenido, en el año 90, el Premio Juan Rulfo de Radio Francia Internacional. Yo había leído con verdadero asombro el texto y había quedado deslumbrado por su ternura, su credibilidad y sobre todo por la dimensión crítica que el texto cobraba conforme transcurría la acción. Era un relato que denunciaba la intolerancia, la homofobia, la manipulación ideológica, la omnipresencia del Estado y, sobre todo, la censura, que paradójicamente su escritura y su publicación desmentían. Pensé que si ese texto se hubiera escrito unos años antes, o si no hubiera ganado un premio internacional, muy probablemente no habría visto la luz en Cuba.

En unas cuantas páginas, Senel da cuenta de la relación cada vez más profunda entre dos personajes antagónicos de la ciudad de La Habana, cuyas polaridades más evidentes −la homosexualidad disidente de Diego y la heterosexualidad revolucionaria de David− acaban por solucionarse en el respeto y la tolerancia que cada uno ejerce con respecto al pensamiento, los valores, la conducta y las preferencias sexuales del otro. En el relato se opera un proceso semejante al que Salvador de Madariaga advirtió en la obra cervantina, el de la «quijotización» de Sancho y la «sanchificación» de don Quijote, gracias al cual las posiciones en principio encontradas de ambos personajes acaban por resolverse en una unidad superior, inherente a la propia España y, más allá de los nacionalismos, al ser humano en general, siempre sometido a las fuerzas contrapuestas del ideal y la realidad, la utopía y la desesperanza, las glorias del espíritu y las desventuras de la materia. En efecto, los personajes de *El lobo, el bosque y el hombre nuevo* se transforman, y cada uno de ellos, si no adquiere las características de su antagonista, acaba por aceptarlas solidariamente. Al final, Diego, el homosexual marginado, recibe el mote de «la Loca Roja», mientras que David, militante de la Unión de Jóvenes Comunistas, promete que si se topa con otro tipo como Diego lo defenderá a muerte.

Lo más relevante de la adaptación escénica que vi esa tarde fue que un solo actor interpretaba a los dos personajes simultáneamente. De esta manera, las polaridades que ambos representaban se hacían extensivas a la población cubana en general, debatida, como un solo organismo, entre el compromiso político y la libertad individual, entre la ortodoxia revolucionaria y las modalidades heterodoxas del patriotismo, entre la insularidad y la vocación internacional. Me pareció extraordinaria la puesta en escena y espléndido el trabajo del único actor, que cambiaba de voz, de tono, de intención, de ademanes según el parlamento fuera de un personaje u otro. Pero lo que más me impresionó fue que la obra se estuviera representando en un teatro de La Habana, atestado de jóvenes que celebraban y aplaudían cada cuadro y, a juzgar por sus reacciones, identificaban en la obra los enormes beneficios y las terribles limitaciones del sistema que les había tocado vivir. Seguramente en su interior se enfrentaban dos voces adversarias –la de Diego y la de David– que en mi caso personal se correspondían con las de mi tía Rosita y mi tía Ana María, a cuyo influjo he venido escribiendo estas páginas.

A la salida del teatro preguntamos si realmente estaba en pie la invitación que nos había hecho César López para tomar una copa en su casa del Malecón. Nuestros amigos cubanos respondieron que la fiesta se haría, por supuesto. No lo podíamos creer. Apenas unos días atrás, el ciclón había inundado esa zona de El Vedado, y la casa de César no se había librado de la «penetración de mar», como popularmente se le llamaba al fenómeno por el cual las olas rebasan el dique del Malecón. La fiesta se haría, contra viento y marea. Literalmente. Sólo había que *resolver* unas botellas de *whisky*, que Hernán y yo nos ofrecimos a comprar. Silvia y Julieta también estaban invitadas y por ello llevarían una jaba con algunos comestibles enlatados que habían adquirido, por su parte, en la tienda del Hotel Habana Libre.

Habíamos conocido a César López el día de nuestra llegada a La Habana, en la cena que la Feria del Libro ofreció a los invitados en un restaurante oficial del Palacio de las Convenciones. Era el único cubano que usaba saco y corbata en aquella asamblea de escritores. Afilado como una navaja de rasurar y fino como el agua de colonia de otros tiempos, el poeta tenía algo de niño perverso en la curiosidad de su mirada y en la ironía que le deformaba maliciosamente la sonrisa. Era tan peligroso como vulnerable. Sabía de nosotros; nosotros sabíamos de él: de su poesía, de su conocimiento de la obra de Lezama, de su marginalidad, que acaso tuvo su origen cuando sufrió la denostación que Heberto Padilla, en su famosa palinodia, lanzó contra varios escritores, a los que acusó de contrarrevolucionarios y entre quienes figuraban su propia esposa Belkis Cuza Malé, Norberto Fuentes, Pablo Armando Fernández, Virgilio Piñera, Lezama Lima... y César López. Quiso que el sábado por la noche fuéramos a su casa para departir con los otros escritores cubanos que por ahí circulaban –más jóvenes que César, más bien de nuestra generación–, con quienes Hernán y yo acabaríamos por tener una amistad entrañable, fortalecida a lo largo de los años: Senel Paz, Leonardo Padura, «el Chino» Heras, Francisco López Sacha, Reinaldo Montero. Quién iba a decir que entre ese martes de la invitación y el sábado siguiente, cuando habría de realizarse la tertulia, un ciclón inundaría la zona de El Vedado donde César López vivía, en una casa de los años cuarentas que miraba francamente al litoral.

En el diminuto Lada que habíamos alquilado, cupimos siete personas (Hernán y yo, Silvia y Julieta con su jaba, una actriz particularmente enfática, y dos compañeras de nuestros amigos de «la Piña»), más las botellas de *whisky* y algunas latas de aceitunas y de ostiones ahumados que pudimos resolver. Los demás se fueron a casa de César por su cuenta, algunos en bicicleta. En esos años del «periodo especial», cuando se acabó el suministro de petróleo que antes proporcionaba la Unión Soviética, los *ciclos*, como les llaman allá a las bicicletas, constituyeron el principal medio de transporte. Así había ocurrido en la China Popular que yo visité en el año 73, cuando los automóviles, que eran un privilegio exclusivo de la Nomenclatura, se abrían paso a bocinazos entre los miles de ciclistas que saturaban las avenidas y que, al ver un coche, automáticamente se apeaban de sus bicicletas para aplaudir y dejar la vía franca al alto funcionario que en él se transportaba.

La casa, con la generosa arquería de su portal y sus robustas puertas y ventanas de madera oscura, enfrentaba, desafiante, el mar que la embistió y que al cabo de dos días de asedio acabó por doblegarse. Entramos. Un amplio vestíbulo. Un largo pasillo que desembocaba en la cocina. Un salón enorme y un comedor independiente, cuyos antiguos candiles de cristal, desprovistos de la mayoría de sus focos, iluminaban precariamente los señoriales muebles. Todavía se registraban signos de la inundación sufrida un par de días atrás. El jardín delantero y la cochera estaban cubiertos por charcos fangosos, los pisos de mosaico del interior aún permanecían mojados y, en los zoclos de las paredes, se notaba el nivel que había alcanzado el agua cuando se apoderó del edificio. Con sus emanaciones de moho y de salitre, la humedad persistía en el aire que se respiraba en todos los aposentos. Me admiré del tesón de César y de la solidaridad de sus amigos, que trabajaron intensamente en el restablecimiento de las condiciones de la casa para poder recibirnos la noche de ese memorable sábado 8 de febrero de 1992.

Cuando llegamos, varios de los amigos de César daban las últimas pinceladas al cuadro de la reunión: uno secaba el baño con un trapeador, otro ponía un disco de acetato en el viejo tocadiscos, otra disponía los platos en la mesa del comedor. En la cocina, adonde fuimos a depositar nuestras muy bien recibidas ofrendas, Adriana, la hija de César, y unas amigas suyas vigilaban el congrí que se estaba cocinando en la estufa, mientras un poeta vaciaba los cubitos de hielo del refrigerador en una hielera. Eran tiempos ciertamente difíciles. Si el bloqueo impuesto en la isla desde el año 62 había generado una terrible escasez de productos de primera necesidad en todo el país, la caída de la Unión Soviética había llevado la situación a extremos de supervivencia. El sentido del humor cubano, empero, lejos de menguar con las adversidades, parecía acrecentarse. De esa época data un conocido chiste, que entonces oí varias veces de viva voz y que ahora he leído en algún texto que habla de aquellos años difíciles: se contaba que en el zoológico de La Habana se habían tenido que cambiar consecutivamente los letreros alusivos al trato que el visitante debía dar a los animales. Primero decía NO LES DÉ DE COMER A LOS ANIMALES, luego NO SE COMA LA COMIDA DE LOS ANIMALES, y finalmente NO SE COMA A LOS ANIMALES. Lo verdaderamente asombroso, en estas circunstancias críticas, era que César López y sus amigos esa noche hubieran podido resolver la fiesta. Ciertamente Silvia, Julieta, Hernán y yo habíamos podido contribuir con unas botellas de *whisky* que alcanzarían para pasar una larga velada, y con una que otra lata para entretener el estómago, pero en esa cocina se estaba operando el milagro de la preparación de un guiso tradicional para veinte personas o más, cuyos ingredientes simplemente no se conseguían en Cuba.

Silvia nos contó que la víspera de la tormenta, a la hora en que Julieta y ella se dirigían a su habitación en la undécima planta del Hotel Riviera, el ascensorista les había advertido, no sin un dejo de picardía, que esa noche iban a tener una penetración. De mar, aclaró.

Y, en efecto, a la mañana siguiente las despertó el estruendo de las olas que rebasaban el Malecón y se estrellaban contra los ventanales del hotel. Se había ido la electricidad. Bajaron al *lobby* por las escaleras. El piso de mármol estaba empapado y el sótano, donde se ubicaban las tiendas para turistas, se había inundado. La administración del hotel determinó evacuar a todos los huéspedes, pero Julieta no aceptó ser movilizada, seguramente por temor a que se frustrara el verdadero motivo de su viaje. Silvia me confió que Julieta estaba enamorada de un inglés, casado, que tenía negocios de minerales en Cuba. Había ido a La Habana sólo para reunirse con él de manera clandestina. Él había quedado de buscarla en el Riviera la noche del 5 de febrero (precisamente el día en que se desató el ciclón) para pasar con ella una semana de pasión tan tormentosa como el clima. Como ella no tenía ninguna manera de localizarlo, se opuso tajantemente a desalojar su habitación con la seguridad de que él acudiría a la cita aunque el hotel hubiese sido evacuado. Silvia, solidaria, decidió quedarse con ella, pese a las advertencias de los compañeros administradores, que tampoco pudieron convencer a los huéspedes extranjeros que vivían permanentemente en el hotel de que abandonaran sus aposentos.

El día del ciclón no había manera de salir a la calle, según lo habíamos podido atestiguar Hernán y yo esa misma mañana en que deambulamos temerariamente por el Malecón, de manera que Silvia y Julieta se quedaron todo el día en el hotel, celebrando –diría Cortázar– ceremonias de interior. Como el suministro de energía eléctrica había quedado suspendido, las suculentas langostas que había en los refrigeradores corrían el riesgo de echarse a perder, así que, al mediodía, Silvia, Julieta y los huéspedes permanentes, con la venia y la complicidad de los camareros de guardia, dieron buena cuenta de ellas. Después del almuerzo, Silvia se sentó al piano del Copa Room para deleitar a los «sitiados» concurrentes. Empezó con tranquilas piezas de Ernesto Lecuona, Manuel Saumell e Ignacio Cervantes, que eran parte de su repertorio cubano, y las fue alternando con alguna mazurca de Ricardo Castro o con una gavota de Manuel M. Ponce para refrendar, en el terreno de la música, las enormes afinidades culturales entre México y Cuba. Pero pasadas las horas a fuerza de ron, y con el concurso de los empleados del hotel venidos a bongoseros, aquello acabó en un tremendo rumbón que duró hasta altas horas de la noche y que hubiera llegado a la madrugada de no haberse apersonado el mismísimo Fidel, quien se presentó a inspeccionar los destrozos del ciclón y a girar instrucciones para iniciar de inmediato el reacondicionamiento del hotel. En efecto, «llegó el Comandante y mandó a parar», como dice la canción de Carlos Puebla. Julieta y Silvia, al igual que los huéspedes permanentes, fueron conminados por los miembros de la Seguridad del Estado que ahí llegaron a recluirse en sus habitaciones, para lo cual las amigas tuvieron que subir a oscuras y a pie los once pisos que habían bajado en la mañana sin tanta pesadumbre. Silvia me contó que ni aun a esas horas Julieta perdió las esperanzas de que su británico Romeo trepara hasta sus encumbrados aposentos.

Después de unos tragos iniciáticos, la anfitrionía de César López, quien seguramente quería pasar como polizón a la generación más joven, auspició que los escritores que habíamos sido convidados a la velada leyéramos textos de nuestra autoría. Como si el retroceso que las condiciones numantinas habían impuesto a Cuba desde la caída de la Unión Soviética también hubiera afectado la vida literaria, muy pronto la reunión se convirtió en una suerte de tertulia decimonónica, redimida, empero, por el sentido del humor y la irreverencia, que le impidieron el paso a la solemnidad. Cada uno de nosotros fue leyendo algún texto propio, un cuento, un poema, un fragmento de novela, ante la mirada atenta e inquisitiva de César, cuya opinión verdadera se ocultaba detrás de una sonrisa siempre ambivalente. Yo acababa de publicar en Barcelona mi novela *Amor propio* y la había presentado en el ámbito de la feria. Como le llevaba un ejemplar de regalo a César, no tuve excusa y leí un pequeño capítulo, en el que relato la primera masturbación que practica el adolescente Ramón «Moncho» Aguilar, personaje principal de la novela, excitado por la portada del disco *El último cuplé* de Sarita Montiel, en la que la cupletista luce un escote poco menos que abisal. Silvia Navarrete se sabía todas las canciones del disco y las tarareaba moviendo en el aire sus graciosos y ágiles dedos de pianista. Hernán también tuvo acceso a un libro de cuentos suyo, que milagrosamente había llegado a los estantes de la biblioteca de César, de manera que los mexicanos no nos quedamos al margen de la tertulia literaria. Me imaginé que los contertulios podrían haber sido Gertrudis Gómez de Avellaneda, José Martí o Julián del Casal. Así de decimonónico era el asunto. La verdad, me encantó el acontecimiento, acaso porque, en una ciudad tan grande como México, la posibilidad del encuentro de varios escritores para leer sus textos y exponerlos al examen de los colegas es prácticamente nula, a menos que se trate de un taller formal de creación literaria, en los que suelen inhibirse las reacciones espontáneas en aras de la objetividad del análisis y con frecuencia los alumnos copian a pies juntillas el estilo del maestro. Aquí prevaleció la camaradería, lo que en ningún momento descartó el comentario crítico, que varias veces adoptó las modalidades del sarcasmo y la ironía. En viajes sucesivos, me percaté de que las relaciones intelectuales y literarias entre los escritores habaneros son mucho más fluidas y entrañables que en México. En una ciudad comparativamente tan pequeña como La Habana, los escritores se encuentran de manera natural en las calles, en los parques, en las librerías, en la UNEAC. Hablan mucho entre sí, se *apiñan*, se leen los unos a los otros, se critican, se estimulan, se plagian, se parodian, se intercambian manuscritos y sobre todo se prestan libros. Habida cuenta de la escasez de publicaciones durante ese «periodo especial», en el que apenas había papel para tirar el *Granma* y una que otra revista, y de la censura, que impedía que circularan libremente las obras de autores contrarios al régimen, como Guillermo Cabrera Infante, Mario Vargas Llosa o Juan Goytisolo (según lo denuncia Senel en su relato), los libros, igual que el ron, el tabaco, el papel higiénico, el arroz, la aspirina o el condón, se *resolvían:* se adquirían clandestinamente, se leían en la sombra, circulaban de mano en mano y se alojaban en el alma de los múltiples lectores antes de desintegrarse. Los amigos publicaban sus textos breves en una heroica revista de aparición bimestral, *La Gaceta de Cuba,* y participaban en cuanto concurso literario se abriera en el azul del horizonte. Fue entonces cuando Hernán y yo pensamos que sería conveniente publicar a algunos de esos autores en la colección «Rayuela Internacional» de Difusión Cultural de la UNAM. Al cabo de los años, en ella aparecieron, efectivamente, títulos de Senel Paz, Arturo Arango, «el Chino» Heras, Norberto Fuentes, López Sacha. También por esas fechas le pedimos a Leonardo Padura que hiciera una antología del cuento cubano contemporáneo, que se publicó en el 93 con un título, *El submarino amarillo,* que rendía homenaje a los Beatles, cuya música había sido prohibida en Cuba poco tiempo antes de que los escritores seleccionados empezaran su carrera literaria. Ahí figuran, acaso por primera vez después del triunfo de la Revolución, escritores de dentro y de fuera de la isla, pues lo mismo incluye a cuentistas que viven en Cuba como Miguel Mejides, Abel Prieto o Mirta Yáñez que a cuentistas que eligieron el exilio, como Jesús Díaz, Reinaldo Arenas o Norberto Fuentes, quien entonces todavía vivía en Cuba pero que muy pronto abandonaría la isla.

Aquella noche comimos el maravilloso congrí, que, dadas las enormes dificultades que hubo de superarse para resolverlo, cobraba un valor épico, y no faltaron los tragos, que se sucedieron a lo largo de la tertulia y más allá de ella, pues a la lectura de textos siguieron el baile y la plática y la conversación íntima y todas las euforias de la amistad recién estrenada.

Julieta se había marchado después de cenar, pues quería saber si su amante inglés había dado señas de vida en el hotel. Silvia, en cambio, se quedó hasta las tres de la mañana. Cuando nos anunció que se retiraba de la fiesta, le insistimos en que se quedara un rato más. Si todos los escritores habíamos leído algún texto propio, era de justicia que ella, para coronar el discurso inherente a las tertulias del siglo XIX, nos interpretara al piano alguna pieza de su repertorio, especializado precisamente en la música de salón de esa centuria. El único problema era que en casa de César no había piano. Pero había muchos ánimos y mucho ron y mucho *whisky* entre el pecho y la espalda de cada tertuliano, y mucha alegría y muchas ganas de seguir la juerga. No sé a quién se le ocurrió la idea, pero el caso es que los sobrevivientes de la fiesta tomamos la temeraria determinación de acompañar a Silvia al Riviera para que nos interpretara los cuplés de Sarita Montiel en el mismo piano del Copa Room en el que había tocado danzas y gavotas mexicanas y cubanas el día de la tormenta.

Tanto trago como había ingerido me impide recordar con precisión lo que pasó aquella noche y delimitar la frontera entre la realidad y las ensoñaciones de una imaginación exacerbada por el alcohol.

Unos locos bastante ebrios se dirigen a pie por la avenida del Malecón hacia el Hotel Riviera. Van cantando, riendo, recitando pedazos de poemas. El contingente sufre algunas mermas. Los más intrépidos llegan a las puertas cerradas del hotel. Tocan insistentemente en el cristal. Al rato, un guardia somnoliento abre la puerta. El *lobby* está a oscuras, como todo el hotel. Alguien le suplica al guardia que deje pasar a la tropa pues la distinguida pianista necesita ensayar el recital de piano que ofrecerá al día siguiente en el Conservatorio Nacional Hubert de Blanck. El guardia dice que sólo tiene un violín y con un gesto instrumental le mienta la madre al suplicante. Silvia reclama su derecho a entrar, pues a pesar de los desastres causados por el ciclón, está alojada ahí. El guardia autoriza que ella pase pero les niega la entrada a los demás. Despechados, se van a casa de una actriz, que levanta a su mamá de la cama para recibirlos y les sorraja un monólogo sobreactuadísimo que no termina sino con las luces del alba.

Así ha de haber sido, seguramente, pero el caso es que yo tengo registrada en algún recoveco del cerebro la imagen de Silvia Navarrete sentada al piano del Copa Room del Hotel Riviera, a oscuras, tocando los cuplés que canta Sarita Montiel, rodeada por todos nosotros, que entonamos *El relicario* con los pies metidos en el agua y los pantalones arremangados hasta las rodillas, mientras Julieta, desde su habitación del undécimo piso, frente al azul insondable del mar, llora el inexorable desencuentro con su amante inglés.

La fiesta

Cosas del prestigio del sistema decimal, de mi inveterado amor a Cuba, de mi historia familiar y de la amistad que me liga a tantos cubanos, decidí celebrar mi cumpleaños número cincuenta en La Habana. Más de treinta amigos mexicanos me acompañaron en esa locura, además de mi familia directa. Nos hospedamos todos en el Hotel Victoria, que saturó sus habitaciones con nuestra presencia. Los buenos oficios de Héctor Ramírez, que fungió como adelantado de esa fiesta, consiguieron que un grupo de diez o doce jóvenes cubanos, que contaban con automóvil, se ofrecieran a pasear por la ciudad a los invitados durante los días anteriores al guateque.

Habíamos alquilado para la ocasión La Casa de la Amistad de Los Pueblos, gigantesca mansión construida en el año de 1926 en Paseo, una de las avenidas más bellas y arboladas de El Vedado. Cuando llegó el día, fueron apareciendo por la casona, además de mi familia y mis amigos mexicanos, decenas de compañeros cubanos. Ahí estaba «la Piña» completa, con sus mujeres: Senel Paz y Rebeca, Arturo Arango y Omaida, Leonardo Padura y Lucía, «el Chino» Heras e Ivonne, Reinaldo Montero y Miriam... Norberto Codina y Sacha adelantaron su viaje de regreso de Suecia para estar, con Gisela y Patricia, en la fiesta. También fueron Carlos Martí y Abel Prieto. No faltaron Pablo Armando Fernández ni Roberto Fernández Retamar, quien me regaló un viejo ejemplar de la revista Orígenes *en el que había publicado un ensayo sobre Alfonso Reyes. Lamenté la ausencia de Ambrosio Fornet, que no se encontraba en Cuba pero que envió en representación suya a toda su familia.*

Se armó tremendo rumbón. Mis amigos cubanos hicieron el milagro de llevar desde Cienfuegos a un formidable grupo de músicos veteranos, Los Naranjos, que descargó Nadie se salva de la rumba, Respeta mi tambó, Sabrosura, La jardinera, Amalia Batista, La reina del guagancó... *y que mantuvo vivo el baile desde el mediodía hasta la medianoche.*

Después del almuerzo, Pedro, que había sido chef de El Capri, mostró el resultado de su enorme talento en el alambicado arte de la repostería. Había elaborado un cake *monumental, alarde del barroco caribeño, en el que había surtidores, cisnes que se desplazaban por ríos de merengue y cincuenta velas salomónicas. ¡Pero que* cake *más maricón!, dijo Codina.*

Esa tarde me sentí cubano. Pensé que yo mismo hubiera podido haber nacido en Cuba si un accidente sexenal, totalmente fortuito, no hubiera hecho que mi padre, tras una estancia en Los Ángeles, regresara a México definitivamente. Quizá por eso me reconozco en los ojos de los cubanos, en sus ademanes, en sus gestos, en sus palabras y hasta en el acento, porque al primer mojito se me atragantan las eses y se me licúan las erres en la boca. Así de fuerte y duradera es la lengua materna.

20

Alma máter

¿Cómo habría sido el hijo, o la hija, que Tere estaba esperando cuando murió? Sin duda dientón y risueño. O risueña y dientona. Tere era dueña de una risa generosa que le iluminaba la cara y sacaba a relucir su formidable dentadura de incisivos poderosos y colmillos sagaces. Y no había dique que contuviera las carcajadas de Juanito. Era de diente frío, como les dicen en Cuba a quienes tienen los incisivos botados para adelante. ¿Cómo habría sido? Inteligente y alegre. Travieso y juguetón. O juguetona y traviesa. ¿Y si no? ¿Qué tal que hubiera nacido con alguna malformación genética debida a la mezcla de la misma sangre? Si hubiera leído *Cien años de soledad* cuando me enteré de que Tere estaba embarazada, seguramente habría creído que el producto de ese matrimonio de primos hermanos nacería con cola de puerco. Un conejo con cola de puerco. Pero García Márquez no había escrito todavía su novela, que no se publicó hasta cuatro años después, en 1967, cuando ingresé en la universidad.

Llegué a comer un poco tarde. Me había pasado la mañana en la facultad analizando los resolutivos de la última asamblea estudiantil con mis compañeros del grupo «Miguel Hernández».

Entre las diversas organizaciones comunistas pro soviéticas y pro cubanas, maoístas, trotskistas y muchas otras a las que se afiliaban mis compañeros más inquietos y experimentados –aquellos que usaban lentes de aros redondos y caminaban circunspectos con *El capital* bajo del brazo–, había en la facultad un grupo que llevaba el nombre del poeta español republicano Miguel Hernández. Mi gusto por la poesía, mi admiración por los maestros trasterrados y mis deseos de participar en la vida universitaria más allá de los cursos que llevaba me habían conducido hasta su puerta, al final del larguísimo pasillo del primer piso. Es cierto que los poemas del «perito en lunas» que más me gustaban eran los que había dedicado a su amigo Ramón Sijé, muerto en el frente de batalla, o al hijo que había engendrado y al que nunca conoció, encarcelado como se encontraba en Alicante. Pero sus versos «comprometidos», inspirados en el pueblo y en los trabajadores, también me conmovían y me exaltaban. No era el «Miguel Hernández» un grupo particularmente fuerte ni beligerante, pero el solo hecho de asistir a sus sesiones, en las que se respiraba cierto aire de clandestinidad y de oposición, me imprimió una suerte de conciencia política, que asumí con honestidad, aunque de manera más individual que colectiva. Las palabras *militancia, debate, proletariado, lucha de clases, burguesía, revolución, ideología* se incorporaron a mi vocabulario cotidiano y modificaron mi discurso. No sólo mi discurso, sino el alma que lo articulaba. La utopía de la igualdad y la justicia social empezó a desplazar a la caridad cristiana que me habían inculcado en casa y terminó por sentar sus reales en mi cabeza y en mi corazón.

La casa, tan acostumbrada a las multitudes, casi estaba deshabitada. Ya no era el circo de tres pistas con el que la había comparado Clement, el huésped norteamericano. Sólo vivíamos ahí mamá, mi hermano Jaime, mi hermana Rosa y yo. Los demás ya se habían casado y Eduardo, que había desertado del convento, se la pasaba del Valle del Mezquital a las sierras de Oaxaca dedicado a la educación campesina y a la organización comunitaria. Pero ese día no estaban en casa ni Jaime ni Rosa.

En cambio, Benito y Angelina, su esposa, habían ido de visita, como solían hacer los sábados o los domingos. Ya se habían tomado el consabido vermú de aperitivo y de la botana no quedaba ni rastro. Era la hora de la comida, que los fines de semana se postergaba un poco. Desde que se casó, Benito había engordado mucho. Cómo se echaba de ver que Angelina lo consentía. Mamá no se quería quedar atrás y competía con su nuera. Había preparado los ravioles que tanto le gustaban a su hijo. Pasamos al comedor. Mamá, como siempre, se sentó en la cabecera más cercana a la cocina. Benito, a su derecha. Angelina, a su izquierda. Yo, al lado de Angelina porque la otra cabecera seguía guardando el recuerdo, cada vez más desdibujado, de papá.

–¿Por qué llegaste tan tarde? –me preguntó mamá–. Te estábamos esperando para comer. ¿Dónde andabas?

–En la universidad –respondí, sin dar más explicaciones.

–¿En la universidad? –preguntó Benito, extrañado–. Pero si la universidad ahora es una olla de grillos. ¿A poco tienes clases los sábados?

El único entre todos los alumnos del Centro Universitario México que ingresó en la Facultad de Filosofía y Letras de la Universidad Nacional Autónoma de México en el año 67 fui yo. Los más escogieron las tradicionales carreras liberales de medicina, ingeniería, arquitectura; muchos se enfilaron por las seductoras carreras de Administración y los pocos que tenían cierta vocación humanística se inscribieron en la Facultad de Derecho. Así que me quedé solo ante la mirada interrogante de mis amigos, que no entendían qué utilidad podía tener eso de estudiar letras, y ante la desaprobación de algunos de mis hermanos, que no se tentaron el corazón para decirme: Te vas a morir de hambre.

–Ha de haber estado con la novia –intervino mamá.

No supe por qué mamá decía eso. Tal vez ella prefería pensar que había estado con «la Maga» y no con mis compañeros en esos días de activismo político que vivía la universidad.

Acostumbrado como estaba a la ortodoxia católica, la disciplina escolar y la exclusividad masculina que imperaban en el CUM, la Facultad de Filosofía y Letras me pareció, de entrada, un mundo tan fascinante como aterrador. La primera alegría fue la presencia mayoritaria del sexo femenino. Salvo el kínder, había pasado toda mi vida escolar en colegios confesionales exclusivos para varones. Nunca había tenido una compañera; ni siquiera una profesora. El otro sexo, por tanto, había estado fuera de mi ámbito cotidiano y lo veía como algo ajeno y lejano. ¿Qué habían sido las mujeres para mí en ese escenario de presunta virilidad resuelta a puñetas y puñetazos de la preparatoria? Unos seres tan atractivos como inaccesibles, sublimes y perversos, ideales y pecaminosos. Mi única compañera había sido Rosa, mi hermana, amén de una retahíla de «novias» más virtuales que virtuosas a quienes nunca supe si tratar como ángeles o como demonios. La facultad me regaló la cercanía cotidiana de las mujeres, su arborescente inteligencia, su belleza al alcance de la mirada –y a veces de la mano–. Su sola presencia, natural y constante, le confería a la vida escolar unas maneras, una sensibilidad, un vocabulario, un olor distintos a los que prevalecían en mi preparatoria, donde la corrección impuesta encubría la vulgaridad, y las sutilezas del alma podían ser tachadas fácilmente de mariconerías. Las mujeres me embelesaban y me sorprendían. No sólo por su belleza o su inteligencia, sino por la sinuosidad de los itinerarios que recorría su pensamiento para llegar a la revelación. Un aire femenino –risueño y malicioso– circulaba por los pasillos, por la biblioteca, por la cafetería. Al principio, respirarlo me embriagaba, me inhibía. Con el tiempo, me fui acostumbrando a su fragancia mientras la perturbación que la palabra *mujer* me provocaba se iba resolviendo en la tranquilidad del nombre *compañera*.

–No; estaba en la facultad –repetí, lacónico.

–Espero que no andes de revoltoso con los estudiantes –dijo ella.

–Qué estudiantes ni qué estudiantes –terció Benito al tiempo que daba cuenta de la montaña de ravioles que mamá le había servido–. Los estudiantes están para estudiar y ahora resulta que se la pasan cometiendo todo tipo de tropelías por toda la ciudad, sin importarles un comino cómo nos afectan a todos los demás –y soltó un discurso: que los estudiantes tenían el compromiso social y patriótico de estudiar; que para eso la sociedad y la patria los becaban; que la Universidad Nacional estaba subvencionada por el Estado, es decir por el trabajo de cada uno de los contribuyentes que, como él, pagaba religiosamente sus impuestos...

Entré a la facultad un año antes de que estallara el movimiento estudiantil. Ya desde entonces transitaban por ahí los textos marxistas y los poemas de Pablo Neruda, las canciones de los Beatles y las corrientes filosóficas que empezaban a desplazar el pensamiento existencialista, las películas de Pasolini o de Bergman y la lúcida palabra de Octavio Paz, el estructuralismo en ciernes y la teología de la liberación, las minifaldas y la marihuana, la píldora y la liberación femenina, las voces de campesinos y trabajadores que acudían a las aulas a solicitar el apoyo estudiantil a sus causas y los incendiarios discursos de Fidel contra el imperialismo yanqui, que se oían por todos los pasillos del plantel, amplificados por los magnavoces.

Cuando Benito terminó de comerse su segundo plato de ravioles, mamá se levantó y fue a la cocina para traer el cuete mechado y las papas con jamón del diablo que había preparado. Angelina la ayudó con los platos sucios. Yo hubiera querido que esa interrupción desviara la plática hacia otros derroteros. Pero eso no sucedió. Benito insistía en exponer sus puntos de vista. Yo lo dejaba hablar sin contradecirlo. Cuando mamá y Angelina regresaron, salió a colación el tema de la entrada de la policía en la Escuela Nacional Preparatoria de la universidad. Benito no se limitó a justificarla sino que la celebró. Yo traté de contenerme, pero no pude. Dije, con la mayor discreción

293

posible, que la brutalidad con la que los granaderos habían destrozado de un bazucazo la puerta del antiguo Colegio de San Ildefonso había sido innecesaria y que la represión policíaca contra estudiantes inermes era absolutamente condenable.

—¡Qué bonito! Muy valientes para protestar, para hacer mítines y manifestaciones, para insultar a la autoridad, para pintar bardas —dijo Benito—. Muy hombrecitos para quemar camiones y trolebuses, para poner patas para arriba la ciudad, para interrumpir el tránsito y fastidiar a quienes mantenemos sus estudios con nuestro trabajo. Pero, eso sí, que no los toquen porque entonces son estudiantes inermes. ¿Inermes dijiste?

—De todas maneras, la represión no es una solución política al conflicto. No se puede aceptar la fuerza bruta en lugar de la razón, del convencimiento, del diálogo.

—¡Pero quiénes son los que no quieren dialogar, Gonzalo, por amor de Dios!

—Pues las autoridades, el gobierno.

—¿El gobierno? ¿No leíste que Díaz Ordaz ofreció el diálogo franco en Guadalajara? Perdóname, pero, para mí, los que no quieren dialogar son los estudiantes. Qué van a querer, si están felices en el bochinche, nomás perdiendo el tiempo.

—Si los estudiantes queremos el diálogo, de veras. Lo único que exigimos es que sea público, para evitar corrupciones.

—¿Corrupciones? ¿En serio crees que el movimiento estudiantil no es corrupto? ¿Sinceramente piensas que los líderes no tienen intereses creados, que no reciben dinero de vete tú a saber qué fuerzas oscuras que lo único que pretenden es desestabilizar el país? ¿De dónde crees que sacan el dinero para tantos volantes y tantas mantas y tantos galones de pintura? ¡No hay una sola barda sin pintar!

—Pues del pueblo.

—¿Del pueblo? ¡No cabe duda de que eres un ingenuo! Si por eso todo lo que está pasando es muy doloroso. Porque a mí también me duele, aunque no lo creas. Se aprovechan de los mejores valores de la juventud: de su inocencia, de su buena fe, de su idealismo para manipularlos. Y ahí van toditos, como borregos.

Y al lado de las mujeres, la maravillosa apertura de las ideas. Cuánto contrastaba la amplitud del espíritu universitario con la rigidez en la que había sido educado, que no podía propiciar más que la sumisión absoluta o la rebeldía solitaria y estéril. La facultad ofrecía a sus alumnos un espectro maravilloso de materias de estudio, impartidas por numerosos profesores que pertenecían a diversas corrientes ideológicas, profesaban diferentes credos y asumían distintas posiciones políticas. Entre los magníficos maestros con quienes tomé clase, siempre recordaré aquellos que, como el tío Paco, provenían del exilio español republicano y que a su sabiduría aunaban su modestia, su rigor pedagógico y su capacidad crítica. Y esa diversidad académica se correspondía con la diversidad social del alumnado, que nada tenía que ver con la monotonía de mi preparatoria, en la que todos eran varones de la misma edad, católicos, de clase media para arriba y, salvo contadas excepciones, mexicanos y capitalinos. En la facultad había estudiantes que procedían de todos los estados de la república y también de otros países, pues en ella se ubicaba entonces la Escuela para Extranjeros; había estudiantes de todos los estratos sociales, desde los ricos que llegaban en sus lujosos automóviles hasta los más pobres, que tenían que tomar dos o tres camiones para asistir a clase, muchos de ellos después de una jornada de trabajo; había estudiantes de otras edades, de otras etnias, de otras creencias religiosas, y entre todos integraban un mosaico que mucho se parecía a mi país y al mundo que lo visitaba.

No quise discutir más con Benito. No porque no tuviera argumentos, sino porque sabía que mis palabras no iban a ser escuchadas ni comprendidas. La verdad es que ya no me importaba lo que Benito pensara. Me bastaba con saber lo que pensaba yo. Él creía que todo debía seguir igual. Yo creía que todo de-

295

bía cambiar. Permanecí en silencio, a pesar de que Benito me hacía preguntas contundentes. Ansiaba que llegara el flan para que se terminara la comida y pudiera levantarme de la mesa. Tan pronto lo sirvió mamá, lo devoré. No quiero café, gracias. Estaba a punto de abandonar la mesa en el momento en que terminaba la comida y empezaba la sobremesa, cuando a mamá se le ocurrió criticar la largura de mis cabellos y los escasos pelos que me habían salido en las comisuras de la boca y en el mentón y que no había querido rasurarme.

–Quiere parecerse al Che Guevara, hazme el favor –se quejó ante Benito.

–Muy mis pelos –dije altanero.

Se tensó el ambiente. Mi hermano me reprendió, no le hables así a tu madre. Como había salido a relucir el nombre del Che Guevara, Benito tocó el tema de la infiltración del comunismo internacional en México. Mamá asentía con la mirada, con el gesto cada palabra de su hijo. Suscribía desde lo más profundo de su alma la oposición CRISTIANISMO SÍ, COMUNISMO NO, que había leído en los carteles que se desplegaban por muchas bardas de la ciudad, la misma leyenda que estaba adherida en una calcomanía al cristal posterior del Valiant de Benito, adornada con un pescadito evangélico dibujado de un solo trazo.

Tu madre pensó en Cuba. En sus hermanas. En Juanito. En Tere. Y lo dijo, aterrada de que las calamidades que había sufrido su patria pudieran propagarse en México.

–¿Quieres que México sea otra Cuba? ¿Eso es lo que tú quieres?

La Revolución cubana, que sacrificó a mi primo Juanito, que sumió a mis tíos Juan Balagueró y Rosita en la tristeza y la desesperanza, que arrojó a mis otros primos al exilio, que separó a las dos hermanas de mamá, se desplegó ante mis ojos como una esperanza y como un ejemplo de dignidad y de justicia desde que entré en la universidad. Admiré la valentía del pueblo cubano –pequeño David contra Goliat–, que se oponía a los oprobiosos designios del imperialismo norteamericano. Estudié la historia de las humillaciones que Estados Unidos había perpetrado contra Cuba, a raíz de su independencia política con respecto al viejo Imperio español. Celebré retroactivamente el 26 de Julio, que no sólo conmemoraba el asalto al Cuartel Moncada con el que dio comienzo la Revolución en Cuba, sino también el inicio del movimiento estudiantil. Veneré la imagen del Che Guevara, que sustituyó las figuras religiosas que habitaban mi recámara. Leí hasta que se me adhirieron a la piel del alma los versos sencillos de José Martí y los versos negros de Nicolás Guillén. Intenté cuatro veces leer *El capital*. Entoné, como si se tratara de un himno, la canción que decía «Un Fidel que vibra en la montaña, un rubí, cinco franjas y una estrella». Leí a Carpentier. Vi la película *Lucía* de Humberto Solas y me enamoré de Raquel Revuelta, como antes sólo me había enamorado de Sarita Montiel. Me maravillé con la campaña de alfabetización, que haría libres a todos los cubanos. Defendí la educación socialista, el trabajo voluntario, las escuelas en el campo. Puse de ejemplo la salud y el deporte. Escuché los discursos de Fidel. Leí a Cortázar con devoción litúrgica, rebauticé a mi novia, mi compañera, con el nombre de «la Maga» y atravesé la frontera que dividía a los famas, entre los que me encontraba desde niño y que nadie representaba mejor que mi hermano Benito, de los cronopios, que me admitieron en su clan con simpatía y hospitalidad. Ya no me conmovieron ni el trabajo voluntario de Juan Balagueró ni las penas de su esposa Rosita ni el exilio de mis otros primos. Sólo admiré a mi tía Ana María, que se había quedado en Cuba con un entusiasmo ejemplar, y deploré la actitud de mi tía Rosita, aferrada a sus antiguos privilegios y aislada de esa especie de eucaristía revolucionaria que Cuba vivía.

Yo, que había tratado de rehuir el tema del movimiento estudiantil, que había guardado en mi cabecita todos los argumentos con los que hubiera podido rebatir el discurso de Benito, dije sí.

–¿Quieres que México sea otra Cuba? –repitió mamá.

–Sí –volví a decir yo.

Benito se sorprendió. Angelina abrió los ojos, escandalizada. Mamá se ofendió, como si yo justificara con mi asentimiento la desgracia que vivían sus hermanas. Me habían colmado la paciencia. Intransigente, radical, hiriente, desconsiderado, cruel, dije que si Juanito no hubiera salido de Cuba y se hubiera quedado en su país a cumplir con sus deberes patrióticos, como se lo reclamaba mi tía Ana María, no estaría muerto. Tampoco estaría muerta Tere, mi hermana, víctima indirecta de esa deserción imperdonable.

Tu madre guardó silencio. En sus noches desoladas, más de una vez había pensado que la impericia de Juanito había acabado con la vida de su hija. Pero no se lo había dicho a nadie. Su idea de la justicia la obligaba a tratar por parejo a Tere y a Juanito, de quienes siempre habló en plural.

Me levanté sin pedir permiso y me encerré en mi cuarto. El Che me miraba desde la pared.

21
Los escritores

Una mañana de la primavera de 1992 acudí a El Colegio de México para escuchar una conferencia que dictaría Octavio Paz sobre la vida y la obra de Jaime Torres Bodet. El tema me interesaba porque Torres Bodet era uno de los poetas del grupo de Contemporáneos al que Paz no había dedicado un estudio monográfico. Quería conocer la valoración de Paz sobre un escritor que había alternado su vocación literaria con la función pública, a la cual había dedicado quizá la mayor parte de su energía. Llegué con anticipación al auditorio Alfonso Reyes de El Colegio de México y, para mi sorpresa, me encontré, sentado a la orilla de la última fila, con César López, que había sido invitado por la institución a impartir un cursillo como profesor visitante sobre la obra de Lezama Lima, de la que era excepcional conocedor. Me dio mucho gusto verlo. Todavía guardaba, más en el corazón que en la memoria, la heroica cena que nos había ofrecido en su casa del Malecón. Me senté a su lado.

César estaba emocionado: nunca había visto en persona a Octavio Paz. Tenía enormes deseos de escucharlo de viva voz y acariciaba la posibilidad de saludarlo al final de la conferencia. A pesar de las dificultades que en los últimos tiempos había para conseguir sus libros en Cuba, César había leído su obra con fervor y admiraba tanto su poesía como su pensamiento crítico. Mientras el público iba llenando la sala, me recitó de memoria, a ritmo cubano, los primeros versos de *Piedra de sol:*

un sauce de cristal, un chopo de agua,
un alto surtidor que el viento arquea,
un árbol bien plantado mas danzante,
un caminar de río que se curva,
avanza, retrocede, da un rodeo
y llega siempre:
                    un caminar tranquilo
de estrella o primavera sin premura,
agua que con los párpados cerrados
mana toda la noche profecías,
unánime presencia en oleaje,
ola tras ola hasta cubrirlo todo,
verde soberanía sin ocaso
como el deslumbramiento de las alas
cuando se abren en mitad del cielo...

Supuso que yo tenía una estrecha relación con el maestro y me suplicó que se lo presentara una vez terminado el acto. Yo le advertí con toda claridad que, lamentablemente, no me contaba entre los escritores a los que el poeta prodigaba su amistad y su cobijo y que no era, por tanto, la persona idónea para interceder por él en su tan ansiado encuentro. César desestimó mis advertencias e insistió en que a la salida, cuando Paz pasara por la última fila del auditorio, yo se lo presentara.

–No estoy seguro de que me reconozca siquiera –le dije con franqueza. Y es que las diez o doce veces que había tenido el privilegio de saludar a Paz, él me había soltado un «mucho gusto» convencional y distraído que implicaba, real o fingidamente, el desconocimiento previo de mi persona. Aun así, César confió en que yo sería su intermediario para realizar su sueño.

César López, como tantos otros escritores cubanos, había sufrido la marginalidad en su país desde que Heberto Padilla, en su famosa palinodia del lejano año de 1971, lo había tachado de contrarrevolucionario. Al igual que Lezama, Piñera y tantos más, como la propia Dulce María Loynaz, César había decidido quedarse en Cuba, sin que su permanencia en la isla necesariamente implicara una solidaridad con el régimen revolucionario. Más bien, había luchado por sobrevivir, en condiciones adversas, en un país que era el suyo y del que no quería marcharse, pero cuyo sistema político lo excluía por la heterodoxia de su conducta y la independencia de su criterio. No es que hubiera renunciado a su libertad esencial a cambio de una pequeña seguridad transitoria, lo que, según la sentencia de Benjamin Franklin, no lo habría hecho merecedor ni de la libertad ni de la seguridad. Simplemente no había querido abandonar su país, su aire, sus palmeras, su calor, su cielo azul, su mar, su lengua, sus amigos, su familia. Seguramente pensaba que su libertad esencial, como la de Lezama, residía en su soberana imaginación poética.

Sobra decir que la conferencia de Octavio Paz fue deslumbrante. Con la autoridad que le conferían su lucidez y sus conocimientos, colocó la controversial figura de Torres Bodet en el justo lugar que a sus ojos le correspondía dentro del panorama de las letras mexicanas. Durante la larga exposición del maestro, César no se distrajo un solo segundo: lo escuchaba con tal atención que parecía que se estuviera bebiendo, una a una, las palabras del conferenciante. Al término de la plática, estaba extasiado y tardó un tiempo en volver a poner los pies en la tierra. No habían concluido los aplausos cuando muchos de los asistentes se arremolinaron alrededor del pódium para felicitar al maestro. César y yo nos quedamos sentados, aguardando el momento en que pasara a nuestra vera para saludarlo. Eran tales sus deseos de conocerlo que no podía negarme a hacer el intento de presentárselo.

Para mi sorpresa, Octavio Paz, al verme, me saludó muy afectuosamente. Me felicitó por la publicación reciente de mi novela *Amor propio*, en la que dedico unas páginas a señalar el impacto que tuvo en mi generación la lectura de su libro *Posdata*. Y es que, a su paso por México, Beatriz de Moura, directora de Tusquets, le había llevado a Paz un ejemplar de mi libro, marcado en la página en la que yo hacía esa referencia, pero la verdad es que nunca pensé que el poeta lo hubiera leído –y menos aún que le hubiera gustado–. Por una parte, me sentí feliz por su reconocimiento, pero, por otra, me apenó mucho que César, quien no ocultaba su ansiedad de saludarlo, pudiera pensar que mis reticencias para presentárselo se hubieran debido a mi desinterés en su caso y no a la displicencia con la que hasta entonces Paz me había tratado.

Con la confianza que la inusitada calidez de Paz me daba, le presenté a César:

–Maestro, quiero presentarle a César López, poeta cubano –le dije.

Paz, antes de estrechar su mano, le preguntó:

–¿Cubano de adentro o de afuera?

–De adentro –respondió César con un orgullo equivalente al que pudiera haber tenido Dulce María Loynaz por permanecer en su patria a pesar de todas las adversidades.

–Pues deben de estar muy contentos con su régimen –le dijo Paz con una ironía que pasmó a César. Y lo dejó con la mano tendida.

Al parecer, Octavio Paz pensaba que todos aquellos que vivían en Cuba, por el solo hecho de permanecer en su país, eran adictos al régimen de Fidel. Igualmente, consideraba que visitar Cuba, aun cuando la invitación no procediera del gobierno cubano, implicaba respaldar el totalitarismo del sistema político de la isla. Esta actitud sin duda contribuía al bloqueo, en este caso ideológico, que sufría Cuba y que marginaba a los cubanos «de adentro» del acceso a las ideas procedentes del exterior. Nunca entendí, por ejemplo, la negativa de Guillermo Cabrera Infante a que sus obras circularan en la isla a instancias de editoriales no cubanas, como Alfaguara o Fondo de Cultura Económica. Si el gobierno revolucionario jamás iba a editarlas y siempre se opondría a su circulación, ¿por qué negarse a que otras editoriales intentaran distribuirlas en la isla si era precisamente ahí donde residían sus lectores naturales, quienes, por otra parte, eran los que más las necesitaban? Me parecía que, en este punto, Cabrera Infante, quien consideraba, con razón, que la más grave enfermedad de Cuba era la *castroenteritis*, adoptaba, paradójicamente, la misma posición que Fidel Castro, su mayor enemigo.

Por recomendación de José Agustín, quien había sido miembro del jurado que en 1968 le otorgó el Premio Casa de las Américas a Norberto Fuentes, habíamos publicado en la colección «Rayuela Internacional» el libro *Condenados del condado*, en el que Norberto da cuenta de la guerra del Escambray, que se libró en Cuba tras la invasión de Bahía de Cochinos.

Cuando Hernán y yo asistimos a la Feria Internacional del Libro de La Habana en febrero del 92, Norberto se encontraba en una situación difícil. Había sido amigo cercano de Tony de la Guardia cuando éste dirigía el Departamento MC –cuyas siglas significan «moneda convertible»– del Ministerio del Interior, que se ocupaba de realizar las operaciones clandestinas para comprar en el extranjero una enorme variedad de productos que el país necesitaba, desde fármacos y compuestos químicos hasta instrumentos de alta tecnología, y que el bloqueo le impedía obtener legalmente. Gracias a su amistad con él y a la relación personal que había mantenido con Raúl Castro y con el mismísimo Comandante, Norberto había gozado de los muchos privilegios de que disfrutan los altos mandos de las Fuerzas Armadas Revolucionarias. Había vestido el uniforme militar y había viajado a Angola con la encomienda de escribir un gran reportaje sobre las campañas internacionalistas que, al mando del general de división Arnaldo Ochoa, realizaba Cuba en aquel país. Desde que Tony de la Guardia fue acusado de traición a la patria por su presunta implicación en el caso de narcotráfico que puso en crisis la estabilidad del régimen de Fidel Castro, y fusilado, junto al general Ochoa, el 13 de julio de 1989, Norberto cayó en desgracia. Cuando Hernán y yo lo visitamos, sufría una especie de arresto domiciliario y al parecer era vigilado por los mismos órganos de inteligencia de la Seguridad del Estado a los que él había servido.

Por intercesión de un escritor cubano amigo suyo, que llevaba en su apellido un estigma imborrable –Alberto Batista–, lo fuimos a ver a su casa de La Habana, en la que vivía recluido con la última de las varias mujeres con las que sucesivamente había contraído matrimonio, un hijo –¿o hija?– apenas nacido y unos suegros tan solícitos como aterrados.

La casa, de una sola planta y rodeada de jardín, tenía la modernidad de los años cincuentas. Era fresca y espaciosa y estaba amueblada con mesas y sillones de mimbre. No nos hubiera parecido lujosa, si no hubiéramos sabido de las condiciones de hacinamiento y decrepitud que prevalecen en la mayoría de las viviendas habaneras.

Le llevamos de regalo algunos libros, entre los que, si mal no recuerdo, se encontraba una extraordinaria antología bilingüe de la poesía norteamericana que acabábamos de publicar en dos volúmenes y en la que competían los mejores traductores de la lengua inglesa al español. Recibió los libros con tal avidez que por un momento Hernán, Batista y yo quedamos relegados a un segundo plano. Después de hojearlos y manosearlos, nos ofreció un trago de ron Paticruzado. Lo acompañamos a la cocina a sacar los hielos del refrigerador y nos sentamos en la terraza a conversar largamente de temas insulsos. Cuando quisimos saber de su situación, tras haber apurado dos o tres tragos, Norberto se puso de pie intempestivamente y, para nuestro desconcierto, empezó a aplaudir de manera estentórea. En voz baja y sin dejar de palmotear, nos pidió que lo acompañáramos al centro del jardín. Abandonamos la terraza y lo seguimos mientras él continuaba batiendo palmas, como si espantara moscas.

Una vez en el jardín, donde según él ya no había micrófonos que perturbar a fuerza de palmotadas, nos contó de manera muy sucinta de la gravísima situación en la que se encontraba tras el fatal desenlace de sus amigos Tony de la Guardia y Arnaldo Ochoa. Se sabía vigilado y tenía miedo. No nos dio mayores explicaciones. Sólo nos tomó de las manos y así, asidos los cuatro, sellamos por iniciativa suya una especie de juramento de amistad perdurable.

Después de ese ritual que me llegó más al corazón que a la cabeza, nos despidió amigablemente con el cortés pretexto de que nuestra presencia le impedía empezar a leer los libros que le habíamos llevado de regalo.

Tiempo después, Norberto intentó escapar de Cuba en un barco, aunque hay quien dice que su presunta huida fue un mero simulacro para concitar la atención de la prensa internacional y asegurar su inmunidad. Lo cierto es que, fingida o verídicamente, fracasó en el intento y lo capturaron tan pronto como volvió a poner un pie en la isla. Veinte días después fue puesto en libertad merced a un movimiento de solidaridad de escritores de todo el mundo. Yo firmé en México un manifiesto a favor de su liberación. No había pasado un año del suceso cuando Norberto, aduciendo que tenía pruebas fehacientes de que lo querían asesinar, se puso en huelga de hambre. Un mes después, gracias a la proverbial intercesión de García Márquez, pudo abandonar la isla. En la cronología que antecede a su novela *Dulces guerreros cubanos* –escrita en su exilio neoyorkino–, él mismo describe escuetamente los sucesos:

«1994
»*3 de agosto*. Ante evidencias de planes para asesinarlo, Norberto Fuentes se declara en huelga de hambre en su casa de La Habana.

»*5 de agosto.* Se produce el llamado "Habanazo" o "Maleconazo" (por la avenida del Malecón habanero), el primer alzamiento de la población de la capital cubana contra Fidel Castro, que es reprimido con éxito en pocas horas. Como consecuencia, comienza la crisis de los balseros.

»*1 de septiembre.* Fidel cede ante los escritores norteamericanos para que Gabriel García Márquez actúe como su emisario ante Bill Clinton. La reunión es en la residencia de William Styron, en ese momento presidente del PEN American Club. Dos gobernantes con premura por solucionar la "crisis de los balseros", pero Fidel tiene que entregar una prenda: el escritor cubano que lleva casi un mes en huelga de hambre.

»*2 de septiembre.* Norberto Fuentes logra salir de Cuba con Gabriel García Márquez y en el avión ejecutivo que el presidente mexicano Salinas de Gortari –el tercer gobernante involucrado en la crisis– pone a disposición».

La primera casa que Norberto visitó en México, apenas desembarcado, fue la mía, en San Nicolás Totolapan. Hernán había ido por él al aeropuerto, lo había llevado a instalarse en el Hotel María Cristina y de ahí lo había conducido a mi casa. Esa noche se había ido la luz y los recibí con velas. Lo que más me impresionó de su persona fue su descomunal barriga, que yo no recordaba y que no sé si contradecía o afirmaba la huelga de hambre a la que se había sometido por espacio de un mes. Comió con voracidad el jamón serrano y los quesos que había dispuesto para el caso y apuró, uno tras otro, numerosos *whiskys*.

Me pidió el teléfono. Habló durante costosos minutos, en un tono burlón y desembarazado, con sus amigos de Miami, con los que se reuniría un par de días después. Entre otros, con Alberto Batista, que le había tomado la delantera y había podido marcharse de Cuba antes que él.

Entre los telefonemas, el engullimiento desaforado del jamón, la reiteración de los *whiskys*, la intermitencia de la energía eléctrica, que se iba, regresaba y se volvía a ir –como si estuviéramos en La Habana y no en la ciudad de México–, y un sentido del humor muy cubano que frivolizaba cuanto se decía, poco hablamos de su caso. Igual nos había sucedido en su casa de La Habana. Allá habíamos establecido, tras una plática superficial, una complicidad amistosa sin que yo hubiera sabido a ciencia cierta los términos en los que se había fundado y que ahora, una vez pasada la crisis, perdía densidad y hondura. Así me pasa frecuentemente con los asuntos de Cuba. Me muevo por una solidaridad de origen que no sé definir *a priori* y que me obliga, *a posteriori*, a hacer reflexiones como las que trato de articular en las páginas de este libro. Todavía no puedo hacer un juicio de valor sobre el caso Norberto Fuentes, pero sí consignar mis impresiones. Al final de la reunión, Norberto habló mal de García Márquez, la persona que lo había sacado de Cuba. Podría entender que la alianza de Gabo y Fidel, para muchos inexplicable, a él pudiera parecerle repugnante en su nueva condición de exiliado, pero no puedo ocultar que su manifiesta ingratitud me dejó perplejo. Había algo de extrema ligereza en la actitud que adoptó Norberto en mi casa esa noche de septiembre de 1994. Daba la impresión de que quisiera restarle importancia a la gravedad de su caso. ¿Sería porque quería olvidar su historia reciente, tan calamitosa desde la caída de Tony de la Guardia y Arnaldo Ochoa, o porque en ella había algo de engaño y falsedad? Lo cierto es que no reflejaba la pena del exiliado que habrá de enfrentarse a las incertidumbres de una nueva vida en un país extraño, sino la alegría de quien ha burlado al enemigo y se ha salido con la suya.

En su novela *Dulces guerreros cubanos*, publicada cinco años después, Norberto cuenta la historia de su relación con los hermanos De la Guardia y Arnaldo Ochoa, su participación en las campañas de África y la persecución a la que el régimen lo había sometido después de la causa 1/89 por la cual condenaron a muerte a sus amigos cercanos. Es un libro abigarrado de datos y revelaciones. Pero también de maledicencias y vituperios. Lo que más me llama la atención es que, a lo largo de las más de cuatrocientas cincuenta páginas que lo integran, no haya en ese libro ninguna reflexión a propósito de las implicaciones morales de un cambio de bando. Critica acerbamente las atrocidades de un régimen en el que él participó y gracias a las cuales disfrutó de muchísimas canonjías, pero no deja ver otra explicación de su radical cambio de postura política que la pérdida de la protección privilegiada de la que disfrutó mientras estuvo cerca del poder.

Cuando Eliseo Diego recibió en la ciudad de Guadalajara el Premio Juan Rulfo a finales de 1993, leyó un texto agradecido y testamentario en el que pedía que, de morir en México, lo sepultaran cerca del escritor mexicano que tanto sabía de la conversación con los difuntos:

«Hay dos lugares cruciales en la vida de un hombre. El lugar donde nace y aquel en que debe esperar a que le caiga encima toda la enormidad del tiempo. Nací yo en Cuba, y en Cuba desearía acabar. Pero si por azar me tocase hacerlo en esta tierra de México a la que tanto amo por tantas razones, ponedme, hermanos y hermanas, cerca de donde está Juan Rulfo. Porque él, que sabía mucho de estas cosas, afirma que los muertos cuando están solos platican muy a gusto entre ellos y cuentan cosas; se cuentan sus historias».

Al poco tiempo, como lo había intuido –¿o decidido?–, Eliseo Diego murió en la ciudad de México. Su petición, tal vez sólo retórica, no fue atendida y sus restos mortales fueron trasladados a su isla natal, donde reposan muy cerca de los de Lezama Lima en el Cementerio Colón. El día de su muerte dejó escrito un poema titulado *Olmeca*, en el que manifiesta su última alegría:

Es cierto que estoy muerto y que ustedes me miran y están
vivos.
Pero yo estoy muerto de risa.

La gracia y el regocijo que campean por ese poema me hacen pensar que pudo burlar a la muerte, como Rulfo, que tanto vivió con ella, y que, independientemente del lugar que ocu-
pan sus cuerpos, Eliseo Diego y Juan Rulfo «se cuentan sus
cosas, sus penas, sus alegrías, todo».

Como lector de poesía, pero sobre todo en su aromática y
sabrosa tarea de traductor de la lengua inglesa –porque para él
traducir un poema era cosa de sabores y de aromas–, Eliseo
Diego supo conversar con los difuntos:

«No sólo son nuestros amigos aquellos a quienes vemos
casi a diario, o en un de cuando en cuando que es el siempre de
toda una vida. Si la amistad, más que presencia es compañía,
también lo serán aquellos otros con quienes jamás pudimos
conversar porque nos separan abismos de tiempo inexorable».

Así, con ese nombre quevediano, *Conversación con los difuntos*, tituló la antología de sus traducciones, que aparecen prece-
didas, en cada caso, de una nota cálida a propósito del autor
y de las dificultades de su arte, siempre vacilante entre la fidelidad al original y la belleza que debe alcanzar en la lengua a
la que se vierte. Algún misógino dijo alguna vez que la traducción de la poesía era como las mujeres: cuanto más bellas, más
infieles.

Precisamente acababa de ser publicado ese libro en México por El Equilibrista, editorial así llamada en homenaje a uno
de sus poemas, cuando Hernán y yo lo visitamos en La Habana una tarde apacible de febrero de 1992. Vivía entonces en El
Vedado, en los bajos de un edificio de la antigua avenida de los

Presidentes, con Bella, su mujer, su hija Fefé –hermana gemela de *Lichi*– y quizá con alguien más, pues en el vestíbulo se fueron sobreponiendo, con sonoridad muchacha, varias bicicletas a lo largo de la tarde. Habíamos comprado dos botellas de *whisky*, una para él y otra para que la compartiera con nosotros durante nuestra visita, que se prolongó hasta el anochecer. La casa de los Diego, como lo cuenta *Lichi*, siempre estuvo abierta a todo el mundo, quizá en herencia de la costumbre de la casa paterna de Bella García Marruz, la mujer de Eliseo: «Músicos, poetas, trapecistas, ginecólogos apasionados, barítonos, tenores, dibujantes, escultores, empresarios de circo, cinéfilos, buscavidas, artistas de vodevil y hasta un campeón de charlestón en patines animaban un universo familiar donde no había cabida para el eclipse de la tristeza o la borrasca de la desilusión». Así que el poeta nos recibió con una amabilidad acostumbrada por generaciones a la recepción, mas no por ello rutinaria. Yo había conocido a Eliseo Diego desde el primer viaje que hice a La Habana en el 74 y lo había vuelto a ver en México, cuando vino a impartir un cursillo en la Facultad de Filosofía y Letras, pero ésa fue la primera vez que conversé con él en la intimidad de su propio espacio y al margen de la vida protocolaria, a la que era tan esquivo. Lo recordaba más corpulento y más sonoro. Quizá el tiempo, que era su única posesión al final de la vida, lo había enjutado un poco. O tal vez era la cercanía con la que lo trataba por primera vez la que me lo presentaba más pequeño. Su voz, apagada por el tabaco y por una respiración dificultosa, ahora concordaba más con las tonalidades serenas y pausadas de su poesía. La inteligencia, la ironía, el *whisky* le abrillantaban la mirada, que a veces se perdía entre las espirales del humo de la pipa y los recuerdos. Habló largamente de la poesía de lengua inglesa –Marvell, Blanco White, Chesterton, Yeats– con la sencillez de quien, gracias al ejercicio del difícil arte de la traducción, viene de regreso de sus complejidades. Bella fumaba y leía sentada al escritorio que se encontraba en la misma sala de la casa, Fefé entraba y salía del cuarto con discreción de ángel y nosotros conversábamos y tomábamos *whisky* como si fuéramos parte de la familia, mientras los muchachos saludaban y se despedían sucesivamente sin alterar la tranquilidad de la tarde.

Al final, cuando empezaba a anochecer, Eliseo le pidió a Fefé que trajera el juego de mesa que él mismo había inventado y construido cuando niño. Era un tablero de cartoncillo sobre el que había dibujado, en colores antaño distintivos y ahora igualados por el tiempo, las figuras de guerreros pertenecientes a dos bandos enemigos. Durante un rato, animados por el *whisky*, jugamos a la guerra en la santa paz de la vida doméstica.

No me sorprende que *Lichi* se refiera a su padre, aun por escrito, con el simple nombre de *papá*.

Si el poema *Olmeca* con el que puso punto final a su escritura denota la pareja alegría de vivir y de morir, su testamento poético nos deja todo el tiempo para recordarlo y para quererlo:

> no poseyendo más
> entre cielo y tierra que
> mi memoria, que este tiempo;
> decido hacer mi testamento.
> Es
> éste: les dejo
> el tiempo, todo el tiempo.

Una tarde de febrero de 1995, Hernán y yo, que en esa ocasión viajábamos a Cuba acompañados por Aída y Yolanda, nuestras respectivas esposas, tuvimos el privilegio de visitar a Dulce María Loynaz en su emblemática casa de El Vedado, en la calle E, originalmente llamada de los Baños, que es de las más literarias de La Habana, pues en ella habían vivido Eliseo Diego (E y 21), Alejo Carpentier (E y 11) y seguía viviendo, apartada del mundo, Dulce María Loynaz (E y 19).

Nuestro pasaporte era una pequeña antología de la poesía de Dulce María que habíamos editado en el año 91, por iniciativa de Alejandro González Acosta, académico cubano avecindado en México, quien obtuvo el permiso de la autora para publicarla, hizo la selección de los poemas y redactó la nota introductoria. Ése fue el primer libro de la escritora cubana que salió a la luz en México. Su mérito editorial consistía en que se había publicado con anterioridad a que Dulce María recibiera de manos del rey Juan Carlos I de España, en 1992, el Premio Cervantes –mayor galardón de la lengua española, otorgado antes que a ella a Alejo Carpentier y después a Guillermo Cabrera Infante–. A partir de esa fecha, se multiplicaron las ediciones de las obras de la autora, que sólo así pudo salir del anonimato casi total que tenía fuera de Cuba y aun dentro de su patria.

Dulce María, al principio, tenía reticencias para publicar en México esa pequeña antología de la serie «Material de Lectura» de la UNAM. En una de las cartas que dirigió a González Acosta y que éste publicó póstumamente, le dice sin ambages: «Respecto a lo que me propone sobre incluir mi obra en esa colección –un poema que no sea muy extenso, *Últimos días de una casa*, *Carta de amor*, etcétera– le agradezco su interés, pero preferiría que no incluyese ninguno. Ese país me ha ignorado año tras año y, para los que faltan, bien puede seguir ignorándome». Sin embargo, una vez publicado el librito, Dulce María matiza su comentario y les echa la culpa de la falta de difusión de sus obras en el extranjero a las autoridades culturales cubanas, que tuvieron que esperar a que recibiera el Premio Cervantes para publicarla en Cuba: «Por supuesto, me agrada la noticia que me da sobre la publicación de obras mías en esa Universidad Nacional. México es un país donde mi palabra no ha tenido mucho eco, no por falta de sensibilidad de sus moradores, sino por otra cosa de aquí, que la han, seguramente, desviado».

Si en La Habana parece que el tiempo se ha detenido desde 1959, la casa de Dulce María Loynaz, una isla dentro de la isla, es un reducto de los tiempos anteriores a la Revolución. Una casona señorial, como la mayoría de las que sobreviven en El Vedado, con verja de hierro, jardín, portal cercado por balaustradas y espacioso y fresco recibidor.

La maleza había cubierto las rejas y desde la calle no se alcanzaba a ver casi nada de la mansión. Llegamos a la hora convenida con la sobrina de la escritora, que la cuidaba y atendía. La casa no contaba con timbre ni aldabón, así que tuvimos que acudir a la práctica habanera de gritar para anunciar nuestra llegada. Inmediatamente se oyeron los ladridos de los perros, que salieron a recibirnos antes de que la sobrina se apersonara en la puerta. Eran perros plebeyos, que contrastaban notablemente con la aristocracia de la casona de El Vedado. Pasamos al recibidor. Piso de mármol, candiles de cristal, cortinajes, tibores chinos, candelabros de bronce y figuras de porcelana sobre las mesas, bodegones flamencos y abanicos de seda en las paredes, mecedoras de bejuco y un gran sillón de tapiz floreado con garras de león a manera de patas y carpetas de encaje de Bruselas en los brazos y el espaldar. La sobrina se ausentó por unos momentos y a la comitiva canina que nos recibió en la puerta de la calle se sumaron otros perros del mismo linaje callejero, que nos husmeaban sin dar tregua a la excitación que nuestra visita les provocaba.

Al cabo de un rato, hizo su aparición Dulce María Loynaz, acompañada de su sobrina. Tenía a la sazón noventa y tres años. Vestía un batón azul y calzaba, sobre unas medias de un blanco inmaculado, unos zapatos negros que se hubieran antojado masculinos a no ser por sus dimensiones diminutas. Se apoyaba en un bastón y tenía puestos unos anteojos redondos de carey que al parecer de muy poco le servían. Prácticamente estaba ciega. Sus manos, blanquísimas y muy delgadas, se correspondían con una cabellera rala y totalmente blanca que se recogía en un chongo. Nos ofreció las mecedoras y ella se sentó en el sillón, con el bastón en el regazo. Los perros se arremolinaron a su derredor y alguno de ellos se orinó tranquilamente a los pies de la poeta, sin que ella se inmutara. Pidió disculpas por su ceguera y muy pronto identificó nuestras respectivas voces para dirigirse a cada uno de nosotros de manera diferenciada. La voz de Yolanda le pareció muy dulce y así se lo hizo saber, acariciándole la mano con un cariño maternal.

Me impresionó su deslumbrante lucidez. Con palabras comedidas y en perfecta ilación, agradeció nuestra visita, la caja de bombones que le llevábamos de regalo, y la publicación de otro libro suyo, *Fe de vida*, que habíamos coeditado con la Editorial Letras de Cuba, a iniciativa de Rodrigo Moya, escritor, fotógrafo y devoto admirador de la Revolución cubana.

Fe de vida es una biografía de su esposo, Pablo Álvarez de Cañas, un destacado cronista de sociales de los tiempos anteriores a la Revolución, quien, por cierto, había hecho la crónica para el *Diario de la Marina* de la boda de mis tíos Juan y Rosita. Ahí, Dulce María cuenta, efectivamente, la vida de su marido, pero también es una autobiografía indirecta, que le permite decir de sí misma lo que quiere y al mismo tiempo ocultar lo que no desea que se sepa. En todo caso, es una riquísima historia de la sociedad y de la cultura habaneras de la primera mitad del siglo XX, centrada en los opulentos rituales de la aristocracia criolla. También habla de su familia, una de las más conspicuas de la isla. Su padre, el general Enrique Loynaz del Castillo, fue combatiente en la guerra de Independencia y escribió un himno a la patria que, según me dicen, aún se entona en las escuelas y en algunas ceremonias oficiales. Ya anciana, Dulce María compiló los escritos del general y los dio a la imprenta bajo el título de *Memorias de la guerra*, libro que tuvo que esperar mucho tiempo para ver la luz, como ella misma le confiesa, no sin amargura, a González Acosta al quejarse de que sus propias obras no se editaran en Cuba: «La misma obra de mi padre, bien escrita y útil a la historia del país, aún sigue engavetada al cabo de once años de entregada». Sus hermanos, Carlos Manuel, Enrique y Flor, también eran poetas y, a diferencia de Dulce María, que al parecer fue la única cuerda de la familia, llevaban una vida iconoclasta, concordante con el espíritu de las vanguardias europeas de entreguerras: entre otras extravagancias suyas, se cuenta que alteraban radicalmente los horarios convencionales, pues vivían de noche y dormían de día, como ciertos personajes de Alejo Carpentier. Dicen que en ellos se inspiró el novelista para escribir *El Siglo de las Luces*. Federico García Lorca trabó amistad con los hermanos Loynaz en sus visitas a La Habana, y a la casa familiar llegaban poetas de renombre internacional, como Gabriela Mistral o Juan Ramón Jiménez.

Al triunfo de la Revolución, Dulce María Loynaz, que durante su juventud había viajado por todo el mundo –Siria, Egipto, Turquía, Europa, Estados Unidos, Sudamérica–, no dejó su país natal, como hicieron muchos de su clase y condición, entre ellos, familiares cercanos y su propio esposo, Pablo Álvarez de Cañas. Nara Araujo, entendida como nadie en la obra de Loynaz y persona muy cercana a la escritora, cuenta que un poeta de dimensión nacional y de la vieja militancia en la izquierda, del que no da el nombre pero que muy bien pudo haber sido Nicolás Guillén, había comentado que Dulce María debía marcharse de Cuba pues, en el nuevo orden de cosas, la vieja y solitaria aristócrata no tenía cabida. Cuando ella se enteró de tal comentario, dijo, categórica: «Que se vayan ellos, yo llegué primero». Ciertamente, ella había llegado antes. Nació en 1902, el mismo año en que se instaura la República de Cuba y se construyen las primeras casas de El Vedado, del que ella quizá haya sido la mayor conocedora, aunque lamentablemente la ceguera no le permitió publicar, como se lo había propuesto, la historia de ese reparto de La Habana. Por fortuna, nos dejó, al respecto, muchos testimonios vívidos en su libro *Fe de vida*.

Dulce María Loynaz fue la directora de la Academia Cubana de la Lengua, y en condiciones muy adversas después de la Revolución, sin presupuesto ni sede propia, mantuvo la institución en vilo y abrió su propia casa al concurso de los académicos. Esa tarde de nuestra visita, nos condujo al salón donde tenían lugar las sesiones. Pasamos por un corredor presidido por una gigantesca águila de bronce, flanqueada por dos pedestales de mármol sobre los cuales se asentaban las figuras de Fernando de Aragón e Isabel de Castilla, reina esta a la que Dulce María dedicó un estudio que la hizo acreedora al premio de periodismo que con su nombre otorga España. También había obtenido en ese país la Cruz de Alfonso X el Sabio. En Cuba, el gobierno revolucionario le otorgó el Premio Nacional y la Distinción por la Cultura Nacional, y la Universidad de La Habana le confirió el doctorado *honoris causa* en una ceremonia, por cierto, muy engorrosa para ella, como le confesó a Nara Araujo, porque se celebró a las tres de la tarde, la hora sagrada de la siesta. Lo que más me llamó la atención del salón de sesiones de la Academia fue un piano de cola, cubierto por un mantón de Manila, en el que García Lorca había tocado arrebatadamente sus composiciones populares.

No recuerdo los temas de la conversación que sostuvimos con Dulce María Loynaz aquella tarde, pero sí las cualidades de sus palabras, que revelaban el raro equilibrio entre la firmeza y la bondad, la inteligencia y la sencillez, la reciedumbre y la dulzura de esta mujer de otro tiempo, que había decidido permanecer en Cuba, a pesar del cambio radical que con la Revolución se había operado en el país. Nara Araujo también cuenta que, en alguna ocasión, un periodista le preguntó sobre su tenacidad de permanecer en Cuba y ella, con palabras lapidarias, le respondió: «La hija de un general del Ejército Libertador muere en su patria». En Cuba, en La Habana, en su casona de El Vedado, en su cama, murió poco tiempo después de nuestra visita.

Al pensar en Dulce María Loynaz, inevitablemente recuerdo a mi tía Ana María. Descansen en paz. En Cuba.

Las puertas enanas

Leonardo Padura celebra su cumpleaños en su casa de Mantilla. Él y Lucía han trabajado todo el día en la cocina. Habían contratado el servicio de una pareja que sirve a domicilio el cochinito, acompañado de congrí, malanga y plátano pintón a puñetazos. Pero esa misma mañana les cerraron el pequeño negocio a estos empresarios domésticos, y Lucía y Leonardo tuvieron que resolver por sus propios medios la comida de la fiesta.

Stanislav, un ruso de los viejos tiempos que se quedó en Cuba y se metió a santero —sí; un ruso babalao—, hace una alegoría a propósito de la clausura de ese negocio familiar que estaba funcionando de lo más bien.

En la oscuridad de la terraza de Padura —porque la luz, como suele suceder, se ha ido— Stanislav dice: En Cuba todas las puertas miden un metro con cuarenta centímetros de altura. Se puede pasar de un lugar a otro, sí, pero siempre agachando la cabeza. Y concluye: En un país donde todas las puertas miden un metro con cuarenta centímetros, los únicos felices son los niños.

22
El paréntesis

Empecé a escribir mis recuerdos el pasado 24 de junio de 1985, día del santo de Juan, q.e.p.d., y aniversario de la noche en que les pidió a mis padres su autorización para iniciar nuestro noviazgo. Hoy, que abro este paréntesis en el relato de mi larga historia, también es día 24, pero de abril de 1986, fecha en la que cumplo ochenta y dos años.

El motivo principal de abrir este paréntesis en la relación de mis recuerdos, que he venido contando por su orden, es el temor de que la vida no me alcance para referir las desventuras que he vivido en estos últimos tiempos. Así como he dejado constancia de mi felicidad al lado de mi esposo y en compañía de mis hijos durante cuarenta años, también deseo dar cuenta de mis penas, que se desencadenaron a partir de 1963, con el fallecimiento de mi hijo Juanito. Su muerte ha sido la mayor de todas mis desgracias.

Después de catorce años de vivir Juan y yo solos en Cuba, pensaba que nuestra llegada a los Estados Unidos sería una bienaventuranza. Pero la felicidad de reunirme con mis hijos muy pronto se apagó. Desde que llegué aquí, he sufrido demasiado y de todos los colores. Ahora, sola y desengañada, creo que Juan tenía razón. Él sabía calcular mejor que yo las cosas íntimas del corazón. Nunca debimos haber venido.

Desde que tomamos la decisión de irnos de Cuba hasta que llegamos a Miami, la vida fue muy dura para mí. No me sentía bien de salud y no contaba con la ayuda de Juan, que tenía muchos años arriba y casi se había quedado ciego. Sola y enferma tuve que enfrentar todas las dificultades de nuestra salida.

Berta se ocupó desde Miami de las engorrosas gestiones para que Juan y yo pudiéramos entrar a los Estados Unidos. Incluso tuvo que hacer un viaje a México para realizar no sé qué trámite, pues en ese país tendríamos que hacer una escala forzosa. Esa idea no me disgustaba porque tendría la oportunidad de visitar a mi hermana Virginia y sacar el dinero de la cuenta en la que se depositó el seguro de vida de Juanito. Mario, por su parte, costeó el importe del viaje, para lo cual nos tuvo que enviar desde Chicago la suma correspondiente en dólares canadienses, como lo exigían las autoridades cubanas. Elena dejó que sus hermanos se encargaran de los costes y de los trámites del viaje porque consideraba que ella ya había cubierto su cuota por adelantado. Desde que retiraron a Juan de su trabajo con un salario de sólo 110 pesos, ella empezó a girarnos mensualmente cincuenta dólares americanos, que nos resultaban muy provechosos, aunque al cobrarlos nos descontaban casi la cuarta parte del total. Pero con esos ingresos apenas nos alcanzaba para los gastos indispensables de cada mes. Por eso, cuando ocasionalmente venía a La Habana de visita mi hermana Virginia, le pedía que me trajera algunos dólares de la cuenta de Juanito, de la que ella tenía firma reconocida. Esos dólares los administraba con muchísimo cuidado y siempre con pesar, pues me figuraba que cada uno de ellos era un pedazo de la vida de mi hijo. Debido a la escasez que había de artículos de primera necesidad, con los pesos cubanos de Juan no podíamos comprar lo que necesitábamos y a veces teníamos que recurrir a la bolsa negra para abastecernos de algunos alimentos. Nosotros teníamos un pequeño ahorro en un banco de Cuba, pero los que abandonaban el país no sólo perdían lo que tuvieran depositado en sus cuentas bancarias sino que tenían la obligación de reponer lo que hubieran extraído de ellas durante los dos años anteriores a su partida. Con ese dinero no podíamos contar, así que me vi en la necesidad de ir vendiendo todo aquello que tenía cierto valor y que no podría sacar de la isla. Lo hice con extrema precaución porque las personas que habían iniciado el trámite de salida tenían estrictamente prohibido realizar este tipo de operaciones, pues al salir estaban obligadas a entregar al gobierno todas sus pertenencias. Vendí dos vajillas, un juego igualmente completo de copas de cristal de Bacarat, varias sábanas de hilo, toallas, manteles, adornos de porcelana y buena parte de mi ropa: vestidos, zapatos, chalinas. Me dio mucha tristeza desprenderme de esos bienes. Algunos de ellos me habían acompañado toda mi vida de casada y yo me había esforzado en mantenerlos como nuevos. Es el caso de una vajilla de servicio para doce personas, a la cual, gracias a mis cuidados, no le faltaba ni un solo plato ni una sola taza ni tenía ninguna pieza descascarada. Fue como desprenderme de una parte de mi vida. No me atreví a vender el juego de cubiertos de plata que nos habían regalado el tío José Ferrán y su esposa Enriqueta cuando nos casamos. Algo de valor tenía que entregar al gobierno para no infundir sospechas cuando nos marcháramos, así que registré aquel estuche junto con los muebles de la casa, el refrigerador, los platos y cubiertos de uso diario y muchas cosas más en el inventario que se levantó el día anterior a nuestra salida. Con el producto de las ventas pudimos enfrentar los gastos de la partida y todavía nos sobró una cierta cantidad que yo le quise dejar a mi hermana, pero Ana María la rechazó. Dijo que su dignidad revolucionaria le impedía aceptar ese dinero. Yo no la entendí. La verdad, creo que no la he entendido nunca.

Por fin, después de miles de problemas y con el miedo de que a última hora se pudiera frustrar lo que tanto yo deseaba, llegó el 23 de mayo de 1977. Me impresionó mucho que después de una vida entera de cuidados y trabajo todas nuestras pertenencias cupieran en un tubo de lona no mayor de un metro de largo que llevamos como único equipaje. Nos despedimos de los vecinos. Algunos nos manifestaron su sincero pesar por nuestra partida pero la mayoría se alegró de que nos marcháramos de ahí. Ese país no era para nosotros, decían.

Esa tarde, Anita, que nunca salía de casa, decidió acompañarnos al aeropuerto. Ella misma resolvió que Zacarías, su vecino, nos llevara en su máquina hasta Rancho Boyeros. A la hora de la despedida acabé de comprender lo que había estado pensando desde que tomamos la determinación de dejar el país: que más nunca volvería a ver a mi hermana menor, y que a partir de ese momento ella, la más pequeña de las tres, se quedaría sola en Cuba, sin más familia que la de los restos de nuestros padres, que reposan para siempre en el Cementerio Colón. Sólo la acompañaría Hilda, su sirvienta, a quien le ha cogido un cariño inexplicable.

De pronto, casi milagrosamente, nos vimos a bordo de un avión ruso que nos conduciría a México. A pesar de haber conseguido lo que tanto había soñado, sólo a última hora, ya en el avión, comprendí con gran tristeza lo que significaba abandonar la patria y no pude contener las lágrimas. La vida nos había quitado a nuestros hijos y ahora nos quitaba nuestro país: su mar, su calor, su paisaje, su linda gente.

Mi hermana Virginia me ayudó en las gestiones necesarias para permanecer unos días en México. Muy generosamente nos alojó en su casa, donde vivía sola desde que se casó el último de sus hijos. Qué trabajo le ha de haber costado resignarse a su soledad tras una vida rodeada de tantos muchachos. Pero al menos ellos vivían en México y la podían visitar cuando quisieran. Virginia y todos los miembros de su numerosa familia nos recibieron con un inmenso cariño. Fueron particularmente afectuosos con Juan, a quien la mayoría sólo conocía por retrato. Durante los días de nuestra estancia en México, Juan apenas se movió del sillón de la sala. Ahí permanecía sentado, en silencio, caviloso, con las manos entrelazadas sobre su bastón, sin hablar con nadie. Sólo cuando venía a vernos mi sobrino Gonzalo, que nos había visitado en Cuba hacía tres años, Juan se animaba un poco y, pensando que yo no me daba cuenta, se tomaba con él una copa de tequila. Claro que me daba cuenta, pero me hacía la tonta porque comprendía que a pesar de los problemas intestinales que había tenido, una copa lo sacaría un poco de su tristeza. Yo aproveché la cercanía de mi hermana para desahogar mis penas. En verdad ésa fue la primera ocasión que pudimos conversar a solas, porque cuando ella iba a La Habana, se quedaba en casa de Ana María, que nos celaba y no nos daba la oportunidad de hablar de lo que más profundamente nos unía a Virginia y a mí: la dolorosa muerte de nuestros hijos, que Anita jamás podría entender porque ella nunca supo lo que es tener un hijo y lo que un hijo representa. También me dediqué en esos días, con la ayuda de mi sobrino Benito, a administrar los recursos que aún quedaban del seguro de vida de Juanito y que yo debía cuidar mucho para no tener que depender totalmente de mis hijos en los Estados Unidos.

Una mañana mi sobrino Jaime se ofreció a llevarme en su máquina descapotable al Panteón Español, donde reposan los restos de Juanito y Tere. Cuando llegamos a la cripta de la familia Celorio, Jaime quiso acompañarme, pero yo le pedí que me esperara afuera y bajé sola. Después de catorce años de larga espera, deseaba velar a solas el cadáver de mi hijo, como no me lo habían permitido hacer en su momento. Leí la lápida: JUAN BALAGUERÓ BLASCO. CUBA, 1938 - MÉXICO, 1963. Ni aun así, frente a esa terrible certidumbre, pude hacerme a la idea de su muerte.

Llegó por fin el ansiado día de seguir nuestro viaje hasta Miami. Al despedirme de Virginia, volví a sentir lo mismo que había sentido cuando abracé por última vez a Ana María en el aeropuerto de La Habana: que más nunca la volvería a ver.

Durante el trayecto de México a Miami, Juan y yo casi no hablamos. Yo abrigaba la fervorosa ilusión de recomponer la vida familiar que la historia reciente de mi país me había arrebatado; imaginaba que todo volvería a ser como antes. Juan, que siempre fue más realista que yo, sabía que la realidad a la que nos enfrentaríamos de un momento a otro iba a estar muy por debajo de mis anhelos porque el tiempo, decía, no pasa en vano y todo lo pudre y deteriora. Es irreversible, como la muerte. A pesar de las carencias y la soledad que habíamos sufrido en Cuba; a pesar de que el gobierno le había expropiado el almacén de calzado para el que había trabajado toda su vida; a pesar de que jamás le llegó su turno para que lo operaran de los ojos, Juan nunca estuvo convencido de que la mejor solución a nuestra vejez fuera abandonar la isla donde yo había nacido y en la que él había vivido por más de setenta años. Ahora creo que tenía razón. Nunca debimos haber salido de Cuba.

La espera en el aeropuerto de Miami fue tan larga como grandes eran mis ansias de abrazar a mis hijos. Por fin, después de horas de papeleo, Juan y yo pasamos migración, y, como una aparición divina, vimos a Berta, a Elena y a Olguita, su hija, que llevaban más de dos horas esperando nuestra llegada. Las lágrimas que había ahorrado a lo largo de tantos años se liberaron de un solo golpe e impidieron que las palabras de alegría salieran de mi boca. No bien había acabado de abrazar, llena de emoción, a mis hijas y a mi nieta, a quien apenas reconocí, cuando una punzada en el corazón me hizo sentir el dolor de una ausencia. Mario no estaba ahí. Él vivía en Chicago, pero yo estaba segura de que se trasladaría a Miami para recibirnos. Ésa fue mi primera desilusión. Berta y Elena me explicaron que no había podido hacer el viaje por motivos de trabajo, pero yo intuí que algo más serio le ocurría. Acabaron por confesarme que se estaba divorciando de Magali, pero que la próxima semana vendría a visitarnos con sus hijas María y Magalita, a quienes nosotros no conocíamos.

Ya en Miami, mientras se hacían los trámites necesarios para recibir la ayuda económica que el gobierno americano otorga a los exiliados y buscábamos un apartamento para nosotros solos, que era lo que Juan y yo deseábamos hacer, nos hospedamos en casa de Berta *provisionalmente*. A mí me pareció innecesario que Berta dijera esa palabra, pues yo nunca había pensado ni dicho que nos quedaríamos con ella para siempre. A Juan le daba temor que nuestra avanzada edad acabara por ser un estorbo para nuestras hijas y no quería depender de ellas. En ese tiempo, Elena y su nuevo esposo residían en Hollywood, Florida, a una hora de Miami, y trabajaban como *managers* del edificio en el que vivían. Habían pensado que nosotros podríamos instalarnos en el apartamento al lado del que ellos ocupaban, que por fortuna estaba a punto de quedar vacío.

Durante los primeros días, Berta nos llevaba en su máquina a hacer las gestiones necesarias para recibir los beneficios del gobierno americano: reconocimiento médico y ayuda para medicinas, unos sellos canjeables por alimentos y 126 dólares mensuales para cada uno, que gradualmente irían en aumento, conforme se cumplieran los requisitos de nuestra permanencia en el país. Al parecer todo empezaba a normalizarse y pronto se podría resolver el asunto de la operación de la vista de mi marido y el alquiler de nuestro apartamento. Sólo me preocupaba Mario. Al divorciarse de Magali, las hijas se habían quedado con ella, y Mario, a sus cincuenta años, vivía solo en Chicago. Ya había pasado una semana completa desde que habíamos llegado a Miami y él no había venido a visitarnos. A los quince días, por fin se apareció una tarde con sus hijas en el apartamento de Berta. Me sobrecogió verlo. Lucía muy viejo y había engordado mucho, pero aun así se veía muy guapo. Las niñas eran lindísimas, aunque la mayor, Magalita, se parecía más a su madre. Las abrazamos con mucho cariño, pero muy pronto nos percatamos de que no hablaban una palabra de español. Así que nuestra comunicación se limitó a los abrazos y los besos, que ellas naturalmente recibían con recelo pues nunca antes nos habían visto. Yo creo que sobre todo Juan les daba un poco de miedo.

A escasos veinte días de haber llegado a los Estados Unidos, gracias a las gestiones de Berta, se programó la operación de Juan. Pensar que en Cuba habíamos tenido que esperar más de dos años y nunca le llegó su turno. La operación la realizaría el doctor Rodríguez Muro, un especialista cubano, en el International Hospital de Miami. Primero le harían una intervención en el ojo derecho y, según los resultados, se vería la conveniencia de operarle el ojo izquierdo. Juan estuvo ingresado tres días. Yo me quedé con él durante las noches de su convalecencia, como no lo había podido hacer en el hospital de La Habana cuando Juan sufrió una terrible oclusión intestinal. Elena se ofreció a quedarse, pero yo no lo acepté. El médico había dicho que el éxito de la operación dependía del cuidado que se tuviera con el paciente. Como tenía muchos años y era la primera vez que lo operaban, había que vigilarlo todo el tiempo para que su carácter tan independiente y obstinado no diera al traste con la operación. Yo en aquellos días me sentía bastante mal, tenía la presión alta, me daban mareos y me faltaba estabilidad al caminar. También había sufrido una crisis nerviosa antes de salir de Cuba, pero gracias a Dios ya la había superado. Con la alegría de ver nuevamente a mis hijos, emocionalmente me sentía mejor, y no quería echar a perder esos momentos de felicidad hablándoles de mis achaques. Así que disimulé como pude mis dolencias y todos me encontraban muy bien. Su atención, como es natural, se concentraba en el papá, pues tenían temor de que pudiera quedarse totalmente ciego. Al llegar a Miami, un médico nos había examinado cuidadosamente y yo estaba siguiendo un nuevo tratamiento, con la esperanza de mejoría, y esta idea, aunada a mi nueva vida, me ayudaba y me sostenía para hacerle frente a lo que viniera.

Al principio todo fue cariño y buenos modales. El apartamento de Berta era modesto y muy pequeño, pero a mí me pareció el paraíso. Vivía sola porque ninguno de sus hijos se encontraba en Miami: Nancy se había casado y Julito estaba a punto de terminar su carrera de ingeniero nuclear en Gainsville. Sólo venían a visitarla de tarde en tarde y para recibirlos contaba con la recámara adicional que ahora ocuparíamos nosotros *provisionalmente*. Cada vez que Berta decía esa palabra yo me sentía incómoda. Ni Juan ni yo queríamos ser una carga para ella y sabíamos muy bien que en su apartamento no podríamos quedarnos por mucho tiempo. Pensé que yo estaba demasiado sensible por tantas emociones juntas y decidí no hacer caso de esa insinuación innecesaria.

Cuánto me emocionó ver las fotografías de mis nietos, casi irreconocibles, en una pequeña estantería de la sala, donde también reconocí algunos objetos lejanos de La Habana: una pastorcita de porcelana, una carpeta bordada por mis propias manos hacía ya tanto tiempo, la portada del disco con *La Bayamesa*, que tanto me gustaba escuchar y que interpretaba bastante bien al piano cuando era joven. Pero más me emocionó comprobar que prevalecía en el pequeño apartamento el mismo orden que yo les había inculcado a mis hijas. Todo estaba en su sitio y todo lucía limpísimo. Nos instalamos en la habitación de los hijos, donde nos aguardaban dos camas gemelas perfectamente bien dispuestas. La primera noche, después de comer, nos dormimos con una tranquilidad a la que ya nos habíamos desacostumbrado.

Pasaban los días y Juan y yo nos sentíamos felices, hasta que un día empecé a notar que nuestra presencia le ocasionaba a Berta cierto disgusto, que ella trataba de disimular. Poco tiempo después, pude comprobar con infinita tristeza y gran desilusión que no estaba equivocada. Pensé que por el momento también sería mejor que yo disimulara, pues ya pronto estaríamos Juan y yo instalados en la que sería nuestra nueva casa. Durante los 63 años, dos meses y 23 días que llevábamos de matrimonio, siempre habíamos hablado de lo bueno y lo malo que nos sucedía, pero ahora no le dije nada. Todavía estaba convaleciente de su operación y no quería mortificarlo. Sin embargo, días después me confesó que él también había sentido esa molestia de su hija y que no me lo había dicho a mí para no disgustarme.

Lo cierto es que Berta empezó a tratarme, a mí en particular, con bastante aspereza. Ella salía muy temprano de la casa a la fábrica de conductores eléctricos donde trabajaba y no volvía hasta las cuatro de la tarde, hora en que con frecuencia nos llevaba a las distintas oficinas en las que debíamos continuar con los trámites de nuestra residencia en los Estados Unidos. Al despedirse en la mañana, cada día con mayor frialdad, me dejaba dicho, en tono de orden, lo que debía hacer hasta su regreso. Entre otras cosas, me exigía que cuando ella volviera por la tarde, Juan y yo deberíamos estar sentados al lado de la puerta para salir enseguida. Esto yo lo comprendía perfectamente y casi nunca la hicimos esperar, a pesar de que no me sentía muy bien, de que el calor era insoportable porque Berta no ponía el aire acondicionado hasta la noche, a la hora de acostarnos, y lo dejaba quitado por la mañana cuando salía, y de que a Juan, por su vejez y su convalecencia, había que hacerle todo, desde bañarlo, lo que para mí era muy pesado, hasta afeitarlo y lavarle la dentadura.

Yo le ayudaba a Berta con la limpieza y el orden de la casa, para que ella no tuviera que hacerlo cuando regresaba por la tarde del trabajo. Ella, por su parte, nos atendía normalmente en todo: no nos faltó nada de lo común y corriente y un día me regaló una bata larga de casa y otras cosas de uso diario que yo no tenía y a ella le sobraban. Pero yo no veía en mi hija la alegría que esperaba después de catorce años de separación. Lo que más hería mis sentimientos de madre era el tono autoritario con el que me trataba. Y yo no podía decirle lo que se merecía porque sabía que ésa no era mi casa. Y así me lo hacía sentir con sus actitudes. Ya era bastante con que me hubiera ofrecido asilo *provisionalmente* en ella, lo que a pesar de todo siempre agradeceré. Cuando llegamos a Miami, yo me ofrecí a cocinar, pero ella no aceptó mi propuesta, así que comíamos de cantina para mayor comodidad de todos. Yo encontré razonable esta medida porque la comida era bastante buena y su costo no era excesivo. También quise ayudarla en los gastos derivados de nuestra estancia en la casa, pero igualmente ella se negó a recibir nuestra contribución.

A diferencia de lo que ocurría entre semana, los domingos Berta cocinaba y, por cierto, lo hacía muy bien. Yo trataba de ayudarla en lo que podía. Los tres o cuatro domingos que pasamos en su casa, se mostraba más acogedora, y aunque fuera más cariñosa con su papá que conmigo, yo igualmente disfrutaba su calidez. Uno de esos domingos, después del almuerzo, me invitó, por primera vez con amor de hija, a escuchar algunos discos de música cubana en su magnífica estereofónica. El disco que puso fue precisamente el de *La Bayamesa*. Fue tanta la emoción que me provocó su gesto que de pronto me sentí mal y empecé a llorar. Ella creyó que la causa de mi llanto era esa pieza, que viene siendo como el himno de nuestra querida patria, y enseguida quitó el disco, pero en realidad mis lágrimas se debían a que por primera vez desde nuestra llegada había sentido el alma de mi hija unida a la mía a través de aquella melodía. Me repuse y le expliqué, todavía con los sollozos que me oprimían el pecho, lo que había sentido. Yo deseaba seguir escuchando el disco y ella lo volvió a poner, se sentó a mi lado y me besó. Nunca podré olvidar ese momento, que, por ser *distinto*, sobresale entre muchos otros.

Estaba finalizando ese primer mes de junio en que llegamos a Miami. Juan se restablecía normalmente de su primera operación, aunque necesitaba de mis cuidados constantes. Una vez por semana había que llevarlo al médico. Como el apartamento de Berta estaba en un primer piso alto y la escalera era muy angosta, sacar a Juan, que no veía y pesaba más de doscientas libras, era toda una hazaña. Por supuesto que yo no podía hacerlo sola y Berta tenía que ayudarme. Durante esa etapa, Juan se veía triste, aunque a mí me decía que no sentía dolor ni molestia en el ojo operado. No hablaba más que lo preciso. Yo creo que tenía temor de no volver a ver más nunca y yo trataba de animarlo. A pesar de que veía muy poco, oía muy bien y seguramente comprendía mejor que yo lo que sucedía a nuestro alrededor y escuchaba cosas que a mí, en mi afán de cooperar en todo lo que podía en los quehaceres de la casa, se me escapaban.

A los pocos días de nuestra llegada, vino Julito a saludarnos y se hospedó en el apartamento de una amiga suya. Nos dio un inmenso gusto verlo de nuevo, convertido ya en un guapísimo joven de más de seis pies de alto, y a punto de terminar su brillante carrera. Nos sentimos muy orgullosos de él, pues sin duda había sido muy meritorio salir adelante después de todas las adversidades que había sufrido desde que se fue de Cuba siendo un niño todavía. Según nos fueron contando, los primeros tiempos después de que llegaron a Miami fueron terribles y deprimentes tanto para mis hijas como para mis nietos. La juventud y la buena educación que habían recibido hicieron el milagro, con la ayuda de Dios Nuestro Señor, de que cuando los volvimos a ver después de catorce años todos estaban económicamente encaminados. Sé que no lo hubieran logrado sin un enorme esfuerzo y con mucho trabajo y sacrificio. Así que una vez más me sentí orgullosa de ellos, y también de mí, que había podido darles esa educación que les había sido de mucho beneficio.

Elena nos había ofrecido que el 2 de julio nos tendría preparado el apartamento al que nos mudaríamos. La persona que lo tenía alquilado no se podía mudar hasta el 30 de junio y ella y el esposo necesitaban por lo menos un día completo para arreglarlo y pintarlo. Juan y yo esperábamos con ansia esa fecha. Como a las seis y media de la mañana del día 29 de junio, penúltimo día del mes, Nancy, a quien todavía no habíamos visto, habló por teléfono de larga distancia con su madre. Después habló conmigo brevemente. Estuvo cariñosa y me dijo que muy pronto nos veríamos, aunque no me precisó la fecha. Vendría sin su marido y sólo se quedaría dos o tres días para ver a su mamá y saludarnos a nosotros. Apenas colgué el teléfono, Berta se dirigió a mí en un tono muy desagradable y, como siempre, autoritario. Me dijo así: «Mi hija Nancy llega mañana por la noche y todos no cabemos aquí, así que llama a Elena enseguida para que lo sepa y los venga a buscar mañana por la tarde sin falta, pues yo no los puedo llevar hasta allá». A pesar de todo el tiempo que ha pasado desde entonces, no he podido olvidar esas duras palabras de mi hija. Yo comprendía el problema, pero me parecía ofensiva la forma en que me lo planteaba. Sin más, Berta nos botaba de su casa, sin ningún atenuante que aliviara aquel momento para mí tan doloroso, humillante e inesperado, pues de antemano habíamos fijado la fecha del 2 de julio para salir de su casa. Me pareció entonces que lo correcto sería que fuera ella, y no yo, quien le llamara a Elena para explicarle la situación. Así se lo dije, pero con la misma dureza que antes, me ordenó que la llamara yo. No pude decir más, pero sí comprender que lo que ella quería en ese momento tan desagradable era fastidiar a su hermana, y también, con gran dolor, vi en sus ojos y en sus ademanes que lo que Berta sentía por Elena no era precisamente cariño. Me sentí obligada a llamar a Elena. Como me lo esperaba, me contestó con violencia. A ella no le era posible cambiar la fecha de nuestra mudanza. Berta se había quedado cerca de mí para asegurarse de que lo que yo le dijera a su hermana fuera exactamente lo que ella me había ordenado decirle. Yo, muy aturdida y muy triste, solamente atiné a proponer que si no era posible mudarnos al día siguiente, Juan y yo nos iríamos a un hotel hasta que Elena nos avisara.

Después me enteré de que Berta, no muy segura de lo que yo había hablado con Elena, llamó a su hermana desde un teléfono público para tener la absoluta certeza de que Juan y yo nos iríamos al día siguiente. Tomando en cuenta las inesperadas circunstancias, supongo que lo que hablaron fue algo muy parecido al estallido de una bomba.

Yo no sabía qué hacer. Estaba muy apenada y muy dolida y traté hasta donde pude de ocultarle a Juan lo que estaba sucediendo. Afortunadamente, Elena y el esposo resolvieron de la mejor manera que pudieron el difícil problema de adelantar nuestro traslado. Consiguieron, no sé cómo, que el señor que vivía en el apartamento se mudara ese mismo día y en sólo veinticuatro horas prepararon la casa antes de que nosotros llegáramos. Como a las seis de la tarde, mi nieto Rolito vino para llevarnos por fin a la que sería nuestra nueva casa. Cuando llegamos era completamente de noche. Rolito parqueó la máquina precisamente enfrente del apartamento. Estaba todo iluminado y desde afuera parecía como una milagrosa visión. Me quedé tan sorprendida y admirada que ese recuerdo feliz quedará, entre los primeros igualmente felices, grabado en mi memoria.

El apartamento era precioso. Lo habían amueblado con mucho gusto. Las camas estaban preparadas para el primer descanso, en el baño había toallas y jabón, y en la cocina, que era muy bonita, no faltaban el azúcar ni el café cubano. Había platos, cubiertos, tazas, vasos, algunas laterías y otras muchas cositas para poder preparar nuestros alimentos durante los primeros días. Pero lo más importante fue ver sonreír a Juan por primera vez desde que lo operaron. Yo también me sentía feliz y como que podía respirar más profundamente.

Por atención a Elena, el propietario de la casa había rebajado el alquiler de 200 a 175 dólares. Tuvimos que pagar un mes de depósito más algunos gastos extras imprescindibles, entre ellos la luz. Los primeros 126 dólares que recibí del gobierno americano quise dejárselos a Berta para ayudarla en los gastos que había tenido con nosotros, pero no los aceptó a pesar de que en varias ocasiones me mencionó que la luz había subido mucho con nuestra presencia.

Todavía no entiendo cómo Elena pudo arreglar en tan poco tiempo nuestra casa. Yo se lo agradecí de corazón y se lo seguiré agradeciendo de por vida, pero no he dejado de pensar que su buena conducta no tuvo como primera intención halagar a sus padres, sino rivalizar con su hermana y demeritar lo que habíamos recibido de Berta durante el tiempo que vivimos en su casa. Con mucho dolor he venido a comprobar que desde hace mucho tiempo mis hijas están emocionalmente separadas. Yo traté varias veces de acercarlas y en algunos momentos creí que lo lograba, pero al final me di cuenta de que mis intentos resultaban contraproducentes. Lo más triste es que esta desunión también incluye a Mario. La armonía que quisieron demostrar cuando Juan y yo llegamos sólo fue una pantomima. Ésta es la pena más grande que sufrimos en los Estados Unidos. Mi marido tenía razón. Nunca debimos haber venido.

Antes de cerrar este largo paréntesis quiero dedicarles mi cariñosa admiración a Olga y Rolito, así como a sus respectivos compañeros, pues ya los encontré casados. Cuando salieron de Cuba eran solamente unos niños atemorizados. Deseando para ellos un futuro mejor, Elena, al igual que otras muchas madres lo habían hecho antes, tomó la dolorosa determinación de enviarlos solos a los Estados Unidos, hasta que ella pudiera alcanzarlos, cosa que sucedió mucho tiempo después. Recuerdo muy bien cuando se fueron. Fue un día 17 de septiembre de 1962, exactamente un año antes del fallecimiento de Juanito, q.e.p.d. Ese día todos estábamos tristes. Yo sufría especialmente por Elena, que no sólo enfrentaba el dolor de la separación de sus queridos hijos, sino la incertidumbre de su destino, pues la decisión que había tomado implicaba muchos riesgos. Le preocupaba particularmente Rolito, el más pequeño, que de niño había padecido poliomielitis y requería cuidados especiales. Pero no había otra alternativa. Hay momentos de la vida que se quedan grabados en la mente para siempre con inexplicable claridad. Uno de los muchos que yo guardo en mi memoria es el de la silueta de mi nieta Olguita subiendo la escalera del avión. Caminaba muy despacio, con la cabeza baja y las manos entrelazadas. Parecía una ovejita mansa y cansada. A Rolito no lo recuerdo de manera tan diáfana. Procuraba parecer sereno, a pesar de que era más pequeño que su hermana. Juan y yo estábamos en el aeropuerto con nuestra hija. No es necesario explicar cuál era su estado emocional. Sólo sé que me hizo recordar la Máter Dolorosa que yo tenía enmarcada en la cabecera de mi cama. Nadie decía nada. Sólo nos mirábamos todos con los ojos llorosos. Ese día yo había ido temprano a casa de mi hija para ayudarla en los preparativos del viaje y darle consuelo. A Olguita le escondí en el dobladillo de su vestido la medalla de oro con su cadenita que siempre usaba. Cuando el avión despegó, nos fuimos alejando del aeropuerto como quien huye de una pesadilla. Yo también recordaba con profundo dolor que hacía poco había tenido que despedir, por los mismos motivos, a mis dos hijos, primero a Juanito, a quien más nunca habría de volver a ver, y luego a Mario. Y poco después a Magali. Elena se quedó con nosotros aquella noche. Cuando supimos que los dos niños habían llegado bien a su destino, cuidadosamente preparado por un sacerdote que había sido amigo de la familia, el dolor y la tristeza empezaron a disminuir. Pero Elena seguía extrañando terriblemente a sus hijos.

Habían pasado catorce años cuando los volví a ver, convertidos en adultos. Le di gracias a Dios. No había sido en vano el dolor de aquel lejano y triste día de la partida. Olga se había convertido en una linda mujercita, casada hacía poco con un magnífico muchacho cubano, que administraba un supermercado de Miami. Rolito también estaba muy guapo y su carácter era alegre, expresivo y cariñoso. Estaba terminando su carrera de arquitecto y su joven esposa fue para mí, desde que la conocí, como una nueva nieta. Varias veces nos invitaron a Juan y a mí a almorzar con ellos y con Elena y el esposo. Se esmeraban mucho en atendernos y lo pasábamos muy bien. Siempre que había oportunidad, yo correspondía a su invitación y les preparaba lo mejor que podía aquellos platillos que sabía que les gustaban. Y así se fue estrechando el natural cariño de los abuelos y los nietos. Pero un día empecé a notar con gran sorpresa primero y con gran tristeza después que mi hija Elena sentía celos. Algo inexplicable pero cierto. Desde ese día, como si fuera un termómetro, el cariño de mis nietos, particularmente el de Olguita, fue disminuyendo hasta llegar a cero. Tras muchos malos entendidos y penosos disgustos, llegamos a la separación absoluta, sin ningún motivo de mi parte que lo justificara. De nuevo recuerdo las palabras de mi marido, q.e.p.d. Cuando me veía triste o preocupada me decía: No te pongas así, Rosita, hay que ser fuerte porque así es la vida... Y así es como trato de seguir viviéndola.

NOTA IMPORTANTE

Cierro el paréntesis para volver al relato de mis recuerdos. Si lo abrí fue para expresar el inmenso cariño que siento por todos (y a pesar de todo). Quiero que sepan que perdono de todo corazón a los que tan injustamente me ignoraron e injuriaron cuando más sola me he sentido desde que Juan se fue. También deseo que Dios los perdone.

23
Numancia

Polibio, cronista oficial de Publio Cornelio Escipión el Africano, dejó un crudo testimonio del cerco que los romanos impusieron a Numancia entre los años 134 y 133 antes de Cristo. Transcribo un fragmento espeluznante de su crónica:

«... faltos de todo alimento, desprovistos de granos, ganados y hierba, primero, como algunos han hecho en las privaciones de la guerra, chupaban pieles cocidas; después, faltos también de pieles, se alimentaron de carne humana... Ninguna calamidad les faltó: los ánimos enfurecidos por este alimento, los cuerpos ferozmente horribles por el hambre, el pelo crecido y el tiempo. Reducidos a este estado se sometieron a Escipión. Éste les mandó que aquel mismo día llevasen las armas a un lugar señalado y al día siguiente se presentasen ellos en otro lugar. Pero ellos aplazaron el cumplimiento de esta orden, confesando que muchos aspiraban aún a la libertad, prefiriendo perder sus vidas; por lo que pidieron que se les dejase un día para disponer de su muerte. Tan grande amor a la libertad y al valor se daba en aquella bárbara e insignificante ciudad. Pues a pesar de no haber en ella en tiempo de paz más de ocho mil hombres, ¿cuántas derrotas no infligieron a los romanos? ¿Cuántas veces no concluyeron, en igualdad de condiciones, pactos que a nadie hasta entonces los romanos habían concedido? ¿Cuán grande no era el último de los generales que los cercó con sesenta mil hombres, y al que un sinnúmero de veces invitaron a batirse? Pero éste se mostró más perspicaz que ellos en el arte de la guerra negándose a venir a las manos con aquellas fieras, y atacándolos con el hambre, mal al que no es posible resistir; sólo éste podía doblegar a los numantinos y sólo ante él sucumbieron. A mí me pareció bien conmemorar estas hazañas de los numantinos, considerando la insignificancia de sus fuerzas, las penalidades que sufrieron, sus heroicidades y el tiempo que resistieron. Convenida la rendición, los que así lo prefirieron se dieron la muerte, cada uno a su manera. Los restantes acudieron al tercer día al lugar designado, espectáculo terrible y prodigioso; cuerpos escuálidos, llenos de vello y suciedad, con las uñas crecidas, despidiendo un fétido olor; las ropas que de ellos colgaban eran igualmente asquerosas y no menos malolientes. Así aparecieron ante sus enemigos, a los que movieron a piedad, aunque conservando aún en ellos la cólera, el dolor, la fatiga y la conciencia de haberse comido los unos a los otros».

Cuba, más aislada que nunca durante los tiempos del «periodo especial», hacía recordar el cerco de Numancia. Desde que Estados Unidos la sitió con los mecanismos contemporáneos del embargo comercial, había sufrido un proceso de aislamiento que llegó a su etapa más difícil con la desintegración de la Unión Soviética y la caída del bloque socialista. Ciertamente pudo sobrevivir a semejante cerco, pero el precio que tuvo que pagar fue el de un brutal retroceso. Como en el relato *Viaje a la semilla* o en la novela *Los pasos perdidos* de Alejo Carpentier, que ahora cobran dimensión de profecía, el país vivió en esos años una involución dramática: volvió a la tracción animal –los ciclistas incluidos–, a la oscuridad de los tiempos anteriores a la utilización de la energía eléctrica, al cultivo de hortalizas y a la cría de animales en la propia casa. Faltaban alimentos, medicinas, ropa, útiles escolares, herramientas de trabajo. Se limitó al extremo el transporte público. Los apagones se prolongaban horas y a veces días enteros en los diferentes barrios de La Habana y supongo que lo mismo ocurría en las ciudades del interior de la isla. El hambre y la enfermedad campearon en todo el país y sobrevinieron la prostitución, la mendicidad, la corrupción –lacras que la Revolución, paradójicamente, había identificado con el régimen de Batista y contra las cuales había enderezado su lucha libertaria.

De 1992 a 1997, años entre los que se encuentra el «periodo especial en tiempos de paz», realicé nueve viajes a La Habana. En ese tiempo, según he dicho, me desempeñaba como coordinador de Difusión Cultural de la UNAM. Por razones de simpatía o de solidaridad política, el país latinoamericano con el cual la UNAM se había relacionado más estrechamente durante los últimos tiempos era Cuba: más de la mitad de los convenios que la UNAM había suscrito con otras universidades del mundo habían tenido a Cuba como contraparte. El área de Difusión Cultural no era ajena a este intercambio. Muchos grupos universitarios habían ido a la isla caribeña y, en reciprocidad, numerosos artistas cubanos habían venido a los escenarios de la UNAM. Recuerdo que antes de que yo me encargara de esos asuntos estuvieron aquí, entre otros, Elena Burke, José Antonio Méndez y César Portillo de la Luz, quienes ofrecieron su espectáculo *Feeling* en la apenas inaugurada Sala Nezahualcóyotl; el pianista Frank Fernández, que fue solista de la Orquesta Filarmónica de la UNAM en repetidas ocasiones; la Compañía Nacional de Danza de Cuba, que se presentó en la Sala Miguel Covarrubias, y toda una pléyade de pintores que expusieron sus obras en las galerías de la universidad, de directores de escena que montaron piezas cubanas en sus espacios escénicos y de escritores que publicaron textos bajo su sello editorial.

Los tiempos difíciles por los que atravesaba la isla obligaban moralmente a la universidad a apoyar a las diversas instituciones cubanas, que hacían denodados esfuerzos para mantener vivas en su país, tan afectado por las circunstancias, la cultura y la expresión artística. Asistí, pues, a los más importantes eventos culturales que se celebraban periódicamente en La Habana: festivales cinematográficos, ferias del libro, encuentros literarios, en los que la UNAM de alguna manera estaba involucrada. Al poco tiempo, surgió la idea, apoyada por el rector José Sarukhán, de abrir una casa de la UNAM en la isla antillana.

Dos antecedentes importantes de la presencia de la UNAM en un país extranjero legitimaban nuestro proyecto. Uno se remontaba cincuenta años atrás y otro era de reciente data. Efectivamente, desde hacía medio siglo, la universidad contaba con una escuela de extensión académica en San Antonio, Texas, que tenía la doble misión de enseñar la lengua y la cultura de México en aquella región de Estados Unidos y de mantener viva la cohesión cultural de la comunidad mexicano-americana ahí residente. Era la única institución académica extranjera, en toda la Unión Americana, que tenía autorización para impartir cursos reconocidos oficialmente. Tan exitosa y apreciada era su labor que durante el rectorado de José Sarukhán se fundó, siguiendo el modelo de San Antonio, otra escuela en Canadá, específicamente en la ciudad de Hull, vecina de Ottawa, pero perteneciente a la región francófona de Québec. ¿Por qué no fundar una casa de la UNAM en Cuba, si era el país no sólo de América Latina sino del mundo entero con el que la universidad tenía más relaciones académicas y culturales? Esa representación universitaria en La Habana permitiría darle seguimiento a la multitud de convenios firmados entre nuestra universidad y diversas instituciones cubanas y, además, difundir la cultura mexicana en Cuba lo mismo que la cultura cubana en México. La presencia allá de una institución académica y autónoma, como la UNAM, mantendría vivos los lazos de hermandad que unían a nuestros pueblos –como se decía en todos los discursos oficiales– más allá de la representación diplomática de nuestro gobierno. La universidad respondería de esta manera a la vocación anfictiónica que le infundieron sus mayores, ampliaría su área de influencia, afianzaría su liderazgo latinoamericano y se enriquecería con las aportaciones cubanas en todos los ámbitos del saber y de la expresión artística. Cuba, por su parte, se beneficiaría con las aportaciones científicas, humanísticas y artísticas promovidas por la UNAM y podría disponer, entre otros, de algunos recursos cibernéticos para tener un mejor acceso a las supercarreteras de la información y paliar, de esa manera, el terrible aislamiento en el que la había sumido el fin de la guerra fría.

Mis colaboradores y yo viajamos a Cuba en repetidas ocasiones con el propósito de hacer realidad un proyecto tan beneficioso y enriquecedor para ambos países como el que habíamos pergeñado. Por razones obvias, a mí, en lo personal, el proyecto me entusiasmaba sobremanera. Contaba, además, con el absoluto respaldo del rector Sarukhán para realizarlo. Él, por su parte, había obtenido el apoyo del presidente de la república y había hecho una importante labor de convencimiento entre algunas de las personalidades más destacadas de la universidad, entre las cuales, por supuesto, había algunas que no ocultaban su franco rechazo al régimen de Fidel Castro.

Hernán Lara y Ricardo Ancira, directores de Literatura y de la Escuela para Extranjeros, respectivamente, y Héctor Ramírez, secretario de Promoción –y tiempo después agregado cultural de México en Cuba–, fueron mis más asiduos acompañantes en esas empeñosas visitas.

El primer problema que tuvimos que enfrentar fue el de la falta de un interlocutor único, pues el modelo universitario de México, que tiene dentro de sus funciones sustantivas la difusión cultural, no se correspondía con la Universidad de La Habana, restringida, como la inmensa mayoría de las instituciones universitarias, a las tareas de docencia e investigación. Por ello, además de sostener varias entrevistas con el rector Juan Vela Valdés para plantearle nuestro proyecto, tuvimos que entrar en contacto directo con otras instituciones educativas, científicas, culturales y artísticas de Cuba, como los Ministerios de Educación Superior, de Cultura y de Relaciones Exteriores, la Casa de las Américas, la Unión Nacional de Escritores y Artistas de Cuba, los Institutos Cubanos del Libro, del Arte e Industria Cinematográficos y de Radio y Televisión, el Centro de Estudios Martianos, la Oficina del Historiador de la Ciudad de La Habana, la Fundación del Nuevo Cine Latinoamericano, etc. Nuestro proyecto fue recibido con interés y simpatía en esas instituciones, pero ninguna de ellas tenía, por sí misma, la capacidad de decidir su aprobación. Tampoco estaban coordinadas entre sí como para proponer en conjunto la autorización del proyecto a las instancias superiores –a la instancia superior–; antes bien, eran entidades aisladas, cuando no rivales o enemigas. De manera que nuestra tarea no fue fácil.

Empezamos por sembrar la idea entre nuestros amigos escritores una tarde apacible en la residencia del embajador de México. En esos días, la Embajada estaba acéfala, pero Miguel Díaz Reynoso, que se desempeñaba como agregado cultural de México en Cuba y que había tomado nuestro proyecto como causa propia, pensó que la residencia oficial de México sería un buen lugar para conversar con los escritores cubanos y poner la primera piedra, así fuera simbólicamente, de la Casa de la UNAM en Cuba. Nos abrió las puertas de la imponente mansión y en la terraza, frente al paradisíaco jardín tropical, platicamos largamente con Arturo Arango, «el Chino» Heras, Leonardo Padura, Norberto Codina, López Sacha. Se entusiasmaron con nuestro proyecto tanto o más, si cabe, que nosotros mismos. Además de sus intereses personales, se percataron de que la presencia institucional de la universidad en La Habana contribuiría a superar el aislamiento numantino que Cuba vivía, no sólo en lo que se refiere a las necesidades del cuerpo sino también a las del espíritu. La Casa sería un espacio extraordinario de creatividad, de libertad y de comunicación con el mundo.

Ellos habían recibido ya algunas muestras de la generosidad universitaria, pues en esos años la UNAM había empezado a editar sus libros en México, bajo el sello de Difusión Cultural. Como todos eran miembros de la UNEAC, nos propusieron de inmediato, acaso para quitarle a nuestra reunión en la embajada el carácter conspiratorio que alguien pudiera adjudicarle, que nos entrevistáramos con Abel Prieto, quien a la sazón fungía como presidente de esa institución.

Con sus largas guedejas y sus *jeans*, que denotaban esa rebeldía trasnochada que la juventud cubana se vio obligada a inhibir por razones ideológicas en los tiempos de los Beatles, Abel nos recibió en sus oficinas de El Vedado. Acogió la idea con simpatía, quizá porque vislumbró la posibilidad de que algunos importantes escritores mexicanos, como Carlos Monsiváis o Sergio Pitol, que se habían apartado de Cuba por razones ideológicas y que muy posiblemente no aceptarían una invitación del gobierno de Fidel, pudieran visitar la isla convocados por la UNAM. De hecho, al amparo del proyecto, en una ocasión Difusión Cultural invitó a Pitol a Cuba. Accedió a ir. En la Universidad de La Habana dictó una memorable conferencia y en el salón de actos de la casona de El Vedado donde tiene su sede la UNEAC ofreció una lectura de su obra, que fue muy aplaudida.

Pese a su estrecha cercanía con Fidel, quien le dispensa licencias que no les concede a otros altos funcionarios de su gobierno, Abel Prieto no pudo trasladar su aquiescencia con respecto a la apertura de la Casa de la UNAM en Cuba a las altas esferas de la toma de decisiones. Lo mismo ocurrió con Roberto Fernández Retamar. Lo visitamos numerosas veces en la Casa de las Américas. Al calor de unos traguitos de ron demasiado matutinos, lo oímos disertar, sentado en su inquieta mecedora, sobre los más diversos temas de la literatura latinoamericana. Siempre nos admiró su lucidez, su prodigiosa memoria para citar largas tiradas de poesía y su sentido del humor, refrendado por una risa pícara que le hacía cerrar los ojos, desplegar su prominente dentadura y echar la mecedora para atrás. Le encantaba nuestro proyecto, pero su jerarquía de director de Casa de las Américas no le alcanzaba ni para aprobarlo ni para promoverlo en otras instancias, así que se limitó a orientarnos para transitar por los intrincados vericuetos de la burocracia cubana y seguir adelante en nuestro empeño.

Muchas veces hablamos con Armando Hart, ministro de Cultura; con Fernando Vecino, ministro de Educación Superior, y con Jorge Bolaños, viceministro de Relaciones Exteriores, quien, andando el tiempo, habría de ser destacado, sin perder su rango de viceministro, en la Embajada de Cuba en México, de donde sería echado intempestivamente en la crisis de las relaciones entre ambos países durante el gobierno de Vicente Fox. Parecía que nuestro proyecto les interesaba, pues eran muchos los beneficios que podrían recibir de la UNAM, sobre todo en los tiempos críticos que estaban viviendo, pero tenían muchas reservas para llevarlo a cabo y era muy difícil concretar un acuerdo, aunque fuera de manera preliminar. Nos daban largas. El caso es que, durante los años que duraron nuestros encuentros oficiales, no obtuvimos una respuesta definitiva. Hicimos hasta lo imposible para que el proyecto prosperara, al grado de que organizamos, como muestra de lo que podría hacerse en el futuro, unas jornadas de la cultura mexicana en Cuba y de la cultura cubana en México. El rector Sarukhán fue a La Habana para inaugurarlas allá en el Teatro Nacional y el ministro Hart vino a México para inaugurarlas aquí en la Sala Nezahualcóyotl del Centro Cultural Universitario. Estábamos tan convencidos de la viabilidad de nuestra propuesta que el historiador de la ciudad, Eusebio Leal, llegó a buscarnos un edificio de La Habana Vieja que pudiera albergar la Casa de la UNAM en Cuba. Pero el proyecto no cuajó. Era obvio que la decisión final frente a una propuesta semejante sólo podía ser tomada por el mismísimo Comandante y seguramente nuestros interlocutores tenían reticencias incluso para someterla a su consideración. Y es que no había antecedentes. Desde que triunfó la Revolución, ninguna institución extranjera había tenido sede en Cuba, a no ser la Alianza Francesa, que fue intervenida, o las representaciones diplomáticas y sus instituciones de cultura, como el Instituto Goethe o el Dante Alighieri. Era de suponerse, entonces, que nuestro proyecto no sólo les resultara extraño, sino peligroso. Habida cuenta de la autonomía universitaria, quizá pensaron que la presencia oficial de la UNAM en La Habana podría dar pie a la infiltración externa y aun a la disidencia interna. Hoy, a la vuelta de los años, creo que sus temores no eran infundados. Nuestro propósito no era, de ninguna manera, injerencista y en todas las pláticas que sostuvimos con altos funcionarios del gobierno garantizábamos, de entrada, el irrestricto respeto al sistema político de Cuba, como lo hace cualquier legación diplomática destacada en otro país. Pero en el fondo sabíamos —y nunca hubiéramos pretendido lo contrario— que la universidad no habría de renunciar, en ese espacio, a las características propias de su autonomía, esto es la pluralidad ideológica y la libre expresión del pensamiento. Nuestro proyecto, por tanto, era utópico en un país que consideraba la pluralidad como traición y que inhibía la libertad de expresión, así fuera para defender su soberanía y mantener la unidad frente al enemigo.

Después de más de dos años de pláticas, el ministro de Educación Superior, Fernando Vecino, y su viceministro Julián Rodríguez, que acabaron por definirse como nuestros interlocutores oficiales, nos propusieron que la virtual Casa de la UNAM contara con un consejo paritario, integrado por notables universitarios de México y de Cuba. Aceptamos la propuesta y, en signo de buena voluntad, nos adelantamos a sugerir, por parte de México, los nombres de ilustres universitarios afines a la Revolución cubana, como Pablo González Casanova y Leopoldo Zea. No fue suficiente. Exigieron, después, que hubiera dos directores de la casa, uno mexicano y otro cubano. Cuando les respondimos que difícilmente funcionaría un organismo con dos cabezas, nos respondieron que entonces el director de la Casa de la UNAM en Cuba por fuerza tendría que ser cubano. Pensamos que tal determinación equivalía a admitir que el embajador de México en Cuba fuera también cubano. Rechazamos la propuesta y se acabó el proyecto.

La UNAM, gracias a su autonomía, hubiera podido ofrecerle a Cuba algunos apoyos adicionales a los que el gobierno mexicano, que hasta entonces había tenido una actitud de solidaridad con la Revolución cubana, podía suministrarle. Pero Cuba, en esos momentos, no estaba en condiciones, como se lo dijo José Sarukhán en México a los enviados del ministro Vecino, de acoger la presencia de una institución ciertamente amiga y bien intencionada, pero incapaz de claudicar en sus principios fundamentales.

Poco tiempo después de nuestro fracaso, Raúl Castro denunció que, al amparo de los convenios de colaboración académica, Cuba había sufrido la infiltración de profesores e investigadores que servían a intereses espurios de sus países de procedencia. Así las cosas, resulta innecesario explicar los motivos por los cuales las autoridades cubanas rechazaron nuestra propuesta de abrir una Casa de la UNAM en Cuba.

En diciembre de 1997, sin embargo, el Ministerio de Asuntos Exteriores de España inauguró el Centro Cultural Español en uno de los edificios más bellos del Malecón habanero, conocido como el Palacio de las Cariátides. El recinto fue restaurado y acondicionado por la Agencia Española de Cooperación a un costo de dos millones de euros, y quienes dirigieron la institución a lo largo de su exigua vida fueron españoles. Las dificultades, empero, no se hicieron esperar. Comenzaron desde el mismo día de la inauguración del Centro, cuando Joaquín Ruiz Jiménez dictó una conferencia con el tema de la transición española, que obviamente no le hizo ninguna gracia a la oficialidad cubana. A partir de entonces, sus relaciones con las autoridades de la isla siguieron un proceso de franco deterioro. Y es que el Centro no limitó su actividad a la difusión de la cultura española, sino que se empeñó en difundir también la cubana, para lo cual invitó a numerosos intelectuales locales que disertaron sobre diversos aspectos artísticos y culturales de su país. Incluso se llevó a cabo un ciclo sobre la literatura cubana en el exilio, coordinado por Reinaldo Montero, en el que participaron escritores y estudiosos tan reconocidos como Ambrosio Fornet, Luisa Campuzano, Omar Valiño. Llegó el momento en que el Centro se salió del control del gobierno cubano, entre otras cosas porque pagaba la participación de los artistas e intelectuales cubanos en unos muy buenos dólares que ninguna institución cubana podía ofrecer. Sus actividades no atentaban contra el régimen, y podrían haberse llevado a cabo, sin sufrir alteración ninguna, en otras instituciones cubanas, pero transgredían el acta constitutiva del Centro, que restringía su competencia a la difusión de la cultura española. El gobierno cubano vio en estos programas no sólo la infracción de las normas establecidas sino la injerencia de los funcionarios españoles en los asuntos internos de la isla y el peligro de que las puertas del Centro se abrieran de par en par a la expresión de la disidencia. En junio de 2003, Fidel Castro acusó a Aznar –el «führercito con bigotico», como lo llamó– de ser el impulsor de las sanciones políticas adoptadas por la Unión Europea para protestar por la persecución de disidentes en la isla. Y anunció que convertiría el Centro Cultural Español de La Habana en una institución nacional que llevaría el nombre de Federico García Lorca y que acabó por ser la Institución Hispanoamericana de Cultura. Seguramente una suerte parecida habría corrido la Casa de la UNAM de haber sido aceptada nuestra propuesta.

A pesar del fracaso, no me arrepiento de haber invertido mi mayor esfuerzo en el proyecto. Tantas antesalas, tantas presentaciones, tantas entrevistas me permitieron conocer de cerca las limitaciones, el temor, el absolutismo, la burocracia, la retórica, las contradicciones del régimen cubano. Pero sin duda la experiencia más rica fue la amistad que me procuraron mis amigos escritores, que siguieron el proceso desde que nos reunimos casi clandestinamente en la residencia del embajador de México en Cuba hasta el fatal día, dos años después, en que el proyecto largamente acariciado se vino abajo, para la consternación de ellos y de nosotros.

Don Quijote y Sancho en La Habana

El cuentista y fotógrafo Rodrigo Moya, quijotesco admirador de la Revolución cubana, y yo, cada vez más Sancho que don Quijote, caminamos por las calles de La Habana.

Cuando un mendigo me pide una limosna, Rodrigo habla de la justicia y la equidad del sistema; cuando pasamos delante de un edificio ruinoso, apuntalado con maderos para postergar un poco su inminente demolición, él habla de la magnificencia de La Habana; cuando nos asaltan unas jineteras ciertamente bellísimas, los dos recreamos el tópico de la hermosura, la gracia, la sensualidad de las cubanas, pero a estas cualidades palpables, él sobrepone otras, como la educación, la finura, la espiritualidad, que, de ser ciertas, harían aún más humillante el oficio que practican.

Rodrigo Moya ve descomunales gigantes, fastuosos palacios, ejércitos enemigos donde yo ya no alcanzo a ver más que molinos de viento, ventas camineras y rebaños de ovejas.

24
El asilo

Quisieron imponerle un destino al destino, y el destino les dio un puñetazo. Hilda murió antes que Ana María. El pacto imaginario en el que tu madre cifraba la tranquilidad de su hermana y el bienestar de Hilda no se cumplió. Ni Hilda se quedó con la casa de El Vedado ni Ana María pasó sus últimos días al amparo de su antigua sirvienta y compañera revolucionaria.

Primero Gladis, para cuidar y atender a tu tía; luego Héctor, su marido, para no dejar sola a la señora mientras su mujer hacía las diligencias de la calle; después la madre de Gladis, anciana y enferma, a quien instalaron en la habitación de arriba, la que había ocupado Hilda hasta que Ana María le pidió que se quedara abajo, en el cuarto contiguo al suyo; más tarde, el hijo mayor de Gladis y Héctor, con su mujer y sus hijos, que se acomodaron en la segunda planta... Toda la parentela de Hilda se fue posesionando paulatinamente de la casa de Ana María. Apenas respetaron su recámara, de la que ella no volvió a salir a no ser para ir al baño, que había sufrido la misma invasión que el resto de la casa y en el que tu tía se topaba con toallas húmedas y desconocidas, olores ajenos, olvidados enseres masculinos y evidentes huellas de hábitos sanitarios distintos a los que practicaba desde su más remota infancia.

Gladis la atendía, pero sus cuidados se fueron relajando conforme pasaban los días: le llevaba sus alimentos tardíamente, fríos o recalentados; le daba sus medicinas sin la regularidad prescrita por el doctor Rocamora; la bañaba cada tercer día y no la dejaba hablar porque no sólo se había convertido en la señora de la casa sino en la dueña absoluta de la palabra. Tu tía pasaba los días en silencio, encerrada en su dormitorio, sin otra compañía que sus recuerdos y sus miedos, sólo esperanzada en que la carta que le había entregado furtivamente a Zacarías una tarde que la fue a visitar mereciera la respuesta de tu madre. Dos meses y trece días después del fallecimiento de Hilda, Ana María murió de soledad y de abandono, sin haber recibido ninguna carta de su hermana Virginia.

A mí me dieron la noticia. Llamé a mis hermanos para comunicarles la mala nueva. Carlos, Benito, Carmen y yo fuimos a casa de mamá. Le pedimos que se sentara en su sillón, pero antes de que pudiéramos pronunciar palabra nos preguntó, dispuesta a escuchar la peor de las catástrofes:

–¿Quién se murió?

–Ninguno de tus hijos –la tranquilizó Carlos.

–Ana María, tu hermana –le dije.

Tuvo un sobresalto, luego respiró profundamente y se quedó en silencio un rato largo, moviendo la lengua sin abrir la boca, hablando para sí misma.

Cuando tu madre los vio llegar juntos, sin previo aviso y con semblantes circunspectos, pensó con terror, como lo adivinó Carlos, que podría tratarse de la muerte de otro de sus hijos. Durante los breves instantes en que ese pensamiento ocupó su cerebro, supo con certeza que no tendría fuerzas para enfrentar de nueva cuenta el dolor que le había causado la muerte de tu hermana Tere. La noticia la estremeció, pero no la cogió por sorpresa. Apenas una semana antes había recibido, con abyecta tardanza, la carta que le había escrito Ana María para informarle de la muerte de Hilda y ponerla al tanto de sus tristezas y de sus temores. La leyó sobrecogida, y desde ese momento supo que su hermana menor no habría de sobrevivir a Hilda por mucho tiempo. En repetidas ocasiones trató de hablar con ella por teléfono. Fue en vano. La única vez que pudo establecer comunicación con la casa de Ana María en La Habana, le respondió Gladis. Le dijo que la señora Ana María estaba dormida. Efectivamente, la muerte de Hilda le había quebrantado la salud, pero el doctor Rocamora la visitaba regularmente y ella, Gladis, la cuidaba de día y de noche. Todos esperaban su muy pronto restablecimiento. Le daría sus saludos, por supuesto.

Tu madre entonces decidió escribirle, pero enseguida desechó la idea porque pensó con buen juicio que la destinataria de sus letras no sería su hermana, sino Gladis, y que todo lo que en ella le dijera podría ser utilizado en su contra. Intentaría llamarle por teléfono de nueva cuenta.

Aunque desde niña Ana María había sido enfermiza y nunca había tenido la verdadera protección de un marido, tu madre jamás imaginó que ella, la más joven de las tres, tomara la delantera para despedirse de este mundo. Pensó que si ya había muerto la más pequeña, a quien apenas le llevaba un par de años, su hora estaba cerca. Ella sería la próxima, aunque Rosita fuera la mayor. De eso estaba segura, acaso porque en su mente el desorden no podía tener cabida. Podía caber el orden inverso pero no el desorden. Se irían muriendo en la disposición contraria a la que habían nacido. Primero Ana María, luego ella, al final Rosita.

Le preguntamos si quería que alguno de nosotros hablara con su hermana a Miami. A diferencia de lo que había ocurrido con la muerte de Juanito, cuando tuvo los arrestos para ver el cadáver desfigurado de Tere mas no para darle a Rosita la noticia de la muerte de su hijo, en esta ocasión determinó hablar ella misma con su hermana –a partir de ahora, su única hermana–. Carmen la comunicó a Miami. Rosita y ella hablaron por teléfono por espacio de una hora. Lloraron a la par la muerte de Ana María y lamentaron las circunstancias de los últimos días de su vida, de las cuales Rosita no estaba enterada porque, desde que salió de Cuba, la única relación que había mantenido con Anita había sido por la interpósita persona de tu madre. Ella nunca había entendido que Ana María abrazara la causa de la Revolución ni que hubiera adoptado a su sirvienta como a una nueva hermana. Esa relación fraternal no sólo le parecía un despropósito sino un engaño. La presunta igualdad de la que tanto hacían alarde no existía más que en la apariencia. En realidad, Ana María seguía siendo la señora e Hilda la sirvienta. Tu madre volvía a su idea fija y tantas veces reiterada de que Ana María había actuado así por miedo a que la denunciaran y la desposeyeran de sus pertenencias. Pero de qué le había servido, si al final los propios parientes de Hilda, a quien tanto había ayudado, acabaron por posesionarse de su casa y por abandonarla a su suerte. Por lo menos no padeció el desengaño que yo he sufrido, decía Rosita, quien, enemistada con su propia familia, estaba por dejar el apartamento en el que vivía al lado de Elena para ingresar en un asilo de ancianos de Miami.

Al año siguiente de la muerte de la tía Ana María, mi hermana Rosa y yo viajamos a Londres. Teníamos que hacer una escala de varias horas en Miami. Cuando mamá se enteró de nuestro itinerario, nos pidió encarecidamente que aprovecháramos ese lapso para visitar a la tía Rosita, quien apenas hacía unos meses había ingresado en el asilo. Nos dio todos los datos. Una vez en Miami, donde efectivamente tendríamos que permanecer por lo menos durante seis horas, tomamos un taxi en el aeropuerto y tras una búsqueda fatigosa dimos con el lugar, ubicado en las afueras de la ciudad. Era un edificio aséptico, más parecido a un hospital que a un asilo de ancianos. Preguntamos por ella. Nos identificamos. Por fortuna estábamos dentro del horario de visitas. Nos hicieron pasar a una especie de *lobby* muy luminoso, donde estaban dispuestas varias mesas y sillas de ratán. Algunos ancianos conversaban con sus familiares. Otros estaban solos, con la mirada perdida en el vacío, ajenos al mundo circundante, ensimismados. Otro más caminaba, acompañado de una enfermera, que jalaba un aparato rodante de donde colgaba un suero que se conectaba al antebrazo del despacioso transeúnte. Esperamos casi una hora y la tía no se apersonaba. Cuando volvimos a preguntar por ella nos informaron que ya estaba enterada de nuestra visita y que de un momento a otro saldría de su habitación para encontrarse con nosotros. Sabíamos que no le gustaban los imprevistos y que su vanidad seguramente la habría obligado a arreglarse para recibirnos. Por fin apareció. Vestía una bata que le llegaba a las pantorrillas y sobre unas medias blancas traslúcidas calzaba unas pantuflas. A pesar de su avanzada edad y de su abatimiento, seguía luciendo bella. Muy bella. Se echaba de ver que había tardado en peinarse todo el tiempo de nuestra espera. Un ligero colorete le sonrosaba las mejillas. Nos sonrió con una alegría oxidada que, por un momento, dejó al descubierto la perfección de su dentadura. Llevaba bajo el brazo un álbum de fotos de formato regular y pastas color miel. Lo dejó cuidadosamente en la mesa de cristal y nos abrazó conmovida, desconcertada, temerosa. No esperaba nuestra visita, como seguramente no esperaba la de nadie más. Nos pidió que disculpáramos sus malas trazas. ¡Cómo no le habíamos avisado de que iríamos a visitarla! Se sentó con nosotros, nos hizo las preguntas de rigor y, cuando se percató de que no éramos portadores de ninguna mala nueva sino que sólo habíamos ido a saludarla de parte de mamá aprovechando la escala de nuestro vuelo a Londres, dio cauce a una larga retahíla de lamentos. Nos refirió la muerte de Juan, acaecida sólo unas semanas antes de la fecha en la que le practicarían la segunda operación de los ojos. Se quejó de la ingratitud de Berta y Elena, sus hijas, que no habían correspondido a su infinito amor de madre; del desapego de sus nietos, que se habían distanciado de ella sin justificación ninguna; de la lejanía de Mario, al que no había visto hacía más de un año y de quien ni siquiera tenía noticias. Hizo un pormenorizado diagnóstico de su mal estado de salud –el espasmo cerebral, los mareos, la falta de equilibrio, la presión alta– y de la inminencia de su muerte. Y habló, finalmente, de su terrible e inmerecida soledad. Rosa y yo no sabíamos cómo consolarla. La escuchamos compungidos y, a decir verdad, un tanto desilusionados porque nuestra presencia, más que un motivo de alegría, al parecer sólo había servido para remover todas sus tristezas.

Al cabo de un rato, nos dijo que estaba escribiendo sus memorias. Y empezó a pasar las hojas de aquel álbum que había puesto en la mesa y que no contenía fotografías, como habíamos supuesto, sino una caligrafía historiada y cuidadosa que corría por sus páginas como un río azul hasta que de pronto, por la mitad del libro, cambiaba de color y se volvía rojo. Nos explicó que ése era el primer volumen y que ya había empezado a escribir el segundo. Había iniciado su relato por el principio de su vida, pero cuando apenas había llegado a la relación de su matrimonio sintió el temor de que la muerte le impidiera contar la historia de sus últimos años, que era lo que la había movido a escribir el libro. Por eso se había visto obligada a abrir un paréntesis, escrito a tinta roja, en el que narraba las desgracias que habían vivido ella y su marido desde que llegaron a Miami.

Para mi sorpresa y desconcierto, cuando terminó de pasar las hojas, me entregó ese álbum, con cierta solemnidad, como si el objetivo de mi visita hubiera sido recibirlo. No me dio ninguna instrucción. Quería que lo conservara y confiaba plenamente en que yo sabría muy bien qué hacer con él cuando ella muriera. Y sólo después de que ella muriera.

Nos despedimos con el corazón arrugado y volvimos al aeropuerto para tomar nuestro avión.

En el trayecto de Miami a Londres leí de un tirón el álbum. Me volvió a impresionar la delicadeza de la caligrafía, guiada por el perfeccionismo con el que la tía hacía todas sus cosas.

El libro también cumplía con su función de álbum, pues entreverados con la escritura, aparecían aquí y allá, a modo de ilustración, una tarjeta postal, un dibujo, un recorte periodístico o un documento probatorio, como la factura del International Hospital de Miami donde operaron al tío Juan. Con una memoria privilegiada, la tía recordaba hasta los detalles más nimios de su infancia y de su primera juventud: los nombres de sus maestras y de sus sirvientas, los domicilios de las casas en las que había vivido, tanto en Valencia como en La Habana, el mobiliario de su cuarto, que reproducía en un dibujo minucioso elaborado por su propia mano. Me encantó recorrer por su orden la historia de la familia de mi madre, que yo le había escuchado a ella de manera fragmentaria e inconexa muchas veces, y que ahora se presentaba ante mis ojos con una ilación inédita y reveladora. Me conmovió la inocencia juvenil de mi tía y de sus hermanas. Me sobrecogieron la condición sumisa de mi abuelo Gonzalo y el temple dominante de mi abuela. Me perturbó la insularidad de esa casa de la Calzada de Jesús del Monte, donde la vida familiar transcurría totalmente desvinculada de los problemas políticos que aquejaban a un país que había alcanzado su independencia de España sólo para depender de Estados Unidos y en la que se habían sucedido, durante la República, las más miserables tiranías. Me deslumbró la opulencia en la que por muchos años vivieron mis abuelos y me llamó la atención la rigidez y el puritanismo de las costumbres de la familia, que tanto contrastaban con la alegría del trópico, la calidez del clima y la confluencia de las razas. Sobra decir que la lectura de ese libro me esclareció algunas de las muchas oscuridades de mi educación.

Cuando llegué al paréntesis, me conmovió el desencanto que sufrió mi tía Rosita cuando por fin cumplió su anhelo de llegar a Estados Unidos y se enfrentó con una realidad totalmente distinta a la que había ensoñado durante catorce largos años de espera. El pragmatismo del *American way of life* ciertamente los acogió a ella y a su marido, pero no les devolvió la unidad familiar más que de un modo mezquino e intermitente. Se convirtieron en un estorbo. Las hijas, que trabajaban en lugares distantes, no pudieron asumirlos cabalmente, y el hijo, que vivía en Chicago, permaneció tan lejos de ellos como cuando vivían en Cuba. El tío catalán, que era un roble, se vino abajo estrepitosamente y ella acabó confinada en el asilo de ancianos donde Rosa y yo la visitamos. Era obvio que las palabras de la tía, dictadas por la desilusión y el rencor, abrigaban el propósito de impugnar la conducta de sus hijos para reivindicar su propia persona. Su ingenuidad narrativa no le permitió ocultar esas intenciones, a veces rayanas en el chantaje y la autocompasión.

¿Qué hacer con el álbum? Yo no era el destinatario natural de esas palabras de desengaño y recriminación, pero por algo la tía me lo había dado a mí y no a sus hijas. Ellas quizá no lo habrían recibido. O, de recibirlo, no lo habrían leído. O, de leerlo, tal vez habrían tenido una reacción contraria a la que tu tía buscaba con la pormenorizada relación de sus miserias. Desde entonces pensé que debería escribir una novela. El álbum de su madre sin duda era un valioso documento que podría servirme de punto de partida y de referencia para elaborar una saga familiar en la que, de paso, daría cuenta de los duros reclamos de la tía a cada uno de sus hijos. De esa manera podría cumplir con la tarea implícita que ella me había encomendado al darme el original de su relato. Pero para realizar ese proyecto, tendría que esperar a que la tía Rosita muriera, como me lo había pedido.

25
La condecoración

–Algún día Gonzalo Celorio tendrá que explicarnos por qué aceptó recibir una condecoración del dictador Fidel Castro.

Así le dijo un profesor al reportero del diario *Reforma* que le preguntó su opinión sobre la posibilidad de que yo volviera a ser designado coordinador de Difusión Cultural de la UNAM cuando José Sarukhán concluyó su gestión rectoral, a principios de 1997.

A lo largo de los numerosos viajes que realicé a La Habana desde que el rector Sarukhán me confirió ese cargo en enero de 1989 hasta septiembre de 1996, cuando el Ministerio de Cultura de la República de Cuba me otorgó la «Distinción por la Cultura Nacional», nació, creció y se fortaleció mi amistad con «la Piña», el grupo de escritores aglutinados en torno a *La Gaceta de Cuba:* Arturo Arango, Norberto Codina, Eduardo «el Chino» Heras, Francisco López Sacha, Leonardo Padura, Senel Paz. Por desgracia, sólo varones. Por ello el grupo, con la inclusión de otros escritores como Reinaldo Montero y Abel Prieto, era nombrado por algunas escritoras como *El Pene Club.*

Todos ellos vivían dentro de Cuba, asumían la tradición literaria de Lezama Lima, Virgilio Piñera, Lino Novás Calvo, Alejo Carpentier, y concurrían en una ciudad a un tiempo pequeña y cosmopolita, en la que es posible encontrarse, visitarse, leerse, y donde el tiempo se pasa, igual que en todas las islas, recibiendo amigos y despidiendo amigos, como dice Eliseo Alberto, *Lichi*. Era notable su conocimiento memorioso de la literatura a la que pertenecían y la avidez –no en vano insulares– por la lectura de todo lo que proviniera del exterior. Viajaban al extranjero, aunque siempre sin dinero y a veces a países improbables. Tenían una formación literaria «profesional», gracias a la cual practicaban con igual destreza distintos géneros y eran capaces, varios de ellos, de convertir sus textos narrativos en guiones cinematográficos. Publicaban por concurso, ya que la escasez de papel, particularmente grave en el «periodo especial», había restringido dramáticamente el número de títulos y el tiraje de las ediciones. De ahí que participaran en cuanta competencia literaria se anunciara en el país y que, con tal inercia, enviaran sus manuscritos a cuanto concurso internacional publicara su convocatoria. Era una generación, como todas, diversa en tonos, estilos, preocupaciones, temáticas, géneros; unida, también como todas, en el deseo de ser diversa. Una generación de escritores que vivían en las arduas circunstancias de La Habana, que colaboraban con frecuencia en *La Gaceta de Cuba* y que reconocían el pródigo liderazgo de Ambrosio Fornet, *Pocho*. Escritores que sufrían las rudas condiciones de la insularidad geográfica, política y cultural, que enfrentaban serias dificultades para alimentarse, para transportarse, para corresponder a la generosidad de los amigos extranjeros, para publicar, para leer, aunque se prestaban los libros entre sí hasta que se acababan como si fueran pastillas de jabón. Tenían convicciones políticas, en unos más acendradas que en otros, pero nunca practicaron el realismo socialista ni cosa que se le pareciera, y ejercían la crítica –algunos de ellos de manera acerba– como la ejerce cualquier escritor, sin que sus ideas políticas necesariamente ocuparan un lugar preponderante en su obras.

Hace algún tiempo, el escritor Abilio Estévez, que entonces todavía vivía en la isla, le preguntó a mi amigo Javier Narváez, mexicano, si él era cómplice del presidente Salinas de Gortari.

–No –respondió, de manera categórica–. Yo no soy cómplice de Salinas.

Abilio insistió y, ante la reiterada negación de Javier, preguntó:

–¿Por qué entonces piensan que porque yo vivo en Cuba tengo que ser cómplice de Fidel?

Conocí a Arturo Arango el año 90, en Buenos Aires, donde asistí a un encuentro de escritores. Son los suyos los ojos más claros que haya visto nunca, azules como el sulfato de cobre de las inusitadas imágenes velardianas. Delgado hasta la levitación e inteligente hasta el deslumbramiento. Una noche conversé con él, y no fue necesaria ni una copa de por medio para saber que nuestras afinidades prometían una amistad duradera. Lo volví a ver en La Habana, un mes más tarde, en su oficina de Casa de las Américas, donde se desempeñaba como jefe de redacción de la revista *Casa*. Poco después de nuestro encuentro lo echaron de su puesto porque se había atrevido a tocar con un gorro de payaso a algún intelectual de segunda fila en cierta página de la revista. No obstante, Arturo siguió vinculado a la vida literaria del país y se incorporó a *La Gaceta de Cuba*, dirigida por Norberto Codina.

Arturo vivía, y vive todavía, en Cojímar, muy cerca de La Terraza (el bar donde Hemingway concibió *El viejo y el mar* y Arturo su cuento paródico *El viejo y el bar*), a cuyas puertas el muchacho de la novela de Hemingway, hoy más anciano que el viejo Santiago al que ayudaba, todavía cuenta su propia versión del relato, entre las bocanadas de un puro inmarcesible que no se quita de la boca y por cuyas volutas de humo se le escapan los recuerdos. A unas cuadras de ahí se encuentra un hemiciclo neoclásico erigido a la memoria del escritor norteamericano tantos años avecindado en Cuba, desde el cual su busto mira el mar en lontananza mientras el viento le desordena la broncínea cabellera. El monumento ve a la playa donde, después del «Habanazo» del año 94, zarparon muchos cubanos inconformes en improvisadas balsas, arriesgándose al naufragio y a la muerte con la única esperanza de llegar a La Florida y pisar tierra firme antes de que los guardacostas norteamericanos los sorprendieran en el mar y los obligaran al regreso. En el portal de la casa de Arturo, modesto remedo de La Terraza de Hemingway, los amigos de «la Piña», mis compañeros mexicanos y yo pasamos varias tardes con Arturo, su mujer Omaida –que cada día se parece más a su marido–, sus hijos y su suegra, protegidos del sol poniente por la sombra generosa de los almendros, entre el revoloteo de las gallinas que la familia criaba en la pequeña huerta en que se había convertido el jardín de la casa para el consumo doméstico. Fueron tardes apacibles, animadas por el ron y alimentadas por platillos habaneros y por la conversación, tan sabrosa como los frijoles negros o los plátanos chatinos. Una vez –¡hasta dónde puede llegar la amistad!– «la Piña» nos preparó una comida mexicana en casa de Arturo: guacamole, tacos, sopes, enchiladas, precedidos por reiterados tequilas, escanciados, como debe ser, en caballitos tequileros.

Arturo es un escritor valeroso. Culto, matizado y valiente. Una novela suya, *El libro de la realidad*, adopta una posición crítica con respecto a la historia de los años sesentas, esos años de verdadera mística revolucionaria. El tiempo transcurrido desde entonces al momento en que escribe la obra, publicada en 2001, le permite pasar del testimonio personal a la crítica objetiva. Esa novela no opina, no sanciona, no *demuestra* nada; sólo *muestra*, con una frialdad descorazonadora, la subordinación absoluta de los jóvenes de entonces a los valores revolucionarios, que se sobreponen a cualquier interés personal, así sea la familia o el amor, y que se inducen mediante procedimientos cuasi religiosos, no demasiado diferentes a los que utilizaron los jesuitas para imponer el pensamiento contrarreformista: el tremendismo propio del más pedagógico de los barrocos. La sola exposición de los hechos, tomados de la realidad vivida, cobra una dimensión crítica devastadora; sin necesidad de la denuncia, sólo enunciados como males del tiempo, salen a relucir los terribles medios utilizados para implantar un nuevo orden de cosas, que el fin no siempre justifica: la manipulación, el autoritarismo, el chantaje, la irresponsabilidad, el engaño, el dogmatismo. Esa novela, como tantas otras escritas en la isla, echa por tierra la idea, ampliamente propalada, de que en ese país la novela se pliega al discurso oficial y es, por tanto, complaciente y acrítica.

Lo que más me conmueve de Arturo es su solidaridad familiar. En los tiempos del «periodo especial», en los cuales, a falta de gasolina, el transporte urbano casi había desaparecido de la vía pública y en alta medida había sido reemplazado por la tracción animal, Arturo montaba en su bicicleta a su mujer y a sus dos hijos y se iba pedaleando desde Cojímar hasta La Habana para dejar a los muchachos en la escuela y a la mujer en su trabajo y llegar a la oficina de *La Gaceta* en El Vedado. A ello seguramente se debe la reciedumbre de su figura, contrarrestada apenas por la transparencia de sus ojos, puestos, como los del busto de Hemingway, siempre en lontananza, aun para mirar las más cercanas precariedades de la vida cotidiana.

En esos años difíciles del «periodo especial», Hernán y yo llevábamos en cada viaje algunos artículos de los que nuestros amigos carecían en Cuba: desde pasta de dientes, jabones y desodorantes hasta libros, cuadernos y bolígrafos. Las bolsas en que portábamos nuestras contribuciones las depositábamos en manos del poeta Norberto Codina, que se encargaba de distribuirlas equitativamente entre los compañeros de «la Piña». La *jaba* se asoció con nuestra llegada y se volvió emblemática. Supe después que, cuando aterrizábamos en La Habana, en vez de decir «ya llegaron los amigos mexicanos» o algo semejante, decían «ya llegó la jaba» y con ilusión navideña se apersonaban en casa de Codina para recibir su contenido.

Norberto Codina es el centro de «la Piña», acaso porque es el más organizado de todos y el más operativo. Cargado de hombros, regordete, oculto tras unos lentes de fondo de botella, pero visible hasta las neuronas en su sonrisa permanente, no se quita de la boca el apelativo de *mi socio* ni pierde oportunidad de practicar su deporte favorito, además de la pelota: el juego de palabras. Gracias a sus buenos oficios, pudimos llevar a cabo importantes proyectos editoriales cuando, tiempo después, Hernán y yo trabajamos en el Fondo de Cultura Económica. La obra editorial más controvertida y de mayor enjundia fueron los tres volúmenes de literatura cubana del siglo XX, dedicados a otros tantos géneros: la poesía, el cuento y el ensayo. La dificultad de prepararla consistía en que cada tomo debía incluir a los escritores más representativos de la literatura cubana con independencia de sus posiciones políticas y su lugar de residencia. Ya habíamos tenido una experiencia previa, cuando publicamos en la universidad la antología de cuentos que armó Leonardo Padura, *El submarino amarillo*. Sin embargo, éste era un proyecto más ambicioso e implicaba, por tanto, un reto mayor. Al principio, yo no creía que tal obra se pudiera llevar a cabo de manera conjunta entre los escritores que vivían en Cuba y los que vivían fuera del país. Fue Ambrosio Fornet quien se opuso con mayor energía, y con muy buenas razones, a que se practicara una segmentación artificial y por supuesto extraliteraria. Él siempre había defendido la unidad de la literatura cubana al margen de donde se escribiera. Así que se emprendió el proyecto, coordinado por el propio Ambrosio, en el que no sólo los escritores antologados serían de dentro y de fuera de la isla, sino que cada volumen tendría dos antólogos, uno residente en Cuba y otro en el extranjero, que tendrían que ponerse de acuerdo en la selección de los autores y en el prólogo que introduciría sus obras. A pesar de las dificultades previsibles, el trabajo se cumplió. Por encima de las diferencias políticas, prevaleció la unidad de una literatura que se reconoce en una misma tradición y pertenece a una misma patria, lamentablemente escindida a partir de la Revolución. El más viejo de los escritores de «la Piña» es Eduardo Heras León, mejor conocido como «el Chino» por sus ascendientes mandarines. Cuentista, profesor de periodismo, distribuidor de libros cubanos en el extranjero y maestro de casi todos los integrantes del grupo en los talleres literarios que dirigía y sigue dirigiendo, «el Chino» se enroló como maestro en la escarpada Sierra del Escambray durante la campaña de alfabetización de los primeros años posteriores al triunfo de la Revolución y participó, como artillero, en la defensa de Playa Girón contra la invasión norteamericana del 61. Su experiencia militar lo llevó a escribir varios cuentos referidos a la guerra, como *La noche del Capitán*, que hablan de las gestas revolucionarias pero que están muy lejos de la exaltación o de la propaganda. Su temática es más amplia o, mejor dicho, la condición guerrera del hombre emprende, en su narrativa, batallas de muy diversa naturaleza. Sé que durante un tiempo fue castigado por el régimen y obligado a realizar trabajos forzados en alguna fábrica. Desconozco las causas de su condena. No se las he preguntado nunca; nunca me las ha confesado. Me espeluzna pensar que su talento se haya desperdiciado durante esos años y sólo me queda el triste consuelo de que quizá su dolorosa experiencia haya fortalecido su vocación literaria y su escritura.

Francisco López Sacha es un narrador enamorado de los Beatles, de las mujeres, de los amigos, de la palabra, de la vida, a la que le prodiga su talento, su ingenio y su buen humor. Sacha es de los que se detiene a media calle para acabar de contar un cuento, repetir veinte veces el final del chiste y reírse a carcajadas. Memoria portentosa la suya, a la menor provocación –y a veces sin provocación–, aduciendo la falta de papel en la Cuba del «periodo especial», te sorraja un capítulo completo de su novela inédita y te canta en impecable inglés británico la canción de los Beatles o de los Rolling Stones que se te ocurra pedirle. Maestro de ceremonias, moderador inmoderado de mesas redondas, presentador de libros, locutor de radio, animador cultural, presidente de la Asociación de Escritores de la UNEAC y recreador de historias, como aquella que dio pie a un cuento titulado «Figuras en el lienzo», en la que relata el encuentro entre Martí y Zola, la noche del estreno de *Garin* en la Comédie Française de París, Sacha vincula de manera tan estrecha la realidad nacional con la internacional que en un cuento suyo, *Dorado mundo*, al tiempo que se le rompe al personaje el inodoro donde está sentado, se viene abajo el Muro de Berlín y se inicia la desintegración del campo socialista.

Periodista, investigador y crítico literario, novelista policíaco, mulato barbado, avecindado en Mantilla, conocedor de antros, rumbas, rumberas y rumberos, estudioso de la obra de Carpentier y biógrafo imaginativo de José María de Heredia, historiador del ron, amante de los meandros habaneros y explorador de los bajos fondos de La Habana, antólogo de cuentos, ganador de premios, fumador de puros, motociclista sin motocicleta, constructor de su propia casa y amantísimo esposo de Lucía, a quien dedica todos sus libros. Ése es Leonardo Padura. Sus novelas policíacas, escritas en Cuba y ubicadas en La Habana, son doblemente subversivas. Por un lado, rompen con las características tradicionales del género y, por otro, ponen en entredicho el régimen político de la isla. Y es que Padura opone la pluralidad real de la sociedad habanera a la presunta uniformidad que el sistema por principio le ha pretendido imponer. Al revés de lo que sucede en el común de las novelas policíacas, los «antisociales» no son los victimarios que alteran, a través del crimen, el orden establecido, sino las víctimas de ese orden al que pertenecen los verdaderos delincuentes. El poder crítico de la obra de Padura con respecto al sistema social cubano no tiene paralelo ni en las más severas denostaciones que desde el exilio o la diáspora han lanzado sus adversarios ni en otras novelas escritas dentro de la isla, como las de Pedro Juan Gutiérrez, que se empeñan en presentar de manera asaz explícita y hasta escatológica las miserias de la vida cotidiana habanera.

De extracción guajira, Senel Paz sabe que de no ser por la Revolución él nunca podría haber sido escritor. No sólo eso: muy posiblemente habría sido analfabeto. Le debe la vida a la Revolución, mas no por ello inhibe el ejercicio de la crítica sobre algunos de los efectos sociales y culturales del régimen revolucionario, como queda de manifiesto en su relato *El lobo, el bosque y el hombre nuevo*, que dio origen a la película *Fresa y chocolate*, cuyo guión es de su propia autoría. A pesar de sus éxitos literarios y cinematográficos, de sus frecuentes viajes al extranjero, de su preparación y de su inteligencia natural, Senel conserva la sencillez de sus orígenes campesinos y en su recuerdo suele utilizar un sombrero de palma que dispara entre las cabezas insoladas de la ciudad. Sombrero de palma y botas guajiras.

Silvia Garza me cuenta una historia que pinta a Senel de cuerpo entero. En el año 95, ella se desempeñaba como coordinadora de las actividades culturales de la Feria del Libro organizada por el Instituto Tecnológico de Monterrey. Había sido tal el éxito de la película *Fresa y chocolate* que se propuso invitar a Senel a Monterrey para que diera una conferencia en el marco de la feria. Al día siguiente de su plática, el cubano no sabía qué hacer con el cheque en dólares que le habían pagado y le pidió a su anfitriona que le ayudara a hacer el trámite para cambiarlo por dinero en efectivo. Muy amablemente, Silvia se ofreció a acompañarlo. En el trayecto, Senel le manifestó su enorme deseo de comprarse unas botas guajiras. Cuando llegaron al banco, Silvia se percató de que su invitado no tenía la menor idea de cómo realizar por sí mismo la operación, de manera que le pidió que le endosara el documento para que ella lo cambiara. Como la sucursal a la que fueron no tenía dólares para cubrir la cantidad del cheque, Silvia no tuvo otro remedio que ir a la casa matriz para cobrarlo. Pensó entonces que, mientras ella hacía el trámite, Senel podría ir viendo las botas que tanto entusiasmo le provocaban, y lo llevó a la calle Morelos, donde se encontraban varias zapaterías. Lo dejó en una de ellas, que exhibía en su aparador una rica variedad de botas. Cuando regresó al cabo de una hora, se encontró al escritor parado exactamente en el mismo lugar donde lo había dejado. Pensó que ya había hecho su elección, pero Senel no se había atrevido siquiera a entrar en la zapatería. Hasta que se vio acompañado por Silvia, no se decidió a comprar las botas de su ilusión. Cuando salió de la tienda estaba tan contento con ellas que parecía que no las había comprado para caminar, me dice Silvia, sino para levitar. Ya en confianza, le pidió que lo acompañara a comprar otras cosas que necesitaba. Silvia lo llevó a Soriana, una tienda departamental, y allí Senel adquirió un aparato para calentar el agua de la regadera, unos jabones Maja para su esposa y unas medicinas elementales para su mamá –antigripales, aspirinas, bicarbonato de sodio– porque en Cuba, si estás grave, tienes la mejor atención médica, pero no hay con qué curarte un resfriado o un malestar estomacal. Ya entrado en gastos y con más confianza, le pidió a Silvia que le ayudara a comprar un brasier para su mujer, pero no tenía la menor idea de la talla. Guiada por las descripciones bastante imprecisas de Senel, Silvia le compró a Rebeca un modelo 34, copa B. Tras muchos titubeos y evidentemente ruborizado, finalmente le confesó que también necesitaba comprar unos calzoncillos para él. Silvia lo condujo al departamento de caballeros y ahí lo dejó para que eligiera con libertad los calzones de su preferencia. Después de cuarenta minutos, durante los cuales ella hizo sus propias compras, Senel, igual que frente a la vitrina de la zapatería, seguía parado ante la descomunal oferta de ropa interior para hombres. De nueva cuenta Silvia tuvo que intervenir para saber si los calzoncillos que quería eran de algodón o de poliéster, cortos o largos, con elástico o sin él. Debe de ser difícil enfrentarse a un universo casi infinito de opciones cuando se está acostumbrado a la escasez y no se tiene nunca la posibilidad de elegir la marca, el modelo, el color o la textura de una determinada prenda de vestir. Al principio Silvia estuvo un poco impaciente con su invitado, pero acabó por dispensarle su comprensión y su ternura.

El maestro, preceptor y guía de todos estos escritores es Ambrosio Fornet, el hombre que más sabe de literatura cubana. Dicen que si *Pocho* no conoce un libro cubano es porque todavía no se ha escrito, pues lee hasta los manuscritos que le entregan los escritores jóvenes, entre ellos, los amigos de «la Piña». Su erudición llega a tal grado que su bibliografía cuenta con una obra que se titula *El libro en Cuba* y que se refiere a los impresos publicados durante los siglos coloniales XVIII y XIX.

¿Cómo describir a Ambrosio Fornet? Quizá por acumulación de adjetivos, que lo definen aunque se quedan cortos: culto, fino, sereno, discreto, educado, atento, afectuoso, cálido, amigo. Intransigente en sus principios y tolerante en su amistad; serio en su trabajo y risueño en su conversación; perspicaz en su crítica y firme en sus convicciones políticas.

Muchas veces estuvimos en su casa, con Silvia, su adorable mujer, y su descendencia, que a cada generación, aunque no hayan heredado el nombre del patriarca, agrega un diminutivo al *Pocho* en que se ha convertido Ambrosio: *Pochito*, su hijo, que en realidad se llama Jorge, y *Pochitico*, su nieto, que en realidad se llama Adrián. El largo balcón de la casa de los *Pochos* en El Vedado mira al mar. Cada vez que he estado ahí, he oído la anécdota del día en que Mario Vargas Llosa visitó a Ambrosio en su casa. Al ver el paisaje marino, dicen que el escritor peruano pronunció estas palabras: «Aquí se podría escribir *La montaña mágica*». Nadie, hasta ahora, ha podido descifrar por qué Vargas Llosa pensó en una montaña cuando vio el mar desde el balcón de la casa de Ambrosio Fornet. En esa terraza, como en el portal de Arturo o en el departamento de Codina, transcurrieron tardes memorables que se hicieron noches y noches que se hicieron madrugadas. Pero las conversaciones más nutritivas de Ambrosio han sido las mañaneras. En cada viaje nuestro, nos acompañaba por lo menos una vez a desayunar al Hotel Victoria. Digo que nos acompañaba, y sólo eso, porque Ambrosio apenas tomaba, tras mucha insistencia, un vaso de agua. Y en esos desayunos nos ponía al tanto de las novedades de la isla. Novedades sutiles, porque la apreciación primera que se tiene al regresar a Cuba es que nada ha cambiado a pesar del transcurso de los años. Sin embargo, Ambrosio nos hablaba con entusiasmo de cosas nimias y de cosas trascendentes que alteraban la vida de la ciudad: desde los «coco taxis», «las paladares» (casas particulares habilitadas por sus dueños como comedores públicos), los establecimientos de comida rápida atendidos por muchachas que se desplazaban en patines o el nuevo servicio a domicilio, que empezaban a ofrecer algunos restaurantes, hasta la crisis de los balseros, el «Habanazo» o las relaciones de Cuba con México o con España.

Cuando en septiembre de 1996 Hernán, Héctor y yo llegamos a La Habana, acompañados, entre otros, de los escritores mexicanos Felipe Garrido y Rafael Ramírez Heredia para participar en un homenaje a Juan Rulfo que se celebraría en Casa de las Américas con el concurso de varios escritores cubanos, «la Piña» nos tenía deparada una sorpresa.

Habíamos sufrido el doloroso fracaso en nuestro intento de abrir una casa de la UNAM en Cuba. Nuestros amigos cubanos habían participado con enorme entusiasmo en el proyecto y de algún modo lo habían hecho suyo: nos habían dado consejos, nos habían acompañado en muchas de nuestras gestiones burocráticas y nos habían animado a seguir adelante, pese a las crecientes reticencias de las autoridades. La Casa de la UNAM había sido el tema preponderante en nuestras conversaciones durante dos años. Cuando el proyecto se vino abajo, a ellos les dolió tanto como a nosotros. Así que buscaron, sin decirnos nada, la manera de compensarnos. Quienes desempeñaban alguna función en las instituciones culturales del país tomaron la iniciativa de proponer el nombre de Hernán Lara y el mío para que nos otorgaran la «Distinción por la Cultura Nacional», en reconocimiento a la labor de difusión que habíamos hecho del arte y la cultura cubanos en México. Trabajaron esforzadamente, tocaron muchas puertas de la burocracia, hicieron trámites y finalmente consiguieron que el Ministerio de Cultura, encabezado entonces por Armando Hart, emitiera el edicto de la condecoración.

Reunidos la misma tarde de nuestra llegada en el restaurante del Hotel Victoria, llenos de alborozo, emocionados, nos dieron la noticia. No sólo no podíamos poner reparos a una distinción por la que ellos habían trabajado tanto, sino que nos sentimos orgullosos de recibirla. Era una condecoración a la amistad y al empeño que habíamos puesto en abrir una ventana en el cerco numantino en el que nuestros amigos estaban confinados.

Al día siguiente, en la Casa de las Américas, Armando Hart nos impuso la condecoración. Estaban presentes el embajador de México en Cuba, Claude Heller, el agregado cultural Miguel Díaz Reynoso, el presidente de la UNEAC Abel Prieto, los amigos de «la Piña», los invitados al congreso sobre Rulfo y otras personas del medio artístico, académico y cultural. López Sacha leyó un discurso que refería al pormenor las tareas que habíamos realizado en pro de la difusión de la cultura cubana. En respuesta, yo no pude hablar más que de mis tres lindas cubanas. Pero pensé en quienes, de no ser por la Revolución, serían analfabetos. En quienes todos los días, para ir a trabajar, viajaban en bicicleta desde Cojímar o Mantilla hasta El Vedado. En quienes resolvían –verbo del ingenio, de la habilidad, del sacrificio, del compañerismo– una bienvenida que duraba lo que duraba la visita. En quienes, a falta de papel, memorizaban sus novelas y las recitaban cual rapsodas homéricos. En quienes se pasaban de mano en mano los libros y los manuscritos. En quienes seguían creyendo, empecinadamente y hasta sus últimas consecuencias, en valores absolutos: la catarsis de la sociedad entera, la conciliación del género humano, la utopía de la Edad de Oro.

El tiempo

En La Cabaña, fortificación aledaña a El Morro, se inaugura la Feria Internacional del Libro de La Habana. El edificio, construido en tiempos coloniales para defender a la ciudad portuaria de la constante agresión de los piratas, ha sido el escenario de numerosos fusilamientos, ejecutados en nombre de la Revolución. Su nueva vocación editorial no alcanza a redimir su historia.

Mis compañeros y yo cruzamos la bahía por el túnel subacuático y llegamos a buena hora para presenciar la ceremonia. El sol calcina. Ninguna lona techa la explanada, donde se han dispuesto varias hileras de sillas. Nadie quiere sentarse antes de tiempo para no exponerse a los inmisericordes rayos del sol. Las sillas sólo están ocupadas por prendas personales que las reservan y por algunos guardaespaldas que protegen con sus cuerpos los lugares de adelante.

No hay ninguna seguridad de que asista. Como puede que venga, puede que no venga, dicen. En medio de los rumores, por fin el megáfono nos conmina a tomar nuestros asientos. Al cabo de media hora, llega a la explanada un Mercedes Benz negro, el único automóvil que ha tenido acceso a La Cabaña. Se abre la portezuela y pone pie en tierra un tennis blanco, seguido del uniforme verde olivo. En vez de rejuvenecerlo, los tennis lo avejentan. Más que deportivos, parecen zapatos ortopédicos. Sobreviene un aplauso burocrático. Se dirige a su asiento, ubicado en el lugar central de la primera fila. Saluda al público con los brazos en alto y agradece un segundo aplauso. Dice que no nos preocupemos, que la ceremonia será breve porque en esta ocasión él no dará ningún discurso.

El acto da comienzo con la voz solemne del maestro de ceremonias. Después de los honores, se suceden, uno a uno, los discursos. Habla el embajador de Francia, país invitado de honor. Habla el representante del jurado del Premio Nacional de Literatura. Habla el premiado del año. Él no presta atención a ninguno de ellos. Conversa con los ministros que lo flanquean e improvisa acuerdos con los diversos funcionarios a quienes manda llamar y que, solícitos, acuden a escuchar sus instrucciones y prácticamente se arrodillan frente a él. Hay una intervención musical. Compay Segundo y Omara Portuondo, primero cada uno por separado, después a dúo. Aplausos de todos, menos de él, que sigue con sus acuerdos.

Pensamos que el acto ha llegado a su fin, pero él se levanta y se sube a la tribuna. Le vuelven a aplaudir. Con manos trémulas acaricia el mástil del micrófono y con una dicción carcomida por la dentadura postiza dice, de entrada, que no tenía pensado hablar esa tarde, pero que dirá unas breves palabras ante la insistencia del auditorio. Yo, la verdad, no me percaté de esa demanda de la concurrencia. Acaso los rayos del sol habían obnubilado mi atención.

Las breves palabras duran una hora con cincuenta minutos. Constantemente hace referencias al discurso mismo, a lo que debería decir, a lo que ya ha dicho, a lo que después dirá. A más de cuarenta años de distancia, se refiere a la terrible situación cultural y educativa de los tiempos anteriores a la Revolución, al analfabetismo y a la ignorancia de entonces, y a los portentosos logros del socialismo en materia de educación y de cultura. Aprovecha el escenario para largar una alegoría: hay que sustituir los cañones por las ideas; La Cabaña de ahora en adelante será «la fortaleza del libro». Habla hasta de las faltas de ortografía y asegura, visionario, que en el futuro inmediato cada cubano hablará cuatro o cinco idiomas. Se pronuncia en contra de la fama individual y exalta el talento de las masas. Los méritos no son personales, son sociales, masivos, comunitarios.

Al término de su discurso, vuelve a su silla, donde ya lo aguardan, debidamente organizados por elementos de la Seguridad del Estado, diez o doce periodistas, con quienes se dispone a conversar.

Nadie sabe si va a hacer el recorrido de la exposición. Por si acaso pasa por ahí, mis colegas y yo nos vamos a nuestro stand, *donde decenas de niños se disputan los muchos títulos infantiles que llevamos. Es penoso saber que muchos de ellos, sin duda ávidos lectores, no tienen dinero para adquirirlos a pesar de que se venden a precios subvencionados. Esperamos en el* stand *un tiempo razonable y cuando todo indica que no hará el recorrido de la exposición, decidimos marcharnos. Ya ha anochecido. Pero nos sucede lo mismo que nos había ocurrido, años atrás, en el Palacio de Gobierno. Nadie puede irse hasta que él no abandone La Cabaña. Y como sigue conversando con los periodistas, tenemos que esperar hasta bien entrada la noche para salir, en fila india y custodiados por fuerzas militares, de esa fortaleza del libro, donde las ideas han sustituido a los cañones.*

Alguna vez le preguntaron a un reconocido editorialista gráfico quién, en su opinión, había sido el mejor caricaturista del mundo. Se quedó pensando y después de unos segundos respondió:
–El tiempo. El mejor caricaturista del mundo es el tiempo.

26
El descanso

Nunca la vi dormida.

Cuando yo era niño, se levantaba antes del alba para acometer con todos los bríos de su incontenible energía la rutina previa a la diáspora de la prole –los grandes al trabajo, los chicos a la escuela, los medianos a la universidad–. Todavía con los faroles encendidos de la calle, barría la acera, donde dos robustas jacarandas desechaban sus flores o sus hojas, según la temporada, dejando en el suelo una alfombra morada o un basural de ramas secas. Ésa era una de las pocas tareas que la avergonzaban y a cuyo cumplimiento su antiguo linaje oponía resistencia, porque en México las únicas que barrían la banqueta eran las criadas. Puertas adentro, no se arredraba ante ninguna labor, por pesada o repugnante que fuera –desde encerar a mano las duelas del piso o lavar los cristales de las ventanas hasta limpiar un excusado o degollar un guajolote para la cena de Navidad–, pero no estaba dispuesta a ponerse al tú por tú con la servidumbre de la cuadra, de manera que se sentía obligada a terminar esa faena antes de que las muchachas de las casas vecinas, legañosas y despeinadas, sacaran a la calle sus escobas, sus risotadas y sus palabrotas. En casa no solía haber más sirvientes que nosotros mismos. Sólo dos o tres veces a la semana acudía una lavandera, que ayudaba en la fatigosa labor de devolver a los roperos, limpias, planchadas, almidonadas de ser preciso, las prendas que día a día colmaban los canastos de ropa sucia. Recuerdo todavía los descomunales baldes de lámina en los que se enjuagaba por separado la ropa blanca y la ropa de color, el tendedero multitudinario y la lavadora eléctrica de cuerpo cilíndrico, que había que amarrar de una pata a la reja para que no se escapara por el patio, impulsada por sus propias convulsiones. Después de barrer la acera, hacía el jugo de naranja, que distribuía en unos vasos diminutos, «para que rinda» –decía–, y preparaba el desayuno monacal –huevos revueltos parejos para todos, frijoles refritos, café con leche y pan con natas espolvoreadas de azúcar– mientras cada uno de nosotros se enfrentaba a los retos matutinos, particularmente arduos entre los chicos varones: ganar un turno en el baño, disputarse una camisa de pertenencia discutible, defender de la expropiación fraterna el cuaderno propio o el lápiz o el manguillo o el tintero. Una vez que todos nos habíamos ido, se enfrentaba sola a la infinidad de las labores de la casa: fregar, barrer, trapear, limpiar, sacudir; restablecer, en suma, el orden subvertido por el transcurso mismo de la vida cotidiana. No descansaba sino unos cuantos minutos al filo de las once de la mañana, cuando, para reponer energías, se sentaba a la mesa de la cocina, frente a un plato de aceite de oliva condimentado con un poco de sal, que se comía a fuerza de pan. E inmediatamente después reanudaba sus trabajos: asearse, ir al mercado, preparar la comida –y servirla con ayuda de mis hermanas cuando a mediodía regresábamos todos en tropel, con hambre y con sed–. Por las tardes se dedicaba a la costura, si no tenía que hacer otras cosas como llevarnos al médico, hornear el pastel para celebrar el cumpleaños de alguno de nosotros o visitar a la tía Loreto, que se había quedado sola a la muerte de su hermana María. Ella nos confeccionó, sin otra colaboración que la de su vieja máquina de coser Singer, cuyo pedal resuena todavía en mis oídos con un vago aliento de ferrocarril, buena parte de nuestras prendas de vestir: las camisas, las chamarras, las piyamas de los hombres; las blusas, los vestidos, los camisones de las mujeres. Y también nos arregló la ropa usada: la inversión

de los puños y los cuellos raídos de las camisas, la transforma-
ción de unos pantalones largos en unos pantalones cortos, el
ajuste del uniforme de gala de mi hermano Jaime a mis proporciones menos altas y más anchas. Es cierto que todos cola-
borábamos en las faenas domésticas: cada uno de nosotros tendía su cama, llevaba sus platos sucios a la cocina, boleaba sus
zapatos, acomodaba su ropa, además de cumplir con las tareas
asignadas, algunas de las cuales eran rotatorias y otras heredita-
rias: regar el jardín, ir por el pan, pasar la aspiradora, barrer la
cochera, pero era ella quien asumía en vilo la bestial carga de
trabajo, y lo hacía con una rara mezcla de abnegación y de orgullo. Si era la primera en levantarse, también era la última en
acostarse. Cuando los chicos ya nos habíamos dormido, ella seguía con el trajín de la casa: adelantaba la comida del día siguiente, zurcía calcetines o, quién lo diría, retomaba la novela
que tenía empezada, porque la fatiga nunca le impidió satisfacer el único gusto que se dio en la vida, la lectura de novelas,
de grandes novelas, en las que recuperaba todas las ensoñaciones que el trabajo doméstico le apagaba día con día. Por más
que hurgo los intersticios de mi memoria, no recuerdo haberla
visto dormida nunca: durante mi adolescencia, cuando llegaba
tarde de una fiesta o de estudiar con los amigos para el examen
de química o de matemáticas, ella estaba a la espera, despierta
siempre, siempre vigilante. Realmente nunca vi dormida a mi
madre.

Por eso aquella tarde me sobresalté al encontrarla con los
ojos cerrados y las manos cruzadas sobre el pecho, tendida
boca arriba en la cama de hospital que habían alquilado mi
hermano Benito y Angelina, su esposa, para que estuviera más
cómoda en la recámara que le habían acondicionado en su casa
para que pasara en familia sus últimos años, que ya se le habían ido desgastando hasta quedar convertidos en un puñado
de días. Por un instante pensé que estaba muerta.

–¿Cómo estás, mamá? –le pregunté en voz baja, con la esperanza de que sólo estuviera dormida. No, no dormía; estaba despierta, aunque con los ojos cerrados. Los abrió lentamente y me respondió, como solía hacerlo, con otra pregunta, sostenida por una mirada tan lúcida como evanescente:

–¿Cómo quieres que esté, hijo? Extenuada después del viaje.

–¿De cuál viaje, mamá? –le pregunté desconcertado. Había pasado un par de semanas en cama, afectada por el cansancio casi centenario que acabaría por derrumbarla.

–¿Cómo que de cuál viaje? –me contestó con una seguridad irrebatible, extrañada de que yo no tuviera noticia de su reciente travesía–. El que hice para despedirme de mis hermanas.

Comprendí que deliraba. Y me dispuse a escuchar sus desvaríos, condescendiente, sin interrumpirla, aceptando como reales sus últimas ensoñaciones con las que daba por saldadas sus cuentas pendientes. Era tan verídico su relato, tan minucioso, tan abundante en detalles que lo habría tomado por cierto, si no hubiera tenido la seguridad de que mamá había estado postrada en cama desde hacía dos semanas y que durante los dos últimos años prácticamente no había salido de la casa de mi hermano Benito.

Me contó que había ido a La Habana para despedirse de Ana María, su hermana menor. La había encontrado tan desmejorada en su casa de El Vedado que casi no la había reconocido. La muerte de Hilda la había entristecido a tal grado que ya no tenía deseos de seguir viviendo. Se sentía sola, más sola entre más acompañada por Gladis, la cuñada de Hilda, y su numerosa parentela; despojada, intimidada, excluida de su propia casa. Gladis, temerosa de que pudieran tramar alguna estrategia para su desalojo, no había permitido que las hermanas hablaran a solas. Estuvo presente en todas las conversaciones, de manera que Ana María y mi madre no tuvieron la oportunidad de arreglar sus cuentas pendientes para despedirse en paz. Pero no importó: a pesar de que mamá no pudo sostener con su hermana el diálogo terminal que la había llevado a emprender su último viaje a Cuba, se quedó con la certidumbre, según me confesó, de que Ana María le había perdonado sus faltas, como ella, a su vez, había perdonado las suyas. No necesitaron palabras para limar hasta la última excrecencia del resentimiento. Les bastó verse largamente a los ojos para que sus humores se fundieran en un solo oleaje que las condujo al mismo puerto.

El problema había sido llegar a Miami desde La Habana para despedirse de Rosita, su hermana mayor. Como los vuelos directos de Cuba a La Florida estaban suspendidos desde hacía muchos años, se había visto obligada a ir a Moscú en un avión ruso —mamá jamás pronunció la palabra *soviético*, de la misma manera que para ella todos los árabes eran turcos y chinos todos los asiáticos—. Con minuciosidad tolstoiana, me relató las penalidades del trayecto y de su forzada estadía en la capital del otro imperio, donde vio a su pesar, quién lo diría, el cuerpo embalsamado de Lenin tras haber hecho una obligada cola de dos días bajo la nieve en la monumental plaza del Kremlin. De ahí había volado a París, donde visitó, en este caso por propia voluntad, la tumba de Napoleón en Los Inválidos y la de Victor Hugo en el Panteón. Y de París, por fin, se había ido a Miami en un vuelo de Air France. Contrariamente a lo que se esperaba, en Estados Unidos sus fatigas no cesaron. Una vez en La Pequeña Habana, batalló mucho para dar con la tía Rosita porque sus hijas, según me relató al detalle, se habían negado a proporcionarle la información de su paradero. Pero ella, con el mismo tesón aragonés con el que hacía muchos años había logrado conseguir la visa de Juanito Balagueró para que pudiera radicarse en México, la buscó por toda la ciudad hasta que milagrosamente la encontró, gracias, según dijo, a la intercesión de la Virgen del Perpetuo Socorro, de la que era fiel devota, en un asilo de ancianos colindante con el mar. Tras la sorpresa del encuentro, totalmente inesperado para Rosita, se abrazaron largo rato. Sin mencionar la causa de su llanto, juntas lloraron por última vez la dolorosa muerte de sus hijos Tere y Juanito, ocurrida veinticinco años atrás. Al parecer, desterraron de su pecho todos los reclamos, aun aquellos que nunca habían asomado a sus labios y acaso ni siquiera a su pensamiento, pero que se habían agazapado en algún recoveco de su corazón. Ya no tenía ningún sentido decir quién de las dos había sufrido más, si mamá, que se había enfrentado directamente a la muerte de su hija y había exigido que le mostraran su cuerpo desfigurado para asirse a la certidumbre de su muerte, o Rosita, que no había podido adquirir los permisos necesarios para asistir a los funerales de su hijo y había tenido que rumiar a la distancia la irreversibilidad de su partida.

Cuando terminó de relatar las peripecias de su postrer viaje, volvió a la pregunta inicial, que incluía en sí misma la respuesta. Cómo quería yo que estuviera después de semejante travesía y del profundo dolor de la separación definitiva de sus hermanas, que ni siquiera la tranquilidad de la conciencia había podido cauterizar.

—Extenuada, mamá —dije, acudiendo al mismo vocablo que ella había utilizado.

Asintió y volvió a cerrar los ojos.

La tía Ana María había muerto tres años atrás. Yo mismo, junto con mis hermanos Carlos, Benito y Carmen, le había dado a mamá la triste noticia de su fallecimiento. La tía Rosita aún vivía. En Miami, ciertamente; en un asilo de ancianos, donde se afanaba en clarificar, con historiadísima caligrafía, la oscuridad de sus rencores.

La siguiente vez que creí ver dormir a mi madre, estaba muerta. Fue la mañana del 17 de enero de 1989. Yacía tendida en la misma cama de hospital de la recámara que le habían acondicionado Benito y Angelina, desde la cual me había contado la última y fatigosa travesía de su corazón. Tenía los ojos cerrados y las manos cruzadas sobre el pecho.

Cómo hubiera querido que sólo estuviera dormida.

Descansa, mamá. Ha llegado la hora del pan y del aceite.

Epílogo

Una mañana de diciembre de 1996, mi hermana Rosa quiso saludar a la tía Rosita con motivo de las fiestas navideñas. Le habló por teléfono a Miami. Del otro lado de la línea, la recepcionista del asilo, tras hacerla esperar unos momentos, se limitó a darle unos números: *eleven / twenty-four / ninety-six*, la fecha de su muerte.

Habían pasado cerca de diez años desde que la habíamos visitado durante el breve tiempo de nuestra escala en Miami cuando Rosa y yo viajamos a Londres. Yo no la había vuelto a ver desde entonces, pero mi hermana, que en ese tiempo viajaba con cierta frecuencia a Estados Unidos, la había saludado personalmente en dos o tres ocasiones. Según Rosa, la tía continuaba escribiendo sus memorias. Contrariamente a lo que ella misma suponía cuando empezó a relatarlas, hubiera podido seguir el orden cronológico en el que las había comenzado y llegar a referir los pesares que sufrió cuando llegó a Miami sin necesidad de abrir un paréntesis a la mitad de la narración. Pero nadie sabe cuándo le va a llegar su día final, y lo que ella necesitaba era desahogar sus resentimientos en el momento en que se quedó viuda y sintió que su familia la abandonaba. Me hubiera gustado conocer los siguientes volúmenes. Hablé al asilo. No sabían nada de ellos. Podría haberles hablado a mis primas, pero la comunicación con ellas se había roto por completo desde que la tía Rosita se distanció de sus hijos y sus nietos y, de haberla restablecido con ese propósito, seguramente me habrían considerado un intruso en sus asuntos familiares. Así que tendría que conformarme con ese primer libro para escribir el texto que tenía pendiente y en el que no había vuelto a pensar en serio hasta que la tía murió. Cuando me enteré por mi hermana de su fallecimiento, busqué entre mis papeles aquel álbum que me había encomendado la tía. Lo encontré, lo leí de nueva cuenta y volví a sentir la necesidad de escribir una novela o una saga de mi familia materna para cumplir el mandato tácito de mi tía Rosita, y, de paso, reivindicar la oscura vida de Ana María y la esforzada vida de mi madre. Sí; tenía la obligación de escribir una novela, o lo que fuera. El proyecto, empero, permaneció en estado larvario durante mucho tiempo. Otras escrituras movieron mi pluma y diversas responsabilidades laborales y académicas me obligaron a posponer su acometida. De vez en cuando tomaba algún apunte, escribía alguna nota, imaginaba una línea narrativa, pero sólo como quien deposita en una cuenta de ahorros pequeñas cantidades que acaso con el paso de los años cobren alguna significación.

Antes de pensar en la estructura de la obra; antes de determinar si el relato familiar debía entreverarse con la crónica de los viajes que hice a Cuba hasta que la tía Rosita murió; antes de definir las voces narrativas y decidir que fuera la novela misma, a la que tantos datos le proporcioné, la que me contara a mí, su escritor, la historia de las generaciones que me antecedieron, un danzón me regaló su nombre: *Tres lindas cubanas.* Ya con el nombre, ¿cómo no escribir lo que en el nombre mismo se cifraba?

San Nicolás Totolapan, Navidad de 2005

Últimos títulos